추(醜)와 문학

김충남 편

東 文 選

추(醜)와 문학

서 문

릴케는 자신의 글쓰기를, 표면을 관통해서 사물의 내면을 파악하고
자 하는 시도로 이해한다. 그렇게 해서 드러나는 것은 흔히 추하고
구역질나는 것들이다. 이처럼 근대문학에서 '추의 미학'은 표면하에
감추어진 것을 발견하려는 시도로서, 아름다운 외관이 지닌 환상을
깨뜨리고, 그 내면으로 파고 들어가 진실과 순수성을 인식할 것을 요
구한다. 또한 근대문학에서 추는 종종 그로테스크의 형식으로 나타
나기도 한다. 벤의 〈아름다운 청춘〉에 나오는 처녀 시체의 횡경막 속
에 있는 생쥐들의 둥지나, 해충으로 변한 카프카의 그레고르 잠자 역
시 그로테스크하다. 로젠크란츠(Karl Rosenkranz)는 1853년에 발표한
《추의 미학》에서 이 개념을 하나의 독립적인 카테고리로 다루고 있
다. 이는 근대미학에서 추가 차지하는 비중이 증대되었음을 입증하
는 것이다. 로젠크란츠는 '무형식성' '기형' 외에 온갖 '부정확성'의
규준들을 열거하면서 문학작품 속에서 그 예를 찾는다. 근대성과 추
의 상관관계는 로젠크란츠 이전에 이미 슐레겔(Friedrich Schlegel)의
《희랍문학 연구》에 의해 논구된 바 있다. 고전문학에 나타난, 시대를
초월한 아름다운 형식과는 달리 근대는 온갖 종류의 외설스러운 것,
놀라운 것, 상스러운 것, 모험적인 것, 구역질나는 것, 끔찍스러운 것

들이 실현되고 또 고전적 규범의 파괴로 인식되는 시기로서 추와 밀접한 관련을 맺고 있다는 것이다. 슐레겔은 아름다움의 미학과 추의 미학 사이의 내적 연관성을 인식하고서, 추의 미학을 아름다움의 이념에 대한 대립으로 규정지으면서 아름다움과 추한 것은 서로 떨어질 수 없는 상관개념이라고 설명한다. 그러나 근대로 올수록 아름다움은 문학의 지배적 원칙이 되지 못하고 있는 것은 주지의 사실이다. 많은 근현대의 빼어난 문학작품들이 분명 다양한 종류의 추의 표현들을 담고 있기 때문이다.

이러한 의미에서 본 논문집은 근현대의 문학작품 속에 나타난 추의 현상과 기능에 주안점을 두고서 논의를 전개한다. 이에 앞서 '추의 미학'에 대한 이해를 돕기 위해 '추의 개념과 역사'를 다룬 논문 두 편을 수록하였다. 〈미적 범주로서의 추〉는 먼저 미적인 것(das Ästhetische)과 미학(Ästhetik)의 개념을 설명하면서 미학개념의 변화와 함께 미적인 것의 역사적 의미를 살펴본다. 그런 다음 존재론, 영향미학, 미적 자율성 등의 관점에 입각하여 추 개념의 변화를 논하면서, 추는 단순한 미의 반대개념이나 부정의 범주가 아닌 미적 담론에 필수적인 요소이며 특히 미적 현대에서는 추가 미보다 훨씬 현실에 가깝고 적합한 미적 범주임을 입증한다. 다음으로 〈추의 역사〉에서는 고대에서부터 현대에 이르는 추의 변천사를 살펴본다. 그 결과 이상적 미를 추구했던 고대 그리스 시대부터 21세기에 이르기까지 추는 명백하게 인간의 한 속성으로서 늘 존재해 왔으며, 추의 변천사는 인간의 삶의 변천사와 맥을 같이함으로써 사실 추 자체가 변화한 것이 아니라 인간의 세계관의 변화에 따라 추에 대한 시각이 변화했다는 사실을 밝히고 있다.

본론인 '추와 문학' 편에서는 시대 순에 따라 먼저 〈괴테의 《파우스트》 1부에 나타난 추〉를 수록하였다. 이 글에서는 고대부터 괴테를 거쳐 로젠크란츠에 이르는 추에 대한 성찰을 일별한 다음, 특히 괴테의 《파우스트》 1부에서 메피스토와 마녀 그리고 그 수하들을 통해 추의 현상이 어떻게 구현되는지 살피고 있다. 그렇게 해서 괴테 작품 속의 추는 외적 형태보다는 내적 정신적 기형에 해당되는 것이 대부분임을 밝히고 있다. 두번째 논문인 〈여성의 미와 추에 대한 문학적 재고〉에서는 먼저 19세기 오스트리아 작가 슈티프터의 노벨레 《브리기타》를 통해 여성의 추가 극복되고 현대적 의미의 페미니스트적인 주체의식이 선취된 예를 찾고 있다. 다른 한편으로는 자본주의적 미의식이 팽배해 있는 한국적 현실을 본격적으로 다루고 있는 박민규의 장편소설 《죽은 왕녀를 위한 파반느》를 통해 일상에 잠식해 있는 미와 권력, 경제력의 문제가 여성의 자아실현을 억압하는 양상을 보여준다. 시대와 문화적 차이에도 불구하고 두 문학작품의 비교를 통해 여성의 미와 추에 대한 시각의 반전 내지 전환을 살펴보고 있다. 다음으로 〈추한 것이 아름다운 무대: 포스트드라마 시대의 〈보이체크〉〉에서는 시대를 앞서 현대문학의 새로운 패러다임을 연 뷔히너의 드라마 《보이체크》에 나타난 추의 미학을 다양한 무대공연과 관련하여 다루고 있다. 특히 보이체크의 내적 긴장과 불안을 시각화시키는 무대, 이미지 표현의 극대화를 추구하는 무대들의 면모를 살피면서 '추한 것이 아름다운' 현대공연의 특징을 구체적으로 분석하고 있다. 지금까지 소설과 드라마에 나타난 추의 문제를 다루었다면 〈벤의 초기 시에 나타난 죽음과 추의 문제〉에서는 근대 서정시에 나타난 추의 미학을 조명하고 있다. 이 글에서는 표현주의 시인들 중 가장 과격한 방법으로 새로운 주제들, 특히 죽음의 문제를 다룬 최초의 시인인 고트프리드 벤의 초기 시들 중 인간의 시신과 말기 암 환자들을 다룬 〈작은 아스터 꽃〉〈아름다운 청춘〉〈남자와 여자가 암병동을 지나가다〉와 일그러진 인간의 육신을 주제로 한 〈밤의 카페〉를 중심으로 죽은 인간과 죽어가는 인간, 그리고 추한 인간들이 어떻게 묘사되고 있는지 살피고 있다. 이들 시들은 추의 폭로라는 충격적인 도발로 특징지워지면서 동시대 비평가들 사이에 많은 논란을 불러일으켰다. 한편에서는 "혐오스럽고 구토를 일으키는 환상의 산물"이라고 악평을 하는가 하면, 다른 한편에서는 "날카로운 관찰자의 대담함"을 높이 평가하였다. 다섯번째 논문인 〈마르틴 발저의 라디오 방송극에 나타난 추〉에서는 또 다른 장르인 방송극과 추의 관계를 논하고 있다. 이 글은 우선 라디오 방송극이란 무엇인지 살펴본 후 발저의 문체에 나타난 '결핍 경험의 기술'에 대해 분석한다. 그런 다음 결핍과 추의 상관성을 규명하기 위해 헤겔 미학에서 제시된 '미적 존재'와 발저의 문체에 나타난 인간의 실존 세계를 비교 고찰하고 있다. 이 글은 추에 대한 연구가 곧 미에 대한 연구로 확장됨으로써 종래의 미에 대한 연구가 곧 추에 대한 연구로 이어지지 못한 한계를 극복하기 위한 시도로 보인다. 〈전략적 표현기법으로서의 추〉에서는 현대문학작품에서 추가 어떻게 기능하는지 보여준다. 하이너 뮐러의 작품들에서 추는 더 이상 절대적 미의 완성을 위한 보조수단이 아니라, 현대 사회에 존재하는 억압에 대한 저항과 비판정신의 표현으로 나타난다는 것이다. 이 글은 《게르마니아 베를린에서의 죽음》《살육전》을 식인과 자기 파괴의 경악적 요소를 전략적으로 사용한 작품으로, 《햄릿기계》와 《그림쓰기》를 왜곡되고 기형화한 성의 요소를 폭력과 연결시킨 대표적 작품으로 보고 있다. 그리고 《트랙터》와 《볼로콜람스코 국도 4》는 역사의 야만성을 드러내기 위해 그로테스크를 효과적으로 이용한 예로 들고 있다. 제2부의 마지막에 수록된 〈그로테스크와 현대문학〉에서는 그로테스크의 이론과 실제를 집중적으로 다루고 있다. 이 글은 그로테스크를 한편으로는 현대문학의 주요 테마인 무의미와 부조리 그리고 패러독스를 표현할 수 있는 문학형식으로 보고 있으며, 다른 한편으로는 어떤 사태에 대해 우리가 갖고 있는 기대지평과 현실체험이 일치하지 않을 때 생기는 전율을 표현한 문학형식으로 간주한다. 후자의 의미에서 그로테스크 문학으로 필자는 슈니츨러의 단막극 《녹색 앵무새》를 분석한다. 이 작품에서 인간의 기대지평과 현실 사이의 부조화가 잘 그려지고 있기 때문이다.

제3부에서는 문학 편에서 일부 다룬 공연예술과는 다른 영상예술로서 영화에 나타난 추를 다루고 있다. 먼저 〈영화의 스펙터클과 추의 미학〉에서는 영화의 추를 재현의 추, 형식의 추, 스펙터클의 추로 나누어 분석한다. 재현의 추에서는 물리적 세계의 그로테스크한 왜곡과 비틀림의 예로 표현주의 영화와 초현실주의 영화를 소개하고, 형식의 추에서는 영화의 편집과 몽타주 기법과 관련하여 영화의 본질적 추를 설명한다. 그리고 가장 핵심적인 주제로서 거대 자본과 최신 기술의 결합체로서 스펙터클의 추가 무엇인지를 그 외설성과 함께 다루고 있다. 본서의 마지막 논문인 〈표현주의 영화 〈노스페라투〉에 나타난 공포의 미학〉에서는 주로 몽환적인 판타지의 세계나 악몽의 세계를 묘사한 표현주의 영화들 중에서 특히 호러 장르의 발전에 영향을 미친 무르나우의 〈노스페라투: 공포의 교향곡〉을 다루고 있

다. 이 글은 무르나우가 〈노스페라투〉에서 꿈에서나 생각할 수 있을 법한 판타지 세계를 영화 속에 구현하면서 등장인물의 몽환적인 세계와 뱀파이어의 그로테스크한 세계를 스크린 위에 투영하고 있다고 설명한다. 아울러 〈노스페라투〉에서는 표현주의 영화가 집중적으로 다루는 감정의 표현인 '섬뜩함' '위협' '공포' 등이 중요한 역할을 하고 있음을 밝힌다.

　얼마 전에 가족들과 함께 곤지암 리조트에 갔던 적이 있다. 그곳에서 1박을 하고 아침에 신문이라도 볼 겸 콘도 내의 휴게실에 들렀는데 거기 조그마한 서가에 책들이 진열되어 있었다. 그중에 첫눈에 띈 것은 움베르토 에코의 《추의 역사》 번역본이었다. 많지 않은 책들 가운데 《미의 역사》가 아닌 《추의 역사》가 꽂혀 있는 걸 보고 내심 적지 않게 놀랐다. 그리고 최근에는 로젠크란츠의 《추의 미학》이 우리말로 번역 출판되었다. 최근의 영화들도 추한 것, 괴기스러움, 역겨움, 경악, 공포 등을 소재로 한 것들이 흥행에 성공을 거두고 있다. 이런 현상들은 우리 사회에서 추가 단순히 미의 대립적·부정적 개념이 아닌, 감동과 흥미를 유발하는, 일반화되고 현실감 있는 미적 카테고리로 부상한 것을 의미하는 걸까? 어쨌든 나날이 고조되는 일반의 추에 대한 관심과는 달리 국내에서 학술적으로 이를 다룬 논문들은 많지 않은 것 같다. 이러던 차에 여기 11명의 학자들이 '추의 미학'이란 공통의 주제를 가지고 문학과 영화 속의 추를 심층적으로 분석하였다. 처음 시도하는 터라 부족하고 보완할 점이 많겠지만, 앞으로 이 분야 연구에 대한 하나의 초석이 되리라 믿어 의심치 않는다. 다만 연구 대상에 릴케·하임·카프카 등을 담지 못한 것이 아쉬움으로 남는다. 이는 이 책이 독자 제현의 사랑을 받아 증보판이 간행될 경우 보완될 수 있으리라 생각된다. 끝으로 논문 집필에 애쓴 필진에, 그리고 지금까지 멋진 책을 만들기 위해 기획에서부터 논문 집필, 수합, 편집에 이르기까지 너무나 많은 수고를 한 정민영 교수에게 마음으로부터의 고마움을 표한다.

2010년 2월
김충남

제1부

‘추’의 개념 및 역사

미적 범주로서의 추

라영균

1. 들어가는 글

미(das Schöne)와 함께 추(das Hässliche)는 우리의 미의식을 결정하는 근본적인 미적 범주이다. 그러나 추는 고대부터 오늘날까지 늘 미의 반대개념으로 간주되어 왔다. 이러한 미추의 대립관계는 오늘날까지 우리의 일상적인 미의식을 지배하고 있으며, 심지어 학문적 담론의 구성 원칙이 되기도 한다.[1] 그러나 추한 것, 낯선 것, 역겨움, 경악, 공포에 대한 관심과 매력이 날로 고조되면서 추는 단순한 미적 병리 현상이나 예술적 도발이 아닌 감동과 흥미를 동반하는 일반화된

---

* 이 글은 《세계문학비교연구》 제29집(2009)에 발표한 논문을 수정, 보완한 것임.

1) 미추의 대립관계는 루만(N. Luhmann), 슈미트(S. Schmidt)의 시스템 이론이나 부르디외(P. Bourdieu)의 장(Feld) 개념을 구성하는 근본 요소이다. 이에 따르면 현대 사회의 부분 시스템 중 하나인 예술은 특별 코드인 아름다움/추함에 의해 분화되고 형성된다. 다시 말해 예술과 비예술은 미추에 의해 구분되며, 이 이분코드는 자기 생산적이며 불변적인 시스템의 근본구조를 이룬다. Vgl. R. Baasner: Methoden und Modelle der Literaturwissenschaft. Berlin, 1992, S. 192ff.

미적 범주가 되었다.

　미적 감정과 태도는 결코 초역사적이며 절대적일 수 없다. 그것은 사회적으로 조건화되고 규범화된 관습에 근거한다. 추에 대한 감정과 가치판단도 비록 오랫동안 부정적인 범주로 간주되어 왔지만 그것이 사회적 산물이란 점에서는 예외가 아니다. 이런 점에서 본 논문의 주제와 문제의식에 적합한 질문은 추의 본질과 존재를 묻는 '추란 무엇인가?'가 아니라 미적 가치와 판단의 역사성을 추적하는 '무엇이 추인가?'이다. 추 개념의 변화 과정을 기술하고 그 원인을 밝히기 위해서는 정치적·사회적·문화적 요인과 같은 미학 외적인 요소뿐만 아니라 미학 담론의 구조 변화를, 즉 추의 정의와 대상, 추의 판단기준과 방법론 그리고 추와 다른 미적 범주들의 관계도 함께 고찰해야 할 것이다.

　그러나 본 논문에서는 추 개념의 역사적 변화 과정을 기술하기에 앞서 미적인 것(das Ästhetische)과 이것을 주제로 삼는 미학(Ästhetik) 개념에 대해 먼저 살펴보고자 한다. 그 이유는 미적인 것을 어떻게 정의하느냐에 따라 미학의 내용과 외연이 달라지며, 미학의 체계 속에서 추가 갖는 위치와 의미도 함께 변하기 때문이다. 이에 따라 먼저 미학개념의 변화와 미적인 것의 역사적 의미를 고찰하고, 그러고 나서 추 개념의 변화를 존재론, 신정론, 영향 미학, 모방 이론, 미적 자율성 등의 관점에서 논의하고자 한다. 끝으로 모더니즘과 포스트모더니즘 예술의 특징으로 거론되는 추, 숭고의 개념도 함께 살펴볼 것이다.

2. 미적인 것과 미학

18세기 말 철학의 한 분과로서 정초된 미학은 근본적으로 감각적 인식을 다루는 학문이었지만 그 대상이 점차 예술과 그것의 미적 현상에 국한되면서 예술철학과 거의 같은 의미가 되었다. 그러나 예술 작품의 미적 형식과 구조에 천착하는 미학은 오늘날 유효성이 크게 상실되었고 역사적인 학문으로 전락하였다. 왜냐하면 미학의 범위가 예술이 아닌 일상세계 그리고 정치 · 경제 · 사회 · 문화 · 학문 분야에까지 확장되면서 전통적인 미학의 경계가 불분명해졌기 때문이다. 그렇다면 '미적인 것'은 무엇인가? 미학의 대상 규정과 경계 설정의 준거기준이 되는 미적인 것은 어떤 의미를 가지고 있는가?[2] 미적이란 말은 원래 그리스어의 *aisthesis*에서 유래됐으며, "감각적으로 전달되는 지각(sinnlich vermittelte Wahrnehmung)"이란 의미의 포괄적 개념이었다. 그러나 고대의 미 개념은 진(das Wahre), 선(das Gute)과 함께 존재론적으로 규정된 이념이었기 때문에 인식의 대상이지 감각적 지각의 대상은 아니었다. 감각은 본질적이고 영원하고 초월적인 미의 이념과는 달리 가변적인 현상계나 일상에서 일어나는 저급한 차원의 경험을 의미했다.

일반적으로 감각적 지각을 다뤘던 *aisthesis*는 18세기부터 서서히

---

2) *Ästhetik, ästhetisch*에 해당하는 우리말 '미학,' '(심)미적'은 일본식 번역을 차용한 것이다. 이 말에는 일차적으로 아름다움(美)의 의미가 강조되기 때문에 아름다운 것 외에 감각적으로 지각되는 것들을 모두 연구 대상으로 삼는 미학의 현대적 의미가 누락되어 있다.

예술의 미적 현상에 관심을 기울이기 시작했으며, 19세기에 와서는 철학적 담론 체계를 갖춘 예술 이론으로 발전하였다. 이에 따라 감각적으로 지각되는 것을 통칭했던 미적인 것은 '예술 속에 구현된 아름다움,' 즉 '예술미(die Kunstschönheit)' 라는 제한된 의미를 갖게 되었다. 미적인 것의 의미 변화는 미학이 학문적 체계를 갖추는 데 크게 기여했지만, 미학의 외연 축소와 빈곤화라는 결과를 초래하였다. 미학담론의 근본적인 변화는 무엇보다 진리와 미의 불가분의 관계를 역설한 헤겔에 의해 주도되었다. 그에 따르면 미적인 것은 어떠한 목적도 전제되지 않은 자유와 자율성 속에서만 정신의 광범위한 진리들을 전달할 수 있다. 이렇게 진리를 연상케 하는 예술만이 미적 대상이 될 수 있기 때문에 미적인 것의 구성요건은 더 제한적이고 엄격해질 수밖에 없었다.

  헤겔 이후의 미학 이론들은 전제와 내용에 있어서 다소 상이하지만 오직 예술만을 미적 성찰의 대상으로 삼았다는 점에서 큰 차이가 없다. 이 과정에서 미적인 것은 일상세계나 예술 외적인 영역, 즉 종교·정치·도덕 등에서 벗어났지만, 한편 미적 자율성을 획득한 예술은 자기 성찰적이며 자기 지시적인 예술로 발전해 나갔다. 구체적인 규범과 목적으로부터 자유로워진 예술은 자기 스스로가 존재 근거를 가지고 있기 때문에 일반적인 정의를 내릴 수 없게 되었다. 또한 일상적인 것과 비예술적인 것이 점차 예술의 영역에 편입되면서 미적 영역은 이전보다 훨씬 넓어지게 되었다. 이런 점에서 현대예술의 특징들로 지목되는 형식실험, 추에 대한 관심, 전복성, 일상의 변용 등은 근본적으로 미적인 것의 자기 이해와 자기 성찰에서 비롯됐다고 말할 수 있다.

미적 자율성과 미적 영역의 확대에 중요한 이론적 단초를 제공한 사람은 칸트이다. 그는 미적인 것을 이해나 목적이 전제되지 않은 자율적인 영역으로 규정했으며, 미적 경험을 대상이 아닌 경험하는 주체의 문제로 규정하였다. 그렇기 때문에 미적 경험을 가능케 하는 것은, 다시 말해 우리의 주관적인 미적 감정을 불러일으키는 것은 자연의 현상이든 예술이든 모두 미적 영역에 포함되게 되었다. 쇼펜하우어 역시 의지의 부정을 통해 미적 명상(ästhetische Kontemplation)을 가능케 하는 (그래서 현실세계를 초월하고 이념에 도달할 수 있게 하는) 것은 모두 미가 될 수 있다고 정의하였다. 이를 통해 "소위 미라는 것은 명확하게 정의할 수 없는 개념이 되었으며, 다의적이면서 동시에 아무것도 아닌 것이 되었다." 그 결과 "미를 정의하려는 시도는 더 이상 미학의 중심과제"에 속하지 않게 되었다.[3] 전통적인 미의 개념은 이론적인 면에서나 실제적인 면에서 유효성을 상실하게 되었다. 왜냐하면 그것으로는 기술 발전과 다양한 매체로 인한 지각방식의 변화와 혁신적인 현대예술의 발전 과정을 제대로 평가할 수 없기 때문이다.

오늘날 미학은 예술의 미적 가치만을 다루지 않기 때문에 예술과 미에 집중했던 전통 미학은 비판과 수정의 대상이 될 수밖에 없다. 미학의 새로운 가능성을 모색하려는 노력은 일반적으로 두 가지 관점에서 진행되고 있다. 첫째는 원래 미학의 본령이었던 감각적 지각으로 회귀하려는 시도이며, 둘째는 미학의 범의가 예술의 경계를 넘

---

3) Ulrich Pothast: Methaphysische Tätigkeit, Über Schopenhauers Ästhetik und ihre Anwendung durch Samuel Beckett. Frankfurt a. M. 1982, S. 81.

어 지식·일상·정치·경제·자연으로 확장되는 점이다.

미학을 처음 학문적으로 확립한 바움가르텐(A. G. Baumgarten)의 관심은 예술철학에 있지 않았다. 그의 관심사는 예술의 사례를 통해 이성적 인식과 구분되는 감각적 인식(sinnliche Erkenntnis)을 증명하는 것이었다. 감각적 지각이나 감각적 인식에 바탕을 둔 미학은 예술작품의 미적 구조나 표현방식[4]보다는 미적 경험과 수용에 더 비중을 둔다. 오늘날 이러한 전통을 계승한 미학은 예술철학이 아니라 지각 가능한 모든 것을 대상으로 삼는, 지각 이론(Wahrnehmungstheorie)의 성격을 띤 열린 담론을 지향한다. '미적 경험(ästhetische Erfahrung)' '미적 지각(ästhetische Wahrnehmung)' '미적 감정(ästhetische Empfin-dung)'[5] 등과 같은 개념을 활성화시키고 미학을 지각 이론의 틀에서 재구성하려는 노력은 미학의 대상이 더 이상 예술에 국한될 수 없게 된 현재의 문화적 상황과 밀접한 관계가 있다.

"예술개념의 경계허물기와 확장 그리고 일상적인 삶의 미화를 통해 미학은 과거 고급문화의 산물뿐만 아니라 팝의 아이콘, 광고, 디자인 그리고 새로운 가상세계, 영화, 유행, 정치적 연출 등을 모두 다루는 학문으로 재편되고 있다. 이것은 의미 있는 기획이다."[6]

---

4) 헤겔, 하이데거, 아도르노로 대표되는 작품중심적인 미학의 전통을 의미한다.

5) 미적 경험의 대상은 무엇보다 예술이지만 예술과 일상의 차이는 크게 문제가 되지 않는다. 미적 경험은 해석을 통해 언어적·개념적으로 설명된 것인 반면, 미적 지각은 사건적이고 우연적인 것을 관찰하고 기술하기 때문에 그 내용이 개념적인 언어로 번역되지 않는다.

6) Konrad P. Liessmann: Ästhetische Empfindung. Wien 2009, S. 16.

미적인 것이 감각적 지각에 기초한다면 거기에는 예술적 경험뿐 아니라 일상적 경험도 포함된다. 그렇다고 두 영역을 구분짓는 것이 무의미하다는 뜻은 아니다. 왜냐하면 모든 것이 예술이 될 수는 있지만 모든 것이 예술은 아니기 때문이다.[7] 확실한 것은 미적 경험이나 미적 지각과 같은 개념들이 우리의 경험 중에 어떤 것이 미적인 것인지를 명확하게 규정하지 못한다는 점이다.

예술과 현실의 차이가 불분명해지고 미적 영역이 확장된 데에는 삶의 심미화(Ästhetisierung des Lebens)도 큰 역할을 하였다. 심미화는 미적 기준에 따라 현실을 파악하고 특징짓는 개념이지만, 이 개념이 구체적으로 실현된 삶의 형식들을 뜻하기도 한다. 낭만주의가 표방한 "삶의 시화(Poetisierung des Lebens)"는 모방의 대상이자 모범으로 제시되었던 삶을 비판하고 새로운 미적 세계의 구축을 목표로 삼았다. 도덕적·합리적 세계관에 대한 전면적인 부정과 미적 세계에 대한 의지는 그 이후 '예술을 위한 예술'이 의도한 "현실세계의 미화

---

7) 지각 이론으로서의 미학에 대한 질문제기는 지각심리학(Wahrnehmungs-psychologie)과 협의의 예술지각(Kunstwahrnehmung)의 차이는 무엇인가?로 축약된다. 미학의 담론에는 인지심리학적 요소가 내재되어 있긴 하지만, 미학은 근본적으로 지각된 것의 의미구조를 결정하는 요소에 더 관심을 기울인다. 젤(M. Seel)에 따르면 실제 대상과 지각 대상이 일치관계에 있는지 아니면 모순관계에 있는지가 예술적 지각과 일상적 지각의 차이를 결정한다. 예술은 특유의 표현방식을 통해 자기 자신과 모순관계를 이루는 현상이다. 그렇기 때문에 예술작품은 단순히 보고 지각하는 것이 아니라 이해하고 해석해야 하는 대상이다. Vgl. Martin Seel: Ästhetik des Erscheinens. München 2000. 이와 달리 미학을 일반 지각 이론으로 정립하고, 예술적 지각과 일상적 지각의 차이를 해소하려는 이론들도 있다. 뵘(G. Böhme)에 따르면 미적 지각은 단순한 '자극-반응'의 틀로 설명되는 지각이 아니라 "세계의 지각 가능성을 지각하는 지각(Wahrnehmung, die Wahrehmbarkeit der Welt selbst wahrnimmt)"이다. 이러한 지각형태를 나타내는 분위기(Atmosphäre)는 감각기관의 단순한 수동적 행위가 아니라 적극적인 의미의 감지행위(spüren)이다. Vgl. Gerherd Böhme: Atmosphären. Frankfurt a. M. 1995.

(Ästhetisierung der Lebenswelt)"나 "세계의 존재는 오직 미적 현상으로만 정당화될 수 있다"[8]고 한 니체의 단언에서도 여실히 드러난다.

오늘날 목적론적인 역사관이 퇴색되고 보편성과 통일성을 지향하던 거대담론이 해체되면서 사람들은 더 이상 존재하지 않는 확고한 삶의 기준과 근간을 보상하기 위해 삶을 미화하고 양식화한다. 이러한 경향이 정치·문화·사회뿐만 아니라 학문의 영역에까지 파급되면서 미학은 더 이상 미적 가상의 세계에 안주하지 않고 우리의 인식과 존재방식에 내재된 미적 토대를 밝히는 일에 더 주력한다.[9] 미적인 것은 이제 예술을 구성하고 제약하는 규범이 아니라 다른 세계와 타자를 편견 없이 이해하고 사유와 감각을 동시에 회복시키는 기능을 갖게 된다. 이런 점에서 미적인 것은 정해지지 않은 영역을 표시하고, 비규범적인 비판과 비개념적인 성찰을 장려하는 가치기준이 된다. 새로운 가치를 추구하는 '미적 인간(Homo Aestheticus)'은 표피적인 치장이나 연출이 아닌 이성중심의 인식과 삶의 방식을 미적 감성으로 극복하고 보완하는 인간유형이다.

---

8) Friedrich Nietzsche: Die Geburt der Tragödie aus dem Geist der Musik. Sämtliche Werke, hg. v. G. Colli u. M. Montinari, Bd. 1. München 1980, S. 47.

9) 삶의 미화는 "정치의 미화"(벤야민)나 "문화의 음란적인 미화(obszöne Ästhetisierung der Kultur)"(보드리야르, J. Baudrillard)와 같은 현상뿐만 아니라 자연과의 새로운 생태적 관계를 지향하는 "분위기의 미학(Ästhetik des Atmospären)"(뵈메, G. Böhme)에서도 그 사례를 찾을 수 있다. 벨쉬(W. Welsch)는 단순한 삶(자연)과의 미적 관계를 넘어 학문적 미화(epistemologische Ästhetisierung)에 주목한다. 학문의 미화는 미학이 이차적인 미적 가상의 세계를 다루는 것이 아니라 인식과 현실의 존재방식과 토대가 미적이라는 인식에서 출발한다.

3. 추의 개념적, 이론적 문제점

앞에서 살펴본 바와 같이 원래 미적인 것에 대한 일반적인 표상과 논의를 지향했던 미학 담론은 예술철학으로 체계화되면서 그 외연이 크게 축소되었지만, 오늘날에는 다시 넓은 의미의 감각적 지각이론으로 이해되고 있다. 이 과정에서 추는 오랫동안 미의 그림자나 그것의 부정으로 폄하되어 왔다. 간혹 그 부정성이 완화되긴 했지만 독자적인 미적 가치를 확보하기보다는 다른 미적 범주들에 예속된 하위 개념에 불과했다. 이러한 시각과 평가가 수정되기까지는 오랜 시간이 필요했다. 전체적으로 보면 추는 때로는 긍정적인 가치가, 때로는 부정적인 가치가 부여되면서 역사적 부침을 거듭해 왔지만 항상 미학 담론의 중요한 범주로서 작용해 왔다. 이렇게 다양한 역사적 굴곡을 겪어온 추의 개념을 체계적으로 서술하기 위해서는 우선 추에 내재된 개념적 · 이론적 문제점에 대한 논의가 필요하다. 첫째는 추의 대상에 대한 문제이다. 추의 범주에 넣을 수 있는 현상들은 다양할 뿐 아니라 서로 경계가 모호하고, 게다가 범위까지 넓기 때문에 그 대상을 규정하기가 어렵다. 여기에는 외형상 추로 정의된 것 외에 특정한 대상에 의해 유발된 감정이나 심리적 반응, 즉 전율, 경악, 두려움, 전율, 혐오 등도 포함된다. 또한 수사학적 전통에서 비롯된 숭고나 기독교적 · 도덕적 가치가 내포된 악(das Böse)도 포함될 수 있다. 이렇게 다양한 현상들을 모두 추의 개념 속에 포함시키면 개념의 통일성을 유지할 수 없게 된다. 또한 추를 너무 넓게 정의하게 되면 그 개념의 가능성과 한계가 문제시될 수 있다.

둘째는 체계성의 문제이다. 추는 일반적으로 잘못된 것, 실패한 것 (Mißlungenes)을 가리키는데 거기에는 도덕적 오류나 결함의 의미도 내포될 수 있다. 미적 하자는 없지만 도덕적으로 문제가 되는 미적 표현이나 묘사가 있을 수 있다. 이처럼 미적 판단과 도덕적 판단이 상충될 경우, 추에 대해 명확한 정의를 내리기가 쉽지 않다. 이럴 때 는 미적 표현의 성공여부와 미적 특징을 구분하는 것이 하나의 해결 방안이 될 수 있다. 추한 것도 아름답게 표현하면 미가 될 수 있다고 말한 칸트의 명제처럼 내용에 관계없이 대상에 적합한 미적 표현은 성공한 것으로, 그렇지 않은 것은 실패한 것으로 간주할 수 있다.

셋째는 방법론적인 문제이다. 이것은 추를 정의할 때 객관적이고 작품중심적인 기준이 더 적합한지 아니면 주체중심적이며 영향미학 적인 관점이 더 적합한지를 택해야 하는 문제이다. 현재의 문화적 상 황에서는 후자의 관점이 더 현실적이며 설득력이 있어 보인다. 왜냐 하면 그것은 일상적 경험과 예술적 경험이 혼재된 자극뿐만 아니라 공포와 폭력의 묘사가 주는 심리적 영향을 주제화할 수 있기 때문이 다.[10]

이 문제들이 안고 있는 공통점은 추 개념의 근본적인 두 가지 측면 인 추의 대상과 추의 효과를 엄격하게 구분할 수 없다는 것이다. 그 리스어 *aischros*에는 이 두 가지 의미가 모두 함축되어 있지만, 여기 에서 파생된 라틴어의 *deformis*와 *turpis*는 이를 구분하고 있다. 전자 는 추한 것의 모습이나 형식적인 특징을 나타내는 개념으로 몰형식, 무정형, 기형, 잘못된 것이나 실패한 것 혹은 의도적으로 파괴했거

---

10) Heiner F. Klemme u. a. (Hg.): Im Schatten des Schönen. Bielefeld 2009, S. 7f.

나 해체된 형식들을 가리킨다. 후자는 이러한 몰형식이 유발하는 악함, 끔찍함, 구역질, 파렴치함, 공포, 저급함과 야비함, 반의미와 무의미 등의 감정적 효과를 뜻한다.

3.1. 미추의 존재론

고대의 미추개념은 존재론적·형이상학적 차원에서 이해되었다. 존재가 영원하고 불변하며 자기 안에 침잠된 것이라면, 존재의 반대인 무는 사라짐, 존재의 누락, 존재의 결함을 뜻한다. 존재와 무의 관계처럼 미는 아름다움의 영원한 이념인 반면 추는 미의 부재나 실종이다. 이에 따라 고대 그리스에서는 본질적이고 필연적이며 변하지 않는 미의 세계와 비본질적이고 우연적이며 가능태로서 존재하는 추의 세계(미의 그림자)가 엄격하게 구분되었다. 그래서 아름다움은 질서, 균형, 대칭으로, 추는 몰형식과 무형식으로 표현되었다. 또한 미적 가치와 도덕적 가치는 불가분의 관계에 있었기 때문에 미에는 선과 덕의 가치가, 추에는 악과 부도덕의 가치가 자연스럽게 연결되었다. 플라톤과 아리스토텔레스는 모두 추를 미의 부정형으로 정의했지만, 플라톤은 문학(비극·희극·서사시) 속에 묘사된 부정적인 현실을 추한 것으로 평가한 반면 아리스토텔레스는 파토스와 카타르시스 그리고 웃음의 효과를 긍정적으로 평가했기 때문에 비극과 희극에 묘사된 추를 허용하였다.

중세의 기독교 미학은 신의 정당성을 변호하는 신정론(Theodiezee)의 연장선상에 있었다. 이에 따르면 인간은 신의 형상을 닮았지만 신과 동등한 존재가 될 수 없으므로 인간세계에는 정도의 차이는 있지만 필연적으로 악이 존재할 수밖에 없다. 이는 미와 추의 관계에도 그대로 적용되어 미는 선의 충만으로, 추는 선의 결핍(Privation)으로 간주되었다. 그러므로 악이나 추는 인간의 삶과 예술에 없어서는 안 되는 중요한 요소가 된다. 신의 질서(Ordo)에 대한 믿음은 미와 추의 위계를 결정하는 근거였다. 선악의 관계처럼 미추도 철저한 위계질서하에 있었다. 그런데 이 관계가 전도되면, 즉 추한 것이 아름다운 것보다 우위에 서게 되면 진정한 의미의 추가 된다.[11]

3.2. 추의 효과와 숭고

18세기 들어 미적 신정론이 쇠퇴하고 전반적인 삶의 방식이 세속화되면서 미적 영역과 윤리적 영역은 점차 분리되기 시작했다. 고전주의 모방이론은 무엇보다 아름다운 것을 모방의 대상으로 삼았지만, 추한 것도 규범과 규칙을 따르면 아름답게 묘사할 수 있다는 원칙을 지켰다. 그러나 감정 이론(Empfindungstheorie)과 감상주의(Sentimentalismus)의 영향을 받으면서 전통적인 모방 이론은 커다란 변화를 겪게 되었다. 그 이유는 추한 주제가 유발시킬 수 있는 숭고의 감정을 긍정적으로 평가함에 따라 모방의 대상 범위가 이전보다 더 넓어졌기 때문이다. 그 결과 작품형식에 역점을 두었던 고전주의 모방 이론은 숭고의 효과를 미적 수단으로 활용하는 영향미학(Wirkungsästhetik)의 방향으로 발전하였다.

---

11) Kliche, Dieter: Häßliche. In: Ästhetische Grundbegriffe: Historisches Wörterbuch in sieben Bänden, hg. v. K. Bark u. a., Bd. 3. Stuttgart u. Weimar 2001, S. 31.

이 과정에서 미추의 존재론적 의미는 약화되고 미추의 엄격한 구분도 완화되었다. 추는 이제 미의 반대개념이 아니라 미와는 전혀 다른 성격의 미적 범주로 이해되었다. 죽음, 공포, 어두움, 공허, 고독 같은 현상들이나 혹은 추한 (혹은 잘못된) 형식들도 숭고의 효과를 내게 되면 미적 대상이 되었다. 그러나 추 자체의 존재를 인정하기보다는 그 효과에 주목했기 때문에 추는 숭고를 지원하는 하위개념에 불과했다. 이렇게 숭고가 미의 반대개념으로 부상하면서 미/추의 관계는 미/숭고의 관계로 대체되었다. 배제와 부정의 대상이었던 추가 미적 영역에 편입된 것은 바로 숭고개념이 활성화되면서 미와 숭고를 바탕으로 하는 이원적 미학 체계가 구축됐기 때문이다.

숭고뿐만 아니라 희극성(das Komische), 비극성(das Tragische)도 18세기 시민사회의 가치에 부합하는 감정들이다. 이러한 미적 범주들을 지원하는 기능이 추에 부여되면서 영향 미학과 파토스 미학의 새로운 영역이 본격적으로 가동되었다. 레싱은 라오콘(Laokoon) 묘사에서 추한 것과 추의 효과를 구분하고 있다. 그는 회화와 달리 시(Poesie)에서는 "혼합된 감정들(vermischte Emfindungen)"이 유발된다는 점을 감안하여 추(우스운 것과 경악스러운 것)의 제한적 사용을 권장하였다.[12] 칸트도 추한 것과 추의 미적 표현을 구분하였다. 그는 자연과 삶에는 아름다운 것과 추한 것이 모두 존재하지만 예술 속에는 오직 아름답게 표현된 추만이 있다고 보았다. 다시 말해 자연의 추는 인정하지만 예술의 추는 논의의 대상에서 제외시킨 것이다. "아름다운 예술은

---

12) Gottfried Ephraim Lessing: Laokoon oder über die Grenzen der Malerei und Poesie. In: Werke, hg. v. G. Göpfer, Bd. 6. München 1996, S. 148f.

자연의 추하고 불쾌한 것들을 아름답게 묘사할 수 있다. 공포, 병, 전쟁의 폐해 등과 같은 것들도 아름답게 묘사될 수 있다. 심지어 이것은 회화에서도 가능하다. 단지 추함은, 즉 역겨운 것(Ekel)은 본래의 특성상 모든 미적 유쾌함과 예술미를 파괴하지 않고서는 상상할 수 없다."[13] 칸트는 목적에 반하는 것(zweckwidrig), 규칙성이 없는 것(regellos), 형태가 없는 것(ungestalt)과 같은 전통적인 추의 형식들을 추가 아닌 몰형식(Formlosigkeit)의 개념으로 요약하였다.[14] 이러한 몰형식은 미적 경험의 관점에서 볼 때 미적인 것과는 무관한 역겨움을 불러일으킨다. 다시 말해 몰형식은 "이해가 전제되지 않은 유쾌함(interesseloses Wohlgefallen)"을 거부하기 때문에 미적 묘사의 가능성에서 배제된다. 그러나 추한 것이 감각적인 이해에서 벗어나 자유, 도덕, 이성과 같은 고차원의 원칙을 지시하게 되면 숭고의 감정이 생기게 된다. 이렇게 간접적으로 주어지는 미적 유쾌함, 즉 숭고의 감정은 아무런 전제 없이 생기는 것이 아니다. 숭고의 위대함을 경험하기 위해서는 미적 판단과 인식능력을 보유한 고양된 문화가 전제되어야 한다. 칸트가 숭고의 개념을 자유, 도덕, 이성과 연결시킨 것은 그의 시대인식과 역사의식에 기인한다. 그는 현실세계의 대립과 갈등은 치유될 수 없다고 믿었지만, 변화에 대한 희망을 완전히 포기하지는 않았다. 그렇기 때문에 프랑스 혁명을 목도한 칸트는 사회적·인간적 '몰형식'을 어쩔 수 없이 감내해야 할 모순으로 규정하

---

13) Immanuel Kant: Kritik der Urteilskraft, hg. v. W. Weischedel, Bd. 10. Frankfurt a. M. 1974, S. 247.

14) Vgl. Winfried Menninghaus: Ekel. Theorie und Geschichte einer starken Empfindung. Frankfurt a. M. 1999.

고, 이를 숭고의 도덕적 효과를 통해 미적으로 봉합하려고 했다. 그러나 다른 관점에서 보면 이것은 추한 현실이 더 이상 숭고의 개념으로는 통제할 수 없을 정도로 위협적이 됐음을 말해 주고 있다.

3.3. 추한 현실과 미적인 추

프랑스 혁명은 숭고에 대한 관심이 추로 전이되는 역사적 계기를 마련하였다. 19세기 들어 산업화 · 도시화 · 빈민화가 급속하게 진전되고 이와 함께 다양한 현대예술이 출현하자 과거에 경험할 수 없었던 낯선 현상들을 미적으로 설명해야 하는 필요성이 대두되었다. 그러나 숭고의 감정으로는 추한 현실을 봉합하고 완화시킬 수 없다는 인식이 확산되었다. 다시 말해 추의 부정성은 숭고의 범주로는 설명할 수 없는 도발적인 주제가 된 것이다. 이에 따라 추가 다시 숭고를 대신하여 미의 상대개념으로 부각되기 시작했다. 미학적인 관점에서 볼 때 이 변화는 절대적인 범주였던 숭고가 하나의 역사적인 개념으로 상대화되고 미의 하위개념으로 편입됐음을 의미한다. 또 다른 의미에서 보면 이것은 미추의 상반관계를 새로 구축하기 위한 논리적 수순이었다.

혁명 이후 등장한 추의 개념은 역사철학적인 성격을 강하게 띠고 있다. 고대와 현대로 나뉘던 시대 구분은 독일 이상주의 역사철학의 틀 안에서 과거 · 현재 · 미래로 분화되었고, 이에 상응하여 예술사의 시대 구분도 상징예술, 고전예술, 낭만예술로 나뉘었다. 흥미로운 것은 당대의 시점에서 볼 때 현대예술에 해당하는 낭만주의 예술의 역사철학적 의미와 여기에 적용된 추의 개념이다.

슐레겔(F. Schlegel)의 《그리스 시의 연구 *Über das Studium der Griechischen Poesie*》는 낭만주의의 추에 대한 관심을 잘 반영하고 있다. 여기서 그는 미적 이상이 실현된 고대예술과는 달리 현대예술을 추의 관점에서 이해하고, 현대예술이 노정하는 문제점과 일시적인 취미의 위기를 진단하고 있다. 그의 주장에 따르면 현대예술의 위기는 무엇보다 흥미로운 것(das Interessante)에 대한 관심에서 비롯됐으며, '타락한' 예술은 "외설적인 것(Pikantes), 기발한 것(Frappantes), 지루한 것(Fades), 충격적인 것(Schockantes), 모험적인 것(Abenteuerliches), 역겨운 것(Eckelhaftes), 흉측한 것(Grässliches)"을 통해 흥미를 유발한다. 그러나 그는 "미적 혁명(ästhetische Revolution)"을 통해 다시 미의 세계가 회복될 수 있다고 낙관하였으며, 이를 위해 타락하고 불순한 힘은 비판과 검열을 통해, 즉 "미적 범죄 목록(ästhetische Kriminalkodex)"을 통해 통제해야 한다고 주장했다.[15] 이러한 슐레겔의 추 이론은 현대예술의 타락상을 비판하는 근거가 됐지만, 역사철학적인 관점에서 보면 미적 현대성을 선취한 성과로 평가된다.

"일반성이 결여되어 있을 뿐 아니라, 매너리즘, 특징적인 것, 개인적인 것들이 지배하는 현실은 시의 일반적인 경향을, 즉 전체 미적 교육이 왜 흥미로운 것에 경도됐는지를 잘 설명해 주고 있다. 흥미로운 것이란 풍부한 지적 내용과 미적 에너지를 담고 있는 모든 독창적인 개인을 말한다."[16]

---

15) Friedrich Schlegel: Über das Studium der Griechischen Poesie, In: Kritische Schriften und Fragmente, hg. v. E. Behler u. H. Eichner. Paderborn 1988, S. 85.
16) Ebd.

19세기 미학을 주도한 헤겔과 그의 학파는 추의 부정성을 철학적으로 성찰하고 있다. 헤겔은 전적으로 고전적인 예술관을 대변하고 있지만, 고전예술과 낭만예술의 차이를 밝힘으로써 추 미학의 단초를 제시하였다. 헤겔 미학의 근본적인 주제는 진리를 표현하는 예술, 즉 현실로부터 자유로운 아름다운 예술이기 때문에 추는 당연히 관심 밖의 문제였다. 고대예술을 미의 전형으로 삼았던 헤겔은 미를 "절대적 이념의 감각적 현상"으로 파악하였다. 반면 추는 "고전예술과 미의 이념 속에 구현된 아름다운 영혼이 육체적인 현상과 외적인 모순관계"[17]에 있는 것이다. 이에 따라 예술은 "가변적인 자연과 유한한 현실 그리고 사고의 무한한 자유" 사이를 매개하는 역할을 맡게 됐다. 예술의 과제는 현실과 인간의 유한성으로 인해 생기는 추를 지양하기 위해 "단순히 자연적인 것과 정신적인 것 사이의 차이를 해소하고, 외적인 육체성(Leiblichkeit)을 아름답고, 잘 조형되고 영혼이 담긴 활기찬 형상으로 변형시키는" 것이다.[18]

헤겔은 자연과 정신의 매개 과정을 역사철학적인 관점에서 상징예술, 고전예술, 낭만예술로 구분하고 있다. 고전예술을 통해 정신의 미적 묘사가 최고점에 달했다면 낭만예술은 미의 절대적인 이념을 제한적으로밖에 전달할 수 없다. 헤겔에게 있어 현대예술은, 즉 낭만예술은 더 이상 진리를 온전하게 전달할 수 없는 '예술시대 이후(Ende der Kunst)'의 예술이다. 이제 예술은 '더 이상 아름답지 않은 예술들(die nicht mehr schönen Künste)'로 존재하게 되었으며, 추는 예술의 필연

---

17) Georg W. F. Hegel: Vorlesung über die Ästhetik, hg. v. E. Modenhauer u. K. M. Michel. Frankfurt a. M. 1986, S. 784f.

18) Ebd., S. 424.

적 요소가 되었다. 이로써 헤겔은 미적 현대(ästhetische Moderne)와 현대예술에 대한 이론적 근거를 마련하였다.

헤겔 미학에서 배태된 미적 현대성과 이에 대한 역사철학적 고찰은 그의 후계자들에 의해 계승 발전되지 못했다. 이들은 1848혁명과 그 이후 증폭된 사회적 갈등과 모순을 경험하면서 부정적인 범주의 필요성을 절감하긴 했지만 초월적이며 탈역사적인 미의 개념에서 벗어나지 못했기 때문에 추에 내재된 미적 현대성을 충분히 인식하지 못했다. 그래서 바이세(Ch. Weisse)에서 시작하여 루게(A. Ruge), 로젠크란츠(K. Rosenkranz), 피셔(F. Th. Vischer) 그리고 19세기 중반까지 지속된 이 전통은 미적 범주를 탈역사화, 절대화했다는 비판을 받고 있다.

추는 탈역사화된 미, 숭고, 희극성의 범주 안에 편입되었다. 숭고는 미에 통합되고 추는 미적인 것에서 배제되거나 아니면 희극적인 것으로 지양 혹은 극복되는 경향을 보였다.[19]

19세기 추의 미학을 완성한 로젠크란츠는 추의 다양한 현상들을 구분하고 체계화했지만 미의 형이상학을 구축하기 위해 추를 탈역사화된 미의 부정적 범주로 고정시키는 한계를 드러냈다. 그에 따르면 자연과 정신이 가지고 있는 정형(기준)과 필연성은 자유로 인해 부정되며, 더 나아가 추로 전도된다. 이러한 추는 몰형식(Formlosigkeit), 부정확성(Inkorrektheit) 그리고 변형(Defiguration)이나 기형(Verbildung)

---

19) Kliche, S. 49.

――(천박함 das Gemeine과 역겨움 das Widrige)――으로 분류된다.[20] 이렇게 규정된 추는 미의 형이상학 내에서 미의 부정형으로 간주되거나 아니면 희극적인 것에 의해 지양된다.

미는 첫째, 긍정적으로는 감각적 형식에 조화롭게 나타나는 정신의 부자유이며 분열이다. 둘째, 부정적으로는 감각적 형식에 조화롭지 못하게 나타나는 정신의 부자유이다. 셋째, 정신의 자유로운 유희로 격하되면 이러한 기형은 지양된다. 따라서 미는 단순히 아름다운 것, 추한 것 혹은 희극적인 것이 된다.[21]

로젠크란츠의 궁극적인 목표는 미의 형이상학을 통해 추를 극복하고 미와의 화해 가능성을 모색하는 것이었다. 추에 대한 관심이나 긍정은 처음부터 염두에 두지 않았기 때문에 그의 추의 미학은 미적으로 건강한 것과 미적으로 병적인 것을 구분하는 미적 병리학(ästhetische Pathologie)에 가깝다고 말할 수 있다.

19세기 헤겔학파에서 논의된 추의 미학은 급격하게 변화된 인간관과 사회상을 반영하고 있다. 선험적 믿음과 개인의 정당성을 담보했던 근간이 무너지고 산업화와 도시화에 따른 추악한 모습들이 도처에서 나타나자 인간의 위기의식과 불안감은 한층 더 고조되었다. 이러한 현실은 새로운 차원의 미적 기준을 요구했지만, 이들은 추가 가지고 있는 미적 현대성을 탐문하고 발전시키는 대신 추를 연속성과

---

20) Karl Rosenkranz: Die Ästhetik des Häßlichen. Stuttgart 2007, S. 147–331.

21) Karl Rosenkranz: System der Wissenschaft. Königsberg 1850, S. 562(zit. n. D. Kliche, S. 51).

통일성을 보장해 주는 기존의 미적 · 도덕적 · 종교적 가치 속에 편입시킴으로써 현실과 미적으로 화해하는 데 급급했다.

현실의 위기와 갈등을 미적으로 봉합하려는 이상주의적 시도는 당연히 시대착오적일 수밖에 없다. 이들이 간과한 추의 미적 현대성은 이성적이고 합리적인 현실 뒤에 은폐된 야만과 부조리를 고발하고 비판하는 데 있다. 니체는 디오니소스적인 추를 긍정하고 그것을 미의 형이상학을 해체하는 수단으로 삼았다. 미적 현대의 강령처럼 들리는 "존재와 세계는 오직 미적인 현상으로만 정당화될 수 있다"는 주장은 인간이 존재의 비탄과 무의미를 더 이상 감당할 수 없게 됐음을 시사하고 있다. 우리의 존재가 가능하기 위해서는 "존재의 끔찍함과 부조리에 대한 역겨운 생각을 표상으로 변형"시켜야 한다. 이를 위해 "숭고함은 이 표상을 예술적으로 제어하고, 희극적인 것(das Komische)은 부조리의 역겨움을 예술적으로 방전한다."[22] 이러한 반란과 전복의 미학은 매순간 파괴와 창조, 해체와 구축을 끊임없이 반복함으로써 기존의 가치를 저급한 것으로 강등시킨다. 이러한 과정을 추동하는 힘과 새로운 시각이 바로 추이다.

영원히 창조하고 영원히 파괴하는 것은 나에게는 거의 고통에 가까운 일이다. 의미를, 새로운 의미를 무의미해진 것 안에 넣고 사물을 관찰하는 형식이 바로 추이다. 추는 창조자로 하여금 기존의 것을 근거 없는 것으로, 잘못된 것으로 부정하게 만들며, 또한 그것을 추하게 느끼도록 하는 집적된 힘이다.[23]

---

22) Nietzsche, S. 57.

3.4. 미적 현대와 추

자본주의와 기계 문명의 발전 그리고 이질적인 문화와 예술의 영향은 미적인 영역에도 큰 변화를 초래하였다. 미적 현대는 이러한 현대 사회의 변화와 밀접한 관계가 있지만 이를 수긍하고 반영하기보다는 근본적인 회의와 비판적 태도로 일관하였다. 특히 20세기 초반에 기존 사회와 예술을 전면적으로 거부했던 아방가르드 예술은 전통적인 미적 규범과 형식을 부정하면서 추상적인 회화, 비조성적인 음악 그리고 소통과 의미를 거부하는 문학으로 발전하였다. 이러한 경향은 늘 새롭고 이질적인 표현방식을 찾으려는 노력으로 구체화되었다. "낯설게 하는 타자(das befremdende Andere)"[24]는 도발과 자극의 감정을 동반하기 때문에 익숙해진 지각방식이나 미적 범주로는 이해할 수 없는 영역을 표현한다. 아도르노에 따르면 예술은 지배 체제에 편입되지 않기 위해서 늘 타자로 남아야 하며, 불가해한 영역으로 끊임없이 탈주해야 한다. 이러한 타자성을 보장하기 위해 예술은 계속 새로운 기법과 형식을 창출해야 한다.

자본주의 사회의 문화산업은 인간의 의식을 지배하고 있다. 오직 예술만이 이 관계를 해체시킬 수 있다. 이를 위해서 예술은 우리의 의식을 장악하고 있는 시장 이데올로기를 거부해야 한다. 그러므로 예술은

---

23) Ebd., S. 111.

24) Herbert Grabes: Einführung in die Literatur und Kunst der Moderne und Postmoderne. Tübingen 2004. S, 5ff.

재료의 구성에 있어서 더 급진적으로 되어야 한다. 왜냐하면 미적 성과들은 대량생산과 마케팅을 통해 빠른 속도로 평가 절하되기 때문이다. 바로 이것이 현대예술이 더 해석적으로, 폐쇄적으로 변하고, 더 급진적이 될 수밖에 없는 이유이다. 이것은 통용되고 공인된 연관 체계, 즉 대상성, 서사적 논리성 혹은 조성성의 거절을 뜻한다.[25]

미적 모더니즘은 새로운 것의 의미와 가치를 강조한다. 특히 삶과 현실의 근본적인 변혁을 도모했던 미적 아방가르드는 낯선 것, 이질적인 것, 충격적인 것들을 선호함으로써 예술 형식의 새로운 차원을 확보하였다. 그러나 낯선 타자를 부각시키고 미적 자극과 동요를 도발하는 예술은 아름다움의 미학이나 단순한 미추의 이항대립으로는 파악할 수 없는 새로운 미적 영역이다. 고르젠(P. Gorsen)은 현대예술의 특징을 "미적이지 않은 것의 심미화(Ästhetisierung des Unästhetischen)"와 "미적인 것의 탈심미화(Entästhetisierung des Ästhetischen)"라고 규정하고, 이러한 경향을 종합적으로 파악하고 기술하는 데 적합한 기준이 추의 미학이라고 단언한다. 첫번째 경향은 부조리하고 불합리한 현실을 있는 그대로 미메시스하는 것을 목표로 삼는다. 여기서 추는 아름다운 가상이 존재하지 않는 세계를 묘사하는 데 적합한 미적 범주로서 현실 폭로와 고발의 수단이 된다. 두번째는 (추한 현실의 사실적인 묘사와는 달리) 미적 영역에 속하지 않는 것, 즉 일상적인 것과 기능적인 것을 미적 대상으로 삼거나 혹은 기존 형식의 해체와 몰형식을 통해, 즉 원색적인 색상과 변형된 구도, 의미의 중지를

---

25) Liessmann, S. 143.

통해 대상성과 서사성을 파괴한다. 전통적인 이미지와 형식들은 표현주의의 세계와 추상, 환상의 세계를 통해 해체되고, 마침내 정상과 이상, 일상과 예술, 미와 추의 경계도 허물어진다.[26]

추의 미학을 근간으로 하는 현대예술은 한편으로는 사회적·정치적 발전의 추동력으로 작용했지만, 다른 한편으로는 문화 보수주의자들의 비판의 대상이 되기도 하였다. 추는 플라톤 이후 늘 미적 일탈이나 병리현상이었으며 미학 담론으로부터 추방되어야 할 대상이었다. 이러한 입장을 대변한 제들마이어(H. Sedlmeyer)는 현대예술을 "중심의 상실(Verlust der Mitte)"이라고 특징짓고, 유기적이고 인간중심의 예술이 와해되는 과정을 쇠락하는 서구 문명의 징후라고 진단했다. 비슷한 맥락에서 겔렌(A. Gehlen)도 현대예술의 특징을 "발화능력의 상실"에서 찾고 있다. 이들과 직접적인 연관관계는 없지만 추의 미학에 대한 부정적인 태도와 혐오감은 나치시대에 정점에 달해 현대예술은 마침내 '타락한 예술(entartete Kunst)'로 전락하였다.

현대예술은 타자성을 담보할 수 있는 미적 새로움을 강박처럼 추구하기 때문에 새로움은 필연적으로 다른 새로움에 의해 대체된다. 이에 따라 역사적 아방가르드의 뒤를 이어 새로운 아방가르드들이 출현했지만 이들은 더 이상 미적 진보에 대한 새로운 전망과 가능성을 제시하지 못했고, 이들이 의도한 충격과 스캔들은 단순한 해프닝으로 끝났다. 역사적·사회적 진보와 함께 예술의 진보를 믿었던 모더니즘의 한계와 좌절은 다원성, 혼종성 그리고 절충주의(Eklektizismus)

---

26) Peter Gorsen: Das Prinzip Obszön. Kunst, Pornographie und Gesellschaft. Reinbek 1969, S. 16.

를 표방하는 포스트모더니즘으로 표현되었다. 모더니즘과 포스트모더니즘의 관계를 어떻게 파악하든 양자 사이에는 어느 정도 공통점이 있다. 그러나 분명한 것은 포스트모더니즘의 예술이 단순하게 미나 추의 미학으로 설명될 수 없다는 점이다. 그래서 다양한 가치와 취향이 공존하는 다원화된 사회를 미적으로 포착할 수 있는 미적 범주로서 다시 숭고가 조명을 받게 되었다. 확고한 삶의 근거가 더 이상 존재하지 않는 시대에 예술은 직접적인 묘사나 지시 대신 '생각할 수는 있지만 묘사할 수 없는 것' 들을 암시하는 것으로 만족한다. 칸트의 숭고개념을 수용한 료타르(J. F. Lyotard)는 이 점을 부각시키며 포스트모더니즘의 예술을 숭고의 예술로 정의하고 있다. 그러나 포스트모던의 예술이 일반적으로 묘사할 수 없는 것들을 묘사하는지에 대해서는 논란의 여지가 있다.

4. 나오는 글

미, 추, 숭고와 같은 미적 범주들은 특정 사회에서 통용되는 미적 가치에 대한 일반적인 관념을 나타낸다. 다시 말해 이것들은 어떤 대상의 속성이나 혹은 그 대상이 주는 효과에 긍정적이건 부정적이건 특정한 가치를 부여한 것이며, 문화적 관습과 삶의 연관 속에서 미적 대상이 어떤 것인지를 결정하는 요소이다. 특히 미추의 관계는 사물에 대한 우리의 미적 태도를 결정하는 기준으로 작용하기 때문에 미추를 근간으로 하는 담론의 질서는 곧 사물의 질서를 결정한다. 이런 점에서 미와 추는 우리의 삶, 인식, 담론을 구성하는 중요한 범주이다. 그러나 이것들은 절대적 가치를 가진 범주가 아니라 역사적, 이론적, 제도적 산물이다. 그러므로 그 경험은 존재론적, 형이상학적 차원을 벗어난 사회적 행위이며, 미적 판단은 한 사회에 통용되는 미적 관습에 근거한다. 즉 어떤 것이 아름답고 어떤 것이 추한지는 이미 조건화되고 사회화된 지각행위를 통해 이루어진다.

미적 범주의 역사성과 사회성에 대한 인식은 추 개념의 역사적 변화 과정을 추적하고 기술하는 시도를 정당화한다. 본 논문에서 밝혔듯이 추는 오랫동안 미의 반대개념이자 부정적인 범주로서 간주되어 왔지만 결코 초역사적인 개념은 아니다. 추의 역사적·사회적 의미는 부정적 범주에서 새로운 예술의 동력원으로 발전하는 긴 변화 과정을 뜻한다. 특히 미적 현대에서는 추가 미보다 훨씬 현실에 가깝고 적합한 미적 범주임이 입증되었다. 포스트모더니즘 이후 숭고에게 그 자리를 내주긴 했지만 추는 여전히 삶의 세계에서 사회적·도덕적 특징을 표시하는 범주로서 작용하고 있다.

참고 문헌

Adorno, Theodor W.: Ästhetische Theorie. Frankfurt a. M. 1970.

Anz, Thomas: Literatur und Lust. Glück und Unglück beim Lesen. München 1998.

Böhm, Gerhard: Atmosphären. Frankfurt a. M. 1995.

Funk, Holger: Ästhetik des Häßlichen. Beiträge zum Verstandnis negativer Ausdrucksformen im 19. Jahrhudert. Berlin 1983.

Gorsen, Peter: Das Prinzip Obszön. Kunst, Pornographie und Gesellschaft. Reinbek 1969.

Grabes, Herbert: Einführung in die Literatur und Kunst der Moderne und Postmoderne. Tübingen 2004.

Hegel, Georg Wilhelm Friedrich: Vorlesung über die Ästhetik I−III Bd. 13−15, hg. v. E. Modenhauer u. K. M. Michel. Frankfurt a. M. 1986.

Jauss, H. Robert(Hg.): Die nicht mehr schönen Künste. Grenzphänomene des Ästhetischen. München 1968.

Jung, Werner: Schöner Schein der Häßlichkeit oder Häßlichkeit des schönen Scheins. Ästhetik und Geschichtsphilosophie im 19. Jahrhundert. Frankfurt a. M. 1970.

Klemme, Heiner, Pauen, Michael, Raters, Marie−Luise(Hg.): Im Schatten des Schönen. Die Ästhetik des Häßlichen in historischen Ansätzen und aktuellen Debatten. Bielefeld 2006.

Kliche, Dieter: Häßlichen. In: Ästhetische Grundbegriffe: Historisches Wörterbuch in sieben Bänden, hg. v. K. Bark, M. Fontius, D. Schlenstedt, B. Steinwachs, F. Wolfzettel, Bd. 3. Stuttgart u. Weimar 2001, S. 22−66.

Kant, Immanuel: Kritik der Urteilskraft, hg. v. W. Weischedel, Bd. 10. Frankfurt a. M. 1974.

Lessing, Gotthod Ephraim: Laokoon oder über die Grenzen der Malerei und Poesie. In: Werke, hg. v. G. Göpfer. München 1996.

Liessmann, Konrad Paul: Philosophie der modernen Kunst. Wien 1999.

Ders.: Ästhetische Empfindung. Wien 2009.

Menninghaus, Winfried: Ekel. Theorie und Geschichte einer starken Empfindung. Frankfurt a. M. 1999.

Nietzsche, Friedrich: Sämtliche Werke. Kritische Studienausgabe, hg. v. G. Colli u. M. Montinari. München 1980.

Rosenkranz, Karl: Ästhetik des Häßlichen. Hg. v. Dieter Kliche. Stuttgart 2007.

Schlegel, Friedrich: Über das Studium der Griechischen Poesie. In: Kritische

Schriften und Fragmente, hg. v. E. Behler u. H. Eichner. Paderborn 1988.

Seel, Martin: Ästhetik des Erscheinens. München 2000.

추의 역사

제여매

오늘날 추(das Hässliche)는 미(das Schöne)와 숭고함(das Erhabene)과 더불어 미학의 중요한 카테고리에 속한다. 하지만 추는 오랫동안 미와 반대되는 개념으로서, 즉 '미가 아닌 것'이라는 한계 속에서만 인정되었다. 추는 18세기에 미학의 발전과 더불어 비로소 고려되기 시작하였고, 낭만주의 이래로 추의 미적 기능에 대한 관심은 점점 증가하였다. 오늘날 추는 바로 그 부정적 특성으로 인하여 문학과 예술에서 중요한 역할을 하고 있다.

고대에서부터 현대에 이르는 추의 역사를 살펴보면 사실 추 자체가 변화한 것이 아니라, 인간의 세계관의 변화에 따라 추에 대한 시각이 변화했다는 것을 알 수 있다. 이상적 미를 추구했던 고대 그리스 시대부터 21세기에 이르기까지 추는 명백하게 인간의 한 속성에 속하는 것으로서 늘 존재해 왔다. 추의 변천사는 인간의 삶과 세계관의 변천사와 맥을 같이하고 있다. 이러한 관점에서 본고에서는 고대에서부터 현대까지 추의 변천사를 추적해 보고자 한다.[1]

1. 고대세계의 추

고대인들은 이상적인 미에 대한 전통뿐만 아니라, 모든 규범을 부정하거나 그 자체가 불균형을 이루고 있는 존재들, 즉 추에 대한 전통도 서구인들에게 물려주었으며, 육체적 추함과 도덕적 추함의 관계를 다룬 방대한 문헌을 만들어 냈다. 완벽함에 대한 그리스인들의 이상은 '칼로카가티아(kalokagathia)'라는 말로 표현되는데, 이 말은 일반적으로 '칼로스(kalos 아름다운)'와 '아가토스(agathos 선한)'와 관련된 긍정적인 모든 가치를 포괄한다. 기원전 4세기에 폴리클레이토스(Polykleitos)는 이상적인 비례의 모든 법칙이 구현된 규범(Canon)이 되는 조각상을 만들었으며, 후에 비트루비우스(Vitruvius)는 얼굴은 신체 총 길이의 10분의 1, 머리는 8분의 1, 윗몸통의 길이는 4분의 1 등등의 이상적인 신체 비례를 분수로 표현하였다. 이러한 이상적 비례를 구현하지 않은 것은 추한 것으로 간주되었다.

그리스의 형이상학에서 추라는 개념의 철학적 의미는 선함과 악함, 형식(Form)과 물질(Stoff), 그리고 있음(존재 Sein)과 없음(무 Nichts)과의 관계처럼 아름다움과 상반된 개념으로 규정된다. 추함의 개별적 의미 역시 이러한 관계 속에서 사용되는데, 열등한 것, 반감을 일으키는 것, 혹은 역겹게 느껴지는 것은 추한 것으로 간주되고, 무정형이

---

1) 이 글은 연구논문이라기보다는 추의 변천사에 대한 개괄적 서술이다. 이 글은 최근에 번역된 '움베르토 에코(오숙은 역): 추의 역사(열린책들)와 Ursula Franke: das Häßliche. In: Jochaim Richter(Hg.): Historisches Wörterbuch. Basel, Stuttgart 1971ff., Bd. 3. 1974, S. 1003-1007'를 중심으로 기술되었으며, 필요한 경우에 필자가 보충하였다.

거나 정의내릴 수 없는 것 역시 추에 속한다. 유일한 실재는 이데아 세계이며, 물질세계의 실재는 일종의 그림자이며 모방이라고 믿었던 플라톤은 존재론적으로 열등한 것에서부터 비존재(das Nichtseiende)에 이르는 것을 추라는 개념에 포함시킨다. 플라톤에게 있어서 추는 이데아의 세계와 대조적으로 감각적 질서에 속하며 불완전한 물리적 우주의 한 양상에 속한다. 《파르메니데스》에서 플라톤은 정당한 것과 아름다운 것, 선한 것의 절대적 이데아 세계의 실재와는 정반대로 더러운 것, 즉 머리카락, 진흙 혹은 불결하고 하찮은 것들의 이데아는 존재하지 않는다고 말한다. 나아가 플라톤은 《국가》에서 추와 부조화, 불협화음은 영혼의 선에 반대되기 때문에 성품이 고약하고 허술하고 비천하고 추한 것들을 묘사하지 못하도록 금해야 한다고 말한다. 그러나 근본적으로는 각각에 해당하는 이데아에 적합한 한, 모든 사물에 어울리는 미의 등급이 존재한다는 것을 인정한다. 한 소녀나 한 마리의 암말, 하나의 항아리가 아름답다고 말할 수는 있지만, 이들 각각은 그보다 우월한 것보다 추하다는 것이다. 후에 질료는 악한 것이라고 정의했던 플로티노스는 추를 물질세계와 동일시하였다. 《엔네아데스》에서 플로티노스는 추한 영혼, 사악하고 부정한 영혼은 육체적 열정의 삶을 살고 오직 추함 속에서 쾌락을 찾고, 이러한 영혼은 그 자신과는 다른, 물질의 형태를 받아들이는 까닭에 그것에 의하여 더럽혀지고 자신보다 열등한 것에 의해 오염된다고 주장한다. 하지만 아리스토텔레스는 《시학》에서 실제로 아주 보기 흉한 짐승이나 시체의 형체처럼 혐오감을 주는 것들도 매우 정확하게 묘사했을 때는 쾌감을 준다고 말하면서 모방 원칙을 전제로 한 추의 미적 기능을 제시하고 있다.

그리스인들은 이상적 법칙, 비례와 조화, 규칙과 질서 속에서 완벽함을 추구하였지만, 그들 나름의 지하세계가 있었고, 수많은 추와 사악함에 대한 공포에 사로잡혀 있었다. 헤시오도스의 《신통기》에는 파멸의 밤이나 그 너머의 강력한 신 하데스의 세계와 그 앞에서 파수를 보는 무시무시한 개에 대하여 묘사하고 있다. 오디세우스나 아이네이아스 같은 영웅들은 바로 이러한 절망적인 하데스의 안개 속을 통과한다. 우주를 방황하는 끔찍하고 부정한 존재들은 자연법칙을 거스르는 잡종으로서, 호메로스에 등장하는 세이렌들은 사실 물고기 꼬리를 가진 매력적인 여인이 아니라, 추잡하고 탐욕스러운 새이다. 그리고 스킬레라는 무시무시한 괴물은 열두 개나 되는 발이 대롱대롱 걸려 있고, 무시무시한 머리가 있는 기다란 목이 여섯 개나 된다. 폴리페모스는 인간을 내리쳐 토막을 내어 내장, 골수 혹은 고기를 구별하지 않고 먹어치우는 괴물이다. 베르길리우스의 《아이네이스》에서는 세 개의 아가리를 가지고 있는 괴물 케르베로스나 손에는 맹금류의 발톱을 가지고 있고 지독한 냄새의 배설물을 싸는 하르피이아이라는 괴물이 등장한다. 그밖에도 뱀들의 머리와 멧돼지의 발굽을 가진 고르곤 자매, 인간의 얼굴에 사자의 몸통을 한 스핑크스, 말의 몸통에 인간의 머리와 팔을 지닌 켄타우로스, 황소의 머리에 인간의 몸을 한 미노타우로스 등의 추한 존재들이 있다.

그뿐만 아니라 그리스 신화는 이루 말할 수 없는 잔혹한 신들의 행위에 대하여 전하고 있다. 크로노스는 자기 아이들을 잡아먹었고, 메데이아는 부정한 남편에게 복수하기 위하여 자식들을 죽였다. 탄탈로스는 신들의 통찰력을 시험하기 위하여 이들 펠롭스를 요리해 신들의 식탁에 바쳤다. 그리고 오이디푸스는 존속살인과 근친상간을 저지르는 운명을 타고난 인물이다. 아이기스토스는 아가멤논의 아내를 클리타임네스트라를 강탈하기 위해 아가멤논을 죽였고, 클리타임네스트라는 나중에 아들 오레스테스에 의해 죽음을 당한다. 그리스 신화는 추하고 극악무도한 악이 지배하고 있으며, 이러한 공포스러운 존재들은 그 후의 세계에 이르기까지 많은 영향을 주게 된다. 특히 기독교는 그리스 신화에 등장하는 이러한 괴물들은 이용하여 이교도 신화의 허구성을 보여주는 동시에 추에 대한 무시무시한 관념을 만들어 낸다.

2. 신의론적(Theodizee) 관점에서의 추

그리스 신화에는 끔찍하고 추한 세계에 대한 묘사가 종종 나타나고, 플라톤은 실재의 세계가 완벽한 이데아들의 모방에 불과하다고 생각했다. 그럼에도 불구하고 올림포스 산에 거주하는 신들은 완벽한 미의 원형으로 간주되는 '범미주의적(판칼리아 pancalia)' 세계관이 지배적이었으며, 그리스의 미술가들은 이 신들에게서 지고의 미를 발견하여 재현하려고 노력하였다. 그리스 고전 철학에서도 범미주의 원칙이 중심이 되고 있다. 플라톤의 《티마이오스 *Timaios*》에서 칼키디우스는 '비할 데 없는 미를 지닌 존재들의 찬란한 세계'에 대하여 이야기한다. 우주에 대한 고대 그리스 세계의 '범미주의적' 관점은 그 후 신플라톤주의 학파에 의하여 재평가된다. 아레오파고스의 재판관 가명-디오니소스(Pseudo-Dionysius)의 《신명론 *De divinus*》은 중세 미학에 많은 영향을 준 서적인데, 여기에서 저자는 무한한 광휘의 근원으로서의 우주에 대하여 말하고 있다. 즉 '초본질적인 아름다움을 지닌 것을 미라 부르는 이유는 그것이 만물에게 저마다의 본성에 맞게 베푸는 공평함 때문이다. 그것이 만물의 조화와 광휘의 원인이다. 그것은 가장 찬란한 빛의 형상으로, 거기서 뿜어지는 빛줄기를 만물에 퍼붓는다. 그것이 만물을 아름답게 하며, 세상 만물을 그 자신에게 불러들여서 (…) 만물을 한데 끌어들이면서 만물을 자신 안으로 흡수한다'는 것이다.

중세의 모든 작가들에게 있어서 '판칼리아'는 핵심적인 주제였는데, 여기에서 그리스 세계가 추구했던 완벽한 미는 그리스도교에서 신학적 형이상학 관점으로 역전된다. 이미 기독교의 창세기에서 "여섯째 날 신이 만드신 모든 것을 바라보니 좋았다"(1: 31)라는 말은 우주 전체가 신의 작품이기 때문에 아름답다는 사고를 반영한다. 이러한 '총체적인 미의 관점'에서 추와 악, 부조화와 불균형은 합당한 것으로 간주되었다. 초기 기독교의 대표자 아우구스티누스(Augustinus)는 악이 자율적 존재가 아니라 선의 결핍이라고 간주하면서 신이 창조한 세계 내에서의 악을 정당화하고 있다. 아우구스티누스는 세계가 상반적인 것에 의하여 지배되고 있다고 보았으며, 질서와 조화로운 세계 내의 무질서와 부조화, 혹은 변화하는 것이나 죽는 것은 존재론적으로 보다 높은 것에 비하여 열등하거나 추한 것으로 간주하였다. 《고백록》에서 아우구스티누스는 악과 추는 신의 계획 속에 존재하지 않는다고 말하면서 추를 전반적 질서의 일부로 수용한다. "어느 일부분이 맞지 않아 악으로 보이는 것이 있을지라도 그것이 다른 것과 조화가 되니 그것이 악일 수 없고 선"이라는 것이다. 아우구스티누스의 《질서론》에서는 추하거나 비열하거나 난잡한 존재도 자연의 질서에 필수불가결한 것이라고 기록되어 있다. 아우구스티누스는 선의 본질에 대하여 '우리는 빛과 어둠을 서로 반대되는 두 개의 것으로 이야기한다. 그러나 아무리 어두운 것에도 약간의 빛이 있다. 만약 그것이 아무런 빛이 없다면, 정적이 소리의 결여인 것과 마찬가지로 어둠은 빛이 결여되어 있기 때문에 존재하는 것이다. (…) 그렇다고 해도 이와 같은 사물의 결여조차도 그 점에서는 자연의 보편적 질서 안으로 다시 들어가서 현자의 위치에서 보면 부적절하지 않은 나름의 위치를 차지한다'고 말한다.

기독교에서 가장 중요한 사건이라고 할 수 있는 그리스도의 수난 장면 역시 범미주의적 시각으로 수용되고 있다. 물론 초기 그리스도교 미술에서 예수는 주로 선한 목자라는 이상화된 이미지로 부각된다. 십자가에서의 수난은 적절한 도상학적 주제로 간주되지 않았으며, 기껏해야 십자가라는 추상적 상징을 통하여 암시되는 정도였다. 십자가에 매달린 그리스도가 매를 맞고 피 흘리며 고통으로 일그러진 인간의 모습으로 등장하기 시작한 것은 중세 말의 일이다. 그리스도의 수난에 대한 묘사를 꺼렸던 이유는 그리스도의 인간적 특징 때문에 그의 신성을 부정하려는 이교도들과의 싸움 때문이었다. 하지만 이미 아우구스티누스는 십자가에 매달린 그리스도의 흉한 모습은 피상적인 흉함이며 사실 그 희생의 내면적인 미는 인간에게는 오히려 영광을 의미한다는 범미주의적 관점을 분명히 하였다. 그리스도의 수난에 대하여 헤겔은 신의 삶에서 진정한 전환점으로서 이승의 인간으로서의 개별적인 수난의 존재, 수난의 역사 십자가에서의 고난, 정신의 골고다 언덕, 죽음의 고통을 끝내는 것을 의미한다고 말한다.[2] 수난당하는 예수의 모습은 수난을 통하여 그리스도의 인성을 찬양하려는 목적이 있었다. 수난 장면은 대부분 사실적으로 묘사되었는데, 예를 들어 조토(Giotto)의 〈그리스도에 대한 애도〉에서는 천사를 포함한 모든 등장인물들이 흐느끼며 충성스런 연민의 감정을 나타내고 있다. 독일 북부 화가들에게 있어서 수난당하는 그리스도의 모습은 대부분 키가 크고 잘생겼으며 감상적인 인물로 표현되면서 이상화되고 있는 반면, 그의 적들은 신과 대립하면서 그를 심판하고 조롱하고 학대하고 십자가에 매다는 내적으로 사악한 자들로 표상된다. 그리고 신에 대항하는 내적인 사악함과 적대감에 대한 표상은 외면적으로 추함, 거칢, 야만성, 분노, 일그러진 형태로 표현된다. 즉 그리스도와 비교해서 미적이지 못한 것이 필연적인 요소로 등장하고 있다. 이와 같이 도덕적·신앙적인 목적을 위하여 도입된 추는 다른 유형의 추에게도 힘을 실어 주게 된다.

단테의 《신곡 *Divina comedia*》에서는 신이 창조한 세계와 질서와의 관계 속에서 추가 부조화로 나타난다. 《신곡》의 〈지옥〉편에서는 온갖 기이한 괴물들과 각양각색의 추한 존재들에 대하여 묘사된다. 미노스, 복수의 여신들, 게리온, 세 개의 얼굴과 여섯 개의 거대한 박쥐 날개를 가진 루시퍼, 그리고 말로 묘사하기 어려운 각종 고문을 소개한다. 벌거벗은 채 말벌과 쇠등에에게 쏘이는 게으름뱅이들, 비의 채찍을 맞고 케르베로스에게 내장을 먹히는 대식가, 불의 무덤에 누운 이교도들, 불의 소나기를 맞는 신성모독자, 남색자, 고리대금업자, 위선자, 납으로 된 망토를 걸친 위선자, 거름더미 속에 빠진

---

2) Vgl. Goerg Wilhelm Friedrich Hegel: Ästhetik. Hg. von Friedrich Bassenge. Bd. 1. Frankfurt a. M. 1965, S. 517ff.

아첨꾼, 옴과 나병에 걸린 거짓말쟁이, 얼음에 몸을 담그는 배신자 등이 등장한다.

추에 대한 아우구스티누스의 이론은 스콜라 철학에서 다시 제기되면서 추는 우주의 총체적 미라는 범주 안에서 정당화된다. 추와 악의 존재는 한 이미지 내에서 빛과 그림자 사이의 비례와 명암법과 비교될 수 있는 가치를 획득하게 되고, 전체와의 관계 속에서 그 나름대로 전체의 조화에 이바지한다는 것이다. 이러한 이유에서 괴물들조차 아름답다고 말하는 학자들이 있는가 하면, 추에 대한 인상을 지각의 결함과 연관시켜 추함을 빛의 결여로 간주하거나, 사물을 왜곡시키는 다른 요소, 예를 들어 안개 때문이라고 주장하는 학자들도 있었다.

르네상스와 그 후의 시기에는 인체와 인체의 미에 대한 재평가가 이루어졌고, 이런 분위기 속에서 비참한 사건들을 과도하게 미화하는 경향이 나타났다. 예를 들어 안드레아 만테냐(Andrea Mantena)의 〈성 세바스티아누스〉(1457-1459), 한스 홀바인(Hans Holbein)의 〈성 세바스티아누스 삼면화〉(1516), 엘 그레코(El Greco)의 〈성 세바스티아누스〉(1651), 귀스타프 모로(Gustave Moreau)의 〈성 세바스티아누스〉(1870-1875) 등과 같이 성 세바스티아누스의 순교를 재현한 작품들은 고문당하는 성자들이나 순교자들의 고통보다도 오히려 이 인물들의 남성적인 힘이나 여성적인 부드러움이 강조된다.

3. 여성의 추: 고대부터 바로크

중세와 바로크 시대 사이에는 여성에 관한 독설이 성행하였으며, 여성은 사악한 내면과 유혹의 힘을 지닌 추한 존재로 간주되었다. 이미 고전문학에서 호라티우스(Quintus Horatius Flaccus), 카툴루스(Gaius Valerius Catullus), 마르티알리스(Marcus Valerius Martialis) 등은 여성의 혐오스러움에 대하여 제시한 적이 있었다. 오비디우스는 여성의 화장품에 대하여 다루면서 여성은 화장보다는 덕성에 의해 더욱 아름다워진다고 말한다. 기독교에서는 여성이 외모를 가꾸는 문제를 근본적으로 부정적으로 평가하였는데, 여기에서 미의 유혹은 육체의 매춘과 동일시되었다.

중세에는 특히 '반베아트리체'의 전형으로서 늙은 여성의 추함에 대한 묘사가 여러 텍스트에서 나타나고 있다. 단테의 〈연옥〉에 등장하는 세이렌은 '말더듬이에 사팔뜨기 눈, 뒤틀린 다리, 끊어진 두 손에 창백한 모습'의 추한 여인으로 등장하고 있다. 체코 안졸리에리(Cecco Angiolieri, 13-14세기)의 《시집》에 나오는 노파는 주글주글하고 악취를 풍기면서도 욕정이 남아 있는 여자이며, 루스티코 디 필리포(Rustico di Filippo, 13세기) 역시 역겨운 냄새의 음흉한 노파를 '더러운 짐승'이라고 표현한다. 여성 혐오증은 조반니 보카치오의 《코르바쵸 Corbaccio》(1363-1366)에서 절정에 이른다. 이 작품에 나타나는 여자는 '불완전한 동물'로서 '그냥 생각만 해도 불쾌하고, 가증스러운 수천 가지 열정'에 휘둘리며, '남자들이 여자들을 쳐다본다면 그것은 오로지 자연이 주는 쾌락 하나만을 목적'으로 한다고 말한다. 여자의 추함은 '진흙탕에서 뒹구는 돼지'보다 더 심하다고 간주되기도 한다.

르네상스 시대에도 추한 여성이 등장하지만 추에 대한 시각의 변화가 일어나고 있다. 이러한 변화는 르네상스 시대의 정신적 변모에서 나타나는 매너리즘(마니에리스모 Manierismo)과 관계가 있다. 1600년 경의 예술적 이념은 세 가지로 나누어 표현할 수 있는데, 자연을 모방하는 예술, 자연으로부터 인위적인 의미를 만들어 내는 정신, 마지막으로 장난스럽고 괴상하면서도 '이상한' 인간의 발명품으로서의 예술이 그것이다. 매너리즘은 첫번째 예술 이념을 소홀히 하지는 않았지만 다른 두 가지에 치우쳤다. 불안과 멜랑콜리로 고민하는 예술가들은 모방으로서의 미가 아니라, '표현적인' 것에 관심을 갖게 되었으며, 예술가의 정신 속에 잉태된 이데아의 창조성을 중시하였다. 매너리즘 화가들은 독창성이 없는 모방과 규칙을 거부하고 자신의 시각을 주관적으로 표현하였고, 중심이 없는 혼잡한 장면 속에서 고전적인 공간 구조를 해체하게 된다. 엘 그레코의 뒤틀린 '난시안적' 인물, 파르미니자니노(Parmigianino)의 비현실적으로 양식화된 불안한 얼굴들, 아르침볼도(Guiseppe Arcimboldo)의 환상적 인물들에서는 미에 반대되는 표현들이 등장하게 된다.

매너리즘 시기에는 초기부터 인간의 노화에 대한 멜랑콜리한 사유들이 증가한다. 미켈란젤로나 그리피우스는 늙어 버린 자신을 묘사한 시에서 자신에 대한 연민을 보여준다. 늙은 여인의 모습에 대하여 반어법이 사용되고 추에 대한 비난에 반대하는 의견까지 나타나게 된다. 조아생 뒤 벨레(Joachim du Bellay, 16세기)는 '평온하게 주름진 눈썹, 금빛 얼굴, 수정처럼 맑은 눈, 일그러진 경계선을 이루는 거대한 주름들, 영예로운 커다란 입, 아름다운 흑단 치아'를 오히려 '소중한 보물'이라고 말한다. 프란체스코 베르니(Francesco Berni)의 〈그의 귀부인을 위한 소네트〉에서 '은색 머리타래'의 여인에게서 '사랑과 죽음의 화살'이 엇갈림에 대한 '사랑의 아름다움'을 선언한다. 오르텐시오 란도(Ortensio Lando)는 아름다운 것보다 추한 것이 낫다고 풍자하고 있는데, '그리스의 헬레네와 트로이아의 파리스가 아름답지 않고 못생겼더라면 의심할 것도 없이 그리스인들은 고난을 훨씬 덜 겪었을 것'이며, 소크라테스를 예로 들면서 '추한 사람들이 아름다운 사람들보다 더 현명하고 더 영리한 경우'가 많다고 주장한다. 또한 아름다운 여성 중 정숙한 여성은 드문 일이며, '추'는 '정숙의 성자 같은 벗, 추문을 막는 방패, 위험으로부터의 수호자'라고 역설하고 있다. 루크레차 마리넬리(Lucrezia Marinelli)는 《여성의 고귀함과 탁월함》(1591)에서 여성의 미를 극찬하고 있는데, 세상에 여자들보다 더 아름다운 것은 없으며 남자들은 아름다운 것을 사랑할 수밖에 없고, 또한 모든 남자들은 여자들에 비하여 추하다는 것이다.

바로크 시대에는 예외적인 것, 경이로운 것에 대한 취향이 강했다. 이러한 문화적 풍토 속에서 예술가들은 폭력, 죽음, 공포의 세계에 흥미를 가졌으며 기존 미학에서 변칙이라고 간주되던 요소들을 아무 거리낌 없이 사용하였다. 추한 여인에 대한 관점도 달라지고 여성의 결점들이 흥미로운 요소로 묘사되기도 하는데, 몽테뉴는 《수상록 III》(1595)에서 절름발이 여인의 여성적 매력에 대하여 서술한다. 바로크 시대에는 말더듬이 여인, 난쟁이 여인, 곱사등이, 사팔뜨기, 곰보 여인을 찬양하는 시들이 나타났다. 화사한 장밋빛 뺨을 찬양하는 중세의 전통과는 달리 마리노(Giovan Battista Marino)는 〈서정시〉

(1604)에서 ‘창백한 여인’을 칭송하고, 살로모니(Giuseppe Salomoni)의 작품에도 노부인에 대한 찬사가 나타난다. 로버트 버턴(Robert Button)의 경우에는 ‘모든 연인은 자신의 여인을 사랑하는 바, 그 여인이 아무리 흉하게 생겼든, 못났든, 주름투성이든 (…) 그런 오류들이나 신체나 정신의 결함들은 전혀 보지 못하게’ 되는, 즉 미와 추를 넘어선 사랑에 대하여 쓰고 있다.

바로크 시대에 발견되는 인간의 고통과 추함, 혹은 사악함의 표현은 불쾌함을 주는 얼굴들을 조롱하거나 악을 재현하기 위한 것이 아니라, 오히려 질병이나 누구도 피할 수 없는 세월의 흔적을 보여주기 위함이었다. 여기에서는 그들을 사악하거나 추하게 만든 것은 다름 아닌 타인들의 악의적인 시선이었음을 암시하고 있으며, 예술가들은 이들에 대한 연민의 감정을 표현하였다.

4. 17-18세기의 추

17-18세기에는 미학 이론의 부흥과 함께 숭고미(das Erhabene)에 대한 긍정적인 미적 평가가 이루어지면서 추에 대한 인식의 변화가 나타나는 시기이다. 숭고미는 헬레니즘 시대에 롱기누스(Pseudo-Longinus)에 의하여 제기된 후 근대의 몇몇 번역을 통하여 재발견되는데, 그중 부알로(Nicolas Boileau)의 프랑스어 번역 《숭고론》(1674)은 숭고미에 대한 수사학적 고찰로 유명하다. 18세기에는 미에 관한 논쟁이 미를 규정하는 규칙에 대한 탐구에서 미가 생산하는 효과에 대한 고찰로 바뀌면서 숭고에 대한 예술적 효과보다는 무형의 것, 고

통스러운 것, 무시무시한 것이 지배하는 자연 현상에 대한 인간의 감성에 관심이 쏠리게 된다. 에드먼드 버크(Edmund Burke)는 《숭고와 아름다움의 이념의 기원에 대한 철학적 탐구》(1756-1759)에서 폭풍이나 거친 바다, 험준한 절벽, 빙하, 심연 끝없이 펼쳐진 땅, 동굴, 폭포 등을 보면서 우리가 느끼는 공허함, 어둠, 고독, 고요 등의 감정을 음미할 때 느끼는 감정을 숭고함이라고 할 수 있는데, 공포를 느끼는 대상이 우리에게 직접적인 해를 끼칠 수 없을 때만 우리가 이 감정을 즐길 수 있다고 말한다.

히르트(A. Hirt)는 라오콘 논문에서 개인적인 특정한 양식에서 추로 간주되는 소재들이 예술적으로 사용될 수 있음을 인정하였고, 쉴러 역시 이러한 가능성에 대하여 수긍하고 있다. 《비극론》(1792)에서 쉴러는 "슬픈 것, 끔찍한 것, 심지어 무서운 것들까지도 거부할 수 없을 만큼 매혹적이라는 것, 그리고 고통과 공포의 장면에 불쾌감을 느끼면서도 동시에 매혹되는 것은 우리의 본성의 일반적인 현상이다"[3]라고 말한다. 하지만 18세기에는 불쾌감을 야기하는 것, 즉 기형적인 것이나 일그러진 것, 파괴된 형상이나 파괴적인 힘이 직접 예술에서 나타나지는 않는다.

칸트의 경우 추에 의해 야기되는 불쾌감 때문에 추를 예술에서 제외시키고 있는 반면, 숭고를 통한 도덕적 감정에 역점을 두고 있다. 칸트는 《판단력 비판》(1780)에서 미에 대비되는 숭고로서 '수학적 숭고'와 '역동적 숭고'에 대하여 말한다. '수학적 숭고'는 감각이나

---

3) Friedrich Schiller: Über die tragische Kunst. In: Werke. National Ausgabe. Bd. 20. S. 148-70, hier S. 148.

상상력으로는 포착할 수 없는 무한함, 예를 들어 별이 반짝이는 하늘의 광경에 직면할 때 우리의 이성은 그 무한함을 가정하도록 만든다. '역학적 숭고'는 폭풍우 치는 광경 앞에서 우리의 정신은 동요되고 우리의 감각 능력은 보잘것없게 느껴지지만, 우리의 한계를 깨닫게 해주는 도덕적 감정에 의해 상쇄되며, 여기에서 자연의 힘은 무기력한 것으로 판명된다는 것이다.[4] 카스파 다비드 프리드리히(Caspar David Friedrich)의 〈바닷가의 수도사〉(1810)는 무한한 자연 속에 우뚝 선 인간의 모습을 그려냄으로써 칸트의 '숭고'를 그대로 반영하고 있다. 자연은 인간에게 더 이상 공포의 대상이 아니라, 인간에 의하여 지배될 수 있는 대상이며, 18세기의 숭고미의 발전은 바로 계몽주의로 인한 '세계의 탈마법화(Entzauberung der Welt)'와 함께 나타난 현상이다. 계몽주의 이후에는 기계와 과학의 발달, 합리적 사고관이 지배하게 되고 나아가 문명화의 가속도가 이루어지는데, 그 결과 어둠이나 천둥번개, 혹은 자연 재해 등으로 인한 두려움의 극복이 가능해진 것이다.[5]

그럼에도 불구하고 추가 미학의 영역으로 완전히 수용된 것은 아니다. 바움가르텐(A. G. Baumgarten)은 《에스테티카 *Aesthetica*》(1750/58)에서 추와 미의 대조적 성격 때문에 ,추가 예술의 고귀함의 영역에서 배제되어야 한다는 견해를 고수하고 있다. 피히테(J. G. Fichte)

---

4) Immanuel Kant: Kritik der Urteilskraft. In: Ders.: Werke in sechs Bänden. Hg. von Wilhelm Weischedel. Darmstadt. 1956 ff., Bd. 5, S. 349.

5) Vgl. Carsten Zelle: Über den Grund des Vergnügens an schrecklichen Gegenständen in der Ästhetik des achtzehnten Jahrhunderts. In: Peter Gendola u. Carsten Zelle(Hg.): Schönheit und Schrecken. Entzetzen, Gewalt und Tod an alten und neuen Medien. Heidelberg 1990, S. 54-91, hier S. 62.

역시 예술가들은 '아름답고 신성한 세계'를 나타내야 한다고 주장하면서, 추한 형태를 나타내는 것을 금지한다. 솔거(K. W. F. Solger)는 추한 것으로부터 얻을 수 있는 것은 우스운 것뿐이라고 말하고 있으며, 쉘링(Schelling)에 의하면 추는 '미가 뒤바뀐 것'이고 '코믹한 무엇'이라고 한다. 헤겔은 그리스도교 도상학과 연관하여 추가 미와 충돌하게 되는 필연적 측면에 대하여 말하고 있으며,[6] 헤겔 이후의 미학(바이세 Chr. H. Weisse · 루게 A. Luge · 카리어레 M. Carriere · 샤슬러 M. Schasler · 피셔 Fr. Th. Vischer)에서도 추가 등장하지만, 여기에서 추는 코믹과 숭고의 요소로서만 인정된다. 레싱(Gotthold Ephraim Lessing)은 '불쾌감은 결코 모방이 될 수 없다'고 분명히 밝히고 있다. 레싱은 《라오콘 *Laokoon*》(1766)에서 "미술은 모방하는 기술로서 추함을 표현할 수 있으나 아름다움의 예술로서는 그것을 표현하려고 하지 않는다"고 전제하면서, "(예술가는) 모방의 기술로서 눈에 보이는 추한 모든 대상들을 표현할 수 있지만, 아름다움의 예술은 유쾌한 감정을 불러일으키는 대상들만을 포함시킨다"고 말한다.[7]

낭만주의 시대에는 미가 미학의 지배적 관념에서 벗어나 예술의 본질에 대한 관심을 통하여 미적 가치에 대한 재평가가 이루어진다. 낭만주의는 고전적 표현 형태의 규범을 파기하고 전통적인 의미에서의

---

6) 헤겔에 의하면 십자가의 그리스도는 신적인 존재로서의 정신적인 것과 인간적 존재로서의 육체적인 것(고통과 죽음)은 서로 상반적인 요소이기 때문에 고전주의의 이상적 미로써 표현하는 데 한계가 있을 수밖에 없다. Vgl. Goerg Wilhelm Friedrich Hegel: Ästhetik. Ebd., S. 517ff.

7) Gotthold Ephraim Lessing: Werke und Briefe in zwölf Bänden. Hg. von Wilfried Barner. Bd. 5.2, Frankfurt a. M. 1990, S. 169.

미의 통일성 문제를 제기하면서 추의 영역을 열어 놓지만, 낭만주의적 시학의 관점에서 추를 다루고 있지는 않다. 물론 낭만주의 시대의 프리드리히 슐레겔(Friedrich Schlegel)은 최초로 '추의 이론'의 필요성을 역설한 사람이다. 슐레겔은 낭만주의의 새로운 예술에서 '미는 현대문학의 지배적 원리와는 매우 거리가 멀어졌고, 따라서 오늘날 눈부신 대다수의 작품이 확실히 추를 묘사한 것들이어서 그 무질서의 정점에 굉장히 풍부한 현실성이 존재한다는 것, 그리고 넘치는 에너지들과 그것들 사이의 갈등으로 유발된 어떤 절박함이 있다는 것을 인정할 수밖에 없다'고 《그리스 시 연구론》(1797)에서 말한다. 하지만 슐레겔은 고전 예술을 옹호하였으며, 근본적으로는 그리스 예술로의 회귀를 위하여 '미학적 범죄규범(ästhetischer Kriminalkodex)'의 필요성을 역설하였고, 여기에서 추에 대한 개념들은 미라는 이데아와 상반된 부정적 의미를 지닌다.

5. 빅토르 위고에서 현대의 아방가르드 문학까지

칼 로젠크란츠(Johann Karl Friedrich Rosenkranz)의 《추의 미학》(1853)은 추에 대한 유일한 이론서로 간주된다. 이 책에서 로젠크란츠는 추와 도덕적 악 사이의 유추를 통하여 추의 이론을 발전시킨다. 윤리학에서 악의 개념을, 법학에서 불법의 개념을, 종교학에서 원죄의 개념을 다루는 것처럼 추는 '부정적 미'로서 미학의 일부를 이루고 있다는 것이다. 로젠크란츠는 추의 개념을 '미의 개념'과 '코믹의 개념' 사이에 속한 것으로 간주하면서 "코믹은 추라는 요소가 없다면 불가능한 것이고, 추의 요소는 코믹에 의하여 해소되어 미의 자유로 돌아간다"고 주장한다. 로젠크란츠는 추의 범주를 부정적인 것 전반으로 파악하면서 '자연의 추' '정신의 추' 그리고 '예술의 추'로 분리하고 있으며, '최초의 혼돈'과 '무형' 그리고 '비대칭'에서 시작하여 '풍자화'에 이르기까지 미가 훼손되고 왜곡되는 지점에 이르기까지 추의 양상을 전개시킨다. 여기에서 형식의 결여, 불균형, 기형, 변형, 비참한 것, 진부한 것, 꼴불견인 것, 우연한 것, 엄청나게 큰 것, 불쾌함을 주는 다양한 양상들(죽음, 공허한 것, 소름끼치는 것, 구역질나는 것, 사악한 것, 괴기한 것, 악마나 사탄 등)이 세밀하게 분석되고 있다. 하지만 로젠크란츠의 《추의 미학》에서 추의 개념은 독립적인 형상을 차지하고 있는 것이 아니라, 본질적으로 미의 부정으로서만 의미가 있다.[8]

'추의 미학'은 19세기 중엽에 나타난 사회적 현상과 더불어 심미적인 것과 미를 동일시했던 전통의 붕괴와 밀접한 관계가 있다. 1830년 프랑스 혁명에서 드러난 사회문제들은 프랑스에만 국한되었던 것이 아니라, 보편적인 유럽의 문제였다. 부유한 계층과 빈곤층의 대립 문제, 질병과 고통, 죽음과 전쟁, 나아가 화산 폭발이나 태풍과 같은 자연 재해의 문제에 직면하여 전통적인 철학과 미학에 대한 회의가 일어나게 된다. 특히 1840년대 이후 심각해지는 도시화와 빈곤화는 시대적인 '추한' 현상들을 야기하게 되고, 이와 같은 사회적 문제들은 '추의 미학'을 통하여 표출되고 있다.[9] 이 시기부터 불행한 자와

---

8) 카를 로젠크렌츠, 조경식 옮김: 추의 미학, 나남.
9) Ebd., S. 451f.

병든 자, 노화와 가난에 시달리는 사회적 약자는 '추'의 대명사로 문학에 종종 등장하게 된다. 로젠크란츠의 《추의 미학》 역시 이러한 사회적 현상과 맥을 같이하고 있으며, 이 책에서 로젠크란츠는 질병으로 인한 추함과 아름다움에 대하여 언급하면서, 병이 뼈와 근육의 변형을 수반하거나 머리색을 변화시킬 때는 추하지만, 폐결핵이나 열병처럼 신체에 에테르 같은 영묘한 분위기를 줄 때는 아름다워진다고 역설하고 있다.[10]

추를 미와 동등한 미적 카테고리로 간주한 사람은 프랑스 낭만주의자 빅토르 위고(Victor Hugo)이다. 빅토르 위고는 자신의 희곡 《크롬웰 *Cromwell*》(1827)의 서문에서 오늘날 추의 미학의 시조라 할 수 있는 '그로테스크'를 새로운 미학의 전형으로 선언하고 있다.

오늘날 그로테스크는 막대한 역할을 한다. 그것은 도처에 존재한다. 한편으로 그것은 흉한 것과 무서운 것을 창조한다. 또 한편으로는 희극적인 것, 익살스러운 것을 창조한다. (…) 근대적 정신은 초자연적인 창조자들에 대한 신화를 잃어버리지는 않았으나, 그들에게 완전히 반대되는 성격을 무뚝뚝하게 부여하여 완전히 다른 효과를 낳게 한다. 그것은 거인들을 난쟁이로 변모시키고 키클롭스들에게서 땅 도깨비들을 만들어 낸다. (…) 흉한 것과의 접촉은 고대의 미에 비해 더욱 크고, 더욱 숭고한 무엇을 근대적 숭고에 부여한다. (…) 미에는 오직 한 가지 유형이 있을 뿐이지만 추에는 수천 가지 유형이 있다. (…) 인간의 관점에서 볼 때 미는 다른 것이 아니라, 그것의 가장 기초적인 관계 속

---

10) Ebd., S. 50f.

에서, 가장 절대적인 비례 속에서, 또 우리 유기체와 가장 깊은 조화 속에서 관찰되는 형식에 지나지 않는다. 그런 반면에 우리가 추하다고 부르는 것은 우리가 잘 모르는 위대한 전체, 그리고 인간과는 그다지 조화롭지 못할지언정 모든 피조물과 조화를 이루는 전체의 한 세부이다. 바로 그런 이유에서 추는 끊임없이 새로운, 그러나 불완전한 그 측면을 드러낸다.[11]

빅토르 위고는 낭만주의 문학을 고전 문학과 분리시키는 근본적인 차이점을 강조하기 위하여 '그로테스크'라는 개념을 도입하고 있으며 추의 예술적 가능성을 옹호하고 있는데, 빅토르 위고 이후 추는 미와 대등한 관점에서 역동적이고 생산적인 역할을 하게 된다. 고딕 소설에서 주로 나타나는 황폐한 성이나 수도원, 으스스한 지하실, 혹은 피의 범죄와 악마적인 망령, 부패한 주검 등은 고딕 장르를 넘어 낭만주의에서뿐만 아니라 사실주의와 퇴폐주의에서도 악당의 모습으로 부각된다. 바이런(George Gordon Byron)·발자크·에밀리 브론테·빅토르 위고의 작품 속에는 다양한 종류의 악당들과 공포의 인물들이 등장하고 있다. 오스카 와일드(Oscar Wild)는 《도리언 그레이의 초상》(1890)에서 인간의 쇠락과 내면의 추함을 그려낸다. 메리 셸리(Mary Shelley)의 '프랑켄슈타인'은 추한 괴물이며, 위고의 《파리의 노트르담》에 나오는 카지모도 역시 추한 육체를 가진 자이다.

보들레르는 산업화와 대도시화 현상으로 야기된 사회적인 '추한' 현상을 추의 미학을 통하여 시적 형상화를 시도한 시인이다. 보들레

---

11) 빅토르 위고: 크롬웰. 서문. 움베르토 에코: 추의 역사, 281쪽에서 재인용.

르는 도시의 추함, 즉 도시의 아스팔트와 인공조명, 도시의 인파들 속에서의 고독과 죄악, 그리고 기술과 진보와 물질이 지배하는 세계 속의 인간을 묘사한다. 그의 시집《악의 꽃 *Fleurs du Mal*》(1857)에 서는 대도시의 황폐함과 거기에서 살고 있는 인간들의 쇠락과 부패 뿐만 아니라, 이러한 장면의 아름다움을 새롭게 발견하고 있다. 보 들레르의 〈노파들〉(1861)이라는 시는 다음과 같다.

> 꼬불꼬불한 길이 많은 오래된 도시들 속에서
> 모든 것이, 공포마저도 매혹으로 바뀌는 곳에서,
> 나는 항상 무한한 만족감에 잠겨서 늙어 버렸지만
> 매력적인 그 이상스런 인간들을 바라보노니.
> 저 쪼그라진 괴물들도 옛날엔 여인이었겠지.
> 에포닌 아니면 라이스 같은! 꼬부라지고
> 곱사등에, 뒤틀어진 괴물이지만, 저들을 사랑하자![12]

대도시는 쾌락과 탄식, 마약과 질병, 창녀와 술주정뱅이, 그리고 소음, 타르 냄새와 더러운 오물로 가득한 곳이다. 보들레르는 이러한 대도시의 풍경 속에서 새로운 아름다움을 직시하고자 하며, 여기에서 전통적인 미의 개념은 아무런 역할을 하지 못한다. 이 시인은 자신의 시에서 전통적인 미를 제거할 뿐만 아니라, 미에 대한 새로운 정의 를 내린다. 보들레르에게 있어서 새로운 미는 현실의 진부함으로부터

---

12) Charles Baudelaire: Die alten Weibchen. In: Ders.: Die Blumen des Bösen. Aus dem Französischen übertragen von Sigmar Löffler. Leipzig 1990, S. 167.

탈출을 가능하게 만드는 미, '낯설고' '순수하고 괴상한' 미로서 불안과 섬뜩함을 유발하는, 즉 추의 미이다.[13] 보들레르가 《악의 꽃》에서 실현한 추의 세계는 랭보에게 이어지고 있는데, 보들레르가 질서와 엄격한 형식을 고수했던 반면, 랭보는 부조화와 카오스, 전혀 짐작할 수 없는 의미구조와 비현실적인 영상들을 도입하고 있다.

추의 미학적 기능에서 특히 눈에 띄는 현상이 질병이다. 질병은 19세기부터 현대문학에 이르기까지 지속적으로 나타나고 있는데, 토마스 만의 《마의 산》은 이에 대한 좋은 예가 될 수 있을 것이다. 카프카는 《시골의사》(1919)에서 질병이 수반하는 추를 역겨울 정도로 다음과 같이 상세하게 묘사하고 있다.

그렇다, 그 소년은 병이 들었다. 소년의 오른쪽 엉덩이 부분에는 손바닥만한 상처가 벌어져 있었다. 그 상처는 여러 음영의 장밋빛을 띠었고, 상처의 깊은 곳은 어두운 색깔이었으며, 가장자리는 밝은 색을 띠면서 부드러웠는데, 피가 고르지 않게 모여서 마치 광산의 맨 꼭대기처럼 벌어져 있었다. 멀리서는 그렇게 보였다. 가까이에서 보면 상처는 더 심하게 보인다. 낮은 신음소리를 내지 않고 이 상처를 볼 수 있는 사람이 있을까? 크기가 내 새끼손가락만한 벌레들이 그 자체가 장밋빛인데다가 피에 범벅이 되어 꿈틀거리고 있었으며, 허연 몸통과 많은 다리들을 가지고 상처의 내부에 달라붙어 있었다.[14]

---

13) Hugo Friedrich: Die Struktur der modernen Lyrik. Von Baudelaire bis zur Gegenwart. Hamburg 1964, S. 25ff.

14) Franz Kafka: Ein Landarzt. In: Ders.: Sämtliche Erzählungen. Hg. von Paul Raabe. Frankfurt a.M. 1970. S. 127.

　　고트프리트 벤(Gottfried Benn)의 '추의 미학'은 철저한 반형이상학
적 니힐리즘에 근거하고 있다. 특히 "시체공시장"의 시들로 알려져
있는 표현주의 작품들은 이러한 벤의 세계관을 극명하게 보여준다.
이 시들은 시체해부 장면과 병리학을 주제로 하거나 환자들, 임종을
앞둔 자들 혹은 분만하는 여자들에 대해 다루고 있는데, 특징적인 것
은 시들 속에서 인간의 고귀한 정신이나 존엄성은 전혀 찾아볼 수 없
다는 사실이다. 예를 들어 〈아름다운 청춘 Schöne Jugend〉이라는 시
에서는 제목이 암시하는 것과는 정반대의 장면이 묘사되고 있다. "오
랫동안 갈대숲 속에 누워 있던 어느 소녀"의 "식도"는 "구멍이 숭숭
뚫려 있고" 이 시체의 "횡격막 아래에서" "어린 쥐들이" "간"과 "쓸
개"와 "차가운 피"를 먹으며 "아름다운 청춘"을 보내다 죽는 장면에
대하여 말한다.[15] 이 시에서 인간과 쥐들은 아무런 차이도 없이 죽어
서 부패하는 없는 생물학적 존재에 불과하다.
　　20세기 전환기의 문학에서는 전통적 미학을 포함하여 전통적 세계
관과의 단절이 이루어지며, 이러한 시대적 변화 속에서 추는 새로운
미적 가능성을 획득하게 된다. 20세기의 예술은 전통적으로 터부시
되던 부정적 특성을 예술의 본질로 규명하고 있는데, 아도르노는 바
로 이러한 예술의 부정성(Negativität)을 중심으로 자신의 예술이론을
발전시킨다. 아도르노에 의하면 "예술작품은 객관적 묘사라는 법칙
에 의하여 아프리오리 부정적이다. 왜냐하면 예술작품은 예술이 객
관화한 것을 죽이는 것이기 때문이다. 예술작품은 객관화된 것으로부

---

15) Gottfried Benn: Schöne Jugend. In: Ders.: Sämtliche Gedichte. Klett-Cotta.
Stuttgart 2006(6. Aufl.), S. 11.

터 삶의 직접성을 박탈한다"[16]고 한다. 예술은 현실과의 그 어떤 화해
도 거부함으로써, 유일하게 예술적 유토피아에 도달할 수 있다는 것
이다.[17] 그리고 이 지점에서 추는 더 이상 이상적 미가 결핍된 것으로
서 극복되어야 할 무엇이 아니라, 인간 실존의 필연적 요소로서 완전
히 독자적인 영역을 확보하게 된다. 한 걸음 더 나아가 추는 예술적
형식을 거부하고 그 형식의 파괴(De-fomieren)를 통하여 자신의 존재
를 확인시킨다. 아도르노의 말대로 "추에서는 형식의 법칙이 무기
력한 것으로 굴복되는 것이다."[18] 이러한 관점에서 추는 반형식적인
것, 탈형식적인 것과 동일시되고 있으며, 나아가 미 자체에 대한 문
제를 제기하기까지 한다.[19] 미래파 문학, 표현주의, 다다이즘, 초현
실주의, 혹은 팝아트(Pop Art) 등 20세기 전후에 나타난 많은 '반예술
(Antikunst)' 운동들은 형식의 파괴를 통하여 추의 미학을 실현시키
고 있다. 이제 추는 고대 그리스의 예술관을 완전히 역전시키면서 새
로운 예술과 문학의 지평을 넓히고 있다.

---

16) Theodor. W. Adorno: Ästhetische Thorie. In: Ders.: Gesammelte Schriften. Bd.
7. Hg. von Tiedemann Rolf. Frankfurt a.M. S, 80.

17) Vgl. Ebd., S. 65ff.

18) Ebd., S. 75.

19) Vgl. Christoph Schreier: Negation als Position. Zum Phänomen des Destruktiven
in der Kunst des 20. Jahrhunderts. In: Peter Gendola u. Carsten Zelle(Hg.): Schönheit
und Schrecken. Entsetzen, Gewalt und Tod an alten und neuen Medien. Heidelberg
1990. S. 183-200, hier S. 191f.

참고 문헌

움베르토 에코, 오숙은 역: 추의 역사, 열린책들.

카를 로젠크렌츠, 조경식 옮김: 추의 미학, 나남.

Adorno, Theodor. W.: Ästhetische Thorie. In: Ders.: Gesammelte Schriften. Bd. 7. Hg. von Tiedemann Rolf. Frankfurt a.M. 1970.

Baudelaire, Charles: Die Blumen des Bösen. Aus dem Französischen übertragen von Sigmar Löffler. Leipzig 1990.

Benn, Gottfried: Sämtliche Gedichte. Klett-Cotta. Stuttgart 2006(6. Aufl.).

Franke, Ursula: das Häßliche. In: Jochaim Richter(Hg.): Historisches Wörterbuch. Basel, Stuttgart 1971ff., Bd. 3. 1974, S. 1003-1007.

Friedrich, Hugo: Die Struktur der modernen Lyrik. Von Baudelaire bis zur Gegenwart. Hamburg 1964.

Hegel, Goerg Wilhelm Friedrich: Ästhetik. Hg. von Friedrich Bassenge. Bd. 1. Frankfurt a.M. 1965.

Kafka, Franz: Sämtliche Erzählungen. Hg. von Paul Raabe. Frankfurt a.M. 1970.

Kant, Immanuel: Kritik der Urteilskraft. In: Ders.: Werke in sechs Bänden. Hg. von Wilhelm Weischedel. Darmstadt. 1956.

Lessing, Gotthold Ephraim: Werke und Briefe in zwölf Bänden. Hg. von Wilfried Barner. Bd. 5.2. Frankfurt a. M. 1990.

Schiller, Friedrich: Über die tragische Kunst. In: Werke. National Ausgabe. Bd. 20.

Schreie, Christoph: Negation als Position. Zum Phänomen des Destruktiven in der Kunst des 20. Jahrhunderts. In: Peter Gendola u. Carsten Zelle(Hg.): Schönheit und Schrecken. Entzetzen, Gewalt und Tod an alten und neuen Medien. Heidelberg 1990.

Zelle, Carsten: Über den Grund des Vergnügens an schrecklichen Gegenständen in der Ästhetik des achtzehnten Jahrhunderts. In: Peter Gendola u. Carsten Zelle(Hg.): Schönheit und Schrecken. Entsetzen, Gewalt und Tod an alten und neuen Medien. Heidelberg 1990.

제2부

‘추’와 문학

괴테의 《파우스트》 1부에 나타난 추
— 메피스토와 마녀 그리고 그 수하들

김영옥

1. 들머리

괴테는 서양문학사와 정신사의 흐름에서 커다란 저수지이다. 괴테의 작품 속에는 그때까지 서양문학사와 정신사에서 생각되었던 온갖 테마들이 압축되어 있다. 특히 괴테가 어린 시절 인형극 〈파우스트〉에서 강렬한 인상을 받고 20대 초부터 죽기 직전까지 작업한 작품 《파우스트》에는 고대부터 중세, 역사적인 인물 파우스트의 시대인 르네상스 그리고 괴테의 질풍노도, 고전주의, 낭만주의 시대에 이르기까지 다양한 시대와 관련된 테마, 사건, 상징들이 다양한 언어와 문체 층위로 담겨 있다.

이러한 내용적 형식적 다층성은 《파우스트》에서 추에 관한 테마를 살펴보려 할 때에도 고려되어야 한다. 따라서 이 글에서는 고대부터 괴테를 거쳐 로젠크란츠까지 추에 대한 성찰을 간략히 살펴보고, 고대부터 로젠크란츠에 이르기까지의 추에 대한 성찰에서 나타나는 개념들이 괴테의 《파우스트》 1부 특히 〈천상서곡〉 〈서재〉 〈마녀의 부엌〉 장면에서 메피스토와 마녀와 그 수하들을 통해 어떻게 구현되는지 살펴보려 한다.

2. 추에 대한 성찰
— 고대부터 괴테를 거쳐 로젠크란츠까지

1852년 카를 로젠크란츠(Karl Rosenkranz)가 《추의 미학 *Ästhetik des Häßlichen*》을 세상에 내놓았을 때 동시대인들은 놀라움과 회의를 드러냈다. "추는 추이고 미는 미"[1]라는 것이다. 그런데 추의 미학이라니? 그때까지 '미학적' 이란 형용사는 '아름다운' 이란 형용사와 동일시되었다. 그러나 로젠크란츠와 함께 이러한 동일시가 결정적으로 무너졌다. 추의 미학을 가능하게 한 것은 시대의 변화이다. 도시화, 프롤레타리아화, 산업화와 더불어 생겨난 아름답지 않은 사회 문제를 예술이 더 이상 외면할 수는 없게 되었던 것이다.[2]

그러나 추에 대한 논의는 고대에도 있었다. 고대 그리스인들은 선과 미가 하나라는 칼로카가티아의 이상을 가지고 있었고 추악을 이와 대립하는 것으로 보았다. 즉 고대 그리스인들에게 미와 추는 모두 윤리적인 가치를 동반하는 외적 형태를 의미했다. 호메로스가 《일

---

1) 고트프리트 켈러가 헤트너에게 1853년 8월 3일 보낸 편지. Dieter Kliche: Pathologie des Schönen. Die "Ästhetik des Häßlichkeit" von Karl Rosenkranz, in: Karl Rosenkranz: Ästhetik des Häßlichen(1853), Leipzig 1996. S. 401-427. S. 401에서 재인용.

2) Vgl. ebd. S.401.

리아드》에서 그리스군 사령관을 비난하는 테르지테스라는 인물을 도덕적으로도 나쁜 놈이고——그래서 사람들의 증오를 불러일으키고——외모도 그리스 병사들 가운데 가장 못생긴 남자로 만든 것은 유명하다. "사팔뜨기에다 절름발이요, 두 어깨는/굽어 가슴 앞으로 오그라들었고, 그 위로 삐죽 솟은/머리통에, 정수리엔 성긴 머리털이 듬성듬성 나 있었다."[3] 그리스인들이 가시적인 미에 대해 균형(심메트리아)이란 개념을 사용[4]한 것을 감안하면, 추는 불균형, 기형과 관련된다. 그러나 추는 존재의 일부로서 그리고 신에 의해 창조된 질서정연한 세계의 한 구성성분으로서, 존재론적으로 그리고 변신론(Theodizee)적으로 정당화되었다.

르네상스 시대부터 쓰인 미를 뜻하는 '벨룸(bellum)'이란 단어도 어원적으로는 윤리적 가치를 품고 있다. '벨룸'은 선을 뜻하는 '보눔(bonum)'에 축소형 어미가 붙은 '보넬룸(bonellum)'을 거쳐 '벨룸'으로 축약된 것이다. 현대 유럽어도 이처럼 어원적으로 선과 미를 함께 포함하고 있는 '벨룸'을 이어받았는데, 이탈리아어와 스페인어의 벨로(bello), 프랑스어의 보(beau), 영어의 뷰티풀(beautiful) 등이 그러하고, 독일어 schön도 아름다움과 도덕적 가치를 함께 포함한다.[5] 우리말의 '좋다'도 국어사전을 찾아보면 "아름답거나 착하거나 훌륭하여 마음에 들다"로 뜻풀이되어 있다. 더욱 흥미로운 것은 독일어로 '추하다'는 뜻의 형용사 'häßlich'가 어원적으로 도덕적인 태도와 관련

---

3) Homer: Ilias. Übersetzt von Johann Heinrich Voß. Zweiter Gesang. V. 217-9.(http://gutenberg.spiegel.de)

4) 타타르키비츠, 《미학의 기본개념사》, 손효주 옮김, 도서출판 미술문화, 1999, 157쪽 참조.

5) 위의 책, 155쪽 이하 참조.

된 '증오, 적대감'을 뜻하는 'Haß'에 뿌리를 두고 있다는 것이다.[6] 그런 점에서 독일어 'häßlich'는 어원적으로 우리말의 '추악한'과 가깝다.

고대 그리스인들은 추한 사람을 묘사하는 것을 비극의 품위에 맞지 않는 것, 따라서 희극에서나 가능한 것으로 생각했다.[7] 아리스토텔레스도 《시학》 제5장에서 "희극은 이미 말한 대로, 우리보다 더 못한 사람을 모방하는 것이다. 그러나 그것은 모든 종류의 못남과 관련된다기보다는 추의 한 부분인 우스꽝스러운 것과 관련된다"[8]고 쓴다. 아리스토텔레스에게 "감각적으로 감지할 수 있는 나쁜 것"[9]을 의미하는 추의 한 부분이 우스꽝스러운 것이라면, 괴테에게는 추가 우스꽝스러운 것이라는 낮은 영역의 일부이다.[10] 아리스토텔레스와 괴테가 우스꽝스러운 것과 추 가운데 상위개념으로 생각했던 것은 서로 다르지만, 어쨌든 두 사람 모두 추와 우스꽝스러움이 겹치는 부분을 본다.

중세의 시학에서는 사정이 달라진다. 중세문학에서는 에리히 아우어바하가 《미메시스》에서 말하는 문체의 혼합, 성스러운 것과 비속한 것의 혼합이 자연스럽게 일어난다. 성경, 특히 예수의 탄생과 수난

---

6) Vgl. Kliche: a.a.O. S. 403.

7) Vgl. Ursula Franke: Das Häßliche, in: Historisches Wörterbuch der Philosophie, hg. v. J. Ritter, Bd. 3, Basel/Stuttgart 1974, Sp.1003ff. hier Sp.1003(이하 HWPh. Band 수. Sp. 수로 표시함).

8) Aristoteles: Poetik, übersetzt und herausgegeben von Manfred Fuhrmann, Stuttgart 1994. S. 17.

9) Ebd. S. 108. Fuhrmann의 주석.

10) Vgl. Johann Wolfgang Goethe: Werke. Hamburger Ausgabe in 14 Bänden. Hg. v. Erich Trunz. Hamburg 1948-1964. Bd. 9. S. 316f. 시와 진실 2부 8장(이하 HA Band 수 쪽수로 표시하며 《Faust》에서 인용할 때는 본문에서 행 V.의 수만 표시함).

이야기에는 드높은 것과 함께 비천하고 추한 것이 널려 있고, 이것이 기독교 예술의 새로운 동인이었다. 중세는 추한 것, 불협화음을 변신론과 유사하게 설명한다. 아우구스티누스에 의하면 인간은 신이 창조한 질서와 목적 관련성에 대해 한정된 통찰력만 갖고 있기 때문에, 변화하고 유한한 것들의 결함이라고 생각하는 것을 추하다고 간주한다. 이를테면 A를 존재론적으로 상위의 것으로, 그리고 B를 A와 비교하여 더 저급한 것으로 가치평가하는 경우, B를 추하다고 간주한다. 따라서 인간의 형상과 비교해서 원숭이 형상을 추하다고 간주한다.[11] 그렇다면 울리히 폰 스트라스부르크가 말하듯이, 신과 달리 우연성이 부가되어 있는, 존재하는 모든 것은 부분적으로 아름답고 부분적으로 추하다고 할 수 있다. 그런 점에서 아름다운 것과 추한 것은 절대적으로 존재하기보다는 상대적인 개념이 된다. "아름다운 것은 추할 수 있다. 그러나 아름다움 자체는 추하지 않다."[12]

추에 대한 근대적인 성찰은 18세기에 시작된다. 독일어권에서는 레싱이 《라오콘 혹은 회화와 문학의 경계에 대하여》(1760)에서 추에 대해 자세히 논의한다. 《라오콘》 16장에서 레싱은 회화와 문학의 표현 수단과 대상의 차이를 논하면서, 회화는 "동시적인 기호로 동시적으로 공존하는 대상들을," 문학은 "순차적인 기호로 순차적으로 뒤따라오는 대상들을" 표현한다고 한다.[13] 그리하여 문학 표현의 순차적인 특성 때문에 문학은 불쾌감을 덜 주면서 추를 표현할 수가 있게 된다.

---

11) Vgl. HWPh. Bd.3. Sp. 1004.

12) Zitiert nach ebd.

13) Lessing: Gesammelte Werke. Bd. 5. Aufbau-Verlag Berlin u. Weimar 1968. S. 115.

"시인의 묘사에서는 추한 요소들이 순차적으로 열거되기 때문에 덜 불쾌한 현상이 되고 작용의 측면에서 보면 추이기를 그친다. 때문에 시인은 추를 사용할 수 있게 된다."[14]

괴테는 자기 세대가 청년기에 받은 레싱의 《라오콘》의 영향을 '빛줄기'이자 '구원'으로 평가한다. 레싱이 이 비평서를 통해 '시는 그림과 같이'라는 오래된 경구[15]에서 벗어날 수 있도록 두 예술 장르의 차이를 분명히 해주었기 때문이라는 것이다. 그리고 이 차이로부터 조형예술에 대한 언어예술의 우월성이 나오는데, 그것은 언어예술이 아름다운 것의 한계를 넘어서 추한 것마저도 자유롭게 표현할 수 있다는 데 있다. 레싱에 기초하여 괴테는 조형미술과 문학의 작용방식의 차이에 입각하여 자신의 생각을 다음과 같이 정리한다. "조형미술가는 미에 의해서만 만족하는 외부적 감각을 향하여 작용하고, 언어예술가는 추한 것과도 조화할 수 있는 상상력에 호소하는 것이다."[16]

따라서 괴테는 조형예술에서 추한 것이 독자적으로 존재하는 것을 인정하지 않는다. 괴테는 이탈리아 기행에서 자연풍경과 문화, 예술 그리고 사람들의 삶에서 아름다운 것과 추한 것을 숱하게 보고 다니면서 평가한다. 그 가운데 1787년 4월 9일 팔레르모에서 쓴 일기에는, 로젠크란츠도 주목한 팔라고니아의 왕자 이야기가 들어 있다.[17]

---

14) **Ebd**. S. 168. 《라오콘》 23장.

15) 이 경구는 호라티우스의 시학에서 유래하며 아리스토텔레스의 모방 이론과 "그림은 말없는 시, 시는 말하는 그림"이라는 고대 그리스 시인 시모니데스의 말과 함께 르네상스 이후 18세기까지 시문학과 조형예술이 동일한 기본 원칙을 갖는다는 뜻으로 해석되었다.

16) **HA** 9, **S**. 315, 《시와 진실》 2부 8장.

특이한 취향을 가진 팔라고니아의 왕자는 자신의 정원에 조각으로 추한 것만을 모아 놓았다. 추한 것만이 모여 있는 이곳에서 괴테는 '정신병원'에 와 있는 느낌을 받는다. 괴테는 이 왕자의 어리석음의 요소를 온전하게 전달하기 위하여 그의 정원에 있는 추한 것들을 세 가지 범주로 나누어 목록을 만든다. 첫째 범주인 인간에는 남녀 거지들, 스페인 사람들, 무어인, 터키인, 곱추, 온갖 종류의 기형, 난장이, 어릿광대, 흉측한 모습과 함께 한 신화 속 인물 등이 들어 있고, 둘째 범주인 동물에는 동물의 일부분, 인간의 손을 한 말, 인간의 몸을 한 말머리, 기형의 원숭이, 수많은 용과 뱀, 온갖 종류의 앞발, 머리가 둘이거나 다른 동물과 머리가 뒤바뀐 동물 등이 있으며, 셋째 범주인 화병의 추한 요소로서 화병의 배와 바닥을 장식하는 온갖 종류의 괴물과 소용돌이 장식을 꼽는다.[18] 괴테의 목록에 나오는 것들을 정리하면, 존재론적으로 저급한 것, 전체가 아닌 일부 즉, 완전하지 않은 것, 혼종, 기형 등이다. 이런 것들은 괴테에 의하면, 불쾌감을 불러일으키고, 우리 속의 균형감을 흩뜨려놓는다.[19] 팔라고니아 왕자의 정원에 대한 보고에서 드러나는 고전주의자 괴테의 추에 대한 생각과 추의 목록은 이듬해 로마에서 집필한 《파우스트》의 〈마녀의 부엌〉장면에도 반영되어 있는 듯하다.[20]

조형예술에서 추가 독자적으로 존재할 수 없다는 괴테의 고전주의적인 생각은 로젠크란츠에게서 그대로 나타난다. 로젠크란츠는 추를

---

17) Vgl. Rosenkranz: a.a.O. S. 40.
18) Vgl. HA 11, S. 244f.
19) Vgl. HA 11, S. 245.
20) 이에 대해서는 이 논문 3.3장에서 살펴본다.

미의 부정으로서만 존재하는 것으로 본다.[21] 예술에서 추의 기능은 "추의 검은 배경에 의해 아름다운 것의 순수한 모습이 더욱 더 빛나게 두드러져 보이게 하는" 것이다.[22] 따라서 추만을 따로 묘사하는 것은 예술의 개념과 모순된다.[23] 이런 기본원칙을 가지고 로젠크란츠는 헤겔의 제자답게 추를 크게 세 가지 카테고리——형태없음, 부정확함, 형태의 파괴 혹은 기형——로 나누고, 형태의 파괴 혹은 기형을 다시 세 가지 하위 카테고리——천박함, 역겨움, 희화(캐리커처)——로 나누며, 천박함을 다시 세 가지 하위 카테고리——하찮음, 취약함, 저급함——로, 가장 많은 지면을 할애한 역겨움을 다시 세 가지 하위 카테고리——졸렬함, 죽어 있고 공허함, 흉측함——로, 흉측함을 다시 세 가지 하위 카테고리——망측함, 구역질남, 악함——로, 악함을 다시 세 가지 하위 카테고리—— 범죄적임, 유령적임, 악마적임——로 나눈다. 로젠크란츠의 분류는 외형적 추에서 정신적 추로, 외적 부조화와 부자연에서 내적 기형화로 나아가고 결국 코믹을 구현한 희화(캐리커처), 즉 "유쾌하게 만들어져 미에 가까워진"[24] 추로 마무리된다. 희화(캐리커처)는 추가 코믹이 되기에 가장 좋은 조건을 갖고 있으므로 예술에 가장 근접해 있다.

---

21) Vgl. Rosenkranz: a.a.O. S. 14.
22) Ebd. S. 36.
23) Vgl. ebd. S. 42.
24) Ebd. S. 48.

3. 《파우스트》 1부에 나타난 추

3.1. 〈천상서곡〉 장면

1797년 구상되어 1800년 무렵에 쓰인 《파우스트》 1부의 〈천상서곡〉장면은 《파우스트》 2부의 〈심산유곡〉 장면과 함께 파우스트 전체 드라마의 형이상학적인 틀 역할을 한다. 〈천상서곡〉에서는 주님과 메피스토가 만나 파우스트를 두고 내기를 하고(V. 312ff.), 〈심산유곡〉에서는 천사들이 "파우스트의 불멸의 것을 인도하여 드높은 대기 속을 떠돌면서" 그가 악으로부터 구원되었음을 알리고(V. 11934f.) 결국 파우스트의 영혼이 그레트헨의 영혼과 만나 함께 승천하리라는 것이 암시된다(V. 12094). 요헨 슈미트는 괴테가 〈심산유곡〉 장면을 단순한 틀이 아니라 드라마의 연속으로 만들려고 했음을 지적하나,[25] 〈천상서곡〉이 앞놀이라면 〈심산유곡〉이 뒷놀이임에는 이론의 여지가 없다.

　〈천상서곡〉장면에서는 주님과 메피스토 그리고 메피스토와 파우스트의 관계가 드러나고, 그럼으로써 파우스트 사건은 변신론으로서 초개인적 초시간적인 의미를 갖게 된다. 〈천상서곡〉 장면은 주님과 메피스토의 대화 앞뒤로 대천사들의 노래와 메피스토의 혼잣말이 배치되어 있는 구성을 가진다. 이런 구조 자체가 선과 악, 빛과 어둠, 미

---

25) Vgl. Jochen Schmidt: Goethes Faust. Erster und Zweiter Teil, Grundlagen－Werk－Wirkung, München 1999. S. 287.

와 추의 대조적 관계를 드러낸다. 그러나 이 관계는 팽팽하게 맞선 관계라기보다, 결국 추는 미를 더욱 두드러지게 드러내기 위해 존재할 뿐이다.

이러한 대조는 문체와 말투의 대조로도 나타난다. 대천사 라파엘, 가브리엘, 미하엘은 천체의 조화에 대해 노래하고 주님이 창조한 이 세계를 찬미한다. "당신의 드높은 창조/첫날처럼 장엄하네"(V. 269/70)라는 후렴구가 두 번 반복되는 천사들의 노래 전체(V. 243-270)는 시종일관 강음이 네 개 들어 있는 약강격(얌부스)의 오라토리오와도 같은 숭고체로 이루어져 있다. 반면 그런 고상한 말은 할 줄 모른다고 하면서 앞서 천사들의 노래의 후렴구를 패러디하여 "세상의 작은 신(인간: 옮긴이)은 여전히 그 짓거리이고/첫날처럼 그렇게 기괴하죠"(V. 281/2)라고 말하는 메피스토의 대사는 강음의 수가 네 개에서 여섯 개 사이에서 그때그때 변하며 우스꽝스럽고 일상어를 사용하는 보통체에 속한다. 대천사들의 말투가 공식적이라면, 타락천사 메피스토의 말투는 자연스런 비공식적인 말투에 속한다.[26]

신의 창조의 선함을 부정하고 인간의 상승과 발전을 부정하는(Vgl. V. 281-292) 메피스토에게 주님은 "내 종"(V. 299),[27] 파우스트를 아느냐고 묻고, 그리하여 특이한 방식으로 신께 봉사하는 파우스트를 두고 주님과 메피스토 사이에 내기가 이루어진다. 메피스토는 지상에서 파우스트에게 무슨 일이든 할 수 있다는 허락을 받고, 이 게임에서

---

26) 문체와 말투에 관해서는 Heinrich Plett: Einführung in die rhetorische Textanalyse, Hamburg 2001. 《수사학과 텍스트 분석》, 양태종 옮김, 도서출판 동인, 2002. 224-233쪽 참조.

27) 욥기 1장 8절.

"쥐를 가지고 노는 고양이처럼"(V. 322) 자신이 승리하리라는 것을 확신한다. 그러나 여기에서 메피스토는 신의 어릿광대, 하늘 궁정의 어릿광대일 뿐이다.[28] 주님은 메피스토를 부정하는 정령 가운데 하나인 장난꾼으로 규정하고(V. 338/9), 그와 같은 악마를 인간을 자극하는 동반자로서 인간에게 붙여 준다고 선언한다(V. 342/3). 역설적이게도 부정하고 파괴하는 정령인 악마가 느슨해지기 쉬운 인간에게 작용하여 무언가를 만들어 내야 한다는 것이다(V. 343). 결국 악마는 신의 창조와 인간의 선함을 증명하기 위해 존재한다.

3.2. 〈서재〉 장면 [I]

파우스트 드라마의 핵심부는 파우스트와 메피스토의 첫만남과 논쟁 장면일 것이다. 파우스트는 부활절 저녁 어스름에 성문 밖 들녘에서 배회하는 삽살개 한 마리를 데리고 자신의 서재로 들어온다. 삽살개는 성경 번역에 몰두하는 파우스트를 방해하고 하마처럼(V. 1254), 코끼리처럼(V. 1311) 부풀어 오르다가 파우스트의 주문에 마침내 여행하는 학생(V. 1324)의 모습으로 자신을 드러낸다. 16세기 이래로 파우스트 문학에서 사용되는 악마의 이름 메피스토펠레스 혹은 메피스토는 히브리어로 파괴자, 망치는 사람이란 뜻의 mephir와 거짓말쟁이란 뜻의 tophel이 합성된 말로 설명하려 한 학자도 있으나,[29] 어원적으로 명확하지 않다. 여행하는 학생 차림의 메피스토와 처음 대

---

28) Vgl. Helmut Schanze: Faust-Konstellationen. Mythos und Medien, München 1999. S. 97. Gero v. Wilpert: Goethe-Lexikon, Stuttgart 1998. S. 848.
29) Vgl. Gero v. Wilpert: a.a.O. S. 692.

면한 파우스트가 "너는 누구냐"고 질문하자, 그는 자신을 "끊임없이 악을 원하면서도 끊임없이 선을 만들어 내는 그런 힘의 한 부분"(V. 1335/6)이라고 소개한다. 에코가 《추의 역사》에서 "가련한 악마"[30]라고 부르는 메피스토는 이처럼 자신의 한계를, 자신이 원하는 것과 자신의 행동의 결과가 정반대가 된다는 것을 처음부터 알고 있다. 그는 주님의 계획 속에서 움직이는 한 정령일 뿐이다. 이처럼 자신의 한계를 순순히 고백한 후 메피스토는 이어서 자신을 "끊임없이 부정하는 정신"이라고 소개한다. 메피스토가 자신의 정체를 밝히는 이 대목을 길지만 인용해 본다.

파우스트: 그래 좋다, 너는 대체 누구냐?
메피스토: 끊임없이 악을 원하면서도 끊임없이 선을 만드는
　　　　　그런 힘의 일부이다.
　　　　　나는 끊임없이 부정하는 정신이다!
　　　　　그도 그럴 것이 이 세상에 생겨난 모든 것은
　　　　　멸망하게 마련이고
　　　　　따라서 생겨나지 않은 게 더 낫기 때문이지.
　　　　　너희가 죄업이니,
　　　　　파괴니, 요컨대 악이라고 부르는 것들이
　　　　　모두 다 원래 나의 요소이다.
　　　　　(…)
　　　　　나는 태초에는 모든 것이었던 부분의 한 부분,

---

30) 에코,《추의 역사》, 열린 책들, 2008, 182쪽.

빛을 낳은 어둠의 한 부분이다.
교만한 빛이 이제 어머니 밤에게서
그 오래된 지위, 그 자리를 빼앗으려 하나
빛은 성공하지 못한다. 왜냐하면 아무리 애를 써도
빛은 물체에 붙잡혀 있을 수밖에 없거든.
물체로부터 흘러나와 물체를 아름답게 하지만,
물체는 빛의 길을 가로막고
그리하여 내가 바라듯이, 빛은 오래 지속되지 못하고
물체와 함께 멸망하게 되어 있거든.
(V.1334-1358)

이 대목에서 요헨 슈미트가 정식화한 메피스토의 세 가지 경향, 즉 파편화와 파괴와 물질주의적인 환원의 경향이 드러난다.[31] 이것들은 파우스트의 기본 성향과 대립된다. 우선 메피스토의 파괴 경향은 파우스트의 창조 욕구를 부정한다. 그리고 "부분의 한 부분"인 메피스토의 파편화 경향은 "전 인류에게 주어진 것"(V. 1770)을 모두 다 맛보려고 세상으로 나아가는 파우스트의 온전한 것에 대한 열망과 반대된다. 또한 "빛의 아버지"[32]인 하느님 대신에 "어머니 밤," 어둠의 우위를 주장하면서 메피스토는 전통적인 가치질서의 위계를 뒤집으려 한다. 전통적인 가치 위계에서 빛이 더 높은 가치, 창조적 신적 원리라면 밤은 어두운 반대 측면, 이면일 뿐이다. 그러나 메피스토는 빛

31) Vgl. Jochen Schmidt: a.a.O. S. 122.
32) 야코보서 1장 17절.

을 부차적인 것으로 그리고 밤을 생산하는 원리로 만든다. 이런 우주 진화론도 전통이 있다. 헤시오도스의 《신통기 *Theogonie*》에 따르면, 밤이 낮을 낳는다. 빛나는 날과 에테르는 밤에서 나왔다.[33] 이러한 메피스토의 창세기는 메피스토와 대면하기 전 파우스트가 번역하려고 애쓴 요한복음의 세계창조에 대한 생각과 전면 대치된다. 요한복음에 따르면, 태초에 하느님의 말씀이 있었고 그 말씀 안에 빛과 생명이 있었다. 빛이 어둠을 비추나 어둠은 그것을 알지 못했다.[34] 그러나 메피스토는 어둠의 궁극적인 승리를 주장한다. 빛은 물체에 붙잡혀 있다가 물체와 함께 멸망할 수밖에 없다는 것이다. 여기에서 빛의 정신적 우위를 부인하고 빛을 물체에 전적으로 종속되는 것으로 만듦으로써, 정신적인 것을 부정하고 모든 것을 물체에 환원시키는 메피스토의 물질주의가 천명된다.

3.3. 〈마녀의 부엌〉 장면

〈마녀의 부엌〉 장면은 《파우스트》 전체 드라마에서 가장 복잡한 장면들 가운데 하나이다. 여기에서는 바로 앞 장면, 〈아우어바흐의 지하 술집〉에서의 소동에 이어서 메피스토가 파우스트를 세속적인 쾌락으로 유혹하는 두번째 시도가 이루어진다. 1788년 초 로마에서 쓰기 시작한 이 장면은 프랑스 혁명이 일어난 초창기에 계속 쓰면서 시

---

33) Vgl. Hesiod: Theogonie oder Der Götter und Göttinnen Geschlecht. Übersetzt von Johann Heinrich Voß. V. 124 "Dann aus der Nacht ward Äther und Hemere, Göttin des Lichtes." (http://gutenberg.spiegel.de)

34) 요한복음 1장 1-5절.

대풍자적인 요소가 강화된다.[35] 그리하여 〈마녀의 부엌〉 장면은 서양 문학에서 오랜 전통을 가진 '풍자'라는 문학 장르 'satura'의 원래 말 뜻 그대로 "뒤섞인 온갖 것"을 구현하고 있다. 〈마녀의 부엌〉 장면은 세바스티안 브란트의 《바보배》(1494), 에라스무스의 《우신예찬》 (1511)처럼 르네상스 시대에 널리 유행했던 풍자적 바보문학과 맥을 같이한다.[36] 요헨 슈미트는 그 증거로 메피스토와 파우스트의 대사를 인용한다.

> 메피스토: 누가 그런 바보들하고 관련되고 싶겠어?(V. 2564)
> 파우스트: 바보 수만 명이 떠들어대는/합창을 듣는 것 같다.(V. 2575/6)

풍자적 바보문학의 기본 도식은 역겨운 것을 정상인 양 캐리커처 식으로 묘사함으로써 모럴과 시대를 비판하는 것이다. 이제 〈마녀의 부엌〉 장면에 나오는 역겨운 것들의 1차적인 목록을 이 장면을 여는 지문을 통해 만들어 보자.

야트막한 부뚜막에 불이 지펴 있고 그 위에 커다란 가마솥이 걸려 있다. 가마솥에서 올라오는 김 속에 여러 형상들이 나타난다. 긴 꼬리 암놈 원숭이 한 마리가 가마솥 앞에 앉아 거품을 걷어내며 넘치지 않도록 지켜보고 있다. 수놈 원숭이는 새끼들과 함께 그 옆에 앉아 불을 쬐

---

35) 이 장면에 나오는 회춘의 모티프와 프랑스 혁명과의 관련성에 대해서는 Vgl. Jochen Schmidt: a.a.O. S. 155f.

36) Vgl. Jochen Schmidt: a.a.O. S.149.

고 있다. 벽과 천정은 마녀가 쓰는 기이한 도구들로 장식되어 있다.[37]

마녀는 집에 없고, 원숭이들이 무언가를 끓이고 있다. 그 김 속에 여러 형상들이 아른거리고, 사방에 마녀가 쓰는 도구들이 널려 있다. 이곳에 대한 파우스트의 첫 대사는 "이런 미친 마술의 소굴은 역겹다./이런 미친 난장판 속에서/내 병을 낫게 해준다는 거냐?"(V. 2337-9)이다. 이어지는 원숭이들의 짓거리에 대해 마침내 파우스트는 "미칠 것 같다"(V. 2456)고 하고, 메피스토조차도 "이젠 내 머리까지 흔들리기 시작한다"(V. 2457)고 말한다. 그리고 이제 집으로 돌아온 마녀까지 가세를 하자, 파우스트는 "저 여자 무슨 헛소리를 늘어놓는 거야?/내 머리가 터질 것 같다"(V. 2573/4)고 불평을 털어놓는다. 이처럼 역겹고 망측하고 미친 짓으로만 보이는, 마녀의 부엌에서 일어나는 일들을 하나하나 해석해 보자.

우선 마녀의 수하인 원숭이들이 가지고 노는 주사위와 공, 그리고 마녀의 부엌에 걸려 있는 체와 거울에 대해 생각해 보자. 원숭이들이 가지고 노는 주사위와 공은 모두 행운에 대한 믿음과 관계가 있다. 행운에 대한 믿음은 자기 스스로 삶을 책임지고 합리적으로 삶을 감당하는 것과는 거리가 있다. 그런 점에서 이성의 권위를 부정한다. 여기에서 원숭이들은 주사위 놀이와 복권으로 행운을 점치고 언제든 깨질 수 있는 "유리 같은 소리를 내는"(V. 2405) 공을 굴리고 놀면서 그것을 세상이라고 생각한다. 그런 세상에는 불확실성만 있고 자기

---

37) 이 부분은 최두환의 번역을 거의 그대로 인용했다. 괴테, 《파우스트. 하나의 비극》, 최두환 옮김, 도서출판 시와 진실, 2000. 107쪽.

스스로 삶의 주체로서 결정하는 것은 아무것도 없다. 괴테 자신도 질풍노도 시기에는 행운에 대한 믿음이 강했는데, 요헨 슈미트는 괴테의 시 〈겨울의 하르츠 기행〉을 그 증거로 언급한다.[38] 그러나 이제 괴테는 자신이 과거에 가졌던 비합리적인 믿음을 여기에서 마녀의 수하, 원숭이들의 놀이로 만들면서 그것을 저급한 것, '인간다운' 삶과는 어울리지 않는 것으로 보여준다. 마녀의 부엌에 걸려 있는 체와 거울도 이성과는 거리가 먼 미신의 소도구들이다. 고대에 이미 체를 통해 보면 비밀이 보인다는 미신이 있었다. 마술 거울에 미래의 연인의 모습이 나타난다는 미신도 있었다. 그런데 파우스트는 마녀의 부엌에 걸려 있는 마법의 거울에서 "천상의 모습"을 본다(V. 2429ff.). 이런 난장판 속에서도 파우스트가 질서를 원한다는 것은, 짐승들의 대사가 하나 혹은 두 개의 강음을 가진 불규칙한 리듬을 갖거나 혹은 두 개의 강음의 연속으로 기계적인 느낌을 주는 반면, 파우스트의 대사는 네 개의 강음으로 규칙적인 리듬을 갖는 것에서도 나타난다.

그 사이에 메피스토는 원숭이가 가져다준 먼지털이를 왕홀 삼아 의자에 앉아 있는데, 원숭이들이 왕관을 하나 가져와 그것이 땀과 피로 붙길 기원하나, 이 왕관은 곧 두 동강이 난다(V. 2450). 당시 프랑스의 정치 상황을 빗대는 것이기도 한 이 구절은 정치의 불합리함을 지적한다.

원숭이들이 끓이고 있는 "멀건 죽"(V. 2392)은 괴테가 실러에게 보낸 한 편지에서 "독일 관객이 좋아하는 멀건 죽"[39]이란 표현을 사용

---

38) Vgl. Jochen Schmidt: a.a.O. S. 150.
39) 1797년 7월 26일 편지.

하는 것으로 미루어 볼 때, 엉터리문학을 의미한다.[40] 멀건 죽에 대한 메피스토의 반응——"그럼 관객이 많을 모양이군"(V. 2393)——도 이런 해석을 뒷받침해 준다. 메피스토는 원숭이들을 가리키며 "이 녀석들이 솔직한 시인들이란 걸/적어도 인정해야겠군"(V. 2463/4)이라고 논평하는데, 원숭이들 스스로 엉터리라도 운만 맞춰 지으면, 그리고 행운이 따르면 사상이 있다는 말도 듣는다는 것을 솔직히 인정하기 때문이다.

> 짐승들: 이제 사건이 일어났네!
> 우린 연설하고 보고
> 듣고 운을 맞춰 짓는다.
> (…)
> 행운이 따르면
> 일이 잘 되면
> 사상도 생겨난다.
> (V. 2453ff.)

마녀의 부엌에서의 "미친 짓거리들"(V. 2533)은 마녀가 등장하여 파우스트에게 "그 유명한 즙"(V. 2519)을 건네주기 전에 이른바 "마녀의 구구단"을 낭독하는 데서 정점에 이른다. 마녀와 원숭이들이 의식을 준비하는 동안 파우스트는 벌써 그것이 가톨릭교회의 미사의식과 유사하다고 생각한다.

---

40) Vgl. Jochen Schmidt: a.a.O. S. 151.

파우스트: (메피스토에게)

　　　아니, 무얼 하겠다는 건가?

　　　괴이한 물건에, 미친 짓거리들,

　　　망측한 속임수,

　　　내가 잘 아는, 혐오하는 것들이다.

　　　(V. 2532-2535)

　괴테가 1787년 2월 2일 로마에서 슈타인 부인에게 보낸 편지의 구절은 가톨릭교회의 미사의식에 대한 파우스트의 이런 생각이 괴테의 생각이기도 하다는 것을 말해 준다. 괴테는 시스틴 성당 미사에서 신자들이 초를 바칠 때 읊는 '주문(Hokuspokus)' 때문에 완전히 기분을 망쳤다고 쓴다.[41]

　요헨 슈미트에 따르면 마녀의 구구단에서는 두 분야의 비합리주의가 풍자된다.[42] 하나는 교회와 신학이고 다른 하나는 의사들의 의례이다. 이런 해석의 열쇠는 메피스토의 논평에서 찾을 수 있다.

메피스토: 저년도 의사니까 약이 당신에게 잘 듣게

　　　주문 하나 해야겠지요.

　　　(V. 2538/9)

41) Vgl. Goethe, Johann Wolfgang: Sämtliche Werke. Briefe, Tagebücher und Gespräche. Hg. v. Dieter Borchmeyer u.a. 40 Bde. in 2 Abtlg. Frankfurt a. M. 1985ff. hier Bd. 7/2 S. 286(이하 FA Band 수 쪽수로 표시함).

42) Vgl. Jochen Schmidt: a.a.O. S. 152.

마녀가 사제의 포즈로 무의미한 숫자놀음일 뿐인 마녀의 구구단을 낭송하자 메피스토는 이것을 기독교의 삼위일체론을 비판하는 계기로 삼는다.

> 메피스토: 셋과 하나, 그리고 하나와 셋을 통해
> 진리 대신에 오류를 퍼트리는,
> 언제나 그런 식이었지.
> (V. 2560-2562)

이어지는 마녀의 낭송은 신학과 믿음에 대한 풍자로 대단원을 이룬다.

> 마녀: 학문의
> 드높은 힘,
> 온 세계에 감추어져 있나니!
> 생각하지 않는 사람에게
> 선물로 주어지나니.
> 그는 애쓰지 않고도 그 힘을 얻느니라.
> (V. 2567-2572)

괴테는 교회와 신학을 풍자하는 이런 대목에서 메피스토와 마녀를 통해 말하는 악마 놀이를 즐긴 것 같다.[43] 괴테는 〈마녀의 부엌〉 장면에서 한편으로는 파우스트를 관능의 영역에 입문하게 하고 그럼으로써 이어지는 그레트헨 에피소드를 준비하고, 다른 한편으로는 "뒤섞인 온갖 것" 즉 미신, 정신, 엉터리문학, 의사들의 의례, 교회와 신학에 대한 풍자를 함께 버무려 넣었다. 여기에서 '추' 주제와 관련하여 주목해야 할 것은 파우스트가 이런 "미친 난장판" 속에서도 마술거울 속에서 아름다움의 화신인 헬레나의 모습을 본다는 것, 그리고 메피스토는 파우스트의 이상적인 아름다움에 대한 동경을 육체적인 욕망으로 환원시킨다는 것이다.

> 메피스토: 그 약이 몸에 들어갔으니 너는
>
> 이제 모든 여자가 헬레나로 보일 거다.
>
> (V. 2603/4)

메피스토의 이런 경향은 이어지는 그레트헨 에피소드에서 파우스트가 드높은 사랑의 감정으로 고양될 때 메피스토는 거친 섹스만을 인정하는 데서도 나타난다.

4. 마무리

로젠크란츠의 《추의 미학》에서 괴테는 셰익스피어와 함께 가장 많이 언급되는 작가이다. 로젠크란츠는 괴테의 작품들에서 숱한 추의 예를 찾아낸다. 괴테 작품 속의 추는 외적 형태보다는 내적 정신적

---

43) Vgl. Jochen Schmidt: a.a.O. S. 153, FA 7/2 S. 286f. 에커만과의 대화 1824년 1월 4일.

기형에 해당되는 것이 대부분이다. 이것은 《파우스트》 1부에도 적용
된다.[44] 이 논문에서 다룬 《파우스트》 1부에 나타난 추는 추를 세 가
지 유형——형태없음, 부정확함, 기형——으로 나누는 로젠크란츠
의 분류에서 셋째 유형에 해당된다. 이 셋째 유형을 로젠크란츠는 다
시 세 가지 범주——천박함, 역겨움, 희화(캐리커처)——로 나누고,
역겨움에 가장 많은 지면을 할애하는데, 역겨움의 하위 카테고리인
흉측함, 흉측함의 하위 카테고리인 망측함과 악함, 그리고 악함의 하
위 카테고리인 악마적임이 이 논문에서 다룬 《파우스트》 1부에 나타
난 추와 관련이 있다.

《파우스트》 1부에 나타난 추는 고대의 사상적 전통에 따라, 신에 의
해 창조된 질서정연한 세계의 한 구성성분으로서 존재론적으로 변신
론적으로 정당화된다. 여기에서 추의 기능은 로젠크란츠가 천명한
대로, "추의 검은 배경에 의해 아름다운 것의 순수한 모습이 더욱 더
빛나게 두드러져 보이게 하는" 것인 것처럼 보인다. 그러나 특이한
점은 괴테가 기독교의 관점에서 역겨운 것들인 마녀와 미신을 통해
기독교를 패러디한다는 것이다. 또한 메피스토와 파우스트의 결합은
파우스트가 상반된 가치, 즉 자기 파괴 성향을 동시에 가지고 있다는
것을 나타낼 뿐 아니라, 드높은 인간적 욕구는 모두 때려눕히려 하
고 모든 것을 물질적·육체적인 것으로 환원하는 메피스토와의 이
런 위험한 관계 속에서 파우스트에게 메피스토는 자기 속의 타자, 자
기 속에 들어 있는 또 하나의 낯선 마음, 자기 자신이라는 점이다. 그
리하여 그레트헨 에피소드에서는, 파우스트가 악마를 부추기는 듯,

---

44) 이것이 실제 공연에서 어떻게 형상화되느냐는 또 다른 문제이다.

에코가 말하듯, "악마가 파우스트를 만나고 싶어한 것이 아니라 거의 그 반대인 듯하다."[45]

메피스토의 물질주의와의 친연성은 급진적인 계몽주의의 모습이다. 모든 것을 물질과 육체로 환원하는 것은 비난받아 마땅하나, 이것을 통해 파우스트의 이상주의적인 열광도 상대화된다.[46] 멸망 없이는 생성도 없다. 부분 없이는 전체도, 물체 없이는 빛도, 악 없이는 선도, 메피스토 없이는 파우스트도 없다. 추 없이는 아름다움도 없다. 어쩌면 인간 없이는 신도?

참고 문헌

1차 문헌

괴테, 《파우스트. 하나의 비극》, 최두환 옮김, 도서출판 시와 진실, 2000.

Goethe, Johann Wolfgang: Werke. Hamburger Ausgabe in 14 Bänden. Hg. v. Erich Trunz. Hamburg 1948-1964(=HA).

Goethe, Johann Wolfgang: Sämtliche Werke. Briefe, Tagebücher und Gespräche. Hg. v. Dieter Borchmeyer u.a. 40 Bde. in 2 Abtlg. Frankfurt a. M. 1985ff(=FA).

Hesiod: Theogonie oder Der Götter und Göttinnen Geschlecht. Übersetzt von Johann Heinrich Voß(http://gutenberg.spiegel.de).

Homer: Ilias. Übersetzt von Johann Heinrich Voß(http://gutenberg.spiegel. de).

Lessing, Gotthold Ephraim: Gesammelte Werke. Bd. 5. Aufbau-Verlag

---

45) 에코, 앞의 책, 182쪽.
46) Vgl. Jochen Schmidt: a.a.O. 123ff.

Berlin u. Weimar 1968.

2차 문헌

에코, 움베르토, 《추의 역사》, 열린 책들, 2008.

조경식, 〈근대에 나타난 심미적 범주로서의 추〉, 카프카 연구 제21집, 2009.

타타르키비츠, 《미학의 기본개념사》, 손효주 옮김, 도서출판 미술문화, 1999.

Aristoteles: Poetik, Übersetzt und herausgegeben von Manfred Fuhrmann, Stuttgart 1994.

Auerbach, Erich: Mimesis. Dargestellte Wirklichkeit in der abendländischen Literatur(1946), Bern/Stuttgart 1988.

Franke, Ursula: Das Häßliche, in: Historisches Wörterbuch der Philosophie, hg. v. J. Ritter, Bd. 3, Basel/Stuttgart 1974, Sp.1003ff(=HWPh).

Kliche, Dieter: Schönes/Häßliches, in: Goethe Handbuch, Bd. 4/2, hg. v. H. Dahnke u. a. Stuttgart/Weimar 1998. S. 961ff.

Kliche, Dieter: Pathologie des Schönen. Die "Ästhetik des Häßlichkeit" von Karl Rosenkranz, in: Karl Rosenkranz: Ästhetik des Häßlichen(1853), Leipzig 1996. S. 401−427.

Plett, Heinrich: Einführung in die rhetorische Textanalyse, Hamburg 2001(《수사학과 텍스트 분석》, 양태종 옮김, 도서출판 동인, 2002).

Rosenkranz, Karl: Ästhetik des Häßlichen(1853), Leipzig 1996(《추의 미학》, 조경식 옮김, 나남, 2008).

Schanze, Helmut: Faust−Konstellationen. Mythos und Medien, München 1999.

Schmidt, Jochen: Goethes Faust. Erster und Zweiter Teil, Grundlagen−Werk−Wirkung, München 1999.

Wilpert, Gero v.: Goethe−Lexikon, Stuttgart 1998.

여성의 미와 추에 대한 문학적 재고
— 슈티프터와 박민규를 중심으로

서유정

1. 여성과 미/추 담론

예술사에서 미의 결핍에 대한 개념이자 미를 더욱 돋보이기 위한 것으로 기능했던 추는 18세기 근대를 거쳐 20세기에 이르면서, 적어도 예술에서는 하나의 자율적인 미적 범주로 발전했다. 로젠크란츠의 《추의 미학》(1853)에서 추는 최초로 독자적인 연구주제가 되면서 학문적으로 체계화되기 시작했다. 추의 미적 해방은 이제까지의 절대적인 반대개념으로서의 미와 추를 상대적인 개념이 되게 하였고, 두 개념은 상호 역동적이며 변증법적인 관계를 형성하면서 그 경계가 모호해지게 되었다(Vgl. Adorno, 75ff.).

그러나 이와 같은 예술사적 추개념의 발달은 실생활과 문화에서는 똑같은 과정을 겪지 않는다. 추가 '숭고미'로 승화된 현대적 포스트

＊이 논문은 《세계문학비교연구》 제30집(2010)에 실릴 예정임.

모던 사회에서도 유행이나 외모숭배, 혹은 패션, 디자인 등과 같이 생활과 밀접한 영역에서는 여전히 미/추의 확고한 대립관계가 대중의 의식저변에 끈질기게 자리 잡고 있기 때문이다(Vgl. Kliche, 26). 미가 현현하는 대상 가운데 몸, 특히 여성의 몸은, 여성미의 기준이 시대와 문화와 유행에 따라 늘 변모하더라도[1] 이러한 미/추의 대립적 구조가 가장 정체되어 있는 영역이라고 할 수 있다.

여성의 몸과 미학의 관계에서 가장 결정적인 영향을 끼친 사람은 아마도 영국의 경험주의 철학자이자 보수주의 정치가인 에드먼드 버크(Edmund Burke, 1729-1797)일 것이다. 그는 미학논문 〈숭고와 미 관념의 기원에 관한 철학적 탐구 A Philosophical Enquiry into the Origin of Our Ideas of the Sublime and Beautiful〉(1757)에서 추를 숭고미로 승화시키기도 했지만, 남성과 숭고미를 동일시하고 여성과 미를 동일시한 미학론을 펼침으로 앞의 여성과 미/추 담론을 이론적으로 확립하는 데 기여했다. 경험주의자인 그는 "생리학적 방법과 현상학적 방법을 결합시켜"(비어슬리, 221) 미를 한마디로 "사랑 혹은 이와 유사한 열정을 불러일으키는 몸의 특질 혹은 특질들"(Hauskeller, 181), 즉 주로 감각을 매개로 한 기계적인 방식으로 인간의 정서에 작용하는 몸의 특질이라고 정의한다. 그가 구체적으로 나열하는 미의

---

1) 일례로 좀바르트는 성심리학적 관점에서 현대의 여성미의 기준이 '페티쉬걸'과 같은 긴 다리, 좁은 엉덩이, 작은 가슴을 가진 마네킹 같은 날씬한 몸매라는 현상을 남성의 두려움이 낳은 환상으로 해석한다. 즉 여성의 생식기에 대한 남성의 두려움은 둥글둥글하고 펑퍼짐한, 출산에 용이한 본래의 몸매보다 남성의 페니스 모양과 유사한 길쭉한 몸매의 여성의 몸을 선호함으로 두려움을 방어하는 기제로 삼는다는 것이다. 그러므로 현재 편만해 있는 날씬한 여성을 아름답다고 보는 것은 다름 아닌 남성의 페티시즘, 나르시즘적 성향이자 동성애적 성향에 기인한 환상이라고 해석한다(Sombart 참조).

특질은 이전의 미학자들이 주장한 것과 같은 '비례'라든가 '유용성' '완전성'이 아닌, '작고' '매끄럽고' '은근하고 부드럽게, 끊임없이 움직이는 곡선' '가냘프고 연약한 성질'이다. 미는 '연약함 또는 부드러움'에서 나오며, 부드러움과 유사한 정서인 '수줍음'은 미를 더욱 부추긴다(Vgl. Hauskeller, 197). 건장하고 강한 것은 미와는 매우 동떨어진 특성이다. 특히 버크는 유용성과 아름다움을 결부시켜 왔던 고대와 중세의 미학론에서 유용성을 아름다움의 범주에서 제거하며, 공포와 외경을 불러일으키는 숭고미를 미적 범주에 넣음으로 그 이전의 추의 개념을 숭고미의 개념으로 확장시킨다. 숭고에 속하는 감정은 '놀라움' '찬탄, 경의, 존경' 등이며, '모호함' '결핍과 공허' '규모의 웅대함'도 숭고와 관련된다(비어슬리, 222ff. 참조). 결론적으로 미의 특질은 보통 여성적 특질이라고 하는 것들이다. 그리하여 버크는 단적으로 여성을 '아름다운 성(das schöne Geschlecht)'이라고 정의 내린다. 반면, 숭고미는 다름 아닌 남성성을 상징한다.

하지만 버크의 판타지(!)와는 달리 여성이 '아름다운 성'이 아닌 예를 우리는 예술사에서 많이 접한다. 에코는 《추의 역사》(2007)에서 문학과 미술에서 표현된 추의 다양한 형태들을 시대별로 정리하면서 '추한 여성'이라는 주제를 일관되게 다루고 있다. 예술적 표현 기법으로 사용된 추는 여성 내지는 여성성을 매개로 발전해 온 흔적을 볼 수 있다.[2]

문학과 예술에서 표현된 추한 여성의 대표적인 특징은 먼저, '늙은 여성'이다. 여성은 노화의 문제에 있어서 남성의 경우보다 외적인 미의 기준에 의해 접근된다. 흔히 남성의 노화는 오히려 내면적 가치의 심화와 성숙으로 긍정적으로 인식되는 반면, 여성의 노화는 여성성을 앗아가는 주범이자 여성의 존재감을 파괴하는 부정적인 것으로 인식되는 경향이 있다. 이는 여성의 노화가 주로 '메마름' 내지는 '텅 비어 있음'의 이미지로 형상화되는 점에서 드러난다. 두번째는 악의 요소와의 결합이다. 서구 기독교 문화의 배경하에 악마와 여성을 결부시키는 경향으로는 마녀에 대한 관념이 대표적이다. 마녀재판의 희생자가 된 여성들은 대부분이 '못생겼기 때문에' 고발당했다고 한다(에코, 212). 마녀사냥의 시대가 끝난 후에도 여성과 악과 추의 연상은 동화나 공포소설과 같은 문학 장르에서 면면히 이어지고 있다(에코, 212). 특히 동화는 여성의 미/추의 극단적인 예가 동시에 등장하는 전형적인 예라 하겠다. 교훈성을 강조하는 동화에서 형식미 차원의 미와 추는 도덕적 선과 악의 알레고리로 즐겨 사용되기 때문이다. 공주이거나 혹은 잠재적 공주인 아름다운 여성은 언제나 마음씨 착한 여성으로 행복한 결말을 맞이하고, 마녀/마귀할멈 또는 마음씨 나쁜 계모, 나쁜 요정, 혹은 가장 추하고 악한 여성인 '추한 노파'의 모습 등은 외모 역시 추하게 묘사되고 악을 상징하며 결국에는 벌을 받거나 파멸한다.

이러한 양상은 서양에서 흔히 볼 수 있던 '여성혐오증(Misogynie)'과 아름다운 여성에 대한 '숭배'가 동시에 존재하는 양극화의 현상으로 요약된다. 이는 문학사에서 남성작가들에 의해 구축되었고 아

---

2) 에코가 인용한 베텔라(Patrizia Bettella)의 분석에 따르면 중세부터 바로크 시대까지 예술사에서 '추한 여자'라는 주제는 다음과 같은 발전단계를 거친다. 1) 중세 시대에는 '늙은 여자'로 많이 표현되었는데, 육체적 · 도덕적 쇠락을 상징하는 것으로 미와 순결의 상징인 젊은 여자에게 보내는 판에 박힌 찬사와는 대조적이다. 2) 르네상스를 거치면서 추한 여성은 반어적인 찬사를 받으며 풍자의 주제가 된다. 3) 바로크 시대로 오면 미의 결함으로서의 여성의 추를 매력의 한 요소로 보는 긍정적인 재평가가 이루어진다(에코, 159 참조).

직도 재생산되고 있는 선녀(善女)/성녀(聖女)와 악녀(惡女)의 이분법적인 여성이미지로 직결된다.

동서고금 문학에서 여주인공은 추녀보다 단연코 미녀가 많다. 고전문학에서 미녀는 외모뿐만 아니라 덕성도 갖춘 그야말로 '진선미'의 일체를 구현한다. 추녀도 물론 등장하지만 대부분 미녀 주인공의 외모와 내면의 아름다움을 부각시키기 위한 부수적 기능일 뿐이다. 낭만주의에서는 기독교 시민정신에 입각한 여성의 덕성과 이교도 세계의 유혹적이고 위험한 관능미를 대비시키면서 덕성의 승리를 강조한 구성이 많다. 하지만 덕성이 뛰어난 여성 역시 아름다운 여성으로 이상화되었을 뿐, 추녀는 거의 찾아보기 힘들다. 그러나 19세기 중반 이후 사실주의의 영향과 더불어 현실과 동떨어진 이상화된 여성상 대신에 추녀를 주인공으로 한 문학작품들이 적잖이 나오기 시작했다.[3] 소수의 미녀에서 다수의 평범한 혹은 상대적 추녀들에게로 현실적인 시선을 갖게 되었다고 할 수 있다. 본 논문에서 다루게 될 슈티프터의 브리기타 역시 내면의 덕성을 강조하기 위해 설정된 인물인데, 외모는 미녀가 아닌 추녀라는 점이 새롭다. 보수성을 띠었지만 슈티프

---

3) 본 논문에서 다루게 될 작품 외에 대표적으로 다음과 같은 작품들이 있다. 테레제 후버(Therese Huber)의 《추녀 *Die Häßliche*》(1833); 소피 폰 라 로쉬(Sophie von La Roche)의 《두 자매 *Die zwey Schwestern*》(1850); 루이제 폰 프랑수아(Louise von François)의 《어느 추녀의 이야기 *Geschichte einer Häßlichen*》(1858); 폰타네의 《샤하 폰 부테노 *Schach von Wuthenow*》(1882); 마리 룰란트(Marie Ruhland)의 《벨라의 보고서. 어느 추녀의 이야기 *Bella's Blaubuch. Geschichte einer Häßlichen Frau*》(1883); 가브리엘레 로이터(Gabriele Reuter)의 《아프로디테와 그녀의 시인 *Aphrodite und ihr Dichter*》(1894); 토마스 만의 《*Gerächt*》(1899); 자르(Ferdinand von Saar)의 《사포 *Sappho*》(1904); 포이히트방어(Lion Feuchtwanger)의 《추녀 공작부인 *Die haessliche Herzogin*》(1923); 멜라 하르트비히(Mela Hartwig)의 《어느 추녀의 수기 *Aufzeichnungen einer Häßlichen*》(1928) 등.

터의 리얼리즘이 엿보이는 대표적인 예라고 할 수 있겠다. 20세기를 지나 21세기를 사는 오늘날은 어떠한가? 대중문화는 그 어느 때보다도 여성의 미/추 문제에 민감하고 우리는 다양한 매체로부터 끊임없이 이에 대해 전달받고 있다. 또한 글로벌화된 자본주의의 원칙은 이 문제 역시 물질주의적인 양상으로 치닫게 하고 있다. 특히 지구촌에서 대한민국은 이 주제에 열광하고 있는 곳이다. 여성들의 미적 판단기준은 대중적인 스타들의 외모에 따라 좌우되고 있으며, 원하는 미는 태생적 한계를 뛰어넘어 의학과 상술을 매개로 소유할 수 있는 하나의 상품이 되고 있다. 서로 상승작용을 일으키는 경제력과 미는 첨예한 사회적 문제로 대두되고 있는 것이다.

이와 같은 문제의식에서 본 논문은 19세기 오스트리아 작가 슈티프터(Adalbert Stifter, 1805-1868)의 노벨레《브리기타 *Brigitta*》(1843)와 위에서 언급한 한국적 현실을 본격적으로 다루고 있는 박민규(1968-)의 장편소설《죽은 왕녀를 위한 파반느》(2009)를 비교분석하고자 한다. 각 작품은 모두 추녀를 주인공으로 하고 있다. 작품분석을 통해 이 두 남성작가가 각자의 시대와 문화를 관통한 여성의 미/추에 대한 기존관념을 어떻게 재고하고 있으며 그것이 오늘날 어떤 의미를 갖는지를 살펴보고자 한다.

2.《브리기타》— 내면의 미의 승리

베노 폰 비제도 언급했듯이,《브리기타》가 '놀랍고 기이한 한 가지 사건'을 핵심으로 진행되는 노벨레라는 장르가 되게 하는 모티프는 바로 미남이 추녀를 사랑한다는 좀 상식적이지 않은 모티프라고 할 수 있다(Wiese, 196). 이 작품의 주제가 인간의 미와 추의 문제라는 것은 처음에 단도직입적으로 시작되는 다음과 같은 화자의 혹은 작가의 미의식에서 암시되고 있다.

인간의 삶에는 당장에는 분명하지 않으며 그 근거가 신속하게 드러나지 않는 사물들과 관계들이 종종 있다. 이들은 대체로 은밀한 것이 주는 모종의 아름답고 부드러운 매력으로 우리의 영혼에 작용한다. 추한 사람의 얼굴이 당장에는 그 가치를 도출해 낼 수는 없지만 우리에게 내적인 아름다움으로 보이기도 한다. 반면 모두가 최고의 미인이라고 말하는 사람들에게서 종종 차갑고 공허한 모습이 나타나기도 한다(Stifter, 661).

외적인 미에서 추를 보고, 외적인 추에서 미를 본다. 여기서의 미와 추는 언급되었듯이 '내면적인' 자질이다. 고전미학의 '진선미' 일체의 절대성은 이미 깨어졌다.

헝가리의 초원지대를 배경으로 전개되는 이야기의 주요인물로는 두 남자와 한 여자가 등장한다. 일인칭 화자는 소령직급을 갖고 있는 옛 친구가 정착한 우바르라고 하는 헝가리의 초원 지역을 방문한다. 우선 이 지역의 풍경은 화자에 의해 마치 인간의 몸처럼 묘사된다. 그 모습은 "화려하면서도 황량한"(Stifter, 662) 또는 "장엄한 황무지"(Stifter, 663)라는 양면성을 갖는다. 마치 숨겨져 있어서 발견되기만을 기다리고 있는 아름다움인 듯하다. 화자는 또한 그곳의 사람들이 자연친화적으로 소박하고 다채롭게 사는 모습에서 깊은 감동을 받는다. 소령은 약 50세 가량의 남자로서 대단한 미남자다. "체격과 얼굴이 그보다 더 아름다운 남자를 본 적이 없다. 더군다나 이러한 외모를 그보다 더 고귀한 태도로 지닐 줄 아는 사람도 본 적이 없다. (…) 너무도 순박하면서도 당당해서 남자들도 홀릴 정도였다"(Stifter, 663).

그러다가 화자는 소령의 책상에서 오래된 어떤 여자의 사진을 보게 되는데 20세 가량의 '못생긴 여자'의 사진이다. "어두운 얼굴색과 이마 모양이 희한했지만, 강인함과 힘 같은 것이 스며 있는 모습이었다. 시선은 단호한 사람에게서 볼 수 있는 사나운 시선이었다"(Stifter, 683). 나중에 알게 되는 일이지만 바로 소령의 이웃 지역인 마로쉘리에 살고 있는 브리기타의 젊은 시절의 사진이다. 소령은 이 여자가 황무지와 같은 초원을 가꾸어 성공한 것을 모방해서 자신의 지역도 아름다운 곳으로 개간하게 되었으며, 그녀를 "이 세상에서 가장 멋있는 여자(das herrlichste Weib auf dieser Erde)"(Stifter, 685)라고 칭송한다. 하지만 브리기타는 못생긴 탓에 젊은 시절 경박했던 남편으로부터 버림받았고, 지금은 아들과 살고 있다고 소개한다.

브리기타는 어머니조차도 고개를 돌릴 정도로 추한 모습으로 태어난 아이였다. "마치 악마가 깃든 것처럼 불쾌하게 어두운 아기 얼굴"(Stifter, 688)을 가진 브리기타는 가족과 주위 사람들로부터 외면당하고 스스로도 자신을 외부와 차단시키면서 성장한다. 이와 같은 환경에서 아이는 점차 사내아이처럼 거친 행동을 하고 어머니의 때 늦은 사랑도 거부한다. 그녀의 삶의 "황무지는 이렇게 점점 커져만 갔다"(Stifter, 688). 유년기의 황무지는 청소년기에 더욱 고착화되고 외부와의 소통 가능성이 더욱 불가능해지는 모습을 띤다. 처녀의 나이가 되었을 때, 다른 자매들은 "부드럽고 아름다운" 여성으로 변해갔지만, 브리기타는 그저 "날씬하고 강해"(Stifter, 689)졌을 뿐이다. 그녀에게는 남성적이라고 할 수 있는 힘이 흘렀고, 육체적으로 힘든 일 하기를 좋아했으며, 당시의 여성들처럼 음악을 배우지 않고 남자처럼 대담하게 말을 잘 탔다. 예쁜 옷 같은 데는 관심이 없고 사교장에도 가려고 하지 않아 아버지에게 체벌까지 당한다.

브리기타의 불행한 성장 과정은 19세기 후반 유럽의 가정 및 사회에서 여성의 추에 대한 인식과 반응, 그리고 여성의 추가 사회적으로 소외되었던 양상들을 대표적으로 암시하고 있다. 그러나 슈티프터가 이 작품에서 부각시키고자 한 것은 결코 추한 외모로 인한 여성의 불행이 아니다. 오히려 이 추한 여성에게서 진정한 미가 구현되는 시도를 함으로써 육안으로 보이지 않는, 볼 능력이 있는 내면의 눈에만 보이는, 내면의 미를 강조한다. 슈티프터의 미학은 예술과 신성, 미를 동일시한다. 예술은 바로 "신성의 미(das Göttlichschöne)"를 표현하는 것이다(Vgl. Augustin 189ff.). 플라톤주의와 신플라톤주의의 미학관에 바탕을 둔 이러한 미는 감각에 근거하지 않은 순수하게 정신적인 미다. 슈티프터는 화자의 입을 빌어 정신의 미를 옹호한다.

인간이라는 종족에게는 미라는 놀라운 것이 있다. 모든 인간은 미라는 현상의 달콤함에 이끌리지만, 이 사랑스러움의 출처를 언제나 아는 건 아니다. 사랑스러움은 우주 안에 있으며, 사람의 눈 속에 있기도 하지만, 이성의 인간이 정한 온갖 규칙이 만들어 낸 모습에는 들어 있지 않기도 하다. 미가 황무지에 있기 때문에 사람들 눈에 띄지 않는 경우가 자주 있다. 혹은 그 미를 알아보는 눈을 만나지 못했기 때문이기도 하다. 숭배받고 신격화되긴 하지만 실상은 미가 없는 경우도 자주 있다(Stifter, 687).

　브리기타의 불행한 성장기를 묘사한 후에 나오는 "이 숨겨진 영혼에게 눈을 돌려 그녀의 아름다움을 볼 수 있는, 그래서 그녀가 자신을 경멸하지 않게 할 단 한 사람만이라도 있었더라면. 하지만 그런 사람은 아무도 없었다. 다른 사람들은 그것을 볼 수 없었고, 그녀 자신도 볼 수 없었다"(Stifter, 690)라는 문장은 브리기타가 외적인 미가 아닌, 진정한 미의 소유자임을 적극 암시하고 있다. 드디어 브리기타는 황무지 속에 감추어진 자신의 미를 알아보는 눈을 만나게 된다. 바로 나중에 그녀의 남편이 된, 미와 학식과 품위를 갖춘 젊은이 무라이다. 뭇여성들의 흠모를 받는 무라이가 하필이면 자신과 같은 추녀에게 구애를 한다는 사실에 브리기타는 뜨거운 눈물을 흘리지만, "그건 도무지 가능한 일이 아니야, 가능한 일이 아니야!"(Stifter, 693)라고 자신에게 말한다. 그러면서 "그러지 마세요, 저에게 구애를 하지 마세요, 후회하게 될 거예요"(Stifter, 693)라고 경고한다. "왜냐하면 제가 요구할 수 있는 사랑은 그 어떤 것도 아닌 지고의 사랑(die allerhöchste)이기 때문이에요. 전 제가 못생겼다는 걸 알아요. 그러니까 이 세상에서 가장 아름다운 여자가 요구할 수 있는 것보다 더 큰 사랑을 요구하는 거예요. 얼마나 커야 하는지는 몰라요. 하지만 측량할 수 없는 무한한 사랑이어야 할 거예요. 하지만 이것은 불가능한 사랑이기 때문에 저에게 구애하지 말라는 겁니다"(Stifter, 693f.).
　이러한 브리기타의 통찰은 결국 현실이 된다. 결혼을 하고 행복한 생활을 꾸리던 중, 이들의 사랑의 방해꾼이 나타나게 되는데, 바로 가브리엘레다. 귀족가문의 젊은 여자인 가브리엘레는 자연성과 관능미를 대표하는 여성으로 등장한다. 아버지의 교육관에 따라 '인형' 같은 존재가 아닌 가장 자연스럽게 자라도록 모든 자유를 만끽하며 성장한 "야성적인 여자"(Stifter, 697)다. 또한 아름답기로 유명했다. 그녀는 "파멸로 이끄는 자연성"을 상징하며, 농담하고 장난치고, 대담한 시도를 하고, 남자를 부추기는 여자다. 가브리엘레의 자연미를 슈티프터는 긍정하지 않는다. 그것은 다듬어지지 않은 자연의 상태로 남성의 본능을 자극하지만 그 이면에는 미숙한 정신의 추로 묘사된다. 무라이에게 그녀는 "천상의 멋진, 이글거리는 수수께끼"(Stifter, 697) 같았다. "부드러운 뺨, 달콤한 숨결, 빛나는 눈"(Stifter, 697)으로 타오르는 정념을 상징하는 그녀의 관능적 매력에 이끌려무라이는 갈등한다. 이를 알게 된 브리기타는 "후회하게 될 거라고 말했잖아요"(Stifter, 698)라고 자신이 했던 말을 재확인하며 이혼을 요구한다. 분노심이 발동한 무라이는 "나는 당신이 이루 말할 수 없이 싫어"(Stifter, 698)라고 반격하면서 브리기타의 곁을 떠난다.

실상은 앞에서 소령이 화자에게 이야기한 것처럼 브리기타가 남편에게 '버림받았다' 기 보다는 브리기타가 신뢰가 깨어진 부부관계를 주체적으로 청산했다고 볼 수 있다. 어쩌면 브리기타의 이혼을 불사하는 너무도 당당하고 대담한 태도가 무라이의 분노심을 더욱 자극했을지도 모른다.

브리기타의 자아정체성은 이 고통스러운 사건을 겪으면서 결정적으로 확립된 것으로 보인다. 그녀는 남편과 헤어진 후 마로쉘리라는 황무지를 개간하는 일에 몰두해서 그 일에서 성공을 거둔다. "그녀의 정신은 자기 주변의 황무지를 개간하기 시작했다"(Stifter, 699). 그녀는 남자 옷을 입고 말을 탔으며 활동영역을 점점 더 넓혀갔다. 미인의 외모를 모방하듯 "많은 사람들이 그녀를 모방했다. 조합이 생겨났고, 먼 지역에 사는 사람들도 열광했다"(Stifter, 699). 브리기타의 정신은 "활동하고, 창조하고, 요구하는 정신"(Stifter, 699)이며, "일과 활동"(Stifter, 699)은 브리기타의 생활에 중요한 요소가 된다. 적어도 버크의 (태생적) 여성미와는 매우 다른 이미지임에 분명하다. 브리기타는 자연의 산물이라고 할 수 있는 자신의 태생적 외모를 이성과 정신의 힘으로 극복한다. 자신의 생활에 만족하고, 일을 통해 자기 내면을 확립해 나가고 주체적인 자아상을 획득한다. 물론 슈티프터는 시민사회의 덕성과 자연보다 이성을 옹호하는 차원에서 일하는 여성의 이미지를 부각시켰지만, 브리기타의 모습에서 현대적 의미의 자율적이고 개척적인 여성상의 면모가 선취되고 있음을 부인하기는 어렵다. 이는 여성과 자연을 동일시한 관습적인 여성관의 혁신적인 반전의 예다. 이제 여성에게도 중요한 것은 남성의 사랑의 욕망을 일깨우는 여성미를 가꾸는 것만이 아니라, 자신의 내면의, 정신적인 미를 가꾸는 것이 긍정적으로 인식된다. 슈티프터는 이 작품에서 이러한 성과 연관된 미학의 고정관념을 깨고 여성과 버크가 말하는 숭고미를 연관시키고 이것을 더욱 긍정적인 것으로 결론짓는다. 그것은 무라이를 유혹하는 것으로 잠간 등장했던 가브리엘레의 최후가 마지막 장면에서는 죽음을 상징하는 골짜기에 그녀의 무덤만 남아 있음으로 결국 죽음으로 귀결되었다는 데서 가시화된다.

물론 슈티프터가 '브리기타/선 — 가브리엘레/악'의 이분법적 구도를 견지하며 여전히 "극단화된 여성관을 재생산"한다는 비판을 받기에 충분하지만(도기숙, 19), 한편으로 간과할 수 없는 것은 추한 여성을 긍정하고 포용했다는 점이며 여성의 긍정적인 이미지에 추의 요소가 동반될 수 있다는 점에서 인간이 벗어나기 힘든 미/추의 이분법적 사고를 환기시키는 작용을 하고 있다. 이는 분명 낭만주의적인 선녀와 미녀의 동일시에서 한층 현실로 나아간 시각의 확대임이 분명하다.

이 노벨레의 결정적인 포인트는 브리기타를 거의 숭배하고 있는 소령이 바로 다름 아닌 브리기타의 남편이었던 무라이라는 사실이 드러나는 순간이다. 브리기타와 헤어진 후 무라이는 예술과 학문을 섭렵하며 온갖 여자와 친구들을 사귀지만 안식을 찾지 못하고 방황을 거듭한다. 마침내 무라이는 브리기타 곁에서 자신의 고향과 같은 안식을 찾고 정착한다. 무라이가 뒤늦게 깊이 깨닫게 된 브리기타의 진정한 미는 그를 그 어떤 여자에게서도 맛보지 못했던 기쁨과 평안으로 인도한다. 그는 화자에게 이렇게 고백한다. "친구여! 나는 이제껏 살면서 열렬한 갈망을 종종 받아왔소. 하지만 그게 사랑이었는지는 잘 모르겠소. 하지만 이 여자와 사귀고 이 여자의 존경을 받는 게 내게는 이 세상에서 이제까지 누렸다고 생각한 그 어떤 행복보다도 큰 행복이 되었다오"(Stifter, 702).

초로의 나이에 들어선 두 사람의 관계는 열정이 아닌, "확신의 고요함"(Stifter, 702)에 기반을 두고 있다. 그것은 자연상태를 극복하고 이성에 기반을 둔, 소통 가능한 우정관계라고 할 수 있다. 이 관계는 브리기타에게 충만한 내적 기쁨을 가져다주며, "이 기쁨은 늦게 핀 꽃처럼 그녀의 얼굴에서 피어났으며, 좀처럼 믿을 수 없을 정도의 미의 숨결"(Stifter, 703)을 드리웠다. 브리기타를 아름답게 만드는 이성(異性)관계는 "가장 아름다운 방식의 우정, 정직함, 동등한 노력과 상호간의 소통"(Stifter, 704)이 존재하는 그런 관계다.

　두 사람은 결국 서로의 깊은 상처들을 이야기하고 서로에게서 깊은 사랑을 확인한다. 브리기타는 가브리엘레와의 일에 대해서 무라이가 그녀에게 끌린 것은 너무나도 자연스러운 "부드러운 미의 법칙"(Stifter, 708)이었는데, 자신이 자존심 때문에 죄를 지었다고 고백한다. 이에 대해서 무라이는 자신이 새롭게 발견한 미의 법칙을 이렇게 역설한다.

　브리기타, 어떻게 그런 말을 할 수 있어? 물론, 우리는 미의 법칙에 이끌리지. 하지만 온 세상을 돌아다녀 본 후에야 미는 마음속에 있다는 것을 나는 배우게 되었어. 그 미를 나는 집에다 두고 왔다는 사실을, 오로지 나를 향한 확고하고 신실한 마음속에, 내가 잃어버렸다고 생각했던 그 마음, 그리고는 수많은 세월 동안 어디를 가나 나와 함께 있었던 그 마음속에 두었다는 것을 말이야. 오, 브리기타, 내 아이의 어머니! 밤이나 낮이나 당신이 내 눈앞에서 떠나질 않았어(Stifter, 708).

고백, 용서, 신뢰, 깊은 내면의 대화. 한마디로 이러한 정신의 자양분을 먹고 성숙한 부부간의 사랑이야말로 슈티프터가 말하고자 하는 인간관계에서 구현되는 진정한 미인 것이다.

한편으론 이 비더마이어 작가가 보수적ㆍ기독교적 세계관을 바탕으로 가정과 결혼을 신성시하는 시민적 가족 이데올로기를 은연중 확고히 하고 있음을 잊어서는 안 된다(도기숙, 19 참조). 또한 육체/자연에 대한 정신의 승리, 외면에 대한 내면의 승리, 관능에 대한 덕성의 승리와 같은 가치관은 기존권력의 질서유지에 암암리 기여하게 된다는 사실도.

3. 《죽은 왕녀를 위한 파반느》 — 추의 사회학

그러나 21세기에는 19세기 슈티프터식의 정신의 미로 추한 자연을
극복하는 일은 먼 향수를 불러일으키는 동화처럼 들릴 뿐이다. 《죽은
왕녀를 위한 파반느》는 1980년대 후반과 현재의 대한민국 사회를 배
경으로 열아홉 살의 추녀와 미남과의 흔치 않은 사랑을 소재로 했다
는 점에서 앞서 슈티프터의 《브리기타》와 매우 유사한 구성을 갖고
있다. 미남인 주인공이자 화자인 ‘나’는 연예인인 잘생긴 아버지와
그 아버지를 사랑하나 결국은 버림받는 못생긴 어머니를 통해 외모
의 미와 추가 인간관계에서 권력으로 작용하는 불행한 현실을 일찍
이 체감한다. 추한 어머니는 아버지에게 ‘하녀’ 같은 존재였고, 아
버지의 미를 숭배하고 그것에서 대리만족을 추구한다. 이는 스페인
의 화가 디에고 벨라스케스의 유명한 그림 〈시녀들〉을 보고 라벨이
영감을 얻어 작곡한 〈죽은 왕녀를 위한 파반느〉가 소설의 제목이 된
것과 결코 무관하지 않다. 그림 한가운데에 위치한 아름다운 공주와
주변에서 배경처럼 둘러 있는 시녀들과 난쟁이의 관계는 마치 한 사
람의 공주와 같은 미녀와 그 주변에 그녀를 추종하는 여러 평범하거
나 추한 여성들이 ‘시녀들’처럼 위치하는 모습을 암시적으로 드러내
고 있다. 또한 ‘나’의 멘토 역할을 하는 요한의 경우는 첩으로 불행하
게 살다가 자살한 뛰어난 미모의 어머니를 갖고 있다. 즉 ‘나’의 추
녀 어머니나 요한의 미녀 어머니나 모두 미/추 이데올로기의 피해자
로 묘사된다. 그러나 그 누구보다도 소설에서 이 이데올로기의 피해
자는 ‘나’의 연인으로 등장하는 추녀다. 그녀는 끝까지 이름 없는

'그녀'로 불려지고, 그녀의 목소리는 언제나 작고 가느다랗다. 그녀의 말은 늘 멀리서 아득히 들려오다가 소리 없이 사라져가는 느낌을 준다. 또한 앞의 브리기타와는 달리 그녀의 추한 외모는 작가에 의해 한 군데도 구체적으로 묘사되지 않는다. 늘 고개 숙인 모습으로 등장하고 현실감이 없을 정도로 존재감이 없다. 추녀인 그녀의 이와 같은 익명성과 열등의식은 추녀가 대한민국 사회에서 하나의 소외계층이 되어 있음을 상징한다.

이 소설의 화두는 여성의 미/추 담론과 밀접한 관계를 갖고 있는 자본주의의 폐해다. "미와 추의 속성은 종종 미학적 기준이 아닌 정치적, 사회적 기준에서 기인한다"(에코, 12)라는 에코의 말은 정곡을 찌르는 말이다. 마르크스는 자본주의 비판에서 돈의 소유가 추를 보상해 줄 수 있음을 이미 지적한 바 있다.[4] '나'와 '그녀'의 만남이 상품으로 가득한 백화점에서 이루어진 것은 상품화된 인간들로 이루어진 사회를 암시하고 있다 할 수 있겠다. 못생겼다는 이유로 자신의 능력에 합당한 사회진출에 실패한 '그녀'는 백화점의 아르바이트생으로 생활해 나가지만 그곳에서도 온갖 허드렛일만 하는 '하녀' 취급을 받는다. 자기 비하의식에 젖어 뭇사람들의 '웃음'에 대해 피해의식에 사로잡힌 그녀의 성장기는 부러움과 갈망, 소외의 연속이었다. 자라면서 그녀는 "자신보다 자신의 그림자가 더 아름다운 여자"라는 자아상을 갖게 되고 "이미 세상에서/사라진 여자"로 살아간다(박민

---

4) "나는 추하다. 하지만 나는 가장 아름다운 여인을 살 수 있다. 그리하여 나는 추하지 않은 사람이 되는데, 추의 효과, 추의 절망스러운 힘이 돈에 의해 제거되었기 때문이다. 개인으로서 나는 절름발이이지만 돈은 나에게 24개의 다리를 준다. 따라서 나는 절름발이가 아니다. (…) 내가 가진 돈이 나의 모든 결점을 그 반대의 것으로 전화시켜 주지 않는가?"(마르크스, 〈경제학, 철학 수고〉(1844), 재인용: 에코, 12)

규, 211). 그녀는 그림자처럼 살아가야 하며 "마음속에서 스스로의 얼굴을 도려낸"(박민규, 273) 자아가 상실된 여자가 된다. 한 여자가 추녀라는 이유로 "세상이 만들어낸 장애인"(박민규, 268)과 같은 존재가 된 이유는 그 무엇보다도 타인과 사회의 시선 때문이다. 그 시선은 자본주의 원리로 물들어 있다. 그러기에 이 소설은 인간과 사회에 대해 총체적 불신을 갖고 있는 요한의 입을 통해 대중혐오와 세상에 대한 냉소와 '욕'으로 가득하다. "결국 이 세상은 눈가림이야. 눈만 가려 주면… 또 눈만 만족시켜 주면 지옥 끝까지라도 달려갈 바보들이지. 세상을 망치는 게 독재자들인 줄 알아? 아냐, 바로 저 넘쳐나는 바보들이야"(박민규, 155). 그의 냉소는 특히나 외모에 천착해 미와 추의 본질을 보지 못하는 인간의 모습을 겨냥한다.

외모는 돈보다 더 절대적이야. 인간에게, 또 인간이 만든 이 보잘것없는 세계에서 말이야. 아름다움과 추함의 차이는 그만큼 커, 왠지 알아? 아름다움이 그만큼 대단해서가 아니라 인간이 그만큼 보잘것없기 때문이야. 보잘것없는 인간이므로 보이는 것에만 의존할 수밖에 없는 거야. 보잘것없는 인간일수록 보이기 위해, 보여지기 위해 세상을 사는 거라구. (…) 헬렌 켈러나 버지니아 울프를 보고 뭐 이따위로 생겼어 하는 인간들로 끓어넘치고, 레오나르도 다빈치나 아인슈타인을 보고도 뭐야 개똥같이 생겼잖아, 팔짱을 낄 인간들이 지천으로 널려 있어(박민규, 219).

인간이 추를 혐오하고 미를 추구하는 것은 인간의 본래적인 미에 대한 욕망뿐 아니라 미가 곧 권력이 되는 사회구조에도 그 책임이 있

다는 지적은 특히 여성을 둘러싼 미/추 담론의 사회적 의미를 부각시
키고 있는 부분이다.

이것은 너무나 불공평한 시합이다. 첫눈에 누군가의 노예가 되고,
첫인상으로 대부분의 시합을 승리로 이끌 수 있다. 외모에 관한 한, 그
리고 누구도 자신을 방어하거나 지킬 수 없다. 선빵을 날리는 인간은
태어날 때 정해져 있고, 그 외의 인간에겐 기회가 없다. 어떤 비겁한
싸움보다도 이것은 불공평하다고 나는 생각했었다(박민규, 71).

이 소설에서도 《브리기타》와 마찬가지로 추녀와의 대비를 위해 미
녀가 잠깐 등장한다. 다소 얕잡아보는 식의 "그 아이"라는 호칭과 더
불어 미녀는 "뒤돌아보지 않는 데다, 잠시의 망설임도 없는 성격"(박
민규, 304)의 자신감에 넘치는 "쾌활한 성격"으로 "사람들의 반응에
매우 익숙한 아이"(박민규, 305)로 묘사된다. 하지만 무엇보다도 미
녀는 "결코 나쁜 성격은 아니었지만, 대부분의 미녀들이 그렇듯
——자신의 미모를 통해 무엇을 얻을 수 있는지를——너무나 쉽고,
빠르게 파악하는"(박민규, 305) 여자다. 즉 미가 인간관계에서 여성
에게는 하나의 권력이 되는 현실을 최대한 이용할 줄 아는 여자다.
그 누구보다도 미와 권력의 밀착에 가장 민감한 사람은 추녀와 미녀
일 것이다. '나'는 이를 인식한다.

왜 일을 안 하지? 누구도 그 아이의 등을 떠밀지 않았고, 어느 누구
도 그 아이를 미워하지 않았다. 오히려 얼마 안 가 여직원들의 구심점
같은 존재가 되어 버린 느낌이었다. (…) 결코 낯설지 않은 구도라고

나는 생각했다. 남자들의 세계와 비슷하구나, 힘이 센 놈을 중심으로
질서가 편성되는 남자아이들의 세계를 나는 떠올렸었다. 우열을 가리
고 굴복하는… 또 곁에 붙어 다니면 자신의 힘도 강해지는 듯한 그 착
각을 이해할 수도 있을 것 같았다(박민규, 307).

이와 같은 '권력구조'에서 추녀들도 다양한 생존전략을 갖고 있다.
그러나 그것은 "스스로를 마취"하는 자아정체성의 의도적인 상실이
라고 할 수 있다.

저 같은 여자들은 결국 스스로를 마취해야 합니다. 인형이라도 붙
잡고 상상의 세계에서만 살아간다거나, 대인관계를 거부하거나… 혹
은 여자가 아닌 다른 무엇으로 자신을 설정해야 하는 것입니다. 남자
처럼 행동을 하는 친구도 있었고… 아예 망가진 모습으로 코미디를
자청하는 친구도 보았습니다. 특이한 여자, 웃기는 여자… 설령 여자
의 일부를 포기한다 해도 못생긴 여자보다는 낫다, 생각할 수밖에 없
는 것입니다(박민규, 272f.).

그러나 "이뻐와 착해, 그리고 돈 있어로 모든 것이 해결되는 세계"
(박민규, 171f.)에 염증이 나 있었던 화자는 작가의 말대로 "비현실적"
(박민규, 416)이게도 추녀인 '그녀'에게 관심을 갖게 된다. 이러한
"기적"(박민규, 286)에 대한 '그녀'의 첫 반응은 앞의 장에서 브리기
타가 무라이에게 취했던 반응과 유사하다. "저 사실 그때 당신을 믿
지 않았거든요. 아니, 실은 믿고 싶었지만… 믿을 수 없었던 거예요.
그럴 리가 없었으니까. 도대체 어떻게… 그럴 이유가… 없었으니까

요”(박민규, 140). 그러나 그의 진심을 알고 난 후 그녀는 자신의 상처를 감싸 안은 그의 사랑에 감사해 하며 마치 새로 태어난 듯 재생 감정에 도취된다.

당신은 한 여자의 체온을 바꿔 주었고, 한 여자를 둘러싼 세상의 기후를 바꾸어 주었습니다. 그리고 무엇보다… 달의 뒷면처럼 어둡고 어두웠던 저라는 여자를 바꾸어 놓았습니다. 어느새 저는 느낄 수 있었습니다. 지난날의 모든 상처가 사라졌음을… 그리고 이제는 튼튼하게 아물었다는 사실을 말입니다./저는 언제나 ‘진행형’의 상처를 안고 사는 여자였습니다. 끝없이 덧나고 영원히 이어질… 그런 상처를 안고 사는 여자였던 것입니다. 하지만 더는… 그렇지 않습니다. 이제 저는 그런, 흉터를 가진 여자일 뿐이에요(박민규, 285f.).

외부의 차가운 시선으로 인한 상처는 외부의 따뜻한 시선에 의해 치유된다. 그녀가 브리기타처럼 외부의 시선에 전혀 의지하지 않고 순전히 자기 내부에서 태생의 한계를 극복할 수 있는 힘을 길러내기에는 ‘그녀’는 너무나 많이 찢기었다. 결국 부정적이든 긍정적이든 남성의 시선에 여전히 의존할 수밖에 없는 여성상이 이 작품에서도 재생산된다. 하지만 불의의 사고로 인해 서로의 행방을 모른 채 15년이라는 세월은 둘을 갈라놓는다. 어쩌면 기적과도 같았던 그 남자가 인생에서 부재했던 이 시간 동안 ‘그녀’는 비로소 자신의 삶의 내용을 주체적으로 만들어 갈 수 있게 되었는지도 모른다. 불행하게도 그것은 대한민국을 떠나서야 비로소 가능해진다. “나지막하긴 해도 또렷한 목소리,” “힘이 느껴지는 그 목소리,” “두 손을 가지런

히 모은 채 약간 턱을 치켜든 모습"(박민규, 368)은 다시 만난 그에게
는 "낯선 느낌"(박민규, 368), "정확히 실망이라 부를 순 없겠지만…
결코 희망이라 부를 수도 없는 성질의 느낌"(박민규, 369f.)을 준다.
'그녀'는 비로소 자신이 태어났지만, 인간으로서, 여자로서 정착할
수 없었던 대한민국이라는 곳과 적어도 외모에 의해 인간이 평가되
지 않는 계몽된 독일사회를 비교하면서 대한민국 사회의 병리적 현
상을 꼬집는다.

한국을 떠나온 것에 후회도 없고… 돌이켜보면 그런 생각이 들어요.
저는 그곳에서 여자가 아닌 다른 그 '무엇'으로 살아야 했던 게 아닌
가… 남성과 여성의 구분이 아닌 매우 이상한 그 어떤 것… 상처받고
일그러질 수밖에 없는 그 무엇이 아니었을까, 그런 생각이 들어요. 어
쨌거나 이 선택을 후회하지 않는 이유가 여기선 그냥 '여자'로 살아갈
수 있다는 점일 거예요. 그냥 여자… 성형을 받거나 굳이 예뻐야 하거
나 하이힐을 신지 않아도 되는/말 그대로의 그냥 여자 말이에요. 굳이
분류를 당한다 해도 저는 이제 못생긴 여자가 아니라 독신의 동양인
여자로 삶을 살아가고 있는 거예요. 물론 속으로야 어떤 생각을 한다
해도 자신의 시각으로 남을 비하할 수 없다는 게 상식인 사회란 거죠.
사회의 가치는 그런 거라고 생각해요. 동등한 기회를 얻고, 그 대가를
바랄 수 있는… 그리고 노력할 수 있는… 그런 점에서 저는 이곳이 정
말 마음에 들어요./그런 면에서 제가 한국에서 겪은 일들은 매우 야만
적인 것이었어요. 야만이죠. 아름답지 않으면… 화장을 하지 않고선
외출하기가 두려운 사회란 건요… 총기를 소지하지 않으면 집 밖을 나
설 수 없는 사회란 거예요. 적어도 여자에겐 그래요, 지극히 야만적인

사회였어요. 물론 지금은 많이 달라졌겠지만, 아무튼 말이죠. 그래서 저… 잘 살고 있다는 생각이에요. 적어도 직장에서만은 특별한 차별 없이 일을 하고, 보수를 받고… 비슷한 취미를 가진 사람들과 이런저런 클럽을 만들고, 토론을 하고… 전시회를 관람하고 공연을 즐기고… 이 삶이 좋은 거예요(박민규, 374f.).

오늘날 독일사회가 얼마나 인간의 미/추의 이분법에서 본질적으로 자유로울 수 있는지 구체적으로 증명된 바는 없다. 하지만 이 소설에서 굳이 대한민국과 독일의 경우가 비교된 것은 그만큼 우리의 사회 현실이 자기 자신이 되지 못하게 하는 사회임을 인식하게 하기 위한 것으로 보인다. 특히 "자본주의 미의식"이 만연한 이곳은 비단 여성만이 아닌 "아름다움을 신봉하는 대중문화 자체"가 피해자라는 데에 이 문제의 사회적 심각성이 있다 할 수 있겠다(오윤호, 426). 작가의 말대로 "부와 아름다움은 우리를 지배하는 가장 강력한 이데올로기"(박민규, 416)가 되어 버렸다.

4. "고운 건 더럽고 더러운 건 고웁다"

상당한 시대적·공간적·문화적 차이에도 불구하고 슈티프터와 박민규의 작품을 비교해 보는 작업은 추의 미학과 여성의 문제를 논하는 데 흥미로운 시도다. 미를 갈구하는 것은 여성뿐만이 아니라 모든 인간의 보편적인 욕망일 것이다. 하지만 오랜 세월 여성과 미를 동일시해 온 미학관은 이러한 인간 본연의 욕망과 맞물려 대중의 의식을 지배해 왔고 현재도 지배하고 있다. 기존의 가치관과 통념의 변혁을 추구하는 문학은 이러한 미/추에 대한 대중의식에 대해서도 거리를 두고 있다. 특히 박민규의 작품은 작가 본인의 말대로 대한민국에서 "못생긴 여자와, 못생긴 여자를 사랑하는 남자를 다룬 최초의 소설"(박민규, 416)로 이 문제가 이미 사회적 차원으로 나아갔음을 증명하고 있다. 물론 이 두 작품이 문제를 해결해 가는 방향과 의도는 사뭇 다르다.

슈티프터의 경우 무라이는 결국 관능미를 극복하고 정신의 미에서 진정한 미를 발견함으로 버크식의 미와 추(숭고미)의 현상학을 뛰어넘는다. 그는 몸의 미를 알지만 육체의 경계를 초월하여 정신의 영역으로 미를 확장한다. 플라톤의 정신주의로 회귀하는 슈티프터의 미학은 그러므로 시대적 흐름으로 볼 때 새로운 혁신은 아니다. 그보다 가족, 결혼 등의 시민적 질서를 찬양하고 보수하려는 그의 성향의 반영일 것이다. 단지 아이러니한 것은, 이와 같은 보수적인 정신주의에서 구상된 브리기타의 여성상이 당시에, 아니 오늘날까지도 편만해 있는 여성상을 부정하는 모습으로 나타난다는 사실이다. 즉 작고 귀여운 장식품 같은 '아름다운' 여성상과는 거리가 먼, 신뢰가 깨어진 결혼에 대해 과감히 이혼을 요구하기도 하고, 외적으로는 거의 남자만큼 일하고 창조적인 활동을 하며, 옷과 화장으로 꾸며진 미가 아닌 진실과 신뢰, 인간에 대한 이해 등의 덕목으로 가꾸어진 내면의 미에서 자신의 정체성을 확립한 주체적인 여성의 모습이다. 바로 현대적 의미의 페미니스트의 의식과 별반 다르지 않은 모습이다. 물론 탈여성화를 통해서만 여성은 내면의 미를 소유할 수 있는 것일까라는 반박의 여지를 남기는 한계를 분명 갖고 있지만, 오늘날같이 오로지 보이는 것에만 열중하고, 표준적인 미녀를 모방하는 모습에서 자기 정체성을 세우려는 세태에게 미와 추에 대해서 다시 생각해볼 거리를 제공하고 있다.

박민규의 작품은 슈티프터와는 지향점이 좀 다르다. 여성의 미모가 권력의 요소를 갖고 있음을 일찍부터 파악한 주인공은 더 이상 육체적인 여성미에 현혹되지 않는 노련함을 보인다. 이 소설은 그러므로 추와 사회와의 연관성에 천착한다. 추녀와 미남의 사랑은 자본주의의 천박성이 극에 달한 대한민국이라는 현실에서는 건강한 사랑관계를 형성하기가 거의 불가능한 것으로 묘사된다. 결국 그들의 사랑은 15년이 지난 후 독일이라는 외국에서 해피엔딩으로 막을 내린다. 두 주인공이 독일사회로 이주하지 않고 한국사회에 정착했더라도 과연 해피엔딩의 사랑으로 설정될 수 있었을까 하는 의문을 아마도 작가는 가졌던가 보다.

슈티프터는 추한 여성도 아름다울 수 있는 가능성을 밝은 톤으로 묘사하지만, 박민규에게서는 더 이상 그런 명랑함은 느껴지지 않는다. 미/추 담론이 여성을 얼마나 억압할 수 있는지, 이 문제가 현대 여성의 정체성 문제와 얼마나 밀접한지, 현대 자본주의 사회와 그 억압의 메커니즘은 무엇인지를 파고드는 그의 어조는 처음부터 끝까지, 해피엔딩임에도 우울하고 냉소적이다. 정신적인 미가 인간의 눈을 지배할 수 있다는 19세기의 믿음은 21세기인 오늘날에는 그저 순진하고 진부한 낙관주의로밖에 여겨지지 않는 것일까? 하지만 오늘날의 부조리한 사회에 대한 열에 들뜬 박민규의 냉소가 오히려 이 소설로 하여금 '미의 악덕'을 좀 더 치열하고 밀도 있게 파고들지 못해 "충분히 추하지 않을뿐더러 연애소설답게 아름답기까지 하다"(오윤호, 427)라는 질책을 받게 한 것인지도 모른다.

사회가 모던해질수록 미와 추는 절대적 개념이 아니라 상대적 개념이 되었고, 시대와 역사적 상황에 따라 주관적으로 규정되고 해석되어 왔다. 하지만 우리는 그 어떤 대상보다도 여성에 대한 미녀와 추녀의 범주화가 이러한 상대화에서 많이 비껴나 있는 시대착오적 현상 앞에 놓여있다. 이에 한번쯤 이러한 시각의 반전 내지는 전환을 시도하는 것은 통념화되고 부식된 사회적 가치에 거리를 두고 그것이 초래하는, 때로는 비인간적인 폭력적 양상을 통찰하고 이에 대처할 수 있는 면역력을 갖게 할 것이다. "고운 건 더럽고 더러운 건 고웁다"(셰익스피어, 14)라는 《맥베스》의 '마녀'들의 통찰을 기억하자. 미와 추의 통념들로부터 자유로워져야 진정한 주체가 될 수 있다.

참고 문헌

도기숙: 19세기 전반기 문학에 나타난 결혼담론 — 구츠코와 슈티프터를 중심으로, 독일문학 2004년, 제91집, 5-24쪽

먼로 C. 비어슬리/이성훈, 안원현 옮김, 미학사, 이론과 실천, 1990.

박민규, 죽은 왕녀를 위한 파반느, 예담, 2009.

오윤호, 〈미의 악덕을 향한 추(醜)의 가벼움 — 박민규, 《죽은 왕녀를 위한 파반느》〉, 문학수첩, 2009, 겨울, 425-427쪽.

움베르토 에코/오숙은 옮김, 추의 역사, 열린 책들, 2008.

윌리엄 셰익스피어/최종철 옮김, 맥베스, 민음사, 2004.

카를 로젠크란츠/조경식 옮김, 추의 미학, 나남, 2008.

Adorno, Theodor W.: Ästhetische Theorie, in: Theodor W. Adorno, Gesammelte Schriften in zwanzig Bänden, hrsg. v. Rolf Tiedemann, Bd. 7.

Frankfurt/M.: Suhrkamp 1997.

Augustin, Hermann: Adalbert Stifter und das christliche Weltbild. Basel/Stuttgart 1959.

Hauskeller, Michael(Hg.): Was das Schöne sei. Klassische Texte von Platon bis Adorno, München 1994(insbesondere S. 179—208).

Kliche, Dieter: 〈Häßlich〉, in: Ästhetische Grundbegriffe: historisches Worterbuch in sieben Bänden, hrsg. v. Karlheinz Barck(u. a.), Bd. 3. Harmonie — Material. Stuttgart/Weimar: Metzler 2001, S. 25—66.

Sombart, Nicolaus: Die 〈schöne〉 Frau. Ein Beitrag zur Sexualpsychologie der Erkenntnis, in: Dietmar Kamper/Christoph Wulf(Hg.): Der Schein des Schönen, Göttingen 1989, S. 346—379.

Stifter, Adalbert: Brigitta, in: Adalbert Stifter, Sämtliche Werke. Bd. 1, Studien, hrsg. v. Hannsludwig Geiger, Berlin und Darmstadt 1959, S. 659—710.

Wiese, Benno von: Adalbert Stifter. Brigitta, in: ders.: Die deutsche Novelle von Goethe bis Kafka. Interpretationen I. Düsseldorf 1964, S. 196—212.

추한 것이 아름다운 무대:
포스트드라마 시대의 《보이체크》

장은수

뷔히너의 Georg Büchner(1813-1837)의 드라마 《보이체크 *Woy-zeck*》는 시대를 앞서 현대문학의 새로운 패러다임을 열었다는 점에서 문학사적으로 독특한 위치를 차지한다. 1836년 쓰기 시작해 1837년 작가의 죽음으로 인해 미완성으로 남게 된 이 작품의 열린 형식에는 뷔히너의 인생관이 그대로 반영되어 있다. 그는 삶의 목적을 어떤 이상적 완성에서 보지 않고 삶의 과정 그 자체에 놓고 보았다.

그리고 그의 눈에 비친 '과정' 속의 현실은 독일 이상주의미학이 그려내던 아름답고 조화로운 세계와는 반대되는 모습이었다. 그것은 사회의 비인간적 권력구도 속에서 자본과 폭력의 횡포에 스러져 가는 무력한 개인들의 삶이었다. 뷔히너 이전의 고전주의시대 독일 이상주의미학은 추한 현실을 극복하기 위한 "이념의 감각적인 표현"[1]

---

* 이 논문은 《외국문학연구》 제27집에 수록된 것을 일부 수정, 보완한 것임.
1) Karl Rosenkranz: Ästhetik des Häßlichen. Darmstadt 1979, S. 36.

으로써 아름다움을 추구했다. 이상주의미학이 '미의 추구'라는 이름 아래 현실의 부조리를 은폐하고 미화하려 애쓴 반면 '배고픔'이 혁명을 재촉하는, 결코 아름답지 못한 당시 현실에 천착한 그의 작품은 이런 현실을 고발하기 위해 '추'의 세계를 다룬다.

아름다움 대신 '추'의 개념이 미학의 새로운 패러다임으로 본격화된 것은 뷔히너시대를 한참 지난 19세기 후반에나 이르러서였다. 니체가 "진실은 추하다(Die Wahrheit ist häßlich)"[2]며 현실인식의 무게중심을 '추'로 옮겨 놓았다면 아도르노는 형식을 파기하는 열린미학에서 '추'의 현대성을 보았다: "형식규범은 '추'에서 힘없이 항복한다(im Häßlichen kapituliert das Formgesetz als ohnmächtig)"[3]

아도르노는 이렇게 '추'를 통해 인간이 현실로 받아들이기 두려워했던 것을 더 이상 피하지 않고 적극적으로 표현함으로써 현대예술의 '질적 혁신'이 이루어졌다고 보았다.

랭보(Rimbaud)와 벤(Benn)의 시가 드러내는 현실의 해부학적 참상, 베케트의 추한 인물들, 그리고 표현주의시대 과장되고 왜곡된 세계는 모두 추한 현실을 은폐하고 미화하기보다는 '추'를 적극적으로 수용해 현실을 고발하고 현실의 부조리에 정면도전한다. 이렇게 볼 때 니체와 아도르노를 거쳐 포스트모던으로까지 이어진 현대예술의 핵심으로써의 '추의 미학'은 뷔히너의 드라마에서 이미 시대를 앞서 구현된 셈이다.

작품의 메시지로 보나 드라마 형식의 파격적 현대성으로 보나 과

---

2) Friedrich Nietzsche: Werke in drei Bänden. Bd. 3. München 1982, S. 832.

3) Theodor W. Adorno: Ästhetische Theorie. Gesammelte Schriften. Bd. 7. Frankfurt am Main 1997, S. 75.

연 뷔히너의 등장은 한 세기를 앞서 현대 연극사에 한 획을 그은 역사적 사건임이 분명하다. 당대 그의 드라마를 낯설게 만들었던 과감하고 과격한 기법들은 표현주의 작가들의 단골메뉴가 되었고, 알베르트 카뮈 역시 그에게서 현대 사회의 부조리를 예견한 선배를 발견했다.

최근에는 특히 지난 2003년 초연에 이어 2004년 예술의 전당에서 재공연된 유리 부드소프(Yuri Butusov)의 무대가 과감한 무대미술과 조명을 강조한 강렬한 표현주의적 연출로 각광을 받았다.

유럽에서는 1985년 무대미술가인 아힘 프라이어(Achim Freyer)가 빈의 부르크테아터에서 보이체크의 내적 긴장과 불안을 절벽처럼 경사진 둥근 무대로 시각화시켜 화제가 된 바 있었고, 2004년 7월에 열린 프랑스 아비뇽연극제에서 관심을 모았던 베를린 샤우뷔네의 연출가 오스터마이어(Thomas Ostermeier) 역시 이미지 표현의 극대화를 추구한 무대로 꼽힌다. 또한 지난 2000년 코펜하겐에서 윌슨(R. Wilson)이 무대음악가 톰 웨이츠(T. Waits)와 케슬린 브리넌 (K. Brennan)의 재즈로 옷을 입힌 〈오페라 보이체크〉는 2008년 독일 오버하우젠 공연을 시점으로 베른·루처른·칼스루에·함부르크·베를린 등에서 연일 매진기록을 세우고 있다.

이와 관련해 우리 무대에서 가장 눈에 띄었던 시도는 지난 2007년 무대에 올랐던 양정웅 연출의 오페라 〈보체크 Wozzeck〉였다. 연극대본을 오페라로 각색한 알반 베르크의 작품을 현대적 이미지극으로 표현해 낸 이 무대는 우리 공연사에 새로운 전환점을 보여주는 과감한 시도로 평가된다.

본 연구에서는 이런 다양한 공연들의 면모를 살펴보고 '추한 것이 아름다운' 현대공연의 특징을 구체적으로 분석해 보고자 한다. 아울러 이 드라마가 포스트드라마 시대의 무대에서 더욱 빛을 발하고 있는 이유는 무엇인지 밝힘으로써 이 시대의 새로운 공연 가능성을 모색해 보기로 한다.

1. 뷔히너의 《보이체크》 — 개방희곡의 선구

24세를 미처 다 못 채우고 요절한 독일 천재작가 뷔히너의 문학은 프랑스 혁명과 나폴레옹 전쟁 후 독일에 드리워진 복고주의와 반동 보수정치를 겨냥한 일관된 도전장이었다.

그는 독일과 프랑스의 혁명지사들을 만나 대공치하의 폭압정치에 반기를 들고 《헤센급전 *Der Hessische Landbote*》(1834) 전단지를 돌리며 젊은 혈기를 불태웠다. 그가 자신의 혁명적 사상을 토로하는 드라마 작업에 본격 착수하게 되는 것은 생애 마지막 3년 간, 비록 단 세 편의 드라마와 한 편의 미완성 소설에 그쳤지만 20세기 평론가들은 그의 문학을 '19세기의 가장 위대한 선언서'로 꼽았다. 특히 개방 희곡 형식을 지닌 《보이체크》는 주제나 형식면에서 가히 젊은 혁명작가의 면모를 유감없이 발휘한 그의 대표작으로 손꼽힌다. 1836년 동료 구츠코우(Karl Gutzkow)에게 보낸 한 편지에서 그는 이렇게 썼다.

사회를 지식층의 이념으로 개혁한다고? 불가능하지! 우리 시대는 순전히 유물론적이네![4]

그것은 1848년의 공산주의 선언(das kommunistische Manifest)을 앞지른 시대진단이었다. 뷔히너는 빈부격차가 커지면서 사회의 저변을 이루고 있는 하층 계급의 불만이 커진 것이, 한마디로 그들의 '배고픔'이 혁명을 재촉하는 유일한 요인이라고 보았다.[5]

그가 사회주의적 시각으로 문학의 사회참여를 시도했던 것과 마찬가지로 그의 선봉적 역할이 비평계에서 주목받는 것은 기존의 틀에서 벗어나 상당히 파격적인 실험을 보여준 열린 형식과 표현양식에서였다.

그가 남겨 놓은 작업본만 해도 4편의 상이한 판본이 전해지는 《보이체크》는 미완성으로 남은데다 25 내지 27개의 장면들이 정확한 순서없이 뒤섞인 채 발견되어 뷔히너가 최종적으로 어떤 형태를 원했는지는 그저 추측만 할 수 있을 따름이다. 그가 죽은 후 동생 루드비히 뷔히너는 판본의 철자색이 바랬다는 이유로 《보이체크》의 유작발간을 포기했고, 1879년 작가 칼 에밀 프란초스(Karl Emil Franzos)가 정리하고 재구성해 완성본을 처음 발표했지만 원작을 많이 변형시킨 탓에 논란이 분분했다.[6] 그런 까닭에 초연공연도 한참이나 지체되어 1913년 11월 8일 뮌헨의 레지던트테아터에서 오이겐 킬리안(Eugen

---

4) Georg Büchner: Briefe von Büchner. In: Werke und Briefe. Nach der historisch-kritischen Ausgabe von Werner R. Lehmann. München 1980, S. 282.
"Die Gesellschaft mittelst der Idee von der gebildeten Klasse aus reformieren? Unmöglich! Unsere Zeit ist rein materiell."
5) Vgl. Ebd., S. 269.
"Das Verhältnis zwischen Armen und Reichen ist das einzige revolutionäre Element in der Welt."
6) Georg Büchner: Anhang. Woyzeck. Überlieferung. In: Werke und Briefe. Nach der historisch-kritischen Ausgabe von Werner R. Lehmann. München 1980, S. 385.

Kilian)의 연출로 무대에 올랐다. 1920년대부터 원본의 구성에 대한 본격적인 연구가 학자들 사이에 진행되었고, 원본에 대한 충실성의 문제는 아직도 여전히 해결되지 않은 뷔히너 연구의 과제이다.

그런데 이런 출판 상의 혼란이 부정적이지만은 않은 것은, 그간의 대표적 공연들이 입증하듯 각 장면들을 정렬하고 재구성할 때 연출가에게 어느 정도 자유로운 공간이 허락되고, 오히려 이런 개방성이 무대 작업자들의 흥미를 더 유발시킨다는 점이다.

개방 희곡 형식을 지닌 이 작품에서 주인공 보이체크가 광란상태에서 저지르는 살인은 한 사회에 의해 경제적·정신적으로 착취당하는 한 인간이 어쩔 수 없이 부딪치게 되는 상황에 대해 시사하는 바가 크다.

《보이체크》는 평범한 한 시민인 프란츠 보이체크가 저지른 살인사건을 다루고 있다. 그것은 1821년 라이프치히에서 실제로 일어났던 사건을 소재로 한다. 요한 크리스티안 보이체크(J. C. Woyzeck, 1780-1824)라는 전직 말단군인이 가난과 사회의 경멸에 허덕이던 중 그나마 유일한 위안이 되었던 애인이 변심하자 질투와 복수심에 휩싸여 광란하다가 살인을 저지르고 사형당한다는 이야기이다.

1821년 6월 3일, 41세의 보이체크는 자기 애인이었던 46세의 외과의사 미망인 부스트가 다른 군인과 통정한 사실을 알고 라이프치히에서 그녀를 칼로 살해했다. 보이체크는 살인죄로 기소되었고 1824년 8월 27일에 라이프치히 광장에서 공개 교수형에 처해졌다. 그 후 이 사형집행은 학계에 물의를 일으켜 그 당위성에 관한 논쟁이 분분하였으며 이에 관한 기록은 뷔히너의 부친이 보던 의학 잡지를 통해 그에게도 전달되었다. 뷔히너는 1836년 이 사건을 토대로 《보이체크》를 쓰기 시작해 결국 완성하지 못한 채 죽음을 맞는다.

이제 그 줄거리를 잠깐 살펴보자. 뷔히너의 보이체크 역시 한 대위의 이발사 노릇을 하며 군대의 허드렛일로 푼돈을 벌어 겨우 생계를 유지해야 하는 말단 군인이다. 그는 매일 2그로셴을 벌기 위해 자신의 몸을 어느 의사의 생체실험용으로 제공하여 소량의 완두콩 이외에 다른 것은 먹을 수 없는 처지가 되었다. 사회적으로 버림받고 끝없는 억압과 굴욕 가운데 인간 이하의 취급을 당하며 마치 몰이사냥에 쫓기는 한 마리 짐승처럼 불안에 떠는 보이체크는 자신이 육체적·정신적으로 이상해지고 있음을 느낀다. 몸과 마음이 피폐해져 거의 정신분열 상태를 보이는 그에게 삶을 지탱해 주는 유일한 존재의 의미는 그의 동거녀 마리와 어린아기이다.

하지만 마리는 군악대 고수장의 유혹에 넘어가 몸을 허락하고 이것을 눈치 챈 보이체크는 분개한 나머지 어느 주점에서 고수장과 몸싸움을 하지만 결국 힘없이 지고 만다. 자신이 소유하고 있는 유일한 재산이 마리라고 믿었던 보이체크는 칼을 구입해서 마리를 살해하겠다고 작정한다. 마리 자신도 성경과 아기의 존재 앞에 그녀의 욕망과 이성의 갈등을 호소한다. 보이체크는 인적이 드문 호숫가로 마리를 데려가 살해한 뒤 칼을 연못 속에 던져 버린 후 피를 씻어내려다 자신도 물속에 빠져 버린다.

줄거리상으로는 개인의 치정살인을 다루고 있지만 《보이체크》에서 조명하고 있는 것은 자본과 권력으로 점철된 사회에서 노예상태로 전락해 버린 하층민의 비애다. 사회의 비인간적인 권력구도 속에서 무너져가는 개인의 얘기에 그 비중이 실려 있다. 뷔히너의 관심은 인생의 어떤 목적보다는 현실상황에 초점이 맞춰져 있었다.

삶은 그 자체가 목적이다. 왜냐하면 발전 과정이 바로 삶의 목적이
며 삶 그 자체가 발전 과정이니까, 따라서 삶은 그 자체가 목적이 되는
것이다.[7]

삶의 목적을 어떤 이상적 완성에서 보지 않고 삶의 과정 그 자체
에 놓고 보았던 그의 사상이 드라마의 열린 구조에도 그대로 적용되
어 있다는 데 드라마 《보이체크》가 지닌 현대성이 있다.

2. 《보이체크》와 현대무대

최근 무대에서 공연된 《보이체크》는 이 시대 공연예술의 새로운 흐
름을 읽게 해준다는 점에서 많은 주목을 받고 있다. 지난 1999년 프
랑크푸르트대학의 레만(Hans-Thies Lehmann) 교수가 《포스트드라마
적 연극 *Postdramatisches Theater*》[8]이라는 책을 써서 언어에서 신체
로 옮겨가는 연극의 패러다임 전환을 진단했다. 언어극의 전통이 다
른 어느 유럽국가보다 강하던 독일에서 '몸'은 이제 새로운 연극언
어로서 무대를 점령한 것이다.

드라마 《보이체크》는 원작자 뷔히너가 작품을 미처 완성하지 못하
고 세상을 떠나 버렸기에 지금까지 매우 다양한 형식으로 해석되어

---

7) Georg Büchner: "Über den Selbstmord." In: Werke und Briefe. Nach der
historisch-kritischen Ausgabe von Werner R. Lehmann. München 1980, S. 199.
　"/···/ ich glaube aber, daß das Leben selbst Zweck sey, denn: Entwicklung ist der
Zweck des Lebens, das Leben selbst ist Entwicklung, also ist das Leben selbst Zweck."
8) Hans-Thies Lehmann: Postdramatisches Theater. Frankfurt a. M. 1999.

무대에 오르고 있다. 한편 연출가의 상상력을 자극하는 열린 형식 덕분에 이 드라마는 연극 · 마임 · 무용 · 오페라 등 수 많은 장르로 각색되고 해체되었다. 그 결과 각 무대마다 독특한 맛과 정서를 담고 있는 또 하나의 새로운 작품들을 낳을 수 있었다.

우리 무대에서도 《보이체크》는 더 이상 낯선 이름이 아니다. 최근에는 특히 포스트드라마 시대의 신체극적 해석으로 돋보이는 공연이 빈번했다.

2.1. 유리 부드소프 연출의 신체극

그 결정적 계기가 된 공연은 우리나라의 경우 지난 2003년 1월 14일부터 2월 2일까지 예술의 전당 토월극장 무대에서였다. 러시아 연극의 대표주자인 연출가 유리 부드소프의 지휘 아래 우리나라 배우들이 연기해 낸 무대는 그야말로 〈보이체크〉 공연사에 한 획을 긋는 사건이 되었다.

상트 페테르부르크 연극예술 아카데미 드라마 예술학과 교수인 부드소프는 〈보이체크〉를 직접 각색하고 연출했다. 이 작품은 지난 1997년 러시아 상트 페테르부르크 렌소베타 극장 초연 이후 지금까지 꾸준히 무대에 올랐다. 그가 러시아 대표연출가로서 자리를 굳히게 해준 것은 〈고도를 기다리며〉였다. 부드소프는 이 작품의 각색 · 연출로 러시아 최고 권위의 연극상인 '황금마스크상 최고연출가상'을 받았고 연극 〈보이체크〉로 상트 페테르부르크 최고 연극상인 '황금 소피상'과 '스타니슬라브스키상'을 수상하였다.

그의 한국무대 작업은 2005년 서울국제공연예술제에서 로버트 윌

슨이 연출했던 〈바다의 여인〉처럼 해외 초청 스태프와 국내배우들의 공동작업으로 이루어져 새로운 연기의 가능성을 모색하는 시도로서 주목받았다.

부드소프는 내한 공연 몇 달 전 약 1주일간 무대디자이너 알렉산드르 쉬시킨(Alexander Shishkin)과 함께 한국에 머물며 미리 준비하는 열성을 보였다. "아시아 무대는 이번이 처음"이라며 "한국 배우들이 매우 느낌이 강해 상당히 좋은 인상을 받았다"[9]고 했다.

스타니슬라브스키 배우학교의 전통이 살아있는 러시아 연극의 강점은 무엇보다도 배우의 연기에서 찾아볼 수 있다. 한국에서의 〈보이체크〉 공연도 배우가 차지하는 비중은 절대적이었다. 유리 부드소프는 배우가 대사와 얼굴 표정만으로 감정을 드러내는 것을 거부했다. 대신 그가 요구한 것은 체계적인 신체 훈련과 강렬한 에너지를 온몸으로 객석에 전달하는 배우였다.

이렇게 해서 원작의 시적이고 암시적인 대사는 대부분 배우들의 신체적인 움직임으로 과감히 대체되었다. 그 결과 연극이라기보다는 무용에 더 가까울 정도로 강한 이미지의 신체동작이 무대를 움직였다.

공연무대를 좀더 구체적으로 살펴보자. 무대는 객석 앞좌석 상당부분까지 확장시켜 관객과의 거리를 좁혔다. 특히 아찔할 정도의 급격한 경사면과 넓게 파인 입체적인 무대공간 연출은 평면 무대에 익숙한 관객들을 당황스럽게 만들기까지 했다. 배우들은 그 위에서 탱고와 러시아 민속춤 코팍을 추며[10] 고단한 인생에서 벗어나려 발버둥친

---

9) 박돈규: 몸으로 말하는 현대인의 암울한 초상, 실린 곳: 조선일보 2004년 11월 29일.

다. 탱고의 긴장되고 풍부한 움직임이 연극의 리듬을 주도하는 가운데 무대는 언어대신 신체의 움직임을 통한 새로운 대화를 시도했다. 기존의 연극이 대사에만 전적으로 의존했다면, 여기서는 배우의 몸이 연극적 언어의 도구로 전격 투입된 것이다.

부드소프의 〈보이체크〉는 2003년 초연에 이어 2004년 예술의 전당에서 재공연되었고 그의 과감한 무대미술과 조명을 강조한 강렬한 표현주의적 연출은 다른 국내공연들에도 지대한 영향력을 발휘한 것으로 평가받고 있다.

부드소프는 사회적 핍박 속에 파멸되어 가는 한 인간의 처참한 운명을 날실삼아, 변심한 아내에 대한 질투와 절망을 씨실삼아 무대를 직조해냈다. 그의 연출은 줄거리보다는 이미지에, 영웅적 비극보다는 광대의 웃음 뒤에 숨겨진 비애에 초점을 맞췄었다. 무기력하기만 한 보이체크에게 무자비하게 가해지는 사회적 폭력은 위협적이고 냉소적인 이미지로 표현되었다. 보이체크는 가파르게 경사진 철판 무대에서 요란한 소리를 내며 떨어지는 수많은 완두콩 사이로 한 마리 짐승처럼 허둥지둥 쫓겨 다녀야 하는 신세로 그려졌다.

2.2. 이미지극으로서의 연극과 오페라

생각해 보면, 최근 이례적인 성공을 거두며 주목을 받았던 연극 〈보이체크〉의 다른 해외무대 공연이 모두가 이미지 중심의 공연들이었

---

10) 초연공연의 리뷰에서 한 기자는 이 연극의 "핵심이 계속 되풀이되는 탱고와 코팍을 섞은 춤에 있다"고 평가하기도 했다. 이승현: 연극 보이체크 관능의 탱고-힘찬 코팍 조화, 실린 곳: 문화일보 2003년 1월 20일 참조.

다는 것은 우연이 아니다. 그것은 우리 시대 무대의 성향과도 관계
가 있겠지만 무엇보다 원작에 내재된 표현주의적 원동력이 많은 연
출가들을 끊임없이 자극하기 때문일 것이다.

특히 지난 2007년 **LG**아트센터에서 양정웅 연출로 주목받았던 오
페라 〈보체크〉 초연공연은 오페라의 기존관념을 완전히 깨뜨리게 하
는 체험이었다. 사전 지식없이 공연을 본 사람이라면 오페라가 아니
라 연극을 보았다고 했을 것이다. 무대의 성격은 위에 언급한 일련
의 이미지 중심의 현대적 〈보이체크〉 연극무대와 맥을 같이하고 있
었다.

연출은 "충격의 미학, 혼재된 시선, 그리고 정제된 선과 색채"라는
구호 아래 장식없는 단순한 무대장치에 불협화음 음악과 어울리는
일그러진 사다리꼴 프레임을 세워 감옥같은 현실을 시각화시켰다.
기하학적으로 구성된 무대를 바탕으로 복제된 캐릭터들이 다양하게
구현하는 마임동작에서는 미로의 추상화 한 폭이 전개되면서 현대
사회에 무기력하게 내동댕이쳐진 인간의 소외를 고발했다.

3. 알반 베르크의 음악적 혁신

뷔히너의 《보이체크》가 지닌 열린 구조와 미완성이라는 특성은 공
연 때마다 완전히 새로운 작품으로 재구성될 수 있다는 매력으로 작
용해 왔다. 그러기에 그간 알반 베르크(**Alban Berg**, 1885-1935)의 오
페라를 비롯해 팬터마임에 이르기까지 여러 공연 장르를 넘나들며 수
많은 무대에서 어떤 드라마보다 파격적이고 실험적인 형태로 새롭게

재구성될 수 있었던 것도 사실이다.

알반 베르크의 오페라 〈보체크〉가 보여주는 현대성 역시 뷔히너의 혁명정신과 실험성을 음악적으로 일관되게 구현한 결과라고 볼 수 있다. 작곡가 알반 베르크가 1914년 오스트리아 빈에서 연극 〈보이체크〉를 보게 된 것은 그의 음악 일생에 일대 전환을 불러오게 한 획기적 만남이었다. 공연이 끝난 후 충격에 휩싸여 극장을 나선 그는 '이 사건을 음악으로도 남겨야 한다'고 결심한다. 곧 작업에 착수한 그는 뷔히너의 희곡을 각색하고 곡을 붙여 1921년 오페라 〈보체크〉를 완성한다.[11] 제목이 '보이체크(Woyzeck)'에서 '보체크(Wozzeck)'로 바뀐 것은 오페라 대본 출판시 뷔히너의 원작 제목의 철자 'y'를 'z'로 잘못 읽은 데서 비롯된 오류라고 한다.

알반 베르크의 오페라 〈보체크〉는 1925년 12월 14일 베를린 국립 오페라극장에서 에리히 클라이버(Erich Kleiber)의 지휘 아래 초연되었다.

알반 베르크는 뷔히너의 갑작스러운 죽음으로 인해 미완성으로 남게 된 드라마 《보이체크》를 정리해 완벽한 체계를 갖춘 현대 오페라로 완성하는 데 성공했다. 그런데 흥미로운 것은 25장 이상의 병렬적 장면으로 열려 있던 미완성의 원작을 총체적으로 재구성해 3막 15장의 전형적인 오페라 고전형식으로 체계화시켜 완성했다는 것이다.

좀 더 구체적으로 보자면, 1막에서는 성격적인 기악곡 형식, 2막에서는 교향곡 형식, 3막에서는 즉흥곡 형식을 도입하여 극의 전개를 치밀하게 구성하고 음악적으로도 완벽한 구성을 꾀한 것이다.

---

11) http://lexikon.calsky.com/de/txt/a/al/alban_berg.php 참조.

이러한 닫힌 형식의 오페라 구조는 단편성과 열린 구도에서 개성을 보이는 원작의 특성과 모순된다는 인상을 주는 것도 사실이다. 그러나 이것은 오페라의 속성을 고려한 알반 베르크의 계산된 재편성이라고 볼 수 있다. 그러기에 그는 오페라의 혁명가 바그너조차도 도달하지 못했던 업적을 이룬 것으로 평가받고 있다.

그는 신빈악파 중에서도 낭만적인 선율의 음악을 마지막까지 놓지 않은 사람이었다. 또한 이 오페라 한 편에 여러 가지 형식을 다양하게 담아보려 애쓴 흔적이 엿보인다. 그는 무조음악이라는 커다란 틀 안에다 고전음악에서 사용되는 전통적인 기법을 혼재시켜 놓았다. 바흐가 썼던 푸가나 인벤션을 비롯해 조곡·무곡·교향곡 등을 역행도 시키고 전이도 시키면서 여러 가지로 변형시켜 작곡가가 해볼 수 있는 여러 가지 실험을 추구했던 것이다.

베르크는 음악적으로 극적 효과를 구현하기 위해 특히 '구술음(Sprechstimme)'[12]을 도입했다. 구술음은 정해진 음정과 리듬 안에서 이야기하듯 노래를 부르는 것을 말하는데 듣는 이에게는 거의 연극 대사처럼 들린다. 이 기법은 베르크의 스승인 쇤베르크가 《달에 홀린 피에로》에서 본격적으로 사용했던 것으로 알려져 있다.[13] 1막 2장의 들판 장면에서 보체크가 환영을 보고 위협을 느끼며 외쳐대는 장면

---

12) 구술음은 당시 오페라 전통에서 통용되던 레치타티브(recitativo)와 유사한 면이 있다. 특히 노래의 한 형태이지만 음높이와 리듬이 노래를 부르기보다는 말하기에 더 적합하게 되어 있다는 점에서 그러하다. 레치타티브는 오페라, 오라토리오, 그리고 칸타타 등에서 자주 나오는데 일반적으로 독창자에 의해 노래되거나 혹은 낭송된다. 그런데 이 레치타티브의 형태를 쇤베르크가 독특한 표현주의적 창법으로 바꿔 무조음의 오페라에 처음 도입하면서 '구술음(Sprechstimme)'이라 명명하였다. 구술음은 멜로디와 리듬이 정확히 규정되어 있지만 피치는 조절이 가능한 반면 리듬은 정확히 지키도록 되어 있다.

이나 2막 3장에서 보체크가 마리의 부정을 추궁하는 장면, 그리고 3막 3장의 연못에서 환각상태에 빠진 보이체크의 독백 등은 모두 긴장이 고조된 심리상태와 갈등하는 인물들의 내면을 개성 있게 드러내는 구술음으로 진행된다. 사회에 적응하지 못하고 처참하게 내몰리는 주인공들과는 대조적으로 그들의 주변 인물들은 각자 성격적 결함과 문제점을 갖고 있음에도 불구하고 사회의 인습에 잘 적응하고 있음이 음악적으로도 표현된다. 대위, 의사, 고수장, 안드레스, 마그레트 등은 오페라의 전형적인 선율에 따라 노래한다. 이런 음악적인 대비적 표현의 효과에 대해 아도르노는 드라마적 언어에 은닉되어 있던 더 많은 내용이 오페라에서 나타난다고 평가했다.[14]

독일 표현주의 영화가 왕성하게 제작되던 1920년대에 만들어진 베르크의 〈보체크〉는 뷔히너가 반세기를 앞서 표현주의 드라마를 선취했음을 그렇게 음악적으로 입증해냈다고 평가받는다.

---

13) 오미환: '고전이 된 파격' 쇤베르크를 듣는다, 실린 곳: 한국일보 2004년 10월 18일 참조.
　최근 호암아트홀에서 있었던 〈달에 홀린 피에로〉 연주에 대한 이 리뷰에서 '구술음'에 대해 기자는 아래와 같이 소개하고 있다.
　"이 작품은 1912년 초연 당시 관객에게 대단한 충격을 주었다고 보고된다. 이 작품이 낯설고 괴상하게 들리는 이유는 무엇보다도 노래도 낭송도 아닌 이른바 '슈프레히슈팀메(Sprechstimme)' 창법 때문이다. 속삭임과 외침이 섞여 있고, 갑자기 미끄러졌다가 느닷없이 솟구치기도 하는 이 독특한 창법은 쇤베르크가 처음 도입했다. 국내 무대에서 이 작품을 들을 기회는 별로 없다. 슈프레히쉬팀메를 구사하는 가수가 거의 없는데다 현대음악에 대한 관심이 적은 탓이다."
　14) Vgl. Theodor W. Adorno: Zur Charakteristik des Wozzeck. In: ders.: Die musikalischen Monographien. Gesammelte Werke in 20 Bdn. Bd. 13. 2003, S. 431.

4. 양정웅의 오페라 무대

지난 2007년 6월 14일부터 17일까지 LG아트센터는 알반 베르크의 오페라 〈보체크〉를 무대에 올렸다. 이 공연은 국립오페라단이 국내에서 자주 공연되지 않는 희귀 레퍼토리를 소개하는 '마이 넥스트 오페라(My Next Opera)' 시리즈의 제1탄으로 기획했다. 주지하다시피 알반 베르크는 무조음을 도입해 클래식 음악을 즐겨 듣는 사람들에게조차 음악을 난해한 것으로 만들어 버린 신빈학파의 삼인방(쇤베르크 · 베버른 · 베르크)에 속하며, 쇤베르크의 제자로도 유명하다.

〈보체크〉는 '현대 오페라의 진수'라는 평가에도 불구하고 우리나라에서 선뜻 무대에 올리기 힘든 작품으로 여겨져 왔었다. 그러기에 국내 초연에는 각별한 관심이 모아질 수밖에 없었다. 더구나 이미지 중심의 연출로 이름을 굳힌 연출가 양정웅의 새로운 오페라 출사표라는 점에서도 주목을 받았다.

양정웅은 극단 '여행자'의 대표로 그동안 〈한여름밤의 꿈〉〈의자들〉〈서울의 착한 여자〉, 뮤지컬 〈카르멘〉 등의 작품을 통해 '차세대 연출가'로서 국내외 평단의 주목을 받아왔고, 이제는 이미 중견대열에 들어선 우리 공연계의 대표주자라 할 수 있다.

아무런 부담없이 가볍게 소비할 수 있는 뮤지컬이 주류를 이루고 있는 우리 공연계에서 우리 사회와 인간존재에 대한 근본적인 고민을 토로하는 비판적 소재의 이야기를 음악극에 담아 무대에 올린다는 것은 분명 대중의 호응을 얻기 힘든 시도였다. 또한 현대 오페라가 대중의 귀와는 거리가 먼 것이라는 편견도 넘어야 할 장벽이었다.

하지만 예상과 달리 LG아트센터에서 공연된 〈보체크〉는 바로 청년 실업사태에 직면해 있는 우리네 이야기로 쉽게 다가왔다. 이 공연에 대한 팬들의 뜨거운 반응은 심지어 '보체크 10인의 파파라치'라는 이름의 일반인 애호가 팀이 만든 유튜브나 UCC 작업에서도 여실히 드러난다.

기하학적인 구도와 대비적인 컬러를 중심으로 한 현대적 이미지의 무대는 19세기 독일 사람의 이야기를 지금 우리가 겪고 있는 동시대적 현실로 부각시켰다. 조형적인 무대 디자인과 평상복을 입은 배우들의 의상, 그리고 불협화음의 무조음악조차도 공포영화에 길들여진 우리에게 그리 낯설지 않은 모습이었다.

무조음이 자아내는 긴장된 분위기 속에서 불안한 삶의 외줄타기를 견뎌내야 하는 주인공의 고뇌는 곧 오늘을 사는 현대인의 고뇌로 이어진다. 이 공연이 오페라라기보다는 마치 스릴러나 공포영화가 주는 효과를 자아내는 것도 그 때문이다.

멜로 드라마적 소재가 주류를 이루는 기존의 오페라와는 달리 〈보체크〉는 인간의 존재론적 질문을 사회 비판적 시각에서 통렬하게 던지고 있다. 아름다운 음악에 취하고 주인공들의 감정에 수동적으로 이입되는 대신 관객들은 무대에서 개인을 말살하는 잔혹한 사회의 현실과 이기적이고 폭력적인 권력행태에 전율을 느끼는 가운데 우리 현실의 억압구조를 직시하게 된다. 이런 심도 있는 주제의 제시는 뷔히너의 원작 《보이체크》에서 비롯되며 베르크의 작곡은 그런 정신을 음악적으로 구현했기에 그 주제가 더욱 선명하게 부각된다.

LG아트센터에 올려진 공연의 성격을 한마디로 규정하기는 어렵겠지만 가장 눈에 띄는 것은 대비적 이미지의 절묘한 혼합이라는 것이

다. 흰 바탕의 무대장치에 대비되는 원색 조명, 사회적 권력구도 상
피지배자인 보체크와 지배자인 대위, 의사 그리고 성적 권력을 휘두
르는 고수장의 대결구도는 무대장치와 공간구성에도 시각적으로 그
대로 반영되었다. 보체크가 처한 가학적 시스템을 보여주는 사회적
공간은 삭막한 알루미늄 · 철판 · 콘크리트로 차갑고 냉정한 이미지
를 구현했고, 반면 개인적 공간은 흑백 사진 위에 선명한 컬러로 대
비시키듯 빨강 · 파랑의 원색으로 주인공들의 정서와 감정을 대변하
게 했다. 특히 첫 장면인 '면도 장면'에서는 대위를 4명으로 복제시
켜 이층 무대의 높은 유리벽 뒤에 고고하게 앉혀 놓고 그들 사이를
보체크가 분주히 돌아다니며 시중들게 함으로써 권력의 대비구도를
시각적으로 표현해 주었다.

개인적 공간인 마리의 집은 성경책의 옆면을 상기시키는 붉은 빌
로오드 소파의 곡선이 따뜻하고 성스럽기까지 한 분위기를 자아냈
다. 하지만 붉은 방은 곧 마리가 고수장의 물질적 유혹과 성적 욕망
에 몸을 내맡기게 되는 배반의 공간이기도 하다. 보체크가 유일하게
안식을 소망하는 곳이지만 이곳조차도 소통이 불가능하고 마리에게
일방적으로 내맡겨진 공간으로 묘사되었다.

마리가 있는 따뜻한 방이 그를 배신하는 불륜의 공간이요, 자유롭
게 펼쳐진 광활한 숲과 아름다운 연못이 한편으로는 보체크와 그의
연인을 죽음으로 내모는 비극의 현장이라는 양면성은 무대 중앙의 회
전무대를 양분하여 집안과 밖을 전환하며 충돌적인 이미지로 표현되
었다.

이 공연의 현대성은 안무에서도 그대로 드러났다. 자칫 노래에 집
중하다 보면 동선이 약해지거나 과장되고 어색한 몸짓이 나오기 쉬운

것이 오페라의 속성이지만 인물들의 움직임은 공간에 맞춰 재단된 듯 정확하고 계산적이었다. 연출을 비롯해 음악과 안무, 무대장치 등 각 영역별로 철저한 분석을 바탕으로 한 이 무대는 《보이체크》가 지닌 열린 작품으로서의 무한한 잠재력을 다시 확인시킨 경우이다.[15]

5. 나오는 말

《보이체크》는 거의 200년 전의 사건을 소재로 하고 있지만 권력과 자본으로 엮어진 거대한 시스템 속에서 한갓 부속품에 지나지 않는 개인이 철저하게 파괴되어가는 오늘날 우리의 모습을 투영하고 있다는 점에서 여전히 시사성이 높다. 또한 '몸'에 중점을 둔 연기와 표현방식을 통해 포스트드라마 시대의 이미지 공연이 지닌 특성을 십분 발휘하였다.

포스트드라마 시대의 이미지극이라는 점에서 우리 시대 유럽에서 주목을 받아 온 유리 부드소프와 오스터마이어, 그리고 아힘 프라이어나 윌슨의 공연들과 맥을 같이하고 있다. 한편 더 나아가 현대 오페라로 공연 장르의 지평을 확장하고 있기에 우리 무대의 새로운 가능성을 점치게 하는 계기도 되었다고 본다.

특히 알반 베르크의 음악을 통해 다시 고전적 정형을 부여받은 오

---

15) 공연을 준비하며 수행된 작품에 대한 연구와 분석 결과는 아래와 같이 대본이 실린 공연 팸플릿과 국립극단 홈페이지의 〈보체크〉 사이트에 상세히 수록되어 있다. "Alban Berg 〈Wozzeck, 마이 넥스트 오페라 Series 1〉," 국립오페라단, 2007 참조. http://www.nationalopera.org

페라가 이미지 중심의 무대와 신체극적 연기양식으로 해체되고 재해석되면서 그 현대성을 다시 확인하게 해주었다.

비평계에서도 호평을 받았던[16] 양정웅의 공연 〈보체크〉에서 무엇보다도 흥미로웠던 현상은 젊은 관객들의 적극적인 반응이었다. 공연 전 공개작품 설명회와 세미나 자리를 가득 메우고 정보수집에 열을 올리는가 하면, 음악감독과의 '떼거리인터뷰'가 싸이월드 미니홈피 블로그에 오르고 UCC동영상과 댓글들이 넘쳐났다. 오늘날 "예술이 오로지 상업성으로만 재단된다"는 견해에 쐐기를 박는 관객의 남다른 반응을 얻을 수 있었다는 점에서도 오페라 〈보체크〉의 국내 초연은 우리 공연사에 새로운 패러다임을 제시했다.

참고 문헌

김성현: 라디오 프랑스 필하모닉, 알반 베르크 4중주단, 실린 곳: 인터넷뉴스 조선닷컴. 문화핫토픽 2007년 12월 13일(http://news.chosun.com/site/data/ html_dir/2007/12/13/2007121300118.html).

박돈규: 몸으로 말하는 현대인의 암울한 초상, 실린 곳: 조선일보 2004년 11월 29일.

---

16) 김성현, 〈라디오 프랑스 필하모닉, 알반 베르크 4중주단〉, 《인터넷뉴스 조선닷컴》, 문화핫토픽, 2007년 12월 13일 참조.
   http://news.chosun.com/site/data/html_dir/2007/12/13/2007121300118.html
   오페라 〈보체크〉에 대한 보도는 이 공연의 의의를 아래와 같이 평가했다. "베르디와 푸치니를 쳇바퀴 돌듯이 맴돌던 한국 오페라의 시간대를 20세기로 끌어올렸다. 베를린 초연 이후 80여 년 만의 지각 상륙이지만 연출 양정웅, 지휘 정치용 등 '100% 순수 국내산'이라는 점에서 신뢰를 더했다. 국립오페라단은 알반 베르크의 문제작에 이어, 2008년에는 리하르트 슈트라우스의 '엘렉트라'로 계속 달려갈 계획이다."

오미환: '고전이 된 파격' 쇤베르크를 듣는다, 실린 곳: 한국일보 2004년 10월 18일.

이승현: 연극 보이체크 관능의 탱고-힘찬 코팍 조화, 실린 곳: 문화일보 2003년 1월 20일.

"Alban Berg 〈Wozzeck, 마이 넥스트 오페라 Series 1〉," 국립오페라단 2007.

임호일: 추의 미학의 관점에서 본 뷔히너의 리얼리즘, 실린 곳: 독일문학 제 67집(1998), S. 104-132쪽.

Adorno, Theodor W.: Zur Charakteristik des Wozzeck. In: ders.: Die musikalischen Monographien. Gesammelte Werke in 20 Bdn. Bd. 13. Frankfurt a. M. 2003, S. 428-433.

Berg, Alban: Wozzeck. Texte-Materialien-Kommentare. Reinbek bei Hamburg 1985.

Brauneck, Manfred/Schnellin, Gerard(Hg.): Theaterlexikon. Reinbek bei Hamburg 1990.

Buck, Theo: Man muß die Menschheit lieben. Zum ästhetischen ProgrammGeorg Büchners. In: Text und Kritik. Georg Büchner III, Sonderband, München 1981, S. 15-34.

Büchner, Georg: Woyzeck. In: Werke und Briefe. Nach der historisch-kritischen Ausgabe von Werner R. Lehmann. München 1980, S. 159-180.

—— Briefe von Büchner. In: Werke und Briefe. Nach der historisch-kritischen Ausgabe von Werner R. Lehmann. München 1980, S. 245-291.

—— Über den Selbstmord. In: Werke und Briefe. Nach der historisch-kritischen Ausgabe von Werner R. Lehmann. München 1980, S. 159-180.

Glebke, Michael: Die Philosophie Georg Büchners. Marburg 1995.

Glück, Alfons: Der Woyzeck. Tragödie eines Paupers. In: Georg Büchner: 1813-1837; Revolutionär, Dichter, Wissenschaftler; [Katalog der Ausstellung Mathildenhöhe, Darmstadt 2. Aug.-27. Sep. 1987]. Basel/Frankfurt a. M. 1987, S. 325-332.

Goldschnigg, Dietmar(Hg.): Georg Büchner. Texte, Analyse, Kommentar. Bd. 3. Berlin 2002.

Hauschild, Jan Christoph: Georg Büchner Biographie. Berlin 1997.

Heister, Hanns-Werner: Affektive Mimesis und konstruktive Katharsis. Zu Alban Bergs Wozzeck-Oper. In: Georg Büchner: 1813-1837; Revolutionär, Dichter, Wissenschaftler; [Katalog der Ausstellung Mathildenhöhe, Darmstadt 2. Aug.-27. Sep. 1987]. Basel/Frankfurt a. M. 1987, S. 338-343.

Jancke, Gerhard: Georg Büchner. Genese und Aktualität seines Werkes. Kronberg/Ts. 1975.

Kinne, Norbert: Woyzeck. Lektürehilfen. Stuttgart 1991.

Knapp, Gerhard P.: Woyzeck. In: Georg Büchner. Stuttgart 2000, S. 176-209.

König, Werner: Tonalitätsstrukturen in Alban Bergs Oper Wozzeck. Tutzing, 1974.

Lehmann, Hans-Thies: Postdramatisches Theater. Frankfurt a. M. 1999.

Mayer, Hans: Woyzeck. In: Georg Büchner und seine Zeit. Frankfurt a.M. 1972, S. 331-347.

Petersen, Peter: Büchner aus zweiter Hand. Neue Thesen über Bergs Wozzeck-Libretto. In: Alban Berg-Symposion Wien 1980. Tagungsbericht. Wien 1981, S. 80-90.

Petersen, Peter: Alban Berg: Wozzeck. Eine semantische Analyse unter Einbeziehung der Skizzen und Dokumente aus dem Nachlaß Bergs. In: Musik-konzepte. Sonderband. Hg. v. Heinz-Klaus Metzger/Rainer Riehn/Ulrich Tadday. München 1985.

Scherliess, Volker: Alban Berg. Reinbek bei Hamburg 2007.

Schnierle, Herbert: Georg Büchner. Leben und Werk. Stuttgart 1986.

Song, Yun-Yeop: Büchners Ästhetik des Häßlichen, 《독일문학》, 제21집 (1978), 262-281쪽.

von Hoff, Dagmar/Martin, Ariane: Intermedialität-Mediengeschichte-

Medien-transfer. Zu Georg Büchners Parallelprojekten Woyzeck und Leonce und Lena. München 2008.

벤의 초기 시에 나타난 죽음과 추의 문제

김충남

1. 서론

1912년 3월 알프레드 리하르트 마이어(Alfred Richard Meyer) 출판사에서 스물한번째 문학전단지 형식으로 500부 한정으로 출판된 〈시체공시장과 다른 시들 Morgue und andere Gedichte〉(이하 〈시체공시장〉으로 표기함)에는 〈작은 아스터 꽃 Kleine Aster〉〈아름다운 청춘 Schöne Jugend〉〈순환 Kreislauf〉〈흑인 신부 Negerbraut〉〈진혼곡 Requiem〉〈진통하는 여인들의 방 Saal der kreißenden Frauen〉〈맹장 Blinddarm〉〈남자와 여자가 암병동을 지나가다 Mann und Frau gehn durch die Krebsbaracke〉〈밤의 카페 Nachtcafe〉 등 9편의 연작시들이 수록되어 있다. 이 시집을 통해 당시 26세의 무명 의사시인[1]이었던 벤(Gottfried Benn, 1886-1956)은 전통적인 서정시 개념을 전적으로

부인하면서 처음부터 동시대 시인들과 근본적으로 다른 시작 방법을 선보였다. 이 시들은 한편으로는 사회비판적이었으며, 다른 한편으로는 인간의 파멸과 불운한 운명에 대한 경악을 나타내었다.[2]

벤은 〈시체공시장〉을 발표한 지 22년이 지난 1934년에 발표한 〈한 주지주의자의 인생행로 *Lebensweg eines Intellektualisten*〉에서 예비의사로서 사체해부 강습이 끝난 후 어느 한 순간의 도취적 직관에 의해 이 시들이 탄생했다고 회고한다.

〈시체공시장〉이 출판되자 끔찍스럽고 구역질나는, 도착적이고 구린내 나는 시들이라는 분노에 가까운 평이 주류를 이루었으며, 이 연작시들은 독일 문학계의 일대 스캔들이 되었다. 언론이 서정시에 대해 그렇게 폭발적인 반응을 보인 경우는 유례가 없는 일이었다. 아우그스부르크의 한 신문은 이렇게 흥분했다: "제기랄! 정신적 순결이라곤 찾아볼 수 없는 무절제한 환상이 드러나고 있다. 한 없이 추한 것에 대한 구역질나는 욕망…"《행동 *Die Aktion*》지의 비평은 분명한 거리를 두면서 이 시들을 "임상 서정시(klinische Lyrik)"라 불렀다.[3] 그러나 이 젊은 시인의 미래에 대한 신뢰를 보여주며, 이 시상(詩想)

---

1) 1886년 5월 2일 만스펠트에서 목사의 아들로 태어난 벤은 프랑크푸르트 안 데어 오더에 있는 김나지움을 졸업한 후, 1903년부터 1905년까지 마부르크와 베를린에서 신학과 문헌학 등을 공부하였다. 1905년부터 전공을 의학으로 바꿔 베를린의 카이저 빌헬름 아카데미에서 10학기 동안 군의(軍醫)교육 과정을 밟은 후 1912년 국가고시를 치르고 의학박사 학위를 받았다. 바로 이 무렵 발표된 〈시체공시장〉은 유례가 없는 언론과 비평계의 커다란 주목을 끌었다. 제1차 세계대전 동안에는 브뤼셀에서 군의관으로 활동했고 1917년에 베를린에서 피부비뇨기과 전문의로 개업했다. Vgl. Bruno Hillebrand: Biographie Gottfried Benn. In: Text+Kritik 44. München 1985. S. 136-138.

2) Vgl. Peter Schünemann: Gottfried Benn. München 1977. S. 37.

3) Dörrmann, Brigitte/Hans Christian Kirsch/Ulrich Konitzer: Klassiker heute. Die Zeit des Expressionismus. Frankfurt am Main 1982. S. 120.

들의 독창적인 힘을 강조하였다. 이후 〈시체공시장〉에 대한 비평가들의 반응은 양극적이었다. 한편에서는 "혐오스럽고 구토를 일으키는 환상의 산물"이라고 악평을 하는가 하면, 다른 한편에서는 "날카로운 관찰자의 대담함"을 높이 평가하였다.[4] 벤의 시들은 그 잔인성이나 신랄한 풍자와 냉소 등이 불쾌감을 주긴 하지만 그런대로 동년배의 시인들에게서는 인정을 받았다. 슈테른하임(Carl Sternheim)은 벤은 진짜 반도(叛徒)이며, 언어가 휘청거릴 정도로 개념들에 충격을 가한다고 놀라워했으며,[5] 같은 표현주의 시인인 슈타들러(Ernst Stadler)는 벤의 시들에 대해 모든 감상을 배제한 채, 마치 의사의 수술보고서처럼 예리하고 냉엄하게 새로운 주제들을 다루고 있다고 비교적 호의적인 평을 하면서, 이 냉혹한 사실성 뒤에 강한 연민의 감정, 여린 감수성 그리고 생의 비극성과 자연의 매정함에 대한 절망적인 반항이 감춰져 있을 것이라 추측하였다. 그는 나아가 "생의 과정을 그렇게 간명하고 무게 있게 형성하고, 여러 운명적인 모습들로 확장할 줄 아는 자는 분명히 시인이다"[6]라는 결론을 내린다. 아무튼 벤은 동시대의 표현주의 시인들 중 가장 과격한 방법으로 새로운 주제들, 특히 죽음의 문제를 다룬 최초의 시인이었다. 벤은 제1차 세계대전 당시 군의관으로서 떼죽음을 목도하기 전, 이미 해부학 교실의 해부대 위에서 토막나기를 기다리는 수많은 시신들을 접하면서 죽음의 문제를 심각하게 생각한다.

---

4) Leiß, Ingo/Hermann Stadler: Deutsche Literaturgeschichte. Bd. 8. Wege in die Moderne 1890-1918. München 1997. S. 408.

5) Vgl. Bruno Hillebrand: Gottfried Benn heute. In: Text+Kritik 44. München 1985. S. 12.

6) Leiß, Ingo/Hermann Stadler, a.a.O., S. 408.

자연히 벤의 초기 시의 중심 문제는 자신이 임상실습, 시체공시장, 암병동 등에서 직접 수 없이 만나게 되는 죽음[7]이다. 이와 함께 죽음으로 귀결되는, 현대인이 부닥치는 허무, 절망, 붕괴, 부패 등도 벤 시의 주요 구성 요소들이다. 이같은 죽음을 다룬 초기 시의 도발적 환영들 뒤에는 언제나 절규하는 냉소주의와 함께 생의 의미에 대한, 그리고 끔찍스러운 죽음의 현실에 직면해서 불합리한 것으로 논증되는 기독교적이고 이상주의적인 약속과 위로에 대한 절망적인 의문들이 제기되고 있다.[8] 그러면 〈시체 공시장〉의 연작시들 중 인간의 시신과 말기 암 환자들을 다룬 〈작은 아스터꽃〉〈아름다운 청춘〉〈남자와 여자가 암병동을 지나가다〉와 일그러진 인간의 육신을 주제로 한 〈밤의 카페〉를 선정하여 죽은 인간과 죽어가는 인간, 그리고 추한 인간들이 어떻게 그려지고 있는지 구체적으로 살펴보자.

---

7) 의사로서 수행하는 숱한 시체부검 외에도 그는 일평생 수많은 주검을 만나게 된다. 유방암으로 사망한 어머니의 주검, 첫번째, 두번째 부인과의 사별, 한때 사랑했던 여인의 자살, 그리고 제1차 세계대전 시 군의관으로서의 떼주검의 목도 등은 그에게 생래적 허무주의를 안겨 주었을 것이다. 김주연: 독일 시인론. 서울 열화당 1983. 247-8쪽 참조.

8) Vgl. Friedrich Wilhelm Wodke: Gottfried Benn. In: Expressionismus als Literatur. Hrsg. v. Wolfgang Rothe. Bern u. München 1969. S. 313.

2. 〈시체공시장〉의 주요시들에 나타난 죽음과 추의 문제

2.1. 〈작은 아스터꽃〉

익사한 맥주배달꾼이 탁자 위에 받쳐져 있었다.

누군가 그의 이 사이에

한 송이 짙은 보라색 아스터꽃을 끼워 넣었었네.

피부 아래

흉곽에서부터

긴 칼로

혀와 턱을 잘라냈을 때

난 그 꽃과 부딪쳤음에 틀림없어, 왜냐하면 그 꽃은

옆에 있는 뇌수로 미끄러져 들어갔으니까.

다시 꿰맸을 때

대팻밥 사이

그의 흉강 속으로 그 꽃을 싸 넣어 버렸네.

너의 꽃병 속에서 실컷 마시거라!

편안히 쉬어라,

작은 아스터꽃이여![9]

---

9) Hansgeorg Schmidt-Bergmann(Hg.): Lyrik des Expressionismus. Stuttgart 2003. S. 171.

시는 3부로 구성되어 있고, 각 부분은 길이가 다른 두 문장으로 이루어져 있다. 제목인 작은 아스터꽃이 한 행을 이루며 시의 결말을 형성한다. 1부에선 아직 시적 자아가 보이지 않고, 3부에선 "익사한 맥주배달꾼"이 꽃병으로써 간접적으로 나타나지만, 아스터꽃만이 3부 모두에 등장함으로써 시의 제목으로써 그 타당성을 지니게 된다.[10]

그로테스크한 느낌을 주는 1부에선 인간적인 가치나 존엄에 대한 완전한 냉소적 태도와 무관심만이 인지될 뿐이다. 꽃 시나 전통적인 가을 시를 기대했던 독자는 "익사한 맥주배달꾼이 탁자 위에 받쳐져 있었다"라는 첫행에서 그만 실망하고 만다. 이 시는 제목에서부터 시작해서 체계적으로 독자에게 충격을 가한다. 죽은 자에 대한 경외심도 찾아볼 수 없고, 그는 마치 사물처럼 다루어진다. 시체해부를 시의 모티프로 한 것 자체가 이미 충격적이고 특이하다. 2부는 시적 자아의 관점에서 해부 과정을 묘사하고 있다. 〈아름다운 청춘〉에서 죽은 처녀의 가슴이 잔인하게 절개될 때처럼 독자는 여기서도 한 줄 한 줄 긴 칼의 진행을 함께 따라간다. 그런데 외과용 메스 대신에 긴 칼이 사용되고 있다. 의사 시인이면서 의학 전문 용어를 사용하지 않는 것도 특이하다. 어쨌든 이 과정에서 죽은 자는 차츰 전체성을 상실하고, 관심은 전적으로 작은 꽃에 주어진다. 시제는 계속 과거형이고 보고서 같은 인상을 준다. 그리고 시적 자아의 감정적 요소는 전혀 찾아볼 수 없다. 그가 사체해부를 했을 때 아스터꽃이 죽은 자의 뇌수 속으로 미끄러져 들어갔다. 그리고 시체의 흉강(胸腔) 속에 그 꽃을

---

10) Vgl. Peter Christian Giese: Interpretationshilfen. Lyrik des Expressionismus. Stuttgart 1993. S. 214.

꿰매어 넣었고, 그 흉강은 이제 꽃병이 되어 버렸다. 건조하고 비워진, 그리고 박제된 신체가 꽃병으로 활용되고 있는데, 짙은 자줏빛 아스터꽃은 무얼 먹고, 무엇을 실컷 마시란 말인가?[11] 3부의 두 문장에서 시제와 문장 형식이 바뀌면서 시의 도발적 성격이 드러난다. 마지막 3행에서 맥주배달꾼의 몸속에 들어 있는 작은 아스터꽃을 위한 시적 자아의 부드러운 연민의 정이 표현되고 있다. 시인은 사물에 지나지 않는 죽은 자에게가 아니라, 작은 아스터꽃에게 "편히 쉬어라"라고 말한다. 이 유령 같은 장면에서 꽃이 유일하게 살아 있는 존재이니까. 죽은 자가 불러일으킬 수 없는 동정심이 꽃을 향함으로써 마치 꽃을 위한 조사를 듣는 것 같다. 이처럼 시는 냉소적인 비가조의 추도사로 끝난다.

이 시에서는 해부 과정을 정확하게 확인하는 의사의 객관적이고 신랄한 언어와 기도 또는 추도사와 같은 종교적인 언어 형식 등 상이한 언어 요소들의 혼합현상이 나타나고 있다. 즉 15행 중 앞의 12행은 의사의 해부 보고로 만족하며, 마지막 3행이 사실적 (객관적) 차원과 감정적 차원을 대비시키면서 전체 과정을 시로 결합시킨다. 사실적 언어와 감정적 언어의 두 언어 차원이 상호 모순되게 교차함으로써 시는 폭발적인 힘을 얻고, 충격적이고 도발적인 영향을 미친다.[12] 그렇게 해서 토막난 인간과 유리된 두 언어요소들 간에 상관관계가 이루어지며, 혼란스러운 언어가 현실의 혼돈을 포착하고 확인

---

11) Vgl. Uwe Kolbe: Abgesang und Hoheslied. In: Marcel Reich-Ranicki(Hg.): 1000 Deutsche Gedichte und ihre Interpretationen. München 1988. S. 201.

12) Vgl. Paul Böckmann: Gottfried Benn und die Sprache des Expressionismus. In: Der deutsche Expressionismus. Formen und Gestalten. Hrsg. v. Hans Steffen. Göttingen 1965. S. 74.

하게 된다.[13]

〈작은 아스터꽃〉의 전체적인 분위기는 죽음이 완전히 지배하고 있다. 여기에 나타난 과격한 환상의 파괴는 실리와 행복을 추구하는 시민의 이상인 아름답고 충만된 삶과는 정면으로 배치된다. 이는 동시대의 현실에 대한 시인의 적대적이고 냉소적인 태도를 보여주는 것으로 다음의 〈아름다운 청춘〉에서도 마찬가지로 나타나고 있다.

2.2. 〈아름다운 청춘〉

갈대밭 속에 오래 누워 있었던 처녀의 입이
몹시 갉아 먹힌 듯 보였다.
가슴을 절개했을 때, 식도에는 구멍이 숭숭 나 있었고,
마침내 횡경막 아래 정자(亭子) 속엔
새끼 쥐들의 보금자리가 있었다.
한 작은 누이가 죽어 누워 있었다.
다른 놈들은 간과 콩팥을 먹고 살았고,
차가운 피를 마시면서
여기서 아름다운 청춘을 보냈다.
그리고 이들의 죽음 또한 고통 없이 빨리 찾아왔다.
놈들을 몽땅 물 속으로 내던졌으니깐.
아 조그만 주둥이들이 어찌나 찍찍거리던지![14]

---

13) Vgl. Wilhelm Groß: Expressionistische Lyrik. Hollfeld 1996. S. 91.
14) Hansgeorg Schmidt-Bergmann, a.a.O., S. 171f.

<아름다운 청춘>에서는 지금까지 애정시나 청춘 예찬의 시에서 볼 수 있었던 것은 아무것도 찾아볼 수 없다. 본능과 영혼이 따로 표류하고 있고, 에로스와 미(美)도 전통적인 연관관계에서 떨어져 나왔다. <시체공시장>의 시들 중 쥐를 모티프로 하는 <아름다운 청춘>이 가장 자극적인 시라 할 수 있다. 벤은 전통적인 에로틱한 모티프와 사랑의 정자(亭子) 모티프를 전혀 새롭고 낯선, 그리고 불안감과 불쾌감을 불러일으키는 것들과 결합시킨다. "둥지" "정자" "아름다운 청춘"과 같은 개념들은 친숙한 시적 표현영역에 속하며, "처녀의 입, 가슴, 피" 역시 전통적 시문학에서 에로틱한 시적 특성을 지닌다. "어린, 작은, 아름다운" 같은 형용사들과 축소명사 "작은 누이" 등도 다분히 감성적이다.[15] 이와 같은 감상적이고 통속적인 주제가 벤의 시에서 섬뜩한 주제로 전환되고 있다. 동일한 단어들이 감상적인 내용에서 벗어나 끔찍스러운 내용을 재현한다. 이전에 피어나는 생의 상징이었던 처녀의 "입"이 "매우 갉아 먹힌 듯" 보이고, 쾌적한 보금자리의 전형인 둥지와 정자는 어린 쥐들이 기거하는 파 먹힌 복강을 표현한다. 이렇게 해서 벤은 서정시를 읽는 즐거움으로부터 독자들을 내쫓아 버린다. 보통의 시민 독자들은 시의 내용에 대해서만 경악하고 흥분할 뿐 새로운 '추의 미학'을 선언하는 새 언어를 이해하지 못했다.[16] 아마도 19세기의 통속적이고 낭만적인 애정시에 익숙해 있었던 당시의 독자들에겐 벤의 이 시가 너무나도 끔찍스럽게 여겨졌을 것이다. 빌헬름 제국시대의 인기 있는 시인 가이벨(Emanuel Geibel)은

---

15) Vgl. Jürg Peter Rüesch: Ophelia. Zum Wandel des lyrischen Bildes im Motive der "navigatio vitae" bei Arthur Rimbaud und im deutschen Expressionismus. Zürich 1964. S. 136.

이렇게 노래한다: "기쁜 시절 청춘은 아름다워라,/청춘은 아름다워라, 그 시절은 더 이상 오지 않으리!/때문에 다시 한번 말하노니: 청춘 시절은 아름다워라;/청춘은 아름다워라, 그 시절은 더 이상 오지 않으리."[17]

벤의 〈아름다운 청춘〉은 이와 전혀 상반되는 시로서, 동시대 상황에 맞지 않는 거짓된 정서와 분위기를 완전 배제하고 있다. 이 시에서 문제가 되는 것은 그녀도 그녀의 청춘도 그리고 죽음에 이르는 그녀의 질병도 아니다. 문제는 쥐들의 먹이가 되는 그녀의 사후(死後)의 운명이다. 어린 쥐들이 죽은 처녀의 횡경막 아래 정자 속에서 차가운 피를 마시면서 아름다운 청춘을 보냈던 것이다. 따라서 시의 제목 〈아름다운 청춘〉도 처녀가 아닌 쥐들과 관련이 있다. 〈아름다운 청춘〉이 하임(Georg Heym)의 시 〈오펠리아 Ophelia〉[18]에 나타난 쥐 모티프를 수용한 것은 분명하다. 그러나 하임의 경우 인간의 얼굴은 손

---

16) 이같은 추의 미학은 아이의 탄생이란 신성한 주제를 다루는 〈진통하는 여인들의 방〉에서도 그 터부를 알지 못한다. "힘을 쓰세요, 부인! 아시겠어요, 예?/당신은 재미로 여기 있는 게 아니에요./일을 오래 끌지 마세요./압박할 때 똥도 나오지요!/당신은 휴식을 위해 여기 있는 게 아니에요./아이가 저절로 나오지 않지요. 당신이 힘을 써야 해요./마침내 나오는군: 푸르죽죽하고 작은 것이./오줌과 똥을 바른 채로. Brigitte Dörrmann u.a., a.a.O., S. 121.

17) Zit. nach Walther Killy: Wandlungen des lyrischen Bildes. Göttingen 1978. S. 129.

18) 하임의 〈오펠리아〉의 첫 연은 다음과 같다: "머리카락 속엔 어린 물쥐들의 둥지,/반지 낀 두 손이 물결 위에서/지느러미처럼, 그렇게 그녀는 물 속에 잠겨 있는/거대한 원시림의 그늘을 지나 떠내려간다." 벤의 〈아름다운 청춘〉은 하임의 쥐 모티프 외에 오펠리아 모티프(Ophelia-Motiv)와도 관련이 있다. 이 모티프는 셰익스피어의 드라마 햄릿에서 발원하여 프랑스의 상징주의 시인 랭보의 시 〈오펠리아〉를 거쳐 독일 표현주의 시인들인 하임의 〈오펠리아〉, 벤의 〈아름다운 청춘〉, 그리고 브레히트의 시 〈익사한 처녀에 관하여〉 등에서 다양하게 변화된 형태로 수용되었다. 김충남: 독일 표현주의 시의 오펠리아-모티프 수용. 실린곳: 한국외대. 외국문학연구 제8호. 2001. 129, 135쪽.

상되지 않고 시의 끝에 죽은 여자가 영원한 물의 여행을 떠나는 반면에, 벤의 처녀는 입이 갉아 먹힌 상태이고 해부용 메스에 의해 그 가슴이 절개된 실험 표본에 지나지 않는다.[19] 매우 객관적인 해부 보고서와 같은 이 시에 두 번 따뜻한 감정적 표현이 나타난다. 작은 누이가 언급되는 부분 "한 작은 누이가 죽어 누워 있었다"와, 다정하고 호의적인 문장, "아, 조그만 주둥이들이 어찌나 찍찍거리던지"이다. 그러나 이러한 감정은 불쾌한 동물을 위한 것이고, 인간은 어디까지나 자연과학적 보고의 객관적 대상으로 머물러 있다. 첫번째 문장에서 독자는 처녀의 비인간화 현상과 쥐들의 인간화 현상이 뚜렷한 대조를 이루고 있음을 간파할 수 있다. 다음 문장에서는 처녀의 영혼보다는 쥐들의 혼령을 달래는 시인의 냉소적 태도가 나타나고 있다. 결국 쥐들을 위한 냉소적 진혼곡이 이 시의 충격적인 결어이다. 이 끔찍스러운 전도된 현상은 후일 동물보호법이 제정되고, 인간은 가스실에서 대량학살당하는 데서도 뚜렷하게 나타난다.[20]

이 시는, 쥐들에 파먹힌 채 해부대 위에 누워 있는 처녀 시체의 섬뜩한 모습을 통해 이미 제1차 세계대전 전에 붕괴되어 버린 문명세계의 실상을 보여주려 했다는 점에서 표현주의 초기 시의 파멸과 종말이라는 주제와도 밀접한 관련을 맺는다. 이같은 주제는 다음 시 〈남자와 여자가 암병동을 지나가다〉의 이불을 들어 올리는 장면에서도 나타나고 있다. 여기서 이불 아래에 감춰진 암 환자의 끔찍스럽고 파괴된 육신 역시 병들고 공동화(空洞化)된 세계를 상징적으로 보여주

---

19) Vgl. Franz Karl von Stockert: Lyrik des Expressionismus. Stuttgart 1999. S. 16.
20) Vgl. Walther Killy, a.a.O., S. 131.

는 것이다.

2.3. 〈남자와 여자가 암병동을 지나가다〉

남자:
여기 이 열은 허물어진 자궁들이고
그리고 이 열은 허물어진 유방이오.
늘어선 침대들이 악취를 풍기지요. 간호원들이 시간마다 교대한다오.

오세요, 이 이불을 조용히 들춰 봐요.
보세요, 이 지방덩어리와 썩은 체액을.
이것은 전에는 어떤 남자에겐 대단한 것이었고
도취와 고향을 의미하기도 했다오.

오세요, 유방에 있는 이 흉터를 봐요.
물렁한 혹들의 묵주(默珠)를 느끼나요?
안심하고 만져봐요. 그 살은 물렁하고 아픔을 모르니까요.

여기 이 여자는 30명의 몸에서 나오듯 하혈을 하오.
그렇게 엄청난 피를 가진 인간은 없죠.
여기 이 여자의 암에 걸린 자궁에서
조금 전 한 아이를 잘라냈다오.

그녀들을 잠자게 하죠. 밤낮으로. — 새로 온 이들에겐

여기서 잠을 자면 병이 낫는다고 말하지요. ― 일요일에만
방문객을 위해 조금 깨어 있게 합니다.

음식은 별로 먹지를 않아요. 등엔
상처가 났어요. 파리들이 보이지요. 이따금
간호원들이 이들을 씻어 주지요. 마치 긴 의자를 씻듯이.

여기 모든 침대 주위에 벌써 묘지가 솟아오르고 있어요.
육신은 땅으로 내려가고. 생기는 사라지고 있소.
체액이 막 흘러내리기 시작하오. 흙이 부르고 있소.[21]

지금까지 다룬 두 편의 시에서는 이미 죽은 인간들이 문제였다면,
〈남자와 여자가 암병동을 지나가다〉(이하 〈암병동〉)에서는 죽어가는
인간들이 논의의 중심에 서게 된다.

질병으로 야기된 신체 붕괴의 과정이 에로스적―성적 관심사의 중
심에 있는 유방과 자궁을 예로 들어 묘사되고 있다. 허물어진 자궁
과 허물어진 유방은 인간 신체의 허약한 저항력 및 내구성을 보여줄
뿐 아니라, 성의 주요 기관이 바로 치명적 질환이 침투되고 진행되
는 곳임을 확인시켜 준다. 시종일관 성적인 것이 현존하고 있다는
점에서 이 시가 낭만적 구애시나 애정시의 가장 끔찍스러운 개작,
말하자면 사랑과 열정의 소멸에 관한 시적 보고서가 아닌가 하는 생
각이 든다.[22]

---

21) Hansgeorg Schmidt-Bergmann, a.a.O., S. 173.

의사인 듯한 한 남자가 동행한 여자에게 침착하고 냉소적인 태도로 여성 말기 암 환자들의 병동을 안내하며 설명한다. 마치 악취가 풍기고, 연기가 피어오르는 연옥 속으로, 침대들이 늘어선 묘지 속으로 들어가는 것 같다. 주어지는 정보들이 특수한 의학 전문용어를 피하고 있는 것으로 보아 이 여인은 의학 전문가나 의료진은 아닌 것 같다. 시의 전 연(聯)에 여자의 존재가 느껴지지만, 그녀의 반응에 대해선 전혀 언급이 없다. 남자가 계속 말을 걸지만 그녀는 마치 대사가 없는 단역처럼 말없이 병동을 지나간다. "조용히 이 이불을 들춰 보세요" "만져보세요" 등 남자의 권유에 따르는지도 알 수 없다. 이 시에서 그녀의 주요 기능은 행동이나 대화가 아니라, 그냥 상대방 남자의 이야기에 귀 기울이는 것이다.

오래 전에 사물화 되어 버린 여자 환자들 역시 대화 상대자로선 전혀 고려되고 있지 않다. 그들의 비인격화 현상은 개체의 윤곽이 해체될 정도로 극단적이다. 이 시에서 환자들은 허물어진 자궁, 허물어진 유방, 지방덩어리 그리고 썩은 체액 등으로 전락하고 있다. 그들은 이미 인간적인 관심과 의사소통으로부터 떨어져 나와, 죽음이 수면을 대신할 때까지 의식 없이 살아간다. 간호원들은 시간마다 교대를 하고, 환자들을 생명이 없는 물체처럼, 즉 "긴 의자를 씻듯이" 씻겨 준다. 얼굴이 없는 의료진과 익명의 의식이 없는 환자들 사이에는 단지 사물화된 비인간적인 관계만이 존재할 뿐이다.

암병동을 한 걸음 한 걸음 지나가며 전개되는 남자의 직접화법, 장

---

22) Vgl. Peter Rühmkorf: Ein modernes Liebesgedicht. In Marcel Reich-Ranicki, a.a.O., S. 214.

소를 나타내는 부사 "여기," 지시대명사 "이," 명령형("오세요, 들춰 보세요, 보세요, 만져보세요" 등) 의 반복 사용을 통해 이 시는 독자가 빠져나올 수 없는 현장성·현재성·직접성을 얻게 된다. 특히 "여기" 와 "이," 그리고 "오세요"의 반복 현상이 두드러진다. 환자들은 "여기서" 의식 없이 살아가고 있으며, "여기서" 한때 "도취와 고향"이었던 것이 사라져 버렸으며, "여기서" 인간의 사물화가 극단화되었다. 첫 4연에서는 "이 열, 이 이불, 이 지방덩어리, 이 흉터, 이 여자" 등이 되풀이 되면서 지시 대명사 "이"가 주도적 역할을 한다. 그리고 이 4연의 "여기"와 "오세요" 사이에서 어떤 비밀이 들춰진다("오세요, 이 이불을 조용히 들춰 봐요"). 이 비밀은 시행(詩行)이 계속될수록 비밀스러움을 잃어버리고, 마침내 무자비하고 무서운 진실로서 병상 위에 놓여진다. 이 비밀은 모든 육신, 깊은 감정, 숭고한 이상의 붕괴와 해체에 관한 것이다. 그런데 "오세요"는 애정을 갖고 보다 가까이 다가오게 하기보다는, 오히려 경악과 함께 뒤로 물러나게 만든다. 유혹의 수단이 충격의 수단으로 전도되고 있다.[23]

계속해서 무관심하고 거리를 둔, 냉소적인 낭독조로 암병동의 끔찍스러운 광경이 소개된다. 여기서 인간은 썩고 해체되는 육신이고, "지방덩어리와 썩은 체액"에 지나지 않는다. 흙에서 태어난 인간은 다시 흙으로 돌아가야 한다.[24] "흙이 부른다"는 것은 흙이 그 구성요

---

23) Ebd., S. 214.

24) 인간이 흙으로 돌아가야 한다는 명제는 〈시체공시장〉의 연작시들 중 〈순환〉에서도 나타나고 있다. "아무도 모르는, 죽은/한 창녀의 어금니는/금 보철이었다./나머지 치아들은 조용히 약속이라도 한 것처럼/나가 버렸다./시체실의 인부가 그 어금니를 빼내어,/저당 잡히고 춤추러 갔다./왜냐하면 흙만이 흙으로 돌아가야 하니까/라고 그가 말했다. Dietrich Bode(Hg.): Gedichte des Expressionismus. Stuttgart 1991. S. 80.

소인 살과 체액을 다시 요구하는 것을 의미한다. 지금까지의 톤이, 암병동이 죽음의 땅으로 되는 (묘지로 화하는) 마지막 연에서 확연히 달라진다. 임종을 앞둔 환자들의 침대 주위에 땅(묘지)이 솟아오른다. 육신은 반대로 땅으로 내려가고 흙의 부름에 답한다. 삶의 종말에 더 이상 구원에 대한 희망은 없다. 그 대신 암 환자의 신체적 붕괴 후에 죽은 자를 부르고 받아들이는 흙의 초개인적인 힘이 강조되고 있다. 그러니까 구원은 해체, 즉 개체성을 벗어나는 데에 있다. 죽음은 인간이 영원한 흙으로 돌아가는 것을 말한다.[25] 따라서 마지막 연의 첫번째 시행 "여기 모든 침대 주위에 벌써 묘지가 솟아오르고 있소"는 위협적이고 끔찍스러운 죽음을 강조하는 것이 아니다. 오히려 꺼져 버림, 녹아내림, 더 이상 존재하지 않음 속에서 위로와 구제를 엿볼 수 있다. 흙이 고통받는 육신을 자비롭게 받아들인다. 그러나 이건 죽음에 관한 기독교적인 사상이 아니다. 죽음이 육신을 구제하는 것처럼 보일지라도 그것은 절대적인 종말이고, 부활에 관해서는 전혀 언급이 없다. 성경의 표현 "너는 흙이니까, 흙으로 돌아가야 한다"(1. Mose 3, 19)도 위로의 의미로 한 말이 아니라, 인류의 타락이 있은 이후의 신의 저주와 응징이다. 종교적인 것을 암시하는 "물렁한 혹들의 묵주"란 표현에서도 반종교적인, 신성모독적인 표현이 감지된다.[26] 여기서 묵주는 질병과 죽음의 표시일 뿐 신의 자비나 구원을 의미하지 않는다. 또한 육체의 무상함에 대응하는 영혼의 불멸도, 속세의 고통이 끝나는 피안에 대한 언급도 찾아볼 수 없다.

---

25) Vgl. Wilhelm Groß, a.a.O., S. 93.
26) Vgl. Peter Christian Giese, a.a.O., S. 78.

이상에서 살펴본 것처럼 암병동과 시체공시장은 인간의 모든 가치와 확신이 해체되는 허무주의의 시위 공간들이다. 벤은 자신의 시선을 완전히 인간의 신체가 붕괴되는 시점에 맞춘다. 이 시에선 희망의 모습은 전혀 찾아볼 수 없다. 새 생명이 화제가 되는 곳에서도 아이는 신체 붕괴의 영역으로 즉시 돌아가고 만다("여기 이 여자의 암에 걸린 자궁에서 조금 전 한 아이를 잘라냈다오").

다음 시에서는 시체공시장이나 암병동과는 다른 분위기, 즉 살아 있지만 자아를 상실한 인간들의 퇴폐적이고 감각적인 분위기가 지배적이다. 그러나 시의 중심 화제는 앞서의 시들과 마찬가지로 인간의 육신이다. 일그러지고 추한 육신들이 클로즈업되고 있다. 따라서 여기서는 죽음보다는 추의 문제가 크게 부각될 것이다.

2.4. 〈밤의 카페〉

824: 여인들의 사랑과 인생
첼로는 좀 급히 마시고. 플루트는
3박자 동안 깊이 트림한다: 멋진 저녁식사.
드럼은 범죄소설을 끝까지 읽는다.

녹색 이빨들, 얼굴에 난 여드름이
눈 언저리의 염증에게 윙크한다.

머리칼의 기름때가
편도선이 보이는 열린 입에게 말한다

목둘레엔 믿음 사랑 희망이.

젊은 갑상선 종(腫)은 안장코를 좋아하고.
그는 그녀를 위해 맥주 세 병 값을 치른다.

모창(毛瘡)은 패랭이꽃을 사고.
이중 턱을 부드럽게 하기 위해.

B-단조: 35번 소나타
두 눈이 으르렁거린다:
홀에 쇼팽의 피를 뿌리지 마라,
무뢰한들이 다리를 끌며 그 위를 걸어갈테니!
그만! 어이, 지지! —

문이 흘러간다: 한 여자.
바싹 마른 황무지. 가나안의 갈색.
순결한. 오목한 곳이 많은. 향기가 함께 온다. 곧 사라진다.
그건 단지 달콤한 바람의 솟아오름
나의 뇌를 향한.

한 비대한 몸집이 총총걸음으로 따라간다.[27]

---

27) Hansgeorg Schmidt-Bergmann, a.a.O., S. 113.

표현주의는 근대적이고 전위적인 대도시 예술이었다. 젊은 표현주의자들은 베를린 같은 대도시의 카페에 모여 전위예술에 대해 토론하고 정보, 계획, 사상 등을 교류하였다. 그러나 벤에게 있어서 카페란 문인, 예술가, 지성인들의 대화 공간이 아니라 춤과 음악, 식사와 술, 여자와 섹스로 이루어진 유흥과 쾌락의 공간이었다.

시의 제목인 〈밤의 카페〉는 벤이 후에(1955년) 기억해 낸 바 있는, 실제로 존재했었던 베를린의 알트 모아비트(Alt Moabit) 구역에 있었던 한 카페이다. 시는 외형상 한 연이 1행 내지 5행인 총 8연 24행으로 구성되어 있으며, 내적으로는 1연, 2-5연, 6연, 7연, 8연 등 다섯 부분으로 이루어져 있다. 첫행은 숫자와 한 인용("824: 여인들의 사랑과 인생")으로 시작한다. 무슨 인용인지는 불확실하다. 특히 숫자에 대한 아무런 설명도 없고, 텍스트 문맥상 어떤 명확한 의미도 드러나지 않는다. 때문에 여러 가지 추측들이 나오고 있다. 824는 법 조항을 말하는 것인가? 그러나 동침이나 혼외정사에 관한 규정은 민법 825조이다. 샤미소(Adelbert von Chamisso)의 연작시 〈여인들의 사랑과 인생 Frauen-Liebe und-Leben〉을 작곡한 슈만의 작품 번호는 42번이다. 혹시 당시에 유행하던 블론(Franz von Blon)의 왈츠곡 〈여인들의 사랑과 인생〉을 들을 수 있는 나이트 카페의 집 번호인지도 모른다.[28] 슈토커르트는 824에 붙은 콜론으로 미루어 이 번호가 다음에 오는 단어들과 밀접한 관련이 있을 것으로 본다. 그는 〈여인들의 사랑과 인생〉이 샤미소가 1824년에 완성한 연작시이기 때문에, 시작(詩作) 연도인 1824년을 줄여서 824로 표기한 것으로 추정한다.[29] 이밖

---

28) Vgl. Peter Christian Giese, a.a.O., S. 59f.

에도 이 시의 기법을 스냅촬영 같은 영화기법에 비유하여, 시의 첫행을 촬영 번호와 그 주제로 보는 견해도 있다.[30] 혹은 8연 24행(8-24)을 뜻하는 벤의 시작 메모일까? 1연의 악단 연주자들의 휴식 장면은 초현실적인 느낌을 주는 가운데, 첼로 연주자가 첼로로, 드럼 연주자가 드럼으로 되는 등 인간이 사물화 되고 악기가 의인화되고 있다.

시의 2부에 해당하는 2-5연(5행에서 13행까지)에선 창녀들과 그 고객인 듯한 네 쌍이 등장한다. 이들은 독자적 정체성이 없는 익명의 추한 군상들로 남녀 할 것 없이 혐오감을 주는 신체상의 특징, 즉 추한 인상과 질병 등으로 소개된다. 신체의 일부가 개인 전체를 대표하는 대유법(代喩法)과 추(醜)의 미학(Die Ästhetik des Hässlichen)에 의해 인간의 신체적-도덕적 훼손이 강조되고 있다. 이 시에서 뿐만 아니라 벤의 거의 모든 초기 시에서 인간의 육신은 주로 추하고, 혐오스럽고, 역겨운 것으로 나타난다. 육신의 추함을 강조하기 위해 때로는 인간의 신체 외에 다른 추한 대상이 함께 나타난다. 이를테면 처녀 시체의 가슴속에 쥐들의 둥지가 있다든지(〈아름다운 청춘〉), 아니면 파리들이 암 환자들의 주의를 윙윙거리며 맴돈다든지 하는 것이다(〈남자와 여자가 암병동을 지나가다〉). 추한 육신을 주제로 하는 시에서 아름다움을 표현하는 수식어가 등장한다면, 그것은 육신의 추함을 더욱 강조하기 위한 대조수단으로 기능한다. 작은 아스터꽃의 기능이 그러하고, 〈진통하는 여인들의 방〉에 나오는 '향유를 바르다' 라는 뜻

---

29) Vgl. Franz Karl von Stockert, a.a.O. S. 125. 그러나 〈킨들러 문학사전 *Kindlers Literatur Lexikon*〉에는 이 연작시가 1830년에 완성, 다음 해에 출판된 것으로 나와 있다. Vgl. Kindlers Literatur Lexikon im dtv, Bd. 9. S. 3668.

30) Vgl. Robert Hippe: Erläuterungen zu Lyrik und Prosa Gottfried Benns. Hollfeld/Obfr. 1971. S. 15.

인 'einsalben'이 아이러니컬하고 기이한 방법으로 아이의 탄생을 묘사하는 데 쓰이고 있는 것이 그러하다.[31] 〈밤의 카페〉에서 추하고 혐오스러운 육신의 특징들이 거듭해서 표현된 후, 끝에서 두번째 연인 7연에서 에로틱한 이상적 미가 강조되는 경우도 마찬가지이다.[32]

이같은 도발적인 추의 미학 외에 이 시에서도 신성모독적이고 불경스러운 표현이 감지된다. 9행에 등장하는 목걸이의 믿음, 사랑, 희망의 상징들은 원래 가장 가치 있는 세 가지 기독교 덕목이다. 이러한 기독교의 위대한 윤리적 가치들이 추한 인간의 쓸모없는 목걸이 장식으로 전락하면서 조롱의 대상이 되고 있다.[33] 계속해서 등장인물들이 병리학적 특징으로만 구분되기 때문에 이들의 성별은 불분명하지만, "젊은 갑상선 종(Junger Kropf-er)은 안장코(Sattelnase-sie)를 좋아하고"에서는 신체 특징에 대한 문법상의 성에 따라 남녀를 구분할 수 있다. 안장코는 인상의 특징을 말해 주기도 하지만 성병의 말기 증상을 암시하기도 한다. 쌍으로 등장하는 이들의 접근 시도는 그로테스크하고 상스러운 느낌을 주면서, "그는 그녀를 위해 맥주 세 병 값을 치른다"에서는 직간접적으로 사고파는 사랑의 모티프가 내비친다. 이 2부의 문체 및 수사법 상의 특징은 바로 자아상실의 표현으로써의 대유(代喩)이다. 대유(또는 환유, 제유)는 전통적 수사법상 비유법

---

31) 각주 17) 참조.

32) Vgl. Christoph Eykman: Die Funktion des Hässlichen in der Lyrik Georg Heyms, Georg Trakls und Gottfried Benns. Zur Krise der Wirklichkeitserfahrung im deutschen Expressio-nismus. Bonn 1965. S. 146f.

33) 〈남자와 여자가 암병동을 지나가다〉에 나오는 "물렁한 혹들의 묵주(Rosenkranz von weichen Knoten)"에서도 반종교적이고 신성모독적인 표현이 감지된다. 여기서 묵주는 질병과 죽음의 표시일 뿐 신의 자비와 구원을 의미하지 않는다. Hansgeorg Schmidt-Bergmann(Hg.),a.a.O., S. 173.

의 한 가지로 사물의 일부나 그 속성을 들어서 그 전체나 자체를 나타
낸다. 예를 들어 빵이나 포도송이가 식량과 포도주를 대신하고, 화덕
이 집과 가정을, 칼이나 닻이 무기와 배를 나타내는 경우 등이다. 이
시에서는 신체적 특징이 그 소유자를 대신하고 있다.[34]

  대유를 통해 자아의 사물화가 냉혹하고 잔인하게 표현됨으로써, 결
국엔 인물의 사물화와 사물의 의인화가 일치하게 된다. 1911년에 발
표된 리히텐슈타인(Alfred Lichtenstein)의 시 〈여명 Die Dämmerung〉
에서도 인간들이 뚱보 소년, 두 신체 마비자, 미친 시인, 살찐 남자,
늙은 어릿광대 등 추한 특징들로 격하되어 나타난다. 그리고 비본질
적인 특징이 본질적인 실체가 되고, 본질적인 주체가 추한 특징으로
퇴행하고 있다. 벤은 이같은 양식 수단을 〈밤의 카페〉에서 더 신랄
하고 공격적인 형식으로 전환시킨다.[35]

  3부인 6연에서는 격정적인 장면이 연출된다. 숭고한 예술작품이
어디서, 누구 앞에서, 어떻게 연주될 것인가를 생각한다면 두 눈의 으
르렁거림[36]에서 드러나는 분노는 이해할 만하다. 하필이면 이곳 밤
의 유흥장에서 쇼팽의 피아노 소나타 2번 b-단조 작품 35번을 연주

---

34) 대유법은 일반적으로 인정된, 상호 대체가 가능한 폐쇄적 영역에서만 실제로
그 기능을 발휘한다는 점이 중요하다. 어떤 표현이 의미를 손상하지 않고 다른 표현
을 나타낼 수 있는 경우는 그 표현이 다른 표현을 완전한 가치를 지닌 채 대체할 수
있을 때에 한한다. 그러나 〈밤의 카페〉에서는 그렇지가 못하다. "얼굴에 난 여드름"
이, 일찍이 대유법상 흰 머리가 노령을 의미하는 것처럼, 100% 그대로 그 개인을
대표하지 못한다. 즉 "모창" "이중 턱" "머리칼의 기름 때," 그리고 "녹색 이빨" 등
은 그 소유자의 가치나 품위를 떨어뜨리고, 나아가 인간을 격하 내지 사물화시킨다
는 점에서 전통적 수사법과 구분된다고 할 수 있다. Vgl. Silvio Vietta/Hans Georg
Kemper: Expressionismus. München 1975. S. 64.
  35) Vgl. ebd., S .61f.
  36) 여기서도 대유법이 나타나고 두 눈이 의인화된다.

하려는 시도는 분명, 신성한 예술에 대한 모독이다. 두 눈의 소유자인 이 관객은 분명 쇼팽을 높이 평가할 줄 알며, 어쩌면 쇼팽이 이 작곡을 할 무렵 치유 불가능한 폐결핵에 걸려서 실제로 피를 토하면서 문자 그대로 심혈을 기울여 완성했다는 사실을 알고 있었는지도 모른다. 불치병에도 불구하고 작품을 완성하고자 했던 쇼팽의 숭고한 불굴의 의지가 천박한 관객들에 의해 짓밟혀지려 하고 있는 것이다. 이같은 무언의 항의는 예술가들과 그들의 연주를 향한 것이 아니라, 그러한 예술작품에 어울리지 않는 관객을 향한 것이다. 이 예술애호가는 관객들을 쇼팽의 열정을 이해하지 못하는 천박한 무리로 격하시키면서 예술의 명예 회복자로 자처한다. 그런데 그가 사용하는 언어("…피를 뿌리지 마라" "그만 (집어쳐)! 어이, 지지!")가 자신의 정체를 드러낸다. 거칠게 음악을 중단시키고, 바로 그때 등장하는 한 여자에게 무례하게 인사하는, 그 자신 역시 이 밤의 카페를 방문한 고객들의 일원이다. 때문에 그의 저항은 공허하고 헛된 메아리처럼 느껴진다.[37] "어이, 지지!" 하는 인사는 분명히 지금 막 문간에 나타난 여인을 향한 것이다. 이국적인 이름 지지는 베를린의 한 창녀의 이름인지도 모른다. 그러나 이 여자는 서정적 자아에 의해 완전히 다르게 인지되고 있다. 지금까지처럼 추한 신체적 특징으로 규정지을 수 있는 여자가 아니다. 우유와 꿀이 흐르는 약속의 땅 가나안을 연상케 하는 ("가나안의 갈색"), 마르고 순결한, "오목한 곳이 많은" 이 여인은 분명 이 세계의 다른 여자들과는 확연하게 구분되는 하나의 작은 기적과 같은 존재이다. 문이 마법의 손에 의해 저절로 열리면서, 나이트

---

37) Vgl. Franz Karl von Stockert, a.a.O., S. 128.

카페의 현실에서 서정적 자아는 에로틱한 이상상을 만나게 된다. 전인미답의 황무지, 약속의 땅 가나안 등, 시인은 이 여인의 아름답고 에로틱한 자태를 표현하기 위해 가치 있고 성스러운 모든 것을 동원한다. 일순간 성애(Eros)의 이상이 서정적 자아에게 현실로 다가온다. 아니면 향기 있는 신기루에 지나지 않는가?[38] "그건 단지 달콤한 바람의 솟아오름/나의 뇌를 향한"——이 표현은 신기루에 대한 물리학적 설명처럼 들린다. 그녀는 이 화자(話者)에게는 굉장한 에로틱한 매력을 발산하는 시 공간의 저편에 있는 비현실적 존재로 느껴진다. 생략된 문장들, 빠른 템포 등으로 미루어 보아, 그는 지지에 대해 매우 감동적으로 반응하고 있는 것 같다. 그러나 서정적 자아를 도취시키는 향기가 곧바로 허공 속으로 사라진다. 일순간 환상으로 만나는 이상적 사랑도 나이트 카페의 현실에선 오래 머무를 수 없다. 이같은 환상은 화자의 두뇌의 착각인지도 모른다. 결국 그의 이상적 사랑에 대한 동경은 곧 환멸을 겪는다. 여기서 추한 현실에 대한 미학적 비판이 에로틱한 미의 이상에 대한 감동과 뚜렷한 대비를 이루고 있다. 그러나 순결하고 오목한 곳이 많은, 이 시에서 예외적 존재인 그녀 역시, 곧바로 뒤를 따르는 남자에 의해 정체가 드러난다. "한 비대한 몸집이 총총걸음으로 따라간다." 이 마지막 행은 다시 비천한 현실로 돌아간다. 아름다운 여인을 뒤쫓는 비대한 몸집은 자본주의자를 희화화한 것 같다. 그녀 역시 에로스보다는 돈을 좇는지도 모른다. 그렇게 매혹적인 향기를 풍기는 여자도 결국 이 밤의 세계의 모든 다른 여자들과 마찬가지이다. 그렇다면 여인들의 사랑과 인생은 사고 팔

---

38) Vgl. ebd., S. 129.

수 있다는 것이 이 시의 결론인지도 모른다.[39]

주제와 관련한 이 시의 전체적 특징으로는 이상과 현실, 허상과 진실, 상상과 실제의 극단적 대비, 고급 예술과 저급한 현실 간의 대립, 그리고 낭만적 시에 나오는 이상적 사랑(또는 서정적 자아의 뇌의 착각에 의한 사랑)과 물질, 추함, 알코올로 특징지워진 현실적 사랑 사이의 현격한 대조를 들 수 있다.

3. 결론

〈시체공시장〉의 시들이 지니는 도발적 성격은 인간에 관한 전통적인 생각을 파괴하는 데에 있다. 벤에게 인간은 만물의 영장도, 생존 경쟁의 승자도 아니다. 벤은 과학적 인식을 뽐내고 자만하는 자기 시대의 문명사회를 향해 파괴와 죽음을 내던지고 있다. 벤은 특히 앞에서 다룬 시들에서 인간이 비참한 피조물로서 신체적 붕괴를 겪는 것을 보여준다. 인간은 단지 신음하는 존재, 지방덩어리, 썩은 체액에 지나지 않으며, 질병 증상에 의해서만 인간으로 인식될 수 있다. 따라서 시의 은밀한 주제는 '인간이란 무엇인가?' 이지만, 시는 이에 대해 답변을 주지 않는다. 그냥 인간 죽음의 실상과 일그러진 추한 육신을 확인하고 제시할 뿐이다. 여기 죽은 인간은 단지 각 신체 기관들의 집합체로써, 신체 부분의 우연한 유용성이나 실용성으로 평가절하된다. "익사한 맥주 배달꾼"이 해부 대상으로서 "테이블 위에 받

---

39) Vgl. Peter Christian Giese, a.a.O., S. 60.

처지고,” 그의 흉곽은 작은 아스터꽃의 꽃병으로 활용된다. 어린 쥐들은 오랫동안 갈대밭에 누워 있었던 한 처녀 시체의 간과 콩팥을 먹고 자란다. 그러나 시의 혁명적 의미는 이러한 인간의 모습에 있는 것이 아니라, 변화된 현실 속에서 인간의 참 상황이 어떻게 제시되는가 하는 그 예술적 형식에 있다.

이 해부하는 표현주의자는 선전적 표현주의의 절규하고, 고발하고, 탄식하는 자들과는 거리가 멀다. 그는 신을 부르지도 않고 인류에게 호소하지도 않는다. 그의 언어는 정신과 삶의 모순을 무자비하게 조명하면서, 거짓과 환상을 격침시키고, 기만과 착각을 몰아낸다.[40] 나아가 극단적 표현, 정확성, 냉정함 그리고 비감상적이고 냉소적인 언어로 질병, 붕괴, 파멸, 죽음과 관련한 모든 터부를 깨뜨려 버린다. 때문에 벤의 시들은 시적 미화나 완곡한 표현에 익숙해 있는 독자에게 충격을 안겨 준다. 시에 나타난 감정의 배제, 매정함 등은 〈암병동〉에서 묘사된 병원의 현실에 상응한다

이처럼 인간의 자의식, 우월성, 위대함에 대한 환상이 위의 시들에서 철저히 깨뜨려지고 있다. 이들 시에서 인간은 생성과 소멸의 순환 법칙에 따르는 자연의 일부에 불과하며, 심지어는 작은 아스터꽃, 쥐들의 둥지, 흙보다 못한 존재로 나타난다. 특히 〈암병동〉의 “와서, 조용히 이 이불을 들춰 봐요./보세요, 이 지방덩어리와 썩은 체액을”에서는 더 이상 생명체의 모습을 찾아보기가 어렵다. 또한 〈아름다운 청춘〉에서 “처녀의 입, 가슴, 정자(亭子)” 등 애정시의 모티프가, “갉아

---

40) Vgl. Bruno Hillebrand: Gottfried Benn heute. In: Text+Kritik 44. München 1985. S. 13.

먹힌 입, 절개된 가슴, 쥐들의 보금자리" 등으로 무자비하게 왜곡되고 있다면, 〈밤의 카페〉에서는 인간들이 병리학적 특징, 특히 혐오감을 주는 추한 특징들로 격하되어 등장한다. 자연주의가 현실의 추한면——비참한 사회현실, 창녀, 거지, 가난, 질병 등——을 예술의 영역으로 끌어들였다면, 벤의 표현주의 역시 모든 신체적 붕괴의 추함을 가시화하였다. 〈밤의 카페〉를 비롯한 〈시체공시장〉의 초기 시들은 추의 폭로라는 충격적인 도발로 특징지워진다.

참고 문헌

Anz, Thomas: Literatur des Expressionismus. Stuttgart 2002.

Arnold, Heinz Ludwig(Hrsg.): Text+Kritik 44. Gottfried Benn. München 1985.

Böckmann, Paul: Gottfried Benn und die Sprache des Expressionismus. In: Der deutsche Expressionismus. Formen und Gestalten. Hrsg. v. Hans Steffen. Göttingen 1965.

Bode, Dietrich(Hg.): Gedichte des Expressionismus. Stuttgart 1991.

Dörrlamm, Brigitte u.a.: Klassiker heute. Die Zeit des Expressionismus. Frankfurt am Main 1982.

Eykman, Christoph: Die Funktion des Hässlichen in der Lyrik Georg Heyms, Georg Trakls und Gottfried Benns. Zur Krise der Wirklichkeitserfahrung im deutschen Expressionismus. Bonn 1965.

Giese, Peter Christian: Interpretationshilfen. Lyrik des Expressionismus. Stuttgart 1993.

Groß, Wilhelm: Expressionistische Lyrik. Hollfeld 1996.

Hillebrand, Bruno: Biographie Gottfried Benn. In: Text+Kritik 44. München

1985. S. 136-138.

Hippe, Robert: Erläuterungen zu Lyrik und Prosa Gottfried Benns. Hollfeld/Obfr. 1971.

Killy, Walther: Wandlungen des lyrischen Bildes. Göttingen 1978.

Leiß, Ingo/Hermann Stadler: Deutsche Literaturgeschichte. Bd. 8. Wege in die Moderne 1890-1918. München 1999.

Reich-Ranicki, Marcel(Hg.): 1000 Deutsche Gedichte und ihre Interpretationen. 6. Bd. Von Georg Trakl bis Gottfried Benn. Frankfurt am Main u. Leipzig 1994.

Rüesch, Jürg Peter: Ophelia. Zum Wandel des lyrischen Bildes im Motive der "navigatio vitae" bei Arthur Rimbaud und im deutschen Expressionismus. Zürich 1964.

Schmidt-Bergmann, Hansgeorg: Lyrik des Expressionismus. Stuttgart 2003.

Schünemann, Peter: Gottfried Benn. München 1977(Autorenbücher 6).

Stockert, Franz Karl von: Lyrik des Expressionismus. Stuttgart 1999.

Vietta, Silvio/Hans-Georg Kemper: Expressionismus. München 1975.

Wodtke, Friedrich Wilhelm: Gottfried Benn. In: Expressionismus als Literatur. Gesammelte Studien. Hrsg. v. W. Rothe. Bern und München 1969.

김주연: 독일 시인론. 서울 열화당 1983.

김충남: 독일 표현주의 시의 오펠리아-모티프 수용. 실린곳: 한국외대. 외국문학연구 제8호. 2001. 129-151쪽.

마르틴 발저의
라디오 방송극에 나타난 추

김종대

1. 들어가는 말

인간은 매일 주변의 하늘과 땅 그리고 뭇사람들을 바라다보며 유한한 존재로 세상을 산다. 어쩌면 유한하기 때문에 세상은 더욱 살 만하고, 사람들은 기대고 싶은 또 다른 타인을 찾아 사랑에 빠지고 예술을 탐닉하는지도 모른다. 시작과 끝을 모른 채 단지 세상이 무심코 던져 준 자신의 거부할 수 없는 숙명을 안은 채 살아가는 현존재는 때로는 예술에 대해, 때로는 현실에 대해 회의하면서 세상과 타협하거나 이에 맞서 거친 도전을 멈추지 않는다.

우리에게 세상사는 이야기를 거침없이 들려주는 소설가 마르틴 발저는 이러한 세상사를 작품에 기술할 때 특히 그의 실존적 관점을 보여준다. 발저의 실존적 관점은 다름 아닌 결핍 경험을 기술할 때 잘

---

* 이 논문은 2010년 1월 《독일어문학》에 기고한 글임.

드러난다. 본고에서는 발저의 글쓰기를 특징짓는 결핍 경험의 문학
적 기술(Beschreibung)을 '추'의 개념과 비교 고찰한다. 장르상으로는
작가의 라디오 방송극을 택했고, 라디오 방송극에 기술된 추의 문학
적 의미를 천착해 본다.

추의 개념 규정에 들어가기에 앞서 우선 발저의 라디오 방송극에
대한 간단한 이해를 돕고, 이어서 발저 문학의 특징인 결핍 경험의
문학적 기술이 갖는 의미에 대해 알아본 후, 추에 대한 헤겔식 접근
방식과 반헤겔식 접근 방식의 '다름'에 대해 논의해 본다. 로젠크란
츠(F. Rosenkranz)가 추의 이론을 제시하면서 밝히고 있듯이 추는 추
가 아니다. 즉 추는 추하지 않은 추에 대해 논의할 수밖에 없는 이론
상의 한계를 보여준다. 미도 아닌 추는 동시에 추도 아닌 추를 '말
하고 듣는' 인식론적 숙명을 겪는다.

본고의 연구와 관련한 국내의 선행 연구는 발저의 라디오 방송극
에 대한 김종대의 논문이 있고, 라디오 방송극에 대한 김관우의 논문,
라디오 이론에 대한 김형래의 논문 등이 있다. 김형래는 브레히트를
중심으로 현대 라디오 이론을 소개하고 있고, 김관우는 라디오 방송
극과 매체의 의의를 분석하고 있다. 다만 라디오 방송극과 추의 관계
를 밝히려는 어떠한 시도들도 발견되지 않아 이 글을 쓰게 되었다.
이밖에 라디오 방송극에 대한 외국 문헌으로는 브레히트와 블름 등
의 글이 있다.[1]

미와 추에 관한 주목할 만한 논문으로는 칸트 미학, 헤겔 미학, 로

---

1) M. Bloom: Die westdeutsche Nachkriegszeit im literarischen Original-Hörspiel,
Frankfurt a. M. u. a. 1985.; B. Brecht: Radiotheorie, 1927 bis 1932, in: Gesammelte
Werke, Bd. 18, Frankfurt a. M. 1967, S. 117-134.

젠크란츠, 아도르노, 에코, 쿤, 게트만-지퍼르트 미학 등에 관한 글
들이 있다. 특히 벨시(Welsch)는 포스트 모던적 관점에서 미학적 사
유와 아도르노의 미학에 대해 분석하고 있다. 뢰쩌(Rötzer)는 현대 기
술문명의 발달로 인한 전자 매체의 미학에 대해 가상과 실재 간의 간
격에 대해 논의하고 있다.[2]

이어서 제1장에서는 현존재의 '듣기 현상'을 중심으로 라디오 방송
극의 일반적 특성과 그 실존적 분석 가능성에 대해 알아본다. 특히
'듣기 현상'에 대한 분석에서 듣는 자아(自我)와 들을 수 없는 비자
아(非自我) 간의 대립이 논의의 중점을 이룬다.

2. 라디오 방송극 듣기

라디오 방송극은 음악이 그렇듯이 인간의 청각에 호소하는 고급 문
학 장르이다. 인간의 귀 기울여 듣는 능력은 지구에 생명이 움트는 순
간부터 지속적으로 발전해 왔거나 아니면 조금씩 퇴보해 왔다. 온갖
소음 공해를 견디면서 살고 있는 현대인은 미세한 소리를 귀담아 들
을 수 있는 능력을 점점 상실해 가고 있다. 빠르고 바쁜 일상을 살아
가는 현대인은 소위 '현대적 생활방식'에 익숙해져 있기 때문이다.

---

2) K. Rosenkranz: Aesthetik des Häßlichen, Stuttgart-Bad Cannstatt 1968.; A.
Gethmann-Siefert: Einführung in die Ästhetik, München 1995.; H. Kuhn: Schriften
zur Ästhetik, München 1966.; W. Welsch: Ästhetisches Denken, Stuttgart 1993, S.
79ff.; F. Rötzer: Mediales und Digitales. Zerstreute Bemerkungen und Hinweise
eines irritierten informationsverarbeitenden Systems, in: Digitaler Schein. Ästhetik der
elektronischen Medien, hrsg. v. F. Rötzer, Frankfurt a. M. 1991, S. 9-78.

잘 듣지 못하는 현대인은 과연 잘 살고 있는 것인지 의문이 든다. 한 편 인간이 개발한 기술문명과 문화 행위는 인간의 듣는 능력을 세분화시키기도 한다. 그들은 인간이 자연의 소리와 더불어 그야말로 '인간의 소리'를 들을 수 있어 더욱 좋다고 말한다.

보다 더 잘 듣고 잘사는 인간사회를 지향하는 현대인은 그렇지만 후자보다는 전자의 견해에 더욱 가깝다. 소리를 듣고 상상하며 판단하는 일은 인간에게 부여된 무척 소중한 능력이다. 라디오 방송극은 바로 이러한 기능을 잘 활용할 수 있는 기회를 부여한다. 심오한 문학적 상상력은 매순간 귀 기울여 듣는 자에게 단지 외부에서 들려오는 소리뿐만 아니라 더 나아가 인간 내면에서 울려오는 근원적인 '양심의 소리'까지 듣기를 요청한다. 들으면서 또한 잘 듣지 못한 채 거리를 배회하는 현대인의 모습을 잘 묘사해 놓은 장르가 곧 라디오 방송극이다. 기계음으로 전달되는 라디오 방송극은 귀 기울여 듣는 자에게 흘려듣지 말고 더욱 '잘' 들을 것을 요청한다. 소중한 자연음의 일부를 잃어버린 현대인은 이제 다시 기계음에 의지한 채 과거의 '귀 기울여 듣는 능력'을 회복해 보려는 부질없는 시도를 거듭한다.

라디오 방송극은 인간과 사물의 다양한 소리를 이용해 라디오 청취자의 관심을 끌 만한 적절한 스토리를 구성해 인기 대중매체인 라디오 수신기에서 규칙적으로 방송된다.[3] 라디오를 들으며 청취자는 마치 꿈을 꾸듯 자유롭게 자신만의 세계를 상상해 볼 수 있다. 방송극의 장점은 이처럼 청취자의 상상력을 자극하는 데 있다. 독일에서는

---

3) 김종대 외: 드라마 사전, 파주 2010, 115쪽 이하 참조: 청각 매체인 라디오 방송극은 "목소리와 효과음으로 제작된 극 형식이다(…)."

제2차 세계대전 이후 1950년대까지 무대극이 침체된 시기에 방송극의 활동이 활발했다. 방송극은 음향효과를 배경으로 이루어지는 청각예술이기 때문에 청취자의 상상력만큼이나 범위가 큰 '내재적 무대'이고 사건 진행이 단순하다.[4]

그동안 편리함의 이면에 기술문명이 인간에게 가져다준 부자연스런 심리적 거리감과 공백은 인간에게 이제 다시 본연의 모습인 '자연 속에 있는' 인간을 상상하고 준비하도록 만들었다. 즉 기술에서 소외된 인간은 대자연을 바라보면서 심신을 수양하고 사람들과 진솔한 대화를 나누며 미래를 발견하는 지혜를 얻으려 한다. 이제 세계는 이성적 판단에 기초한 행동을 강조하기보다는 감성세계의 풍요로움을 재발견하려는 경향이 있다.[5] '감성이 곧 진리'라는 견해도 있다. 라디오 방송극은 이처럼 청취자들에게 인간의 감성세계와 상상력을 발견

---

4) 같은 책, 177쪽 이하 참조: 라디오 방송극은 "주로 대화, 내적 독백 혹은 서술자의 보고 형식으로 이루어졌다. (…) 독일 방송극으로 가장 성공한 작품으로는 제2차 대전 직후 황폐한 고향에 귀향한 어느 병사의 절망적 독백을 묘사한 볼프강 보르헤르트의 《문 밖에서 *Draußn vor der Tür*》(1947)이고, 그밖에 귄터 아이히의 《꿈 *Träume*》(1953), 《목소리 *Stimmen*》(1958)와 잉게보르크 바흐만의 《맨해튼의 착한 사람 *Der gute Mensch von Manhatten*》(1958), 마르틴 발저의 《타실로 *Tassilo*》 시리즈 등이 있다." 첨단 통신 기술의 발달로 인해 요즘은 기존의 라디오 수신기가 맡았던 역할을 누구든 손쉽게 접근이 가능한 휴대전화 기기 등 현대인의 편리한 일상 도구들이 대신하기도 한다. 결국 대중 매체가 발달할수록 '듣는 도구'인 라디오 방송극에 대한 관심은 더욱 증대될 것이다.

5) 인간이 자신과 주변의 감성세계를 발견하는 일은 마치 삶의 온갖 비밀들을 파헤치는 것처럼 신비스럽기도 하고, 흥미로운 일이다. 감성은 단지 이성에 맞서는 대상이 아니라 이성을 보조하고 이성의 눈을 뜨게 하는 역할을 한다. 쉴레겔의 표현대로 우리에게 '어머니 대지'가 있듯이, 감성은 이성에 앞서 인간의 본질을 인식시켜 주고 인간세계의 온갖 모순을 해결할 수 있는 원초적 힘을 준다. 감성은 언제나 모든 학문과 이성적 판단에 앞서 미리부터 있는 존재이다. Vgl. J.W.V. Goethe: Aus meinem Leben. Dichtung und Wahrheit, Zürich 1962.; F. v. u. A. W. v. Schlegel: Athenaeum, Darmstadt 1983.

하도록 돕는 역할을 한다. 인간은 주어진 대상이나 예술작품을 단지 보거나 읽으면서 판단하고 생각할 때보다는 오히려 그것을 귀 기울여 들을 때 더욱 많은 상상력을 발휘할 수 있다. 즉 대중은 시각을 이용해 볼 때보다도 청각을 통해 들을 때 시야가 넓혀진다고 볼 수 있다. 이와 같이 라디오 방송극의 대중 매체적 특징들 가운데 편의성, 감성의 소통, 귀 기울여 들음 현상 등을 이해하면 발저의 실존적 글쓰기 양상을 알 수 있을 것이다.

현존재는 어디선가 들려오는 목소리에 귀 기울여 들으면서 자유를 말하고 미래를 상상한다. 소리를 듣는 순간 인간은 문득 자신과 세상을 새롭게 발견하고, 삶의 근원을 들여다볼 수 있는 기회를 얻을 수도 있다. 귀 기울여 들음이라는 주어진 외부 현상을 통해 인간은 자신의 기나긴 역사와 자연의 온갖 비밀 등 그 내면세계를 통찰할 수 있는 길을 발견할 수 있다. 들음은 곧 보고 느끼는 것 이상의 것을 들으면서 동시에 보고 느끼도록 해준다.

위에서 살펴보았듯이 라디오 방송극의 '들음 현상'에서 자아와 비자아 간의 대립은 곧 현존재의 실존적 결핍 경험으로 이어진다. 발저의 라디오 방송극 한 편을 분석해 본다.

2.1. 《지하실 계단 위에서 울리는 칸타타》에 나타난 추(醜)와 발저의 글쓰기

우리는 세상을 등지고 염세적 분위기에 빠져 든 자를 가리켜 추하다고 말한다.[6] 그는 주로 제한된 공간에서 생활하며 세상과 단절한 채 은둔한다. 사회심리학적으로 고찰할 때, 이러한 유형의 특성을 보이는 자들은 때로는 반사회적인 적대감을 극대화시켜 타인에게 위험한 행동을 일삼기도 한다. 헤겔의 영향을 받은 로젠크란츠가 말한 추를 우리는 발저의 라디오 방송극에서 발견할 수 있다.[7] 제1,2차 세계 대전의 광란이 지나간 이후 아도르노와 같은 부정의 철인들이 세상 사람들을 향해 야만성과 시 정신의 죽음을 선포할 때, 발저 작품의 주인공은 카프카적 익명성을 배경으로 동시대인의 양심에 호소하며 문학의 새로운 분위기를 모색한다. 발저의 라디오 방송극은 지식인들의 나약함을 꾸짖는 당시의 사회 분위기를 그대로 반영하고 있다.

발저는 《지하실 계단 위에서 울리는 칸타타》에서 새로운 주변 환경에 적응하지 못하고, 자신들의 책무를 다하지 못하는 그들이 이미 피로 얼룩진 암울한 사회를 맞이해 또다시 아무런 역할도 감당할 수 없는 한낱 허수아비에 불과한 현실을 묘사한다.[8] 여기에서 반성과 침묵, 무기력함, 익명성 등에 대한 젊은 작가들의 문학적 서술은 당시

---

6) 니체는 적극적인 염세주의와 수동적인 염세주의를 구분해 쇼펜하우어의 그것을 수동적인 것으로 보고 자신의 그것을 적극적인 것으로 본다. 문제는 과연 인간이 그것을 극복하려는 의지를 갖고 있는지, 아니면 아무런 대비도 없이 주변 환경에 자신을 내맡기느냐에 있다. 니체는 염세주의로부터 현존재의 새로운 가능성을 탐색한다. 이것은 마치 발저의 소설에서 요한이 칠흑같은 어둠을 깨는 분수를 바라다보며 어릴적 부친의 병상에서 낭독했던 《차라투스트라》를 떠올리는 것과도 같다. 분수는 어둠과 고요함을 몰아내고, 생명력을 부여하며 새로운 사랑의 노래를 들려준다. 요한에게 분수가 솟구치고 있는 현재는, 어두운 과거를 몰아내고 새로운 현재를 사랑하라는 엄중한 경고의 사이렌을 울려 주는 도구이다. 여기에서 현존재가 겪는 일상적 어둠과 과거를 염세주의와 연결시킨 것은, 발저의 작품들에서 니체의 '초인 사상' 이 발견되기 때문이다. 길을 떠난 행인이 어느 순간 초인이 되어 다시 그 길 위에 서 있는 모습에서 우리는 현존재의 강인한 발자취를 목격하게 된다. Vgl. M. Heidegger: Nietzsche. Der Wille zur Macht als Kunst, in: Gesamtausgabe, Bd. 43, hrsg. v. B. Heimbüchel, Frankfurt a. M. 1985.; M. Walser: Ein springender Brunnen, Frankfurt a. M. 1997, S. 51ff.

7) Vgl. M. Walser: Die Dummen, in: Gesamtausgabe, Bd. 10, hrsg. v. H. Kiesel, Frankfurt a. M. 1997.; ders.: Kantaten auf der Kellertreppe, in: ebd.

의 사회적 분위기를 극복하기 위한 과도기적 성격을 지닌다.[9] 유행처럼 번져 나갔던 염세주의를 극복한 문인들의 일부는 이후 자신들의 문학적 성향을 마치 한물 간 유행처럼 새롭게 바꾸어 나가기도 했다. 그들은 문학이 곧 살아 있는 시대정신의 표현이기 때문에 새로 도래한 시대는 대중의 변화하는 취향에 알맞게 다르게 기술될 필요가 있다고 본 것이다. 독자들이 보기에 그들이 변신을 꾀한 것인지, 아니면 그들의 일관된 문체적 특성을 독자들이 바로 보지 못한 것인지는 시대가 지난 후 문학사가들이나 역사가들의 적절한 평가에 맡겨질 수밖에 없었다.

발저 역시 그러한 평가로부터 자유롭지 못한 몇 가지 주목할 만한 문학적 행보들을 보여주었다. 1997년 《샘 솟는 분수》로 프랑크푸르트에서 평화상을 수상하면서 이그나츠 부비츠와 벌인 '발저 논쟁'은 동시대인들에게 과거 극복과 관련한 지식인의 양심 문제가 여전히 자유롭지 못하다는 인상을 남겨 주었다. 자유롭고 싶지만 여전히 과거에 구속되어 있는 초라한 모습의 지식인상은 마치 루소의 《고백》처럼 시대를 향한 용기 있는/없는 외침으로 들리기도 했다. 작년에 쉴링크의 《책 읽어 주는 남자》가 영화화되면서 우리는 다시 아직 극복되지 않은 과거와 만나는 경험을 하게 되었다. 이전의 《홀로코

---

8) 발저의 라디오 방송극에 도입한 칸타타 형식은 기악곡 형식의 소나타와 달리 17세기 이탈리아에서 발생한 성악곡으로, 아리아·레치타티보·중창·합창 등으로 이루어졌다. 실내 칸타타와 교회 칸타타, 독창, 합창으로 구분된다. 독일에서는 18세기 초 프로테스탄트 교회 음악에서 합창·시편·격언 : 복음서 칸타타로 세분화되었다. 방송극에서 칸타타는 작품의 극적 효과를 의도적으로 강조하기 위해 사용된다.

9) Vgl. O. Kutzmutz: Martin Walser, in: Reclams Romanlexikon. Deutschsprachige erzählende Literatur vom Mittelalter bis zur Gegenwart, hrsg. v. F. R. Max u. a., Stuttgart 2000, S. 1065-1072.

스트》 같은 영화와 달리 이제는 시대의 흐름 속에 인간이 저지른 과거의 비인간적 행위에 대한 예술적 묘사방식도 훨씬 덜 과격해졌지만, 여전히 '상처받은' 과거는 극복되지 않은 채 대중 매체의 도구(Instrument)에 편승해 독자와 관객들에게 다가가고 있는 모습을 확인할 수 있었다.[10]

《지하실 계단 위에서 울리는 칸타타》에 나타난 '추의 묘사'가 주인공의 염세적 행위를 통해 드러나고, 더 나아가 현존재의 추한 과거를 극복해 나가는 과정에 대한 실존적 고뇌가 반영된 반염세적 행위에 대한 묘사에서, 우리는 추와 미의 상관관계를 확인할 수 있다. 아래 인용문에 이러한 염세적 세계관이 잘 드러난다:

나는 세상을 비웠다
그리고 집을 새롭게 단장했다
약간 궁색하다 그리고 공허하다
너희들의 생각대로라면.
그렇지만 평온하다 (…)
죽음 같은 삶이다.[11]

타인의 시선으로 들여다보는 새로운 세상은 공허해 보이고 삶은 궁색할지라도, 주인공은 마치 평온한 죽음과도 같은 경지에 이르러 새

---

10) Vgl. S. Friedländer: Die Metapher des Bösen. Über Martin Walsers Friedenspreisrede u. die Aufgabe der Erinnerung, in: Die Walser-Bubis-Debatte. Eine Dokumentation, hrsg. v. F. Schirrmacher, Frankfurt a. M. 1999, S. 233-240.; B. Schlink: Der Vorleser, Zürich 1997.
11) M. Waler: Kantaten auf der Kellertreppe, a.a.O., S. 48f.

삶을 계획한다. 삶과 죽음의 경지를 넘나드는 주인공의 세계 인식 과정은 곧 기존 질서의 모순을 극복해 가는 실존적 행위에서 드러난다. 발저의 라디오 방송극에서 추는, 마치 극복되지 않는 과거처럼 여전히 '결핍 경험(Mangelerfahrung)'으로 존재한다. '지하실 계단'은 인간의 상승 욕구를 반영하는 사물로 등장한다. 비록 주인공은 지하실 계단을 오르려는 시도를 그만둔 채 은둔하고 말지만, 그에게 계단은 새로운 가능성을 제시하고 현존재의 현실 극복 의지를 일깨워 주기에 충분하다. 얼룩진 과거와 암울한 현실 속에 파묻혀 무기력하게 주저 앉고 마는 주인공의 염세적 행위는 독자들에게 '추의 미학'이 무엇인지 보여준다. 그렇지만 여기에서 추는 단순히 단절된 추로 머물지 않고 점차 세상과의 소통을 지향하고, 니체적 의미의 타불라 라자(tabula rasa)로 인식된다. 주인공이 추에 맞서면서 세상과 새롭게 소통하기를 원하지만, 그의 사고와 행동은 여전히 결핍 경험으로 남는다. 발저가 그의 라디오 방송극에서 보여준 '추의 미학'은 곧 현존재의 '세상 속 실존'을 결핍 경험들로 채워 주고 있다.

이상에서 발저의 라디오 방송극에 나타난 추에 관한 분석을 해보았다. 이어서 추의 미학에 대해 알아본다.

3. 추의 미학에 대해

추한 것은 과연 아름답지 않은 것인가 혹은 단지 외관상으로 추해서 추하다고 불리는가? 우리는 추를 배제한 채 단지 미에 대해 논의할 수 있는 것인지 의문이 든다. 제3장에서는 추에 대한 이해를 돕기 위해 추의 개념을 살펴보고, 헤겔 미학에 나타난 추에 대해 고찰할 것이다. 추가 추한 이유는 그것이 단지 추하기 때문이 아니라 지속적으로 미를 자극하기 때문이다. 또한 미가 미적인 것은 상대적으로 추와 관계를 갖기 때문이다. 마치 감성과 이성이 상보적 관계를 유지하듯이, 추와 미는 각기 추하면서 미적이고 미적이면서 동시에 추하기 때문에 각기 추하고 미적이다.

추에 대한 개념 정의는 그리 간단하지 않다. 인간은 아름다움을 추구하면서 일상을 산다. 아름다움에 대한 가치 평가를 내릴 수 있는 탁월한 능력이 있기 때문에 인간은 세상의 온갖 혼돈에서 벗어나 평온한 상태와 질서를 유지할 수 있는 것인지도 모른다. 인간이기 때문에 숙명적으로 오이디푸스 신화에 대해 반복적으로 말하고 일리아드가 행한 모험들을 모사하기를 즐긴다. 문학과 예술에 기술된 미와 추의 대립 양상은 인간세상의 수수께끼를 그대로 드러내 준다. 세상에 미가 먼저 나왔는지 아니면 추가 먼저 등장했는지를 굳이 구분할 필요는 없지만, 미는 추를 배경으로 하고 있음을 부인하기 어렵다. 추에 대한 선행 연구도 없이 우리는 미에 대해 논의할 수 없다. 상기한 바대로 추는 추한 것이고, 미는 미적인 것으로 알려져 왔다. 그러나 시대의 흐름과 주어진 다양한 공간에 따라 때로는 미가 추로 인식되고, 추가 미로 뒤바뀌기도 한다. 미와 추의 상대적 가치는 그 절대성보다는 개별성에 주목해 인식할 때 비로소 바르게 파악될 수 있을 것이다.

인간은 예술세계에서 미를 발견하고 미의 신비로움에 감탄하며, 심지어 미를 감상하고 미적 감수성을 가진 채 살고 있다는 사실에 적잖은 위로를 받는다. 오락 없는 삶은 너무 건조해서 상상하기도 힘들다.

미가 오락인 까닭에 우리는 '미가 곧 추'라고 생각해 볼 수 있다. 미와 추의 대립은 마치 실재와 비실재의 대립처럼 현상세계의 특성을 잘 규명해 준다. 퐁티는 보이는 것과 보이지 않는 것 간의 대립이 세상을 더욱 살 만하게 만들어 준다고 말한다. 이처럼 미와 추의 대립은 일상적 현실이다. 그동안 세상은 미에 대한 연구에 치중해 왔는데, 이제 보다 더 광범위하게 추에 대한 연구를 통해 미를 더욱 부각시키려는 시도를 할 때이다. 사실 추에 대한 인간의 관심은 태초부터 있었고, 추의 발현은 온갖 이기적인 투쟁과 모순, 전쟁 등으로 입증되었으며 결국 아도르노는 추한 현실을 진단하기 위해 '시의 단절'을 선언하기에 이르렀다.

　현대의 추한 예술에 대한 전통은 쇼펜하우어와 니체를 거쳐 표현주의와 서사시로부터 비롯되었다. 물론 이러한 사유가 가능한 것은 헤겔 변증법에서 제시된 대립적 사유 때문이고, 또한 사물의 대립성은 인류가 지상에 존재하는 순간부터 경험한 가장 근원적인 것이었다. 부정과 긍정, 선과 악, 미와 추 등의 대립은 사물의 본성과 세상적인 것의 세상다움을 알아가기 위한 과정으로 이해되었다. 죽음과 염세주의, 제로 상태, 의미 없음과 무형식, 반복과 왜곡, 일탈, 바꾸어 보고 다르게 생각하기 등은 그간 서구 관념론에서 추구해 왔던 미의 이상향이 온갖 허구에 지나지 않았음을 밝히는 계기들이 되었다.[12] 이어서 헤겔 미학에 나타난 추에 대해 분석해 본다.

3.1. 《미학 강의》에 기술된 추(醜)

《정신 현상학》《법철학 개요》《역사 철학 개요》 등 수많은 저술들에서 근대성의 특성들을 밝히고 동시대인들의 혁명 정신을 강조한 헤겔은 '변증법'과 '절대 정신'을 지향한다. 그의 글에서는 주체가 표방한 이념과 그 행동의 점진적 발전을 통해 주변의 모순을 지양하고 언제나 새로운 이상세계를 설정하기를 마다하지 않는 저돌적인 낭만적 혁명가의 모습을 떠올릴 수 있다. 동시에 이러한 이상주의적인 강인한 주체의 이면에는 결국 인간적 한계를 극복하지 못해 그 가느다란 팔을 뻗어 절대 정신을 움켜잡으려는 필사적인 노력을 기울이는 우울한 연민의 대상이 석양의 긴 그림자처럼 서 있다. 그의 변증법은 결국 긍정하면서 부정을 가리키고, 동시에 부정하면서 긍정을 지향하는 다소 모순된 모습을 보여준다. 훗날 아도르노가 주체가 곧 객체이고, 객체가 다름 아닌 주체라는 다소 엉뚱해 보이는 말을 한 것도 헤겔의 이러한 변증법적 논리에 기인한다.[13] 즉 그의 변증법과 절대 정신은 '비(非)변증법'과 '비(非)절대 정신'이라는 표현보다도 더욱더 깊은 '부정성'과 인간적 고뇌를 보여준다.

---

12) 인간은 논다. 노는 사람을 보면 '잘 논다'고 치켜세우거나 노는 꼴이 과연 좋은지 그렇지 않은지를 구분한다. 놀면서 사는 존재가 곧 인간이기 때문이다. 인간은 매일 놀면서 풀고, 놀면서 얻고, 놀면서 배운다. '놀고 있네'라는 우리말처럼 인간의 실존을 잘 표현해 준 말도 드물다. 이 말에서 놀면서 사는 인간, 놀이가 곧 삶인 인간세계의 실상이 무엇인지 잘 알 수 있다. '놀고 있네'는 '놀면 있다' 혹은 '놀면 보인다'라는 뜻을 지닌다. 우선 '놀면 있다'는 놀면서 자신이 '세상 속에 있음'을 아는 것이요, '놀면 보인다'는 놀면서 자신이 세상을 위해 무엇을 할 것인지를 잘 볼 수 있다는 것을 말한다. 노는 존재인 인간이 미와 추를 구분하는 것은 당연한 일인데, 인간은 마치 미의 세계가 추의 세계를 압도하고 있다고 생각한다.

13) Vgl. W. Welsch: Ästhetisches Denken, a.a.O., S.114ff.; G. W. F. Hegel: Grundlinien der Philosophie des Rechts oder Naturrecht und Staatswissenschaft im Grundrisse, in: Hegel Werke in 20 Bdn., Bd. 7, Frankfurt a. M. 1986, S. 29ff.; ders.: Vorlesungen über die Philosophie der Geschichte, ebd, Bd. 12, Frankfurt a. M. 1986, S. 413ff.

이러한 사실에 비추어서 그의 모습을 상상해 볼 때, 그는 혁명을 경험한 동시대인들에게 매력적인 키워드를 제시한 후 뭔가 알 수 없는 미소를 띤 채, 또 다른 것을 골똘히 생각하는 당당한 위풍의 소유자로 다가온다. 만일 '현대의 헤겔'이 어느 한 곳에 존재하고 있다면, 그는 세상과 세상적인 것의 비밀 그리고 자아와 비자아 간의 대립 등에 대해 여전히 생각의 생각을 거듭할 것이다. 우리에게 주어진 키워드인 변증법과 절대 정신은 어느 고독한 초인(超人)에 의해 이제 마땅히 새로운 형태로 불릴 것이다. 그 새로움은 곧 '변증법이 아니다'와 '절대 정신이 아니다'의 형태가 될 것이다. 니체·하이데거·데리다 등의 사유는 바로 이러한 헤겔적 사유와 반헤겔적 사유 간의 대립에 기인하고 있음을 알 수 있다. 미학 혹은 예술철학으로 불린 헤겔적 사유에서 추를 알아내기 위해 이처럼 긴 전주(前奏)를 한 것은, 헤겔 미학이나 헤겔 예술철학에 그의 사유 체계의 속성들이 그대로 반영되고 있기 때문이다.[14] 그는 '헤겔이면서' 동시에 전혀 '헤겔이 아닌' 모습을 보여주고 있는 것이다. 이제 헤겔적인 것과 반헤겔적인 것의 차이를 짐작했으니 이것을 바탕으로 그의 미학 이론을 들여다본다. 여기에서 미학 이론은 추를 배제한 이론이 아니고 추의 일부로 기능한다.[15]

미에 대한 분석에서 상징, 고전, 낭만 이론을 각각 동방의 건축, 그

---

14) 같은 연구 대상이 '미학'에서 '예술철학'으로 다르게 명명된 것은 칸트와 낭만주의적 예술론으로부터 자유롭기 위한 과정이었다고 말하기도 한다. 용어의 변천 과정에서 우리는 미학의 권위를 철학의 울타리에 가두어 두려고 했던 헤겔의 의도를 읽을 수 있다. Vgl. Lexikon der Ästhetik, hrsg. v. W. Henckmann u.a., München 2004, S. 33ff. u. 151ff.

15) Vgl. Ästhetische Grundbegriffe, Historisches Wörterbuch in siebten Bänden, Bd. 3, hrsg. v. K. Barck u.a., Stuttgart u.a. 2001, S. 25-66.

리스의 조각 및 시문학으로 분류한 헤겔은 정반합적(正反合的) 사유
에 걸맞게 기꺼이 미를 도식화한다.[16] 헤겔은 낭만주의자들이 보여준
미적 가치에 대한 병적인 환상과 피히테적 자아도취 및 예술가들의
천재적 재능에 대한 과도한 확신으로부터 벗어나 모호한 감성보다는
논리적 이성에 기초해, 대중을 안심시키려는 의도로 예술은 단지 예
술에 불과하다는 '예술 한계론'을 제시한다. 즉 쉴레겔이 말한 '낭만
적 아이러니'와 예술적 환상으로부터 예술을 보호하기 위해 헤겔은
과감하게 자신의 변증법적 예술론을 제시해 이성적 판단에 따라 예
술을 가늠하려는 시도를 한다.[17] "예술이 예술이기 위해 예술은 예술
다워야 한다"는 것이다. 헤겔적 예술론은 결국 자신이 내세운 키워
드인 정반합의 삼단계 논리를 입증하는 도구로 전락한다. 이러한 논
의는 지금까지 익히 알려진 '헤겔 미학'에 대한 형식적인 이해 방식
이다. 이제 우리는 그의 미학을 약간 다른 각도에서 비판적으로 접근
해 볼 수 있다.

열광과 도취, 환상적 미래에 대한 기대감으로부터 스스로를 보호
하고, 냉철한 이성적 판단에 기초해 이제 더 이상 감정의 소용돌이
에 휘말려들지 않으려는 그들의 힘겨운 시도는 곧 낭만주의의 '낭만
적 환상'에 현실의 또 다른 그림자를 던져 주었다. 꿈꾸는 자는 언제
나 자유롭지만, 머지않아 다시 현실을 바라다보아야 하는 한계에 부

---

16) Vgl. A. Gethmann-Siefert: Phänomen vs. System. Zum Verhältnis
philosophischer Systematik und Kunsturteil in Hegels Berliner Vorlesungen über
Ästhetik oder Philosophie der Kunst, Bonn 1992.; ders.: Einführung in die
Ästhetik, a.a.O., S. 206ff.
17) Vgl. F.v.u.W.v. Schlegel, Athenaeum, Darmstadt 1983.; Rüdiger Safranski:
Romantik, München 2007, S. 84ff.

딪힐 수밖에 없기 때문이다. 낭만적인 것은 낭만화되는 순간 동시에 그 이면에서는 비(非)낭만화를 추구하려는 속성이 있음을 우리는 낭만주의자들의 작품들과 이론들에서 쉽게 발견할 수 있다.[18] 자프란스키가 지적하고 있듯이, 낭만과 비낭만은 동전의 양면과도 같은 것이어서, 한껏 '낭만적 여행'을 다녀온 그들은 이제 헤겔적 변증법과 '절대 정신'에 귀 기울이게 된다.

헤겔의 삼단계 예술론을 여기에서 문자 그대로 반복할 필요는 없다. 문제는 그의 예술론에 담긴 '시스템'과 '전체'에 대한 윤곽을 이해하는 것을 넘어서, 그의 예술론이 사실상 현존재의 추(醜)를 논의한 것이었다는 사실이다. 우리가 알고 있던 미(美)가 더 이상 미가 아니고 추의 일부에 지나지 않는다는 것을 헤겔의 예술론은 말하고 있다. 보이는 세계의 질서 정연함과 실제적 묘사 방법들에 대한 이해는, 동시에 그 이면에 감추어진 추를 얼마나 인식할 수 있느냐에 따라 그 가치가 결정된다. 세상을 변화시키는 크고 보편적인 가치들은 결국 미와 추의 상관관계에서 비롯되기 때문이다. 미를 논의할 때 단지 상승과 지양, 종합의 관점으로 '세상'과 '세상적인 것'에 판단을 내릴 때 우리는 중요한 부분을 간과한 채 단지 현실의 일부분만을 보게 되는 우(愚)를 범하게 된다. 이제 헤겔이 제시한 건축, 조각 및 시문학에 대한 그의 정반합적 이해방식을 추의 관점에서 간단히 분석해 본다.

건축과 조각 및 시문학을 각각 상징미·고전미·낭만미로 설정한

---

18) Vgl. J. v. Eichendorff: Aus dem Leben eines Taugenichts und das Marmorbild, Berlin 1826.

헤겔은 미의 독자적 가치를 인정하기보다는 그 지정학적 위치와 근대과학 기술의 발달 등에 힘입은 문화적 차별성에 우위를 두어 자민족 중심적 사유를 보여준다.[19] 우선 정반합의 제1단계로 설정된 건축과 상징미에 대해 알아본다. 이집트 파라오의 분묘(墳墓)인 피라미드 건축물 앞에는 기괴한 형상의 스핑크스가 수호신을 자처하고 있다. 마치 일주문의 사천왕을 보면서 지나쳐 가야 할 때의 섬뜩함이 느껴진다. 헤겔의 관점에서는 우선 피라미드의 웅장함은 조야해 보이고, 스핑크스는 기괴해 보인다. 아직 이성적 판단에 의해 정제되지 않은 미개한 상태를 벗어나지 못했다는 것이다. 이것은 또한 상징적 단계로 명명된다. 그에게 상징은 덜 구체화된 어떤 대상을 가리킨다. 분화되지 않은 상태의 미개함을 가리켜 건축의 상징미로 묘사한 그의 정반합적 도식화는 결국 우리에게 '추의 미학'을 일깨워 주기 위한 시도로 볼 수밖에 없다. 미를 미로 보지 않고, 단지 절반의 미로 바라다본 그의 시도는 곧 칸트의 '숭고미'에 맞서는 새로운 전략이다. 다음의 인용문에서 헤겔은 칸트 미학의 한계를 제시한다:

칸트는 미적 판단을 다음과 같이 이해하고 있다. 그것은 오성 자체에서 비롯되지 않고, 감각적 직관과 화려한 직관의 다양성 자체로부터 비롯되지도 않으며, 오성과 상상력의 자유로운 유희로부터 온다.[20]

---

19) 《역사 철학 강의》에서 그는 이러한 자민족 중심적 사유를 보여주는데, 중국·인도·페르시아 등 아시아 문명의 일차적 가치를 넘어서 그리스 문명을 경험한 게르만 민족이 독특한 종합적 사유를 바탕으로 민족의 발전과 세계 시민을 일깨우는 주도적 역할을 할 것으로 기대한다. Vgl. F.-P. Hansen: Ontologie u. Geschichtsphilosophie in Hegels "Lehre vom Wesen" der "Wissenschaft der Logik," München 1991, S. 39ff.

20) G. W. F. Hegel: Vorlesungen über die Ästhetik I·II, in: Hegel Werke in 20 Bdn., Bd. 13, Frankfurt a. M. 1986, S. 85.

일반적으로 미적 판단을 내리는 주체는 과연 칸트적 의미의 "오성과 상상력의 자유로운 유희(aus dem freien Spiele des Verstandes und der Einbildungskraft)"로부터 얼마나 자유로울 수 있을까? 잘 알 수 없고 해설이 불가능한 어떤 대상물을 가리켜 숭고한 미적 체험 과정을 강조한 칸트와 달리, 헤겔은 불분명한 대상은 단지 일차적 상징의 단계에 머무른다고 본 것이다. 여기서 헤겔이 지적한 조야함과 기괴함은 분명 추한 것을 가리킨다. 비록 미를 단계적으로 이해해 그 상징적 의미를 제시했지만, 건축에 담긴 추의 의미를 전해 준 것만으로도 헤겔의 시도는 다소 설득력이 있어 보인다. 이성적 판단을 넘어서는 대상을 가리켜서 보는 이에 따라 각각 숭고미(崇高美)와 상징미로 구분되었듯이, 추한 대상에 대한 현존재의 가치 판단은 결국 언제나 미해결의 과제로 남는다.

헤겔은 위압적이고 두려운 대상이었던 피라미드와 스핑크스를 그의 논리로 간단히 규정지으려는 시도를 하지만, 추는 여전히 추한 것으로 존재한다. 숭고미에 대한 재해석을 내린 그의 이러한 시도는 또한 우리에게 상징과 추에 대한 천착을 가능하게 만들었다. 스핑크스의 기괴함이 피라미드의 위엄을 더욱 부각시켜 주고 있듯이, 상징적 단계에서 추의 역할은 대상에 대한 인식 과정에서 본질적이라고 할 수 있다. 이어서 조각에 나타난 고전성에 대해 고찰해 본다.

조각물에 나타난 고전미를 강조한 헤겔은 그리스 신들의 우아하고 균형 잡힌 자태에 감탄한다. 그는 그리스 신들의 조각물에서 신적인 세계와 인간적인 세계가 조화를 이루었다고 본다. 상징적 단계를 넘어서 고전적 단계로 접어들어 이제 미의 완성 단계로 나아가고 있는 것이다. 아프로디테의 아름다움과 아테네 여신의 우아하면서도 강인한 면모는 보는 이들을 사로잡을 만한 고전미의 전형을 제시한다. 그러나 이러한 고전미는 너무도 완벽해서 마치 '이성의 계몽'이 가져다준 건조함처럼 단지 비인간적 인상만을 주기가 쉬워 우리는 또 다른 형태의 미를 추구하게 된다.

피그말리온 신화처럼 완벽한 여인상을 창조해 낸 놀라운 손재주(techne)를 지닌 인간이 과연 세상에서 그처럼 완벽하게 사고하고 행동하는 것이 가능할 것인지 의문을 던지는 것은 당연한 일이다. 여기에서 고전미는 인간적인 면모와 결핍 등 인간세상의 온갖 변화와 추를 배제한 제한된 미의 발현으로 이해된다. 추의 관점에서 볼 때 결국 헤겔의 고전미는 상징미보다 한 단계 나은 형태의 미가 아니고, 오히려 상징미보다 더욱 못한 형태로 이해된다. 추를 배제한 미는 곧 무미건조한 인상만을 남긴다는 것을 우리는 조각의 고전미에서 확인할 수 있다. 이어서 시 문학에 나타난 낭만미에 대해 살펴본다.

건축의 상징미와 조각의 고전미를 거쳐 이제 헤겔은 종합의 단계인 시문학에서 낭만미를 발견한다. 상징미의 감정적 결핍과 고전미의 이성적인 완벽한 단계를 대신할 수 있는 제삼의 단계를 시문학에서 본 것이다. 호메로스의 《일리아드》와 《오디세이》를 시문학의 원형으로 삼을 만하다고 본 헤겔은 곧 추와 미의 적절한 발현을 경험할 수 있는 시문학에 이르러 비로소 미의 본질과 인간의 인간다움에 대한 진지한 논의가 가능하다고 본 것이다. 여기에서 낭만적인 미는 단순히 가치 판단을 내리고, 유희하고 도전하는 인간의 인간다운 모습을 반영할 뿐만 아니라 기괴한 것, 불쾌한 것, 생소한 것, 미지의 것 등 '추한 것'에 대한 인간적 흥미를 반영한 것이다.

따라서 낭만적 아름다움에서는 미에 대한 이해보다 추에 대한 이해가 선행된다. 여기에서 추의 세계는 곧 오디세우스가 항해하면서 겪는 온갖 모험들을 통해 드러난다. 오디세우스의 예에서 볼 때, 우리가 겪는 세상적 경험들의 대부분은 다름 아닌 '추의 세계'에 의해 지배당하고 있다는 것을 보여준다. 헤겔은 자신의 의도와는 달리 미가 곧 추에서 기인한다는 것을 확인하게 된다. 추의 관점에서 본 낭만적 아름다움에서는 이성적 판단과 감성적 결핍이 종합을 이루어 새로운 완성을 지향하게 되고, 불완전성에 대한 관용이 허용된다.

이상에서 살펴본 것처럼 헤겔 미학은 곧 '추의 세계'를 낭만적으로 현현하는 데 기여한다. 헤겔이 제시한 낭만적 아름다움에서는 미가 추로 인식되고, 추가 다시 미로 인식되는 순환적 사유가 이루어진다.

4. 나오는 말

지금까지 본고의 논의에서 미와 추의 경계 및 개념, 추와 결핍 경험의 관계에 관해 살펴보았다. 라디오 방송극의 매체적 특성인 '듣고 상상하기'는 현존재의 들음 현상에 대한 논의를 통해 이해할 수 있었다. 라디오 방송극을 추의 관점에서 분석한 것은 우선 발저의 초기 작품들에 나타난 글쓰기 양상을 이해해 보려는 시도였다. 발저의 실존적 글쓰기는 결핍 경험을 문학적으로 기술하는 과정으로 이해되었고, 이것은 곧 추의 미학에 대한 이해로 이어졌다.

결핍 경험과 실존 그리고 추의 연관관계를 논의하는 과정 중에 무엇보다도 미와 추의 범주 및 라디오 방송극의 매체적 특성들을 이해할 수 있었다. 특히 미적 대상에 대한 칸트와 헤겔의 대립은 추와 미의 일반적 경계를 넘어서, 예술에 대한 쉴레겔과 헤겔의 대립처럼 미와 추의 범주 설정에 따른 인식론적 한계를 지적해 주었다. 문학에 나타난 현존재의 추에 대한 연구는 세계 인식의 지평을 넓힐 수 있는 기회가 될 수 있을 것이다. 미와 추의 연쇄 고리는 마치 진리와 비진리의 관계처럼 때로는 우리를 섬뜩하게 만들고, 때로는 감탄을 자아낸다. 현실 세계의 의도적 경계 지음과 미적 가치의 실현 사이에는 언제나 인간적 간극이 존재한다. 그 간극을 메우려는 시도조차 때로는 부질없어 보인다. 의지의 불충분성과 인식의 한계로 인해 인간세상은 인간다움을 잃고 점차 자본과 기술 및 특정 이데올로기의 도구로 전락해 가고 있다. 문학과 예술에서 미를 지나치게 강조하거나, 오로지 추의 관점에서만 미를 해석하려는 태도 역시 경계해야 할 것이다. 추에 대한 헤겔과 로젠크란츠 등의 기본적 논의를 넘어서, 아직 알려지지 않은 미와 추의 또 다른 경계를 탐색하려는 시도가 필요하다.

이제 현존재는 더 이상 미를 미라고 말하지 않고 또한 추를 추라고 말하지 않는 가운데 비로소 미와 추의 본질에 접근할 수 있는 실마리들을 찾을 수 있을 것이다. 추의 미학에 관한 기존 연구들을 바탕으로 라디오 방송극 장르의 매체적 특성들을 고려한 또 다른 후속 연구들이 발표되기를 기대한다.

참고 문헌

바우쉬, 피나: 탄츠테아터, 박균 옮김, 파주 2008.

Barck, Karlheinz u.a.: Ästhetische Grundbegriffe, Historisches Wörterbuch in siebten Bänden, Bd. 3, Stuttgart u.a. 2001.

Bloom, Margret: Die westdeutsche Nachkriegszeit im literarischen Original-Hörspiel, Frankfurt a. M. u. a. 1985.

Brecht, Bertolt: Radiotheorie, 1927 bis 1932, in: Gesammelte Werke, Bd. 18, Frankfurt a. M. 1967, S. 117-134.

Eichendorff, Joseph von: Aus dem Leben eines Taugenichts und das Marmorbild, Berlin 1826.

Friedländer, Saul: Die Metapher des Bösen. Über Martin Walsers Friedenspreis-Rede und die Aufgabe der Erinnerung, in: Die Walser-Bubis-Debatte. Eine Dokumentation, hrsg. v. Frank Schirrmacher, Frankfurt a. M. 1999, S. 233-240.

Gethmann-Siefert, Annemarie: Einführung in die Ästhetik, München 1995.

―― Phänomen vs. System. Zum Verhältnis philosophischer Systematik und Kunsturteil in Hegels Berliner Vorlesungen über Ästhetik oder Philosophie der Kunst, Bonn 1992.

Goethe, Johann Wolfgang von: Aus meinem Leben. Dichtung und Wahrheit, Zürich 1962.

Hansen, Frank-Peter: Ontologie und Geschichtsphilosophie in Hegels "Lehre vom Wesen" der "Wissenschaft der Logik," München 1991.

Hegel, Georg Wilhelm Friedrich: Grundlinien der Philosophie des Rechts oder Naturrecht und Staatswissenschaft im Grundrisse, in: Hegel Werke in 20 Bdn., Bd. 7, Frankfurt a. M. 1986.

―― Vorlesungen über die Philosophie der Geschichte, in: Hegel Werke in 20 Bdn., Bd. 12, Frankfurt a. M. 1986.

―― Vorlesungen über die Ästhetik I · II, in: Hegel Werke in 20 Bdn., Bd. 13/14, Frankfurt a. M. 1986.

Heidegger, Martin: Nietzsche. Der Wille zur Macht als Kunst, in: Gesamtausgabe, Bd. 43, hrsg. v. B. Heimbüchel, Frankfurt a. M. 1985.

Henckmann, Wolfahrt u.a.: Lexikon der Ästhetik, München 2004.

Kuhn, Helmut: Schriften zur Ästhetik, München 1966.

Rosenkranz, Karl: Aesthetik des Häßlichen, Stuttgart-Bad Cannstatt 1968.

Rötzer, Florian: Mediales und Digitales. Zerstreute Bemerkungen und Hinweise eines irritierten informationsverarbeitenden Systems, in: Digitaler Schein. Ästhetik der elektronischen Medien, hrsg. v. Florian Rötzer, Frankfurt a. M. 1991, S. 9-78.

Safranski, Rüdiger: Romantik, München 2007.

Schlegel, Friedrich v. u. August Wilhelm v.: Athenaeum, Darmstadt 1983.

Schlink, Bernhard: Der Vorleser, Zürich 1997.

Walser, Martin: Die Dummen, in: Gesamtausgabe, Bd. 10, hrsg. v. H. Kiesel, Frankfurt a. M. 1997.

—— Kantaten auf der Kellertreppe, in: Gesamtausgabe, Bd. 10, hrsg. v. H. Kiesel, Frankfurt a. M. 1997.

Welsch, Wolfgang: Ästhetisches Denken, Stuttgart 1993.

전략적 표현기법으로서의 추

― 하이너 뮐러의 작품에 나타난 추의 기능

정민영

1. 이끄는 말

19세기가 경과하기까지 미학 이론에서 추(Das Hässliche)는 그 반대 개념인 미(Das Schöne)를 위해 존재하는 것으로 간주되었다. 완전한 조화의 총체성을 추구하는 미의 완성을 위해 추는 그 부수적인 수단으로 관찰되었을 뿐이다. 따라서 추는 미학의 범주에서 그 독자성을 지니지 못했다. 추를 미학의 영역으로 끌어들임으로써 추의 미학적 개념을 새롭게 볼 수 있는 가능성을 열어 준 카를 로젠크란츠조차도 추를 부정적 미로 파악하고 미가 전제될 때 비로소 추의 존재가 가능한 것으로 인식한다. 그의 대표적 저술 중 하나인 《추의 미학 *Ästhetik des Hässlichen*》(1853)은 제목이 드러내 주듯 추의 개념이 미학의 일부를 이루고 있음을 분명히 하고 추를 무형식, 부정확성, 기형 등으로

---

* 이 논문은 《세계문학비교연구》 제27집(2009)에 발표된 것임.

세분화하여 그 특질들을 설명하고 있으나 결국 추가 고전적인 미와
의 화해를 통해 존재할 수 있는 것으로 보고 있다. 로젠크란츠가 추의
자율성과 독립된 가치를 보지 못한 한계성이 드러나는 한 가지 예는
추가 가진 부조화의 형태를 설명하면서 추를 흥미의 대상으로만 파악
하고 추에는 진실한 본질이 결여되어 있으며 추는 코믹의 생산을 위
한 수단일 뿐으로 기술하고 있는 부분이다.[1] 다양한 가치가 혼재하고
있는 21세기 현재의 입장에서 볼 때 추에 대한 로젠크란츠의 주장은
생산적이지 못한 낡은 것일 수 있다.[2] 반면에 추의 새로운 개념, 특
히 현대예술에서 추가 갖는 독자석 생산성은 아도르노의 입장에서 발
견할 수 있다. 아도르노는 "조화를 이상으로 여기는 관점에서 추를
보는 일은 현대예술에서 저항에 부딪히게 되었다. 질적인 추의 새로
움은 여기에서 만들어진다"[3]라고 단언한다. 특히 아도르노의 주장에
서 주목해야 할 부분은 추의 일부를 이루는 것으로서 현대예술에 자
주, 그리고 노골적으로 등장하는 잔인한 것(Das Grausame)이 예술의
비판적 자각에 의한 것이고 예술이 공허한 유희에 머물지 않기 위해
저항이라는 형식을 필요로 한다는 점이다.[4] 끊임없이 새로움을 추구
하는 현대예술의 실험 정신은 비판적 자각과 저항이라는 토대 위에
서 생명력을 유지한다. 아도르노에게 있어서 문제가 되는 것은 합리

---

1) 카를 로젠크란츠, 주경식 옮김, 《추의 미학》, 나남, 2008, 124쪽 이하 참조.
2) 이와 관련하여 로젠크란츠의 추에 대한 인식이 결코 새로운 것이 아니라 오히
려 시대착오적이고 추의 현대성을 파악하는 대신 추를 폄하하기 위한 것이라 철저
하게 비판하고 있는 논문으로 다음을 참조하라. 김은정, 《추의 미적 현대성에 대한
철학적 담론. 로젠크란츠의 〈추의 미학〉》, 《독일문학》, 88집, 2003, 219-238쪽.
3) Theodor W. Adorno. Ästhetische Theorie, in: ders.: Gesammelte Schriften in 20
Bden, Bd. 7, Frankfurt am Main 1998, S. 75.
4) 같은 책, 81쪽 참조.

성과 조화가 보편성이라는 이름하에 동일화 내지는 평균화를 위한 또다른 강요의 도구로 이용된다는 점이다. 이는 현대 사회가 가지고 있는 억압과 속박의 구조이며 예술에 등장하는 추는 바로 이같은 현실의 억압과 강제된 속박에 저항하는 비판 정신의 표현이다.[5] 동일한 관점에서 본다면 예술에 대한 하이너 뮐러(Heiner Müller, 1929-1995)의 시각은 고전적 미가 추구하는 조화로운 총체성에 대립한다.

조화로운 세계에서는 글을 쓸 필요가 없다. 예술은 무엇인가 식인종 같은 야만성을 갖고 있다. 예술은 인간을 소모한다. 예술은 인간을 파괴한다. 예술은 무조건 선한 것, 또는 인간적인 것이 아니다.[6]

하이너 뮐러의 이같은 발언은 현대 사회의 고착된 가치개념을 파괴하고 상실된 사유 능력을 다시 일깨우는 생산적 힘을 오히려 부정적 요소에서 찾는다는 글쓰기 전략을 드러낸다. 뮐러에게 "글쓰기의 근본적인 즐거움은 파멸에 대한 흥미이다."[7] 그렇기 때문에 그의 작품에는 통상 부정적으로 인식되는 요소들, 즉 잔인함, 공포, 불안, 역겨움 등 추의 범주에 속하는 모티프와 표현들이 수없이 등장한다. 추는 뮐러가 고정된 틀을 깨기 위해 의도적으로 이용하는 전략적 기법의 핵심 요소라 볼 수 있다. 추의 요소들 중 뮐러의 작품에 대표적으

---

5) 이창남, 《미-추의 변증과 문화비판 — 아도르노 〈미학 이론〉의 "추, 미, 기술의 카테고리"를 중심으로》, 《헤세연구》, 12집, 2004, 543쪽 이하 참조.

6) Heiner Müller, Gesammelte Irrtümer 3. Texte und Gespräche, Frankfurt am Main 1994, S. 157.

7) Heiner Müller, Gesammelte Irrtümer. Interviews und Gespräche, Frankfurt am Main 1986, S. 55.

로 드러나는 것은 식인의 잔인성, 자기 파괴의 잔혹함, 폭력적 성 이
미지, 그리고 그로테스크의 당혹감이다. 이 글은 하이너 뮐러가 전략
적으로 사용하는 이같은 추의 부정적 이미지가 어떠한 생산적 기능
을 갖는지 분석하기 위한 것이다.

2. 식인

문학작품에서 식인은 폭력, 기괴함, 죽음, 그리고 금기가 뒤섞인
가장 극단적인 모티프 중 하나이다. 식인 모티프는 효과 측면에서 혐
오감과 동시에 강한 자극을 이끌어 내는 기능을 갖는다. 전체적으로
문학에서 식인 모티프가 가장 두드러지게 나타내는 것은 인간의 근
본적인 파괴 및 공격 성향이며 이와 연관하여 현대 사회가 지니고
있는 원시성이다.[8] 함께 살아가는 사람들을 존중하지 못하고 하나의
파편과 같은 존재로 보며 다른 이들을 파괴하고 '먹어치우는' 인간
의 의식 상태를 비판하기 위한 방법으로 식인 모티프는 적절하게 이
용될 수 있다.

《게르마니아 베를린에서의 죽음 *Germania Tod in Berlin*》(1971)의
다섯번째 장면 〈스탈린에 대한 헌사 1 **Hommage a Stalin 1**〉은 다음
과 같이 시작된다.

---

8) Vgl. Horst S. und Ingrid G. Daemmrich. Themen und Motive in der Literatur,
2. Aufl., Tübingen 1995, S. 140.

눈. 전투의 소음. 세 명의 병사. 그들의 몸은 온전하지 못하다. 눈보라 속에 젊은 병사 하나가 등장한다.

병사 1: 저기 보급품이 온다.

(…)

병사 2: 어디서 오는 거지, 전우?

젊은 병사: 전쟁터에서

병사 3: 어디로 가지?

젊은 병사: 전쟁이 없는 곳으로.

병사 1: 네 손을, 전우.

(그에게서 팔을 뜯어낸다. 젊은 병사가 비명을 지른다. 죽은 자들이 웃는다. 그리고 죽은 자들이 그 팔을 물어뜯기 시작한다.)

병사 3: (그 팔을 권하면서) 넌 배고프지 않니?

(젊은 병사는 남아 있는 손으로 얼굴을 가린다.)

병사 1: 다음번엔 네 차례야. 이 냄비〔스탈린그라드 전투 지역의 별명—역주〕엔 모두를 위한 고기가 들어 있지.[9]

이 식인장면은 《살육전 *Die Schlacht*》(1974)의 두번째 장면 〈내겐 전우가 하나 있었네 *Ich hatt einen Kameraden*〉에서 다시 이어진다. 눈 덮인 전장에 병사 넷이 굶주리고 있다. 이들은 살아남기 위해 한 사람을 희생시키는 데 동의한다. 문제는 누가 희생되는가이다. 병사 2, 3, 4가 서로를 향해 총을 겨누지만 병사 1은 총을 잡지 못할 정도

<hr>

9) Heiner Müller. Germania Tod in Berlin, in: ders: Germania Tod in Berlin, Berlin 1977, S. 48.

로 약해진 상태다. 셋은 총을 내리고 병사 1을 쳐다본다. 잠시 후 식
인 행위가 이루어진다.

> 병사 4: 이리 내. 널 위해 내가 그걸 들어 주지.
> (그에게서 총을 빼앗는다. 그리고 그를 쏜다.) 그는
> 우리의 가장 약한 일원이었고 최후의 승리를 위해선
> 위험인물이었어. 이제 이놈은 전우애로
> 우리의 화력을 강화시키는 셈이지.
> (병사 2, 3, 4는 1을 먹어치운다. "내겐 전우가 하나 있었네" 노래)[10]

이 두 장면은 단순히 전쟁터에서 극단적으로 일어날 수 있는 사건
에 대한 묘사가 아니다. 여기에는 파시즘과 관련하여 독일 현대사를
"도살장으로서의 독일역사"[11]로 보는 하이너 뮐러의 시각이 숨어 있
다. 파시즘의 폭력은 식인이라는 금기도 서슴치 않을 만큼 야만적이
다. 문제는 이같은 야만성이 독일 역사에서 반복되어 왔으며 앞으로
도 반복될 것이라는 데 있다. 〈스탈린에 대한 헌사 1〉의 병사 1은 또
다른 동료에게 "다음번엔 네 차례"라 경고한다. 이는 식인과 같은 폭
력이 미래에도 계속될 것이라는 극명한 상징이다.[12] 이와 함께 파시
즘의 폭력이 교묘하게 위장되고 정당화되는 현실이 〈내겐 전우가 하
나 있었네〉 장면을 통해 드러난다. 병사 4는 "최후의 승리" "전우애"

---

10) Heiner Müller. Die Schlacht, in: ders: Die Umsiedlerin oder Das Leben auf
dem Lande, Berlin 1975, S. 9.

11) Genia Schulz. Heiner Müller, Stuttgart 1980, S. 11.

12) 김맹하. 《경악의 미학 — 하이너 뮐러의 〈살육전〉과 〈게르마니아 베를린에서
의 죽음〉을 중심으로》, 《뷔히너와 현대문학》, 31집, 2008, 94쪽 참조.

라는 애국의식 고취를 위한 긍정적 개념을 통해 자신의 살인 행위를 정당화한다. 이는 또한 인간사회에 존재하는 야만적인 약육강식의 법칙이 민족을 위한 희생의 이념에 의해 은폐되고 있는 상황에 대한 신랄한 비유이다. [13]

《살육전》의 또 하나의 장면 〈푸줏간 주인과 아내 Fleischer und Frau〉 또한 식인의 잔혹한 이미지를 이용한다. 푸줏간 주인 사베스트는 나치스 돌격대원으로 일하기 때문에 판매할 고기를 받을 수 있다. 그는 자신의 행위가 어떤 의미를 갖는지 성찰하는 대신 가게를 유지할 수 있는 것이 고객에 대한 봉사라 믿는다. 미군 폭격기가 근처에 추락하자 푸줏간 주인은 비행사를 체포하여 살해한다. 죽이는 것은 푸줏간 주인의 전문 분야라는 것이 살해 명령을 한 부대장의 주장이다. 푸줏간 주인의 행태에 주민들은 냉소적이다.

여자 손님: 내 남편이 심심한 인사 전해 달래요, 사베스트 씨, 공로 십자 훈장에 대해서 말예요. 사베스트 씨가 선봉에 선다면 러시아 놈들로 비프스테이크를 만들 거예요, 세 조각으로.

남자 손님: 그래도 집엔 남자가 있어야지, 안 그렇소, 사베스트 부인?

아내: 제 남편은 아파요. 그렇지 않으면 여기 있지 않을 텐데. 돼지고기로 드려요?

남자 손님: (웃으며) 미국인 고기로. [14]

---

13) Vgl. Georg Wieghaus. Zwischen Auftrag und Verrat. Werk und Ästhetik Heiner Müllers, Frankfurt am Main 1984, S. 34.
14) Heiner Müller. Die Schlacht, S. 12.

이 장면은 파시즘의 폭력성이 독일의 일상에 얼마나 깊이 존재하는가에 대한 신랄한 풍자이다. 소시민 사회까지 지배하는 일상의 파시즘이 보여주는 야만성은 인간을 한낱 고깃덩이에 불과한 것으로 격하시킨다. 뮐러에게 살인, 식인과 같은 부정적 요소는 나치의 기만적 행위와 야만성을 철저하게 비판하기 위한 전략적 표현 기법으로 이용되고 있다. 나아가 이같은 요소들이 지닌 잔혹성의 표출은 인간의 내부에 잠재하는 '야만성 드러내기'의 방식이다. 하이너 뮐러의 텍스트는 이 드러냄을 통해 인간이 지닌 야만적 자아를 인식하도록 요구한다. 뮐러에게 잔혹성은 인간의 실제 조건과 가치를 구체적으로 다시 발견하게 만드는 연극적 장치로 기능한다.

3. 자기 파괴

하이너 뮐러의 시각으로 볼 때 독일 역사가 드러내는 야만성은 분열에서 나온다. 《게르마니아 베를린에서의 죽음》의 아홉번째와 열번째 장면인 〈형제 1 Die Brüder 1〉과 〈형제 2 Die Brüder 2〉는 독일의 분열상에 대한 극명한 상징이다. 〈형제 1〉은 타키투스의 게르마니아 연대기를 인용한 산문 텍스트로 게르만의 한 부족인 헤루스케르의 지도자 아르미니우스와 로마의 장군이 된 그의 형 플라부스 간에 벌어지는 반목과 대립을 다룬다. 이미 고대부터 존재했던 분열상은 〈형제 2〉에서 공산주의자와 나치로 대립하는 형제의 모습으로 현재화되어 있다. 이 장면에서 공산주의자는 분열의 독일역사를 끔찍한 자기파괴의 형태로 묘사한다.

독일의 어린아이들이 독일 어머니의

배에서 기어 나와 이로

독일 아버지의 음경을 물어뜯어냈어

그리고 노래를 부르며 그 상처에다 오줌을 쌌어.

그런 다음 어머니의 가슴에 매달려

피를 빨아댔지, 마지막 한 방울까지.

그 다음에 그들은 서로가 서로를 찢어 버려

결국 자기들의 피 속에 익사했지.

독일 땅이 피를 다 담아내지 못했기 때문에.[15]

　어린아이들이 부모에게 가하는 공격과 서로를 찢어 버리는 광경에서 상상되는 피의 이미지는 경악과 공포 그 자체이다. 마치 스크린을 가득 채우는 듯한 시뻘건 피의 이미지, 그리고 아기와 기괴함, 잔인함이 결합하여 만들어 내는 끔찍함과 역겨움은 먼저 충격으로 작용한다. 그러나 이 충격은 단순한 충격이 아니다. 그 충격 뒤에는 역사에 대한 작가의 진지한 성찰과 분열의 독일역사상을 독자와 관객들에게 강하게 인식시키려는 작가의 의도가 숨어 있다. 뮐러의 전략적 태도는 잔인함과 끔찍함을 더욱 강화한 강렬한 이미지를 다음 장면에 배치함으로써 분명히 드러난다. 열한번째 장면 〈야경화 Nachtstück〉는 팬터마임으로 자기 파괴의 분열상을 한 장면에 요약하는 기능을 갖는다. 입이 없는, 그리고 인형일 수도 있는 한 인물이 무대 위에 서 있다. 핸들이나 페달 또는 안장이 떨어져 나간 자전거가 무대를 빠

<hr>

15) Heiner Müller, Germania Tod in Berlin, S, 73-74.

르게 지나가고 그 인물이 자전거를 쫓는다. 그러나 그는 무대 바닥에서 올라온 턱에 걸려 넘어진다. 그는 자기가 무엇 때문에 넘어졌는지 알지 못하고 자기 다리를 의심한다. 그는 두 다리를 뽑아 버린다. 다시 자전거가 천천히 무대를 지나가지만 그는 자전거를 잡을 수 없다. 그는 자신의 양팔을 뽑아 버린다. 무대 천장에서 자전거가 내려와 그의 앞에 멈추지만 사지를 스스로 뽑아 버린 그는 자전거를 잡지 못한다. 그는 눈물을 흘린다. 꼬챙이 두 개가 그의 눈높이로 들어와 두 눈 바로 앞에서 멈춘다. 이어지는 마지막 장면은 잔인함과 공포, 역겨움이 자기 파괴와 결합된 경악의 순간이다.

그는 머리만 돌리면 된다. 한 번은 오른쪽, 다음은 왼쪽으로. 나머지는 꼬챙이가 할 일이다. 꼬챙이는 그 끝에 눈을 하나씩 달고 나간다. 혹 인형일 수도 있는 그 사람의 빈 눈구멍에서 이가 기어 나와 그의 얼굴을 새까맣게 덮는다. 그는 비명을 지른다. 비명과 함께 입이 생겨난다.[16)]

이 텍스트는 부정적인 상징으로 가득하다. 인형일 수도 있으며 입이 없는 이 인물은 자의식을 표출할 수 없다. 자전거를 잡으려는 행위는 그가 무엇인가를 추구하려는 것으로 보인다. 그러나 그가 이루고자 하는 그 무엇인가는 자전거가 훼손되어 있는 것처럼 이미 완전한 것이 아니다. 비정상이 비정상을 추구한다. 그런 가운데 인물은 오히려 자신을 더욱 비정상으로 만든다. 그는 자신이 목적 달성에 실

---

16) 같은 책, 75쪽.

패한 원인을 알지 못한다. 무대 위의 턱을 인식하지 못하는 그는 자기가 넘어진 이유를 자기 다리에서 찾는다. 그의 분노는 자신을 향하고 결국 자기 스스로에게 공격을 가해 스스로를 파괴한다. 그는 자신의 눈까지 스스로 꼬챙이에 훼손시킴으로써 주변 상황과 자신의 위치를 다시 볼 가능성까지 없애 버린다. 독일의 역사 진행 과정을 자기 파괴로 보고 있는 하이너 뮐러의 입장을 따르자면 이 상징은 명료하다. 지금까지 독일의 역사는 이미 잘못된 방향을 향하고 있었고 스스로 그 오류를 수정할 가능성마저도 말살하는 과정을 걸어왔던 것이다. 결국 남은 것은 절망이고 생겨나는 것은 비명뿐이다. 역사 발전을 위해 솔직한 비판을 해야 할 입은 존재하지 않았으며 뒤늦게 생겨난 입은 비명을 위한 것일 뿐이다. 얼굴을 까맣게 덮는 이가 주는 이미지는 이 절망과 좌절의 상황이 공포의 수준임을 암시한다. 그러나 이같은 절망 속에서도 비명은 자기 파괴의 역사에 대한 항의와 저항, 그리고 고발의 정신적 힘이 살아 있다는 표현으로 읽힌다.[17] 비명은 그래도 자기 존재의 표현이기 때문이다.

자기 파괴의 이미지는 뮐러에게 있어서 분열로 이루어진 독일역사의 상황을 상징적으로 보여주는 동시에 다른 한편에서는 그 잘못된 역사의 진행 상황에 대한 저항의 표시로 사용된다. 자식을 죽여 이아손에 복수하는 메데아 신화의 모티프를 이용하고 있는 짧은 연극텍스트 《메데아놀이 *Medeaspiel*》(1974)는 폭력으로 기형화된 역사상의 그림이며 역사를 이루고 있는 폭력의 순환에 대한 끔찍한 저항의 표

---

17) Vgl. Andreas Keller, Drama und Dramaturgie Heiner Müllers zwischen 1956 und 1988, Diss., Frankfurt am Main 1992, S. 183.

현이다. 이 텍스트에서도 잔인성과 피비린내의 이미지는 충격의 효
과와 결합한다. 하나의 지문과도 같은 이 텍스트는 데드마스크를 쓴
두 여성이 젊은 여자를 데리고 들어와 신부복을 입히고 세로로 세워
진 침대에 묶는 것으로 시작한다. 데드마스크를 쓴 남성 둘이 신랑을
데려와 신부와 마주 세운다. 신랑의 동물적 유혹 행위 이후 신부복을
찢는 성폭력 행위가 이어진다. 신부의 배가 부풀어올라 터지자 데드
마스크를 쓴 여성 둘이 아기를 꺼내 신부에게 안겨 준다. 데드마스크
를 쓴 남성들은 신랑에게 무기를 매달아 주고 신랑은 그 무게를 지탱
하지 못해 무기를 매단 채 기어다닌다. 살인 행위가 영사된다. 무대
를 사회 또는 역사라 본다면 조화와 합일, 그리고 사랑과 안락함의 장
소인 침대가 세로로 세워지고 고문을 위한 도구가 되듯 기형화한 사
회 내지 역사에서 신부와 신랑은 폭력의 가해자와 피해자로 그 중심
에 서 있다. 그러나 이는 그들의 의지에 의한 것이 아니라 우연 또는
강요에 의한 것이다. 자기 의지와 달리 신부는 남자와 짝 지워지고
성 파트너를 거쳐 출산하는 어머니가 되는 전형적인 암컷의 성장단
계를 보이며 신랑 또한 외부의 힘에 의해 폭력의 주체가 된다. 이 순
간, 어머니가 된 신부의 끔찍한 행위가 나타난다.

여자는 자기의 머리를 떼어내 버리고 아이를 갈기갈기 찢어 그 조
각들을 남자에게 던진다. 무대 천장으로부터 손, 발의 조각, 창자 조각
들이 남자의 머리 위로 쏟아져 내린다.[18]

---

18) Heiner Müller, Medeaspiel, in: ders: Die Umsiedlerin oder Das Leben auf dem
Lande, S. 17.

여자가 자기 머리를 떼어내 버리는 자기 파괴 행위는 지금까지 해왔던 여성의 낡은 역할을 중단한다는 의지의 표현임과 동시에 폭력의 역사에서 희생과 억압의 대상이었던 모든 존재가 분출하는 저항의 표시로 보인다.[19] 이 저항의 의미는 메데아 모티프와 연결된 자식 살해의 행위로 더욱 강화된다. 폭력의 주체였던 남성은 그 폭력의 결과물인 신체 조각들에 파묻힘으로써 폭력의 순환이라는 구조에 변화가 생긴다. 여기에서 여성이 여성이기를 포기하고 어머니로서의 역할을 거부하며 자기의 분신을 죽여 없애는 자기 파괴 행위는 자기 분열의 역사 자체를 그대로 상징했던 기능과 달리 폭력의 역사에 대한 극단적 항의로서 변화의 힘을 드러내는 생산적 기능을 갖는다.

4. 성

하이너 뮐러의 작품에 나타나는 성적 묘사는 대부분 위협, 폭력과 결합되어 있다. 이 위협과 폭력은 뮐러가 보고 있는 폭력의 역사와 관련되어 있으며 성적 이미지는 이에 대한 상징성을 강화한다. 뮐러는 역사를 "도살장으로서의 역사"로 보는 동시에 "역겹게 섬뜩한 생식과 살인자와 과부의 음탕한 짝짓기로서의 역사"[20]로 간주한다. 이 같은 암울한 역사상에 대한 지식인의 성찰을 담고 있는 《햄릿기계 *Die Hamletmaschine*》(1977)의 첫 장면 〈가족 앨범 Familienalbum〉에

---

19) Vgl. Carlotta von Maltzan, Zur Bedeutung von Geschichte, Sexualität und Tod im Werk Heiner Müllers, Frankfurt am Main 1988, S. 131-132.

20) Genia Schulz, Heiner Müller, S, 150.

서 햄릿은 살인자인 삼촌과 과부가 된 어머니가 "짝짓기"하듯 폭력
과 권력이 결합하는 썩은 역사를 만들어 내는 모든 근원을 부정한다.
햄릿의 항의는 어머니를 겁탈하는 행위로 표출된다.

제가 당신을 다시 처녀로 만들어드리죠, 어머니, 당신의 왕이 피비
린내 나는 결혼식을 올릴 수 있도록. 어머니의 자궁은 일방통행로가
아닙니다. 이제 당신의 두 손을 당신 신부 면사포로 등 뒤로 묶어드리
죠, 당신의 포옹이 구역질나니까. (…) 이제, 어머니, 제가 그의, 우리
아버지의 보이지 않는 흔적 속에서 당신을 취하겠어요. 당신의 비명은
제 입술로 막아드리죠. 당신의 몸이 생산해 낸 것을 알아보시겠나요.
이제 당신의 결혼식에 가세요, 창녀.[21]

햄릿에게 어머니는 구역질나는 짝짓기의 역사를 만들어 내는 창녀
로 간주된다. 어머니의 자궁은 잘못된 역사를 낳는 근원이고 그러한
역사의 "일방통행로"이므로 햄릿에게는 어머니의 자궁이 "뱀 굴"[22]
이다. 그는 "어머니가 없는 세상"[23]을 원한다. 잘못된 역사를 출산하
는 어머니가 철저하게 부정되고 제거될 때 폭력의 끊임없는 순환으
로 이루어지는 역사는 종식될 수 있다. 마지막 다섯번째 장면에서 여
성의 자궁과 질은 출산의 기능이 아닌 죽음의 기능으로 전도된다. 오
필리어는 역사 속에서 희생당한 모든 이들을 대신해 세상을 향해 혁
명적 메시지를 토해낸다.

---

21) Heiner Müller, Die Hamletmaschine, in: ders: Mauser, Berlin 1978, S. 91.
22) 같은 책, 91쪽.
23) 같은 책. 90쪽.

나는 내가 받아들였던 모든 정자를 뱉어낸다. 나는 내 가슴의 젖을 죽음의 독으로 바꾼다. 나는 내가 낳은 세상을 회수한다. 나는 내가 낳은 세상을 내 허벅지 사이에서 질식시킨다. 그리고 그것을 내 질 속에 묻는다. 정복의 행복을 무너뜨려라. 증오, 경멸, 폭동, 죽음 만세.[24]

출산과 관련된 어머니의 신체기관은 위협적인 죽음의 기관으로 바뀐다. 변혁과 혁명을 위해 요구되는 것은 "죽음의 어머니로서 얼굴 없는 여성"[25]이다. 이처럼 폭력적이고 경악을 불러일으키는 여성 신체의 상징화는 《햄릿기계》가 발표되기 이전의 산문 텍스트 《사망신고 *Todesanzeige*》(1975)에서 미리 나타난다. 아내의 자살과 유년 시절 고양이를 죽이는 데 동참했던 경험, 그리고 학생징집군으로 참여한 전쟁에서 우연히 만난 소년 "닭상(Hühnergesicht)"을 죽인 체험[26]을 다루고 있는 뮐러의 자전적 산문인 이 작품은 화자의 악몽으로 끝을 맺는다. 《햄릿기계》의 오필리어가 자기가 낳은 잘못된 세상을 회수하여 질 속에 묻듯 이 텍스트에서 여성의 질과 허벅지는 거대한 죽음의 장소이다.

꿈 나는 나무들이 무성하게 자란 낡은 집 안을 걸어 다닌다. 나무로 만들어진 벽들은 파괴되었거나 그대로이고 계단이 솟아 있다. 그 위에

---

24) 같은 책. 97쪽.

25) Ulrike Haß. Die Frau, das Böse und Europa. Die Zerreißng des Bildes der Frau im Theater von Heiner Müller, in: Text+Kritik 73, 2. Aufl., Neufassung, München 1997, S. 116.

26) 소년 "닭상"을 죽이는 것은 실제의 체험이 아니라 뮐러의 환상 속에 이루어지는 가상의 체험이다.

거대한 유방을 가진 거대한 여자가 나체로 팔과 다리를 넓게 벌리고 밧줄에 목매단 채 걸려 있다(어쩌면 그녀는 이 상태로 공중에 떠 흔들리며 고정되지 않은 채 걸려 있는 것인지도 모른다). 내 위에는 거대한 넓적다리가 마치 가위처럼 벌어져 있다. 그 안으로 나는 한 계단 한 계단 계속해 걸어들어 간다. 검은 관목 숲과 같은 음모, 음순의 잔혹함.[27]

아내가 자살한 원인 제공자로서, 그리고 고양이와 전쟁터에서 만난 소년을 죽인 폭력의 주체로서 화자는 마치 형벌을 받듯 여성의 거대한 성기 속으로 들어간다. 여성의 성기는 죽음으로 이어지는 무덤이다.[28] 이처럼 어머니 상과 여성의 생식기관은 본래의 이미지 및 기능과 달리 일그러져 있다. 이는 폭력과 억압의 역사에 대한 재인식을 위한 작가의 의도에서 나온 것으로 독자와 관객의 상상 및 사고력 강화를 위한 암호로 작용한다.

의도적으로 일그러뜨린 성적 이미지는 성행위에 대한 묘사에서도 발견된다. 성행위 또한 폭력의 이미지와 결합되어 있으며 여성은 여전히 위협적인 존재로 그려진다. 그림을 관찰하며 그 그림을 묘사하는 가운데 폭력의 순환구조에 대한 화자의 성찰이 이입되고 있는 《그림쓰기 Bildbeschreibung》(1984)에 묘사된 성행위는 살인과 파괴의 결합이다. 그림의 관찰자는 그림 속의 인물인 남자와 여자의 관계를 상

---

27) Heiner Müller, Todesanzeige, in: ders: Germania Tod in Berlin, S. 34.

28) 위협적인 여성상은 뮐러의 어린 시절 체험과 관련이 있다. 뮐러는 자서전 《전투 없는 전쟁 Krieg ohne Schlacht》에서 할머니와 함께 공동묘지를 걸으면서 제1차 세계대전 전몰자 기념비를 처음 보았던 기억을 이야기한다. 기념비는 거대한 어머니 상이었고 그것은 어린 뮐러에게 한동안 죽음과 연결된 공포의 대상으로 각인되어 있었다. Vgl. Heiner Müller, Krieg ohne Schlacht, Köln 1992, S. 18. und Hans-Thies Lehmann, Patrik Primavesi(Hrsg.), Heiner Müller Handbuch, Stuttgart 2003, S. 307.

상을 통해 만들어 낸다. 관찰자의 상상 속에서 여자는 무덤에서 부활하여 남자를 찾아오고 두 사람의 만남은 바로 성행위와 살인의 폭력적 관계로 세밀하게 그려진다.

어떤 무게가 그 의자를 부숴 놓고, 다른 의자도 헐겁게 해놓았을까, 어쩌면 살인, 아니면 거친 성행위, 아니면 그 두 가지가 한꺼번에, 의자 위의 남자, 그 위에 여자, 그의 남근은 그녀의 질 속에, (…) 그녀의 동작은 처음에는 부드러운 시소타기, 그 다음 점차 격해지는 말 타기, 오르가슴이 남자의 등을 의자 등받이로 밀어붙여, 등받이가 우지직 소리 내며 부러져 나가, 여자의 등이 탁자 모서리에 부딪힐 때까지 (…) 아니면 의자 위에 여자, 남자는 그녀의 뒤에 서서, 그의 두 손은 엄지와 엄지가 맞닿게 그녀의 목을 감싸고, 처음에는 장난인 듯, 단지 가운데 손가락만 움직이고, 그런 다음 여자가 빠져나오려고 등받이를 밀어 젖히고, 그녀의 손톱이 그의 팔 근육을 할퀴고, 그녀의 목과 이미의 핏줄이 튀어나오고, 그녀의 머리는 피로 가득 차며, 얼굴은 푸르게 변색되면서, 그녀의 두 다리가 경련을 일으키며 탁자를 걷어차면, 포도주잔이 넘어지고 유리그릇이 미끄럼을 탄다.[29]

두 사람의 성행위는 결코 사랑의 행위가 아니다. 이들의 만남은 죽음의 만남이고 주변을 파괴하는 폭력의 만남이다. 뮐러는 성적 이미지를 테러와 같은 공격과 위협, 그리고 죽음의 이미지로 극단화한다.

---

29) Heiner Müller, Bildbeschreibung, in: ders: Shakespeare Factory 1, Berlin 1985, S. 10.

이는 뮐러가 보고 있는 역사의 야만성에서 기인한다. 그런 만큼 조화
와는 거리가 먼, 추하고 일그러진 성적 묘사는 야만성으로 인해 진정
한 발전의 생명력을 상실한 역사의 상황에 대한 비유이다.

5. 그로테스크

　일반적으로 정상적이라 여기는 것에서 벗어나 일그러지고 전율과
혐오감을 불러일으키는 것을 볼 때 우리는 그로테스크하다고 느낀다.
현실에서 익숙한 요소들이 전혀 생각하지 못한 형태로, 다시 말해 조
화와는 전혀 다른 모습으로, 서로 결합할 수 없는 것들이 서로 합쳐
진 모습으로 나타나는 부조화나 불협현상은 그로테스크하다. 그로테
스크한 것은 이미 고정된 것으로 간주되는 질서와 가치를 전복시킨
다. 때문에 그로테스크한 것과 마주할 때 우리는 당혹감과 함께 낯섦
의 감정을 갖는다. 여기에는 일종의 충격이 작용한다. 그로테스크의
이러한 효과는 의도적인 혼란을 만들어 내고 독자를 고정된 인식의
틀에서 끌어내어 극단적인 다른 관점과 대립시킨다. 이같은 기능으
로 볼 때 그로테스크는 공격성과 낯설게 하기의 특질을 갖고 있는 것
으로 현대문학에 자주 사용된다.[30]

　하이너 뮐러가 본격적으로 작품활동을 시작한 1950년대 중반부터
1970년대 중반에 이르기까지, 거의 20여 년간의 시간적 경과를 두

---

30) Vgl. Philip Thomson. Funktionen des Grotesken, in: Das Groteske in der
Dichtung, hrsg. v. Otto F. Best, Darmstadt 1980(Wege der Forschung, Bd. 394), S.
103-104.

고 완성된 《트랙터 *Traktor*》(1956/61, 1974)는 그로테스크의 기능을 효과적으로 사용한 작품이다. 이 작품을 통해 뮐러가 논의하고자 하는 것은 제2차 세계대전 이후 동독 사회주의의 건설 과정에 나타나는 희생자 문제와 사회주의 건설의 현실적 어려움에 대한 문제이다. 지뢰가 묻힌 땅을 밭으로 개간하는 과정에서 다리를 잃은 한 트랙터 기사의 이야기 속에 뮐러는 1974년 하나의 코멘트로서 카펠레(W. Capelle)의 《소크라테스 이전의 철학자들 *Die Vorsokratiker*》에서 따온 엠페도클레스(Empedokles)의 인간창조 신화를 삽입한다. 이는 신이 자신의 모습을 따 인간을 만들었다는 보편적 인식과 전혀 다른 내용이다.

엠페도클레스에 따르면 먼저 각각의 뼈들이, 땅이 마치 임신이나 한 듯, 땅속에서 나왔다고 한다. 그 후에 이 뼈들은 함께 자랐고 불과 물이 동시에 섞인 완전한 인간의 재료를 형성하였다고 한다. "(…) 먼저 완전한 생흙덩이가 생겨났다. 이것은 아직 사랑스런 골격의 형태와 목소리 또는 생식기를 보여주지 못했다. 목이 없는 머리, 팔은 그저 혼자 이리저리 헤매다녔으며 어깨도 없었고 눈은 혼자 주위를 돌아다녔으며 이마도 없었다. 수많은 손을 가진, 질질 끌고 다니는 존재였다." 이러한 방식으로 서로 결합된 것들은 생명을 유지할 가능성을 갖게 되었으며 존재를 이루게 되었고 생명을 유지했다. (…) 그리고 머리가 그와 맞는 몸체와 합쳐지면 그 완전한 형태는 생명을 유지했으나 머리가 소의 몸과 맞지 않으면 그것은 죽어 버렸다. "그래서 많은 피조물들이 이중 얼굴과 두 개의 가슴, 소의 몸체를 하고, 그러나 사람의 얼굴을 하고 자라났다. 그러나 다른 것들은 그 반대로 나타나기도 하였

다. 소머리를 한 인간의 몸으로, 일부분은 남자, 일부분은 여자의 형태
를 한 이 혼합물에는 감춰진 생식기가 부여되었다(…)." 바로 엠페도
클레스가 주장하듯 사랑이 지배하는 가운데 우연이 그렇게 만들어 놓
은 것처럼, 머리, 손, 그리고 발과 같은 생명체의 부분들이 먼저 생겨
나서 서로 결합했다는 것이다.[31]

이 텍스트에서 우선 드러나고 있는 것은 일치할 수 없는 것들의 기
이한 결합이다. 이 결합에는 또한 우연이 지배한다. 그로테스크한 이
인간창조의 형태는 동독 사회주의 건설의 현실에 대한 완벽한 알레
고리로 읽힌다. 맞지 않는 부분들이 결합하면 죽어 버리는 것처럼 사
회주의 건설을 위한 시도 과정에서 희생은 필수이다. 또한 개별적인
요소들이 잘못 결합되면 그 시도는 실패할 수밖에 없다. 동독 사회주
의 건설의 과정은 이 텍스트가 보여주는 각 부분의 우연한 결합 시도
처럼 계획이 없는 우연한 시도이다. 엠페도클레스의 기이하고 일그러
진 인간창조의 과정과 결과처럼 동독 사회주의 건설의 과정과 결과
는 잘못된 과정에 따른 잘못된 결과의 진행구조를 갖고 있다. 이 비
유는 사회주의 건설의 어려움에 대한 하이너 뮐러의 극단적 표현이며
동독의 현실 사회주의에 뮐러가 가하는 조롱과 냉소의 표현이다.
《게르마니아 베를린에서의 죽음》의 다섯번째 장면 〈스탈린에 대한
헌사 1〉의 마지막 부분은 엠페도클레스의 인간창조신화와 마찬가지
로 그로테스크하게 형성된다. 스탈린그라드의 전쟁터에 니벨룽엔 영

---

31) Heiner Müller. Traktor, in: ders: Geschichten aus der Produktion 2, Berlin
1974, S. 22.

웅들이 등장한다. 군터, 폴커, 하겐, 게르노트는 녹슨 갑옷을 입고 "시체와 시체 조각들로 무장한다. 그리고 고함을 지르며 가상의 훈족들에게 시체조각을 내던진다. 그래서 시체 조각들로 이루어진 울퉁불퉁한 둑이 생겨난다."[32] 이들은 분열되어 싸우다가 결국 서로 죽이는 결과를 낳는다. 이 장면은 다음과 같은 지문으로 끝난다.

> 서로가 서로를 조각낸다. 한순간 고요. 싸움의 소음도 멈추었다. 그러자 시체의 조각들이 서로 기어와 쇠붙이 소리, 비명, 노래소절의 뒤섞임 등의 소음과 함께 고철과 인간재료로 만들어진 괴물을 형성한다. 소음은 다음 장면까지 계속 이어진다.[33]

"고철과 인간재료로" 이루어진 이 결합물은 "괴물"로서 엠페도클레스의 인간과 마찬가지로 실패작에 불과하다. 이 그로테스크한 장면을 통해 하이너 뮐러가 보여주고자 하는 것은 여전히 독일에 군국주의가 존재한다는 사실이며 그 군국주의가 결국은 "괴물"과도 같은 독일 역사를 만들어 내고 있다는 것이다. 이와 함께 강조되는 것은 니벨룽엔의 인물들이 서로가 서로를 죽이듯 자기 난도질로 이어지는 분열의 역사이다. 경악과 역겨움을 불러일으키는 이 장면의 그로테스크는 독자를 당혹하게 만들고 독일역사의 진행 과정을 분열의 과정으로 보는 작가 특유의 역사관을 통해 독일역사의 과거와 현재를 재인식하도록 만든다. 이 재인식의 과정에서 논의할 수 있는 문제는

---

32) Heiner Müller, Germania Tod in Berlin, S. 49.
33) 같은 책, 51쪽.

"괴물"이 형성되는 소음이 다음 장면으로 계속 이어지듯 자기 파괴로 이어지는 분열현상이 끊임없이 반복되고 있다는 점이다. 동일한 것의 반복은 무의미할 뿐이다. "고철과 인간재료로 만들어진 괴물"의 반복에서 연상되는 것은 기계와 인간의 결합이다. 이 그로테스크한 결합에서 다시 이어지는 연상은 전쟁기계가 된 인간이다. 아니면 기계에 종속된 인간이다.

조화롭게 합일될 수 없는 것이 그로테스크하게 결합하는 모습은 《볼로콜람스크 국도 4. 켄타우로스 *Wolokolamsker Chaussee IV. Kentauren*》(1986)에서 다시 반복된다. 하이너 뮐러는 "켄타우로스 ──옛 그리스어로 관료주의"[34]라고 직접 주를 달아 이 작품이 관료주의를 다루고 있음을 분명히 한다. 모든 것이 정상이고 질서와 안전에 아무런 변화가 없는 상황에 안주하며 변화를 원치 않는 것은 관료의 속성이다. 동독 사회의 발전을 위해 변화의 힘은 반드시 필요한 것이나 관료 이기주의로 인해 이 힘을 상실한 상황을 뮐러는 그로테스크한 상징을 통해 논의의 대상으로 만든다. 경찰청 부장 동지는 부하 직원에게 제복을 입고 빨간불에 교차로를 건너라고 명령한다. 그리고 부하 직원은 명령을 따른다. 인위적으로 만들어 낸 질서 위반은 관료의 존재 필요성을 위한 것이다. 부장 동지는 이를 잘 알고 있다. "여기에서 모든 것이 정상이라면 누가 우리를 필요로 할까."[35] 그렇기 때문에 인위적 질서 위반은 정당성을 얻는다.

---

34) Heiner Müller, Wolokolamsker Chaussee IV. Kentauren, in: ders: Shakespeare Factory 2, Berlin 1989, S. 245.

35) 같은 책, 246쪽.

그리고 질서의 어머니는

질서 위반이야

국가안전의 아버지는 국가의 적이고

(…)

간단히 말해서 도둑과 헌병은

변증법적 합일이지 우리의 매일의 양식은

범행이고 살인은 우리가 휴일에 즐기는 과자야.[36]

　　이처럼 상식에서 벗어난 두 요소의 기이한 "변증법적 합일"은 관료 스스로 만들어 내는 인위적 정당성이다. 이는 관료들의 개인적 이해를 위한 것이며 관료 이기주의는 그들의 존재 가치를 유지하기 위해 모든 것을 도구화한다. 범행과 살인까지도 관료들의 이익을 위해서는 필수적인 요소로 간주되는 것이다. 이같이 거대한 관료주의의 구조는 반인반마의 켄타우로스처럼 그로테스크한 결합체를 만들어 낸다. 부장 동지는 관료의 존속을 위한 질서 위반이 이루어진 것에 환호성을 지르고 춤을 출 정도로 기쁜 마음을 억누르던 가운데 갑자기 자신의 몸이 변화하는 것을 느낀다. 그는 자신의 책상과 결합한다.

마치 용접기에 녹아 붙는 듯한 고통이 날 경련하게 만들었다

나는 내 책상에 꽉 붙어 버렸고

내 책상은 내게 꽉 붙어 버렸던 것이다.

(…)

---

36) 같은 책, 246쪽.

밑은 책상 위는 여전히 인간
이제는 인간이 아닌 인간기계
가구인간 아니면 인간가구
서류들은 나의 하부 기관[37]

"나무와 살의 연합"[38]이 만들어 내는 이같은 그로테스크는 냉소와 쓸쓸한 웃음을 자아낸다. 이 웃음은 자유롭지 못한 억눌린 웃음이다. 관료주의로 굳어진 동독의 질서구조에 대한 뮐러의 시각에 동의할 때 이 문제는 비단 동독사회의 문제만은 아니기 때문이다. 이 텍스트는 잘못된 사회구조에 대한 냉소와 조소의 도발적인 소극(Farce)으로 읽힌다. 그로테스크의 본질적 특성이 전율과 웃음을 함께 포함하는 일그러뜨림이고 동시에 낡은 것의 파괴와 새로운 것의 창조라는 양가적 의미를 지니고 있다면[39] 뮐러는 이같은 그로테스크의 특성을 이용해 동독 사회의 낡은 관료주의를 파괴하고 동독사회의 발전을 위한 새로운 힘에 대한 논의를 이끌어 내고자 하는 것이다. 하이너 뮐러가 만들어 내는 그로테스크는 모순을 극단화하는 구조를 가지고 있으며 여기에서 파생하는 조롱과 냉소의 웃음은 새로운 의미를 만들어 내는 잠재력을 지닌다. 관료주의를 중심으로 동독 사회가 지닌 모순을 뮐러는 웃음을 통해 비판한다. 관료주의와 같은 비생산적 요소로 동독역사의 발전이 정체되어 있는 위기 상황에서 뮐러는 발전을

---

37) 같은 책, 248-249쪽.
38) 같은 책, 249쪽.
39) 정현경, 《웃음에 관한 미학적 성찰》, 한국외국어대학교 박사학위 논문, 2009, 179쪽 참조.

위한 새로운 의미 찾기를 시도하고 있으며 역사발전에 대한 희망을
버리지 않는다. 폭력과 모순이 사라진 진정한 역사의 발전은 사실 유
토피아와 같다. 그러나 이 유토피아를 향한 의지와 희망은 역사 발전
을 위한 힘이다. 그렇기 때문에 뮐러에게 유토피아에 대한 희망은 역
사 발전을 위해 잃어서는 안 될 필수 요소이다. 이같은 관점에서 크
게 본다면 그로테스크는 뮐러에게 있어서 유토피아의 상실을 막는 동
시에 유토피아의 필요성을 주장하고 표현하기 위한 수단이다.[40]

6. 맺는 말

1950년대 중반부터 본격적인 작품활동을 시작한 하이너 뮐러가 마
지막까지 일관성 있게 추구한 것은 현대 역사와 사회의 이면에 숨은
야만성을 밖으로 끌어내 논의의 대상으로 만드는 작업이었다. 뮐러
가 보는 역사와 사회의 야만성은 수많은 형태의 폭력이 끊임없이 반
복되는 가시적 상황 이외에도 이에 대해 침묵하거나 이를 망각하는
정신의 고착화 현상을 포함한다. 이에 대한 가장 큰 원인은 현대인
에게서 볼 수 있는 사유 능력의 상실이다. 이는 역사와 사회발전의 역
동적 힘을 사라지게 만들고 모든 것을 정체의 상태로 몰아간다. 굳
어 있는 것을 깨기 위해 변화의 힘이 필요하며 하이너 뮐러는 이 힘을
충격적인 추의 표현에서 찾는다. 뮐러의 전략은 이해시키는 것이 아

---

40) Vgl. Horst Domdey. Produktivkraft Tod, Das Drama Heiner Müllers, Köln
1998, S. 87-88.

니라 일단 체험을 하도록 만드는 것이다. 그는 자신의 의도를 분명
하게 밝힌다. "문제되는 것은 이해하기가 결코 아니다. 중요한 것은
무엇인가를 경험한다는 것, 또는 체험한다는 것이다. 그런 다음 나중
에야 아마도 무엇인가를 이해하게 될 것이다."[41] 이에 따라 추는 독자
와 관객의 충격적인 체험을 위해 사용된다. 작용 미학의 측면에서 추
가 만들어 내는 공포와 불안, 혐오감은 작품 수용자에게 새로운 체험
으로 영향을 미치며 작가가 제시하는 논의대상에 새로운 인식을 갖
도록 유도한다. 뮐러의 다음과 같은 발언은 전략적 표현기법으로서
추가 갖는 기능을 분명히 해준다.

> 나는 공포의 역할이 인식하기, 배우기와 다르지 않다고 믿는다. (…)
> 본질적인 점은 공포를 통한 교육이다. (…) 인간의 어느 큰 집단도 경
> 악 없이, 쇼크 없이는 결코 무엇인가를 배우지 못했다.[42]

습관과 관습에 파묻힌 안이한 인식 체계는 경악과도 같은 비정상을
만날 때 흔들리고 파괴된다. 잠자는 감각이 흔들리면 내재된 무의식
이 살아나고 잠재된 반항이 밖으로 나온다. 이 힘으로 모든 낡은 구
조의 벽들이 제거될 수 있다. 이를 위해 하이너 뮐러의 글쓰기는 금
기를 넘어선다. 식인의 잔혹함은 단순한 혐오감을 불러일으키는 것
이 아니라 역사의 야만적 폭력성을 드러내며 자기 자신의 난도질은
분열의 역사상에 대한 재인식의 기회를 제공한다. 공포를 야기하는

---

41) Heiner Müller, Gesammelte Irrtümer 2. Interviews und Gespräche, Frankfurt
am Main 1990, S. 170.
42) 같은 책, 23쪽.

거대한 살인기계로 기형화한 여성의 생식기관은 역사의 야만성을 제
거하기 위한 회상의 장치다. 그로테스크의 기법을 이용해 보여주는
여러 가지 기괴한 결합은 실패의 결과를 낳을 수밖에 없는 잘못된 역
사의 과정에 대한 신랄한 풍자로 작용한다. 하이너 뮐러에게 추는 역
사에 대한 주체적 자각과 비판적 사유 능력의 재생을 가능하게 만드
는 생산적 기능을 갖는다. 때문에 하이너 뮐러가 드러내는 추는 미학
적 정당성을 획득하며 추하지 않다.

참고 문헌

김은정. 추의 미적 현대성에 대한 철학적 담론. 로젠크란츠의 〈추의 미
학〉, 《독일문학》, 88집, 2003, 219-238쪽.

김맹하. 경악의 미학 — 하이너 뮐러의 〈살육전〉과 〈게르마니아 베를린
에서의 죽음〉을 중심으로, 《뷔히너와 현대문학》, 31집, 2008, 79-106쪽.

이창남. 미-추의 변증과 문화비판 — 아도르노 〈미학이론〉의 "추, 미, 기
술의 카테고리"를 중심으로, 《헤세연구》, 12집, 2004, 529-552쪽.

정현경. 웃음에 관한 미학적 성찰, 한국외국어대학교 박사학위 논문,
2009.

카를 로젠크란츠, 주경식 옮김, 《추의 미학》, 나남, 2008.

Adorno, Theodor W. Ästhetische Theorie, in: ders.: Gesammelte Schriften
in 20 Bden, Bd. 7, Frankfurt am Main 1998.

Daemmrich, Horst S. und Ingrid G. Themen und Motive in der Literatur,
2. Aufl., Tübingen 1995.

Domdey, Horst. Produktivkraft Tod, Das Drama Heiner Müllers, Köln 1998.

Haß, Ulrike. Die Frau, das Böse und Europa. Die Zerreißng des Bildes der
Frau im Theater von Heiner Müller, in: Text+Kritik 73, 2. Aufl., Neufassung,

München 1997, S. 103—118.

Keller, Andreas. Drama und Dramaturgie Heiner Müllers zwischen 1956 und 1988, Diss., Frankfurt am Main 1992.

Lehmann, Hans—Thies/Primavesi, Patrik(Hrsg.). Heiner Müller Handbuch, Stuttgart 2003.

Maltzan, Carlotta von. Zur Bedeutung von Geschichte, Sexualität und Tod im Werk Heiner Müllers, Frankfurt am Main 1988.

Müller, Heiner. Geschichten aus der Produktion 2, Berlin 1974.

―― Die Umsiedlerin oder Das Leben auf dem Lande, Berlin 1975.

―― Germania Tod in Berlin, Berlin 1977.

―― Mauser, Berlin 1978.

―― Shakespeare Factory 1, Berlin 1985.

―― Shakespeare Factory 2, Berlin 1989.

―― Gesammelte Irrtümer. Interviews und Gespräche, Frankfurt am Main 1986.

―― Gesammelte Irrtümer 2. Interviews und Gespräche, Frankfurt am Main 1990.

―― Gesammelte Irrtümer 3. Texte und Gespräche, Frankfurt am Main 1994.

―― Krieg ohne Schlacht, Köln 1992.

Schulz, Genia. Heiner Müller, Stuttgart 1980.

Thomson, Philip. Funktionen des Grotesken, in: Das Groteske in der Dichtung, hrsg. v. Otto F. Best, Darmstadt 1980(Wege der Forschung, Bd. 394), S. 103—115.

Wieghaus, Georg. Zwischen Auftrag und Verrat. Werk und Ästhetik Heiner Müllers, Frankfurt am Main 1984.

그로테스크와 현대문학

최성욱

1

세기말 유럽은 위기의 시대였다. 이것은 이 시기가 인류를 파국으로 몰고 갈 전쟁과 부르주아적 지배질서에 항거한 혁명의 시절이었다는 의미로만 해석될 수는 없으며, 이보다 더 본질적이고 더 심층적인 차원에서 일어난 역사의 단절이 있었음을 의미한다. 흔히 우리가 '모더니즘'을 '위기의 시대(Zeit der Krise),' 혹은 '비판의 시대(Zeit der Kritik)'로 규정하는 것처럼, 이때는 전통 형이상학적 이데올로기에 대한 불신과 회의에서 출발하여 새로운 진리와 가치, 미적 규범을 찾기 위해 몸부림 친 시기였다.[1] 여기서 모더니스트들의 비판은 좌우를 가리지 않고 모두 헤겔을 향해 날카로운 창끝을 겨누었다.

소크라테스 이후 헤겔에 이르기까지 서양 형이상학의 목표는 우리

---

* 이 논문은 《독일어문학》 제46집(2009)에 발표된 것임.

1) Vgl. Wolfgang Welsch: Unsere postmoderne Moderne, Berlin 2002.

가 살고 있는 세계와 현실을 이성의 토대 위에 굳건히 정립하는 것이었다. 형이상학자들의 세계 이해에 따르면, 세계는 이성이라는 매개고리로 질서정연하게 연결된 하나의 총체적 세계이기 때문에 이성 밖에 존재하는 세계는 거짓이거나 무의미한 것이다. 이에 따라 헤겔은 "이성적이지 않은 것은 진리가 아니며, 개념으로 파악되지 않는 것은 없다"[2]고 단언한다. 헤겔은 이성의 전체성을 믿고, 이성을 통해 세계를 가지런히 정리할 수 있다고 확신했다.

하지만 이런 믿음은 얼마가지 못해 니체의 비판에 직면한다. 니체에 따르면, 이성이 구성한 세계질서는 그 자체로 거짓이다. 우선 이성이 전제한 형이상학적 실체, 즉 신이나 '물자체'는 니체에 의해 부정된다. 그는 이것들을 중심의 부재로 인한 세계혼란을 막기 위한 실용적인 목적으로 인간이 창조해 낸 가상이자 허구로 치부한다. 이처럼 진리와 거짓을 규정하는 기준을 정하는 입법자의 부인은 곧 진리와 거짓을 가르는 경계의 해체를 의미하며, 이것은 곧 전통적 진리가 이제 근거를 상실했음을 의미한다. 따라서 니체는 변하지 않는 순수한 진리는 존재하지 않으며, 이 세상을 지배하는 것은 진리가 아니라 '힘에의 의지(Wille zur Macht)'라고 본다.[3] 그는 이제 이런 사실을 애써 외면하는 철학자들의 위선과 가면을 벗기는 계보학적 작업을 자기 철학의 중심에 둔다. 둘째, 이성은 진리의 전제조건인 '보편성'을 획득하기 위해, 개체의 고유성과 개별성을 보편체계인 개념 속으로

---

2) G. W. Hegel: Phänomenologie des Geistes. Frankfurt/M. 1973, S. 104.

3) 이로써 헤겔체계는 완전히 부인된다. 헤겔 체계의 위기는 곧 현실의 위기로 이어지는데, 이것은 그동안 현실이 이성의 체계를 통해 그 확실성을 보장받아 왔기 때문이다.

강제로 환원시키는 폭력을 행사한다. 따라서 이성적 진리는 자신의 생성의 근본 토대가 되는 일회적이며 완전히 개별적인 근원체험에 대한 기억을 억압하며, "동일하지 않은 것을 동일화(Gleichsetzen des Nicht-Gleichen)"[4]함으로써 성립되고, 수많은 개별 대상들이 가지고 있는 비동일성을 누락시키거나 망각함으로써 구성된다.

그러므로 우리가 믿고 있는 진리는 헤겔의 신념처럼 완전한 것이 아니라, 그 뒤에는 이성의 체계로 파악되지 않는 무언가(Es)를 은폐하고 있는 불완전한 것이다. 니체는 《비극의 탄생 *Die Geburt der Tragödie aus dem Geiste der Musik*》에서 이것을 그리스 신화에 등장하는 아폴론과 디오니소스 신을 이용하여 설명한다. 그는 고대 그리스 조형예술에 나타난 조화와 균형미를 이성의 신인 아폴론적 특성이라 설명하고, 이것은 어둡고 혼란스러운 인간 내면의 디오니소스적 본성을 은폐하고 망각하기 위해 창조된 허상(Schein)이라고 주장한다. 이에 따르면 빙켈만(Winkelmann)이 극찬한 그리스 조형예술도 그 자체로 순수한 아름다움이 아니라 그 기초에는 추한 디오니소스적 충동이 숨어 있다. 스스로를 '망치를 들고 철학하는 자'라고 규정했던 니체가 허물고자 했던 것은 서양 합리주의 철학의 총체성과 미학의 순수성이었다. 그에게 합리주의 미학의 기초에는 이성이 그토록 저주했던 비합리적 충동이 섞여 있다.

니체의 이런 사상은 당대의 젊은 예술가들에게 충격적으로 다가온다. 왜냐하면 자신이 믿고 있던 신념이나 세계관이 갑자기 그 근거

---

4) Friedrich Nietzsche: Über Wahrheit und Lüge im aussermoralischen Sinn. In: Nietzsche Werke III-2. Kritische Gesamtausgabe. Hrsg. v. Giorgio Colli und Mazzino Montinari, Berlin 1968, S. 374.

가 미약하거나 허구였다는 사실을 아는 순간 누구나 단단할 것이라고 믿고 있던 땅이 갑자기 밑으로 꺼질 때(Bodenlosigkeit)처럼 큰 혼란과 전율을 느낄 것이기 때문이다. 이것은 세기말에 활동한 젊은 모더니스트들이 경험한 공통된 체험이며, 이로써 그들에게 세계는 더 이상 합리성에 기초한 총체적 세계가 아니라, 합리적 세계와 비합리적 세계가 공존하는 부조리한 공간, 모순과 균열, 파편화라는 개념으로밖에 설명할 수 없는 카오스의 공간으로 돌변한다.

　이로써 현실의 참된 모습을 그려야 하는 문학의 과제도 변할 수밖에 없다. 여태껏 우리가 믿고 있는 현실이 합리주의에 기초한 것이고, 이 합리주의가 세계를 완전히 포괄할 수 없는 불완전한 것이고 기만에 가까운 것이라면, 지금까지 리얼리즘이나 자연주의 문학이 그린 현실은 진실과 거리가 멀 수밖에 없다. 이제 모더니스트들에게 새롭게 요구되는 과제는 현실의 참됨을 가장하고 있는 합리주의의 가면을 벗기고, 합리주의가 지배하고 있는 현실의 심층부에 자리 잡고 있는 근원적이며 어두운 힘들의 정체를 밝히는 것이다. 이를 위해 이들은 새로운 표현수단을 요구하는데, 그것은 합리주의가 공고하게 구축해 놓은 현실의 철옹성을 허물고 그 속에 갇혀 있던 낯선 세계를 드러낼 수 있어야 한다. 이 기능을 하는 것이 바로 그로테스크다. 현실의 일그러진 모습을 과장된 몸짓으로 표현하는 그로테스크는 우리의 감각적 체험을 질서정연하게 잘 정리하고 있는 세계 속으로 침입하여 그것을 파괴한다. 그로테스크는 현실의 우스운 과장이나 내면의 불협화음을 드러낼 뿐만 아니라, 우스꽝스럽게 과장된 것을 그 이면에 숨어 있는 심오한 가치로 전도시키고, 이를 통해 이성이 우리에게 제공한 것보다 더 넓고 광대한 깊이의 세상을 열어젖힌다.

2

　　현실의 위기는 전통적으로 현실과 가상에 부여되었던 지위에도 변화를 강요한다. 현실이 더 이상 '진리'로 주장될 수 없는 한, 그것은 이제 '가상'에 대해 자신의 우월함을 느끼지 못한다. 이로 인해 우리는 '환상의 귀환'을 허락하게 되는데, 그것은 그동안 우리가 동화나 우화, 신화에서 일어나는 비합리적 현상들을 진리가 아니라는 이유로 현실에서 '환상공간'으로 추방해 버렸기 때문이다. 현실과 가상을 가르는 경계선이 해체된 상황, 현실이 겨우 비유나 상징으로서의 지위만을 인정받는 상황에서 현실은 우화나 다를 게 없으며, 우화에 나오는 기이한 현상들, 즉 동물이나 식물이 말을 한다든가, 동물과 식물, 동물과 인간의 몸이 하나로 합쳐진다든가, 인간이 어느 날 갑자기 갑충으로 변하는 일도 현실에서 충분히 가능해진다.

　　그로테스크가 현대문학에서 부각되는 이유는 첫째, 그로테스크는 원래 동물과 식물의 모티프를 환상적으로 혼합한 장식술에서 출발하여 합리주의적으로 정리된 현실이나 대상을 일그러뜨려 그 이면에 있는 참된 의미를 들여다보게 만드는 예술적 표현 형식이기 때문이며, 둘째 현대인은 합리적으로 잘 정리된 아폴론적 세계의 허구성을 깨닫고, 그 밑에 억압받았던 디오니소스적 세계에서 삶과 존재의 의미를 발굴해 내려고 노력하기 때문이다.

　　하지만 그로테스크는 20세기에 처음 창조된 형식이 아니며, 현대문학 특유의 형식은 더더욱 아니다. 이것의 역사는 최소한 로마시대와 초기 기독교 시대까지 거슬러 올라간다.[5] 그러나 이 개념은 처음부터 이 말이 가진 과격하고 극단적인 성질 때문에 '걷잡을 수 없는 부조화' '희극적인 것보다 더 조잡한 형식'이라는 비판을 피할 수 없었다. 예를 들면 로마시대 고전적 취향의 비평가 비트루비우스(Marcus Vitruvius Pollio)는 동물과 인간, 식물 등 이질적 요소들이 한데 섞여 있는 그로테스크라는 혼합형식에 대해 기괴하고 우스꽝스럽다고 조롱한다. 그가 그로테스크 양식을 거부한 이유는 현실을 조화와 균형의 법칙에 따라 모방하거나 재현해야 한다는 미학 원칙이 여기서 무시되고, 자연의 법칙이나 비례의 원칙이 깨진 것에 분노했기 때문이다.[6]

이런 의미에서 로젠크란츠(K. Rosenkranz)에게 그로테스크는 '미'의 영역이 아니라, '코믹'의 영역에, 그리고 '미'와 '코믹'의 중간 영역에 있는 '추(Das Hässliche)'의 영역에 속한다.[7] 여기서 그로테스크는 개별 대상들의 눈에 띄는 특성을 익살스럽게 과장하는 캐리커처와 비교된다. 페취(R. Petsch)에 따르면 그로테스크는 캐리커처의 특수한 경우이며, 캐리커처와 마찬가지로 '추의 영역(das Unschöne)'에 속한다. 하지만 로젠크란츠가 '추(das Hässliche)'를 미의 부정으로서만 인정하고, 미와의 모순을 청산하고 다시 미와 합일을 이루기 위해 스

---

5) '그로테스크(grotesk)'라는 말의 어원은 이탈리아어 grotta(동굴)에서 유래한다. 이것은 15세기 말경 이탈리아에서 고대 로마의 공중목욕탕과 궁전을 발굴했을 때 지하에서 이상한 문양의 벽화를 발견했는데, 이것을 la grottesca라고 부른 데서부터 기원한다(Vgl. Irmgard Roebling: Groteske. In: Historisches Wörterbuch der Philosophie. Bd. 3. Hrsg. v. Joachim Ritter, Karlfried Gründer, Basel-Stuttgart 1974, S. 900).
6) 필립 톰슨(김영무 역): 그로테스크. 서울대학교 출판부 1986, 16쪽 참조.
7) 로젠크란츠는 '추'의 독자성을 인정하지 않고 '미'의 상대적 개념으로서만 인정한다. 즉 추는 미와 모순관계 속에 있으며, 이것은 미와의 새로운 합일을 위해 언제든지 자기 부정될 수 있다. 그리고 이 부정의 순간 그것은 코믹한 것이 된다. 로젠크란츠(조경식 역): 추의 미학. 서울(나남출판사) 2008, 73쪽 참조.

스로를 부정하는 것으로서의 '추'만을 인정한 반면, 페취는 그로테스크와 캐리커처의 부정적 가치 외에 긍정적인 가치도 인정한다. 그에 따르면, 추는 이지적인 아폴론적 세계에서 억압받은 디오니소스적 특성으로, 합리주의 이전에 인간세계를 지배했던 '원시적-자연적' 힘을 의미한다.[8] 그로테스크는 조화와 균형에 기초한 고전적 형식을 파괴함으로써 우리에게 거부감을 불러일으키지만, 그 '데몬적이며 섬뜩한 것' 이면에 이보다 더 강력한 정서적 힘이 우리를 매혹시킨다. 예를 들어 라블레(F. Rabelais)가 창조한 거대한 형상들은 절제되지 않고 방종해 보이지만, 그 속에는 인간의 근원적 생명력과 활력 그리고 때 묻지 않은 순수한 인간상이 숨어 있다. 그로테스크가 처음에 우리에게 거부감을 주지만 지속적으로 우리를 매료시키는 것은 바로 그 속에서 이성에 의해 덮여 있었던 삶의 의미와 세계의 비밀을 발견할 수 있기 때문이다.

하지만 필립 톰슨(Philip Thomson)은 그로테스크와 캐리커처를 구분하기도 한다. 그에 따르면 캐리커처에는 이질적이고 대립적인 요소들이 뒤섞여 있지 않다. 즉 이 속에는 낯선 요소들이 침입해 들어온 흔적이 없다. 우리가 캐리커처를 보고 웃을 수 있는 것은 알만하거나 전형적인 인물과 특징이 익살맞고 재미있게 왜곡되어 있기 때문이다. 이에 반해 그로테스크에 대한 우리의 반응은 본질적으로 분열되고 문제적이다. 코만 눈에 띄게 크게 그린 삽화는 캐리커처가 될 것이지만, 만약 그 코가 점점 더 과장되어 얼굴의 나머지 부분이 코에

---

8) Vgl. Robert Petsch: Das Groteske. In: Das Groteske in der Dichtung. Hrsg. v. Otto F. Best, Darmstadt 1980, S. 33.

거의 종속되어 지배되는 지경에 이르면 그것은 그로테스크가 된다. 이때는 얼굴과 코의 정상적인 관계가 뒤집혀졌을 뿐만 아니라 코가 거의 독자적인 존재가 된다. 다시 말해 캐리커처의 과장은 일정한 규범 안에서 이루어지지만, 이런 규범을 넘어설 경우 캐리커처는 단순히 우스꽝스러울 뿐 아니라 역겹거나 두려운 것이 된다.

그로테스크가 주는 '섬뜩함(das Unheimliche)'은 이처럼 우리에게 익숙한 형상이나 세계에 갑자기 낯선 세계가 침입해 들어왔기 때문이다. 이 때문에 카이저(W. Kayser)에게 그로테스크한 것은 하나의 구조로서 "낯선 세계(die entfremdete Welt)"[9]이다. 친숙했던 세계로 침입해 들어온 것은 우리가 파악할 수 없는 것, 해석할 수 없는 것, 무어라 특징지을 수 없는 것이다. "그로테스크한 것은 알 수 없는 무엇, 저 유령 같은 무엇을 형상화한 것이다(das Groteske ist die Gestaltung des 'Es,' jenes spuckenhaften 'Es')."[10] 이때 우리가 전율을 느끼는 것은 친숙하다고 느꼈던 세계가 가상으로 입증되고, 낯선 세계가 진짜 세계임이 드러났기 때문이다.

그러므로 그로테스크는 캐리커처처럼 익살스럽고 추한 것에 대한 단순한 탐닉이라기보다는 심각한 위기에 처한 인간관과 세계관을 보여주는 것이라 할 수 있다.[11] 이 때문에 카이저는 그로테스크가 주는 공포를 우리에게 친숙한 현실의 질서가 폐기된 세상에 직면했을 때 느끼는 '섬뜩함'과 '불안함(Beklemmung)'이라 규정한다. 그로테스크

---

9) Wolfgang Kayser: Das Groteske. Seine Gestaltungen in Malerei und Dichtung. Oldenburg 1957, S. 198.

10) Ebd., S. 199.

11) Vgl. Arnold Heidsieck: Das Groteske und das Absurde im modernen Drama. Stuttgart, Berlin, Köln, Mainz 1969, S. 24.

는 이리저리 얽혀 있는 식물덩굴의 잎사귀에서 동물이 자라나고 있는 환상적 문양을 통해 동물과 식물의 경계를 해체시키고, 유희적 방법으로 대칭과 비례를 강하게 일그러뜨림으로써 합리적 세계질서가 그 자체로 완결된 것이 아님을 분명히 인식시키고, 동시에 이 밝고 엄격한 세계 옆에 어둡고 무시무시한 환상세계가 언제나 있어 왔음을 일깨워 준다.

'그로테스크'가 단순히 미술 전문용어에서 문학 및 미학 일반 용어로 확대되어 사용되기 시작한 18세기 독일 고전주의 이론가들이 이 용어를 조롱하고 비판한 이유도, 이것이 현실세계의 아름다운 질서에서 눈을 돌리고, 지하의 무섭고 어두운 환상세계를 탐닉함으로써 '아름다운 자연의 모방'과 '아름다운 자연의 이상화와 고양'이라는 고전적 예술의 기본이념을 뒤흔들어 놓았기 때문이다.[12] 이 점에서 그로테스크는 '현실을 특수하게 일그러뜨린 것,' 즉 '자연 그대로의 일그러짐을 모방한 것'이 아니라 '왜곡(Verzerrung)' '불균형(Missproportion)' '일그러뜨림(Entstellung)'이라는 자의적 형상화 원칙에 따라 '인간에 의해 인위적으로 행해진 왜곡'으로 규정된다. 합리주의적 고전 미학의 비판은 여기에 집중된다. 유기적 자연의 내적 합목적성을 중시하는 고전 미학은 예술적 형상이 유기체처럼 자기 내부의 구성요소들끼리의 상호 작용을 통해 창조되는 것이 아니라 자기 외부의 어떤 목적에 의해 인위적으로 만들어지는 것에 반대하기

---

12) 고트쉐트는 그로테스크를 관찰력이 부족한 화가나 시인들이 단순히 자신의 개인적인 취향에 따라 환상이나 상상을 통해 대상을 기형적으로 일그러뜨려 세상에 내놓은 장식술로 폄하했으며 유스투스 뫼저(Justus Möser) 역시 이것을 천박한 코미디의 아류 정도로만 취급했다.

때문이다. 그로테스크를 통해 자연은 독자적인 존재가 아니라 인간을 위한 수단이 되고, 인간의 의지에 따라 일그러지게 된다.

그로테스크의 부조리함은 이처럼 자연의 합목적성에 따르지 않고 인위적으로 창조된 비정상적 형상들을 정상적인 것으로, 새로운 합목적성으로 형상화해 낸다는 데 있다. 그러므로 "그로테스크하게 형상화된 것들은 모든 합리주의에 대한 명백한 모순(Die Gestaltungen des Grotesken sind der lauteste und sinnfälligste Widerspruch gegen jeden Rationalismus)"이라는 카이저의 주장은 잘못된 것이다. 이 말은 "그로테스크한 예술은 합리주의로부터 많은 것을 기대하지 않는다(Die groteske Kunst erwartet sich nicht viel vom Rationalismus)"[13]는 말로 교체되어야 한다. 그로테스크하게 형상화된 것들의 부조리함은 관찰자에게 어떤 합리적 해석도 허용하지 않는다는 데 있다. 그로테스크를 형상화하는 데 있어서 중요하게 부각되는 본질적 특성은 작가가 어떤 의미해석도 주지 않고 부조리함을 부조리함으로 남게 한다는 데 있다. 다시 말해 비논리적인 것을 논리 정연한 것으로 보여주는 부조리함이 그로테스의 본질이며, 그로테스크 속에 숨어 있는 코믹함의 본질이다.

여기서 우리를 경악하게 만들면서 동시에 웃게 만드는 그로테스크의 이중성이 설명된다. 우리가 경악하는 이유는 그로테스크를 통해 그동안 우리에게 친숙했던 세상이 무너지고 우리가 더 이상 서 있을 곳이 없다는 불안감(Beklommenheit)을 느끼기 때문이라면, 웃음은 그 자체로 특이하고 비정상적 성격을 지닌 것, 우스꽝스럽고 일

---

13) Arnold Heidsieck, a.a.O., S. 27.

그러진 것을 당연하다는 듯이 자연스럽게 형상화해 놓기 때문에 터
져 나온다.

3

볼프강 카이저의 《그로테스크, 회화와 문학에서의 형상화 *Das
Groteske, seine Gestaltung in Malerei und Dichtung*》가 나오기 전까
지 그로테스크는 부조리함에서 나오는 코믹한 측면만 부각된 나머
지 거칠고 저급하며 몰취미한 표현양식으로만 간주되었다. 예를 들
어 프뢰겔(Karl Friedrich Flögel)은 스페인 사람들이 그로테스크 양식
에서 뛰어난 솜씨를 보여줄 수 있었던 것은 그들의 '무절제하고 쉽게
흥분하는 상상력(ausschweifende und erhitzte Einbildungskraft)' 덕분이
었다고 폄훼했다. 따라서 고전주의 미학이론가들에게 그로테스크는
미학적 분석과 비평의 대상이 될 수 없었다.

하지만 카이저는 그로테스크를 이처럼 과장된 익살이나 무절제한
공상의 산물로만 보는 견해에 문제를 제기한다. 왜냐하면 우스꽝스
러움만 강조하는 이들의 이론으로는 히에로니무스 보쉬(Hieronymus
Bosch)나 브뤼겔(Pieter Bruegel) 그리고 고야(Goya)의 그로테스크한 그
림에서 찾아볼 수 있는 괴상함과 역겨움, 섬뜩함을 설명할 길이 없기
때문이다. 예를 들어 자기 아들을 집어삼키는 농업의 신 자툰(Saturn)
을 그린 고야의 그림에서 우리는 섬뜩함과 알 수 없는 인간 내면의 무
한한 심연을 발견하고 땅이 꺼질 때처럼 놀라워하고 어쩔 줄 모른다.

추와 그로테스크에 대한 재평가는 19세기 유럽 각국에서 낭만주의

운동이 일어나면서 본 궤도에 오른다. 프랑스의 '신구논쟁'의 예에서
알 수 있는 것처럼, 낭만주의자들은 그리스 시대부터 내려온 '미'의
고전적 정전(Kanon)을 해체하고 자기 시대에 알맞은 새로운 예술규
범을 확립하려고 시도했으며, 이 과정에서 고전 미학에서 무시되고
조롱받았던 그로테스크에 새로운 눈길을 던지는 이론가들이 등장한
다. 이들에게 그로테스크는 가볍고 우스꽝스러운 것이 아니라 진지
하고 사실적인 내용을 담고 있는 것이었다. 예를 들어 프랑스의 낭만
주의 작가 빅토르 위고(Victor Hugo)는 드라마 《크롬웰 *Cromwell*》의
서문에서 그로테스크를 고전예술과 대척점을 이루는 현대예술의 고
유한 표현양식이라고 주장한다. 그에 따르면 고전예술의 한계는 '아
름다운 것'과 '숭고한 것'만 추종함으로써 현실의 무한한 다양성을
담아내지 못하는 데 있다. 하지만 현대예술은 '희극적인 것' '무시무
시한 것' '추한 것' 등 우리 주변에서 일어나는 다양한 현실세계를
그대로 담아내야 한다. 이것은 전통적 표현기법으로는 불가능하며
새로운 표현양식을 요구하는데 그것이 바로 그로테스크다.[14] 비록 이
상하고 불완전해 보일지라도 지극히 사실적인 관점에서 실제 현실을
새롭게 보여주는 것이 그로테스크의 기능이다. 위고는 그로테스크를
사실적인 것과 연관시킴으로써, 우스꽝스럽고 조야한 공상의 산물로
취급당했던 그로테스크에 진지하고 사실적이라는 새로운 특성을 부
여했다.[15]

　프랑스의 낭만주의자 위고가 그로테스크의 사실주의적 성격을 강
조했다면, 독일 낭만주의자들은 그로테스크의 환상성 속에 숨어 있
는 근원적 세계로 회귀하려는 초월적 힘을 강조한다. 그들은 그로테
스크라는 환상적 양식을 통해 이성의 지배로 인해 망각했던 다른 세

계, 즉 인간의 고향이자 무한한 생명력이 흘러넘치는 태초의 근원세계를 체험할 수 있다고 보았다. 슐레겔은 《시에 관한 대화 *Gesprach über die Poesie*》에서 그로테스크의 이런 환상적 성격을 강조한다. 여기서 그는 아라베스크(Arabeske)를 그로테스크와 동일한 의미로 사용하면서, 이것을 낭만주의 문학의 매우 중요한 표현형식이라고 주장한다. 왜냐하면 아라베스크야말로 "인간 환상이 만들어 낸 가장 오래된 근원적 형식(die alteste und ursprüngliche Form der menschlichen Fantasie)"[16]이고, 환상의 원형이자 직접적 표현 형식이기 때문이다.

---

14) Silvio Vietta는 추와 그로테스크를 데리다의 해체주의적 관점에서 접근한다. 그에 따르면 '추' 와 '그로테스크' 는 아름다움에 대한 미학적 전통, 즉 형이상학적 미학에 균열을 낸다는 점에서 미학적 해체주의의 여러 형식들 가운데 가장 중요한 역할을 한다. 비례와 균형, 조화와 통일에 기초한 전통 고전 미학의 한계를 지적하고, 고전적 미 개념의 협소함을 비판함으로써 현대문학의 기치를 든 사람은 슐레겔(Friedrich Schlegel)이었다. 그는 《그리스 문학 연구에 관해 *Über das Studium der griechischen Poesie*》에서 고전적 미 이론으로는 더 이상 현대예술의 여러 현상들을 설명할 길이 없다고 주장한다. 이것은 그가 프랑스 대혁명으로 인한 18세기 유럽의 대혼란을 경험했기 때문이다. 혁명은 이념과 현상, 이상과 현실의 불일치에 대한 경험을 현대성의 미적 징후로 보게 만들었다. 이 때문에 그는 이런 부조화와 불균형을 표현하는 '추'를 심미적 범주에 포함시킬 것을 요구한다. '추' 는 이처럼 모든 것이 조화롭게 통일되었던 올림포스 신들의 세계가 아니라 균열과 모순, 갈등과 충돌이 지배하는 현실 공간을 적나라하게 표현하기 위해 요구된다. 그는 여기서 셰익스피어의 《햄릿》과 휠덜린의 《휘페리온》을 현대문학의 새 지평을 연 작품으로 평가하는데, 그것은 이것들이 '존재의 무한한 공허함' '삶의 완전한 무목적성' 등 고전 미학의 척도에서는 더 이상 아름답지 않지만 '존재의 총체성' 을 드러내 보여주기 때문이다. 이처럼 현대문학은 있는 그대로의 삶의 모습, 즉 현실의 추한 모습까지 표현하기 위해 고전적 아름다움을 포기한다. 그로테스크는 '황폐화' '질병' '몰락' 과 같은 모티프로 대표되는 현대의 추한 현실을 코믹하고 섬뜩하게 드러낸 표현양식이다(Vgl. Silvio Vietta: Die literarische Moderne, Stuttgart 1993. 김은정: 추의 미적 현대성. 연세대학교 2003).

15) Vgl. H. R. Jauß: Die klassische und die christliche Rechtfertigung des Hässlichen in mittelaltericher Literatur. In: Die nicht mehr schönen Künste(Poetik und Hermeneutik, Bd. 3). Hrsg. v. H. R. Jauß, München 1968, S. 143.

16) Friedrich Schlegel: Gespräch über die Poesie, Nachwort v. Hans Eichner, Stuttgart 1968, S. 319.

이것은 모든 것이 합리화되고 산문화된 시대에 유일하게 남아 있는 낭만적 형식이다. 상상력 밖에 있는 어떤 질서에 의해서도 제한되지 않는 아라베스크는 합리적 이성의 활동법칙을 없애고 우리를 다시 인간 본성의 근원적 혼돈 속으로 옮겨 놓기 때문이다. 슐레겔은 아라베스크와 마찬가지로 그로테스크의 특징을 '이질적인 것의 혼합' '혼란' '낯설게 하기' 그리고 '환상적인 것'으로 보았다 하지만 그에게 그로테스크가 야기한 '환상적 혼란'은 '아름다운 혼란'이다. 왜냐하면 이 혼란을 통해 환상은 거짓된 현실에서 인간을 해방시키고, 그가 태어난 태초의 고향이자 집으로 데려다 주기 때문이다. 슐레겔은 이처럼 그로테스크에서 합리화된 세계의 허구성을 초월해 무한하고 근원적인 참세상으로 들어갈 수 있는 환상의 힘을 보았다.

슐레겔이 그로테스크를 통해 인간을 태초의 근원세계로 들여보낼 수 있는 환상의 힘을 믿었다면, 장 파울(Jean Paul)은 그로테스크에서 인간이 절대적으로 믿었던 질서가 무너질 때 느끼는 전율을 보았다. 이와 연관해서 그는 그로테스크를 '유머의 파괴적 이념(Die vernichtende Ideen des Humor)'이라 부르며, 유머를 형성하는 하나의 구성성분으로 본다. 원래 삶의 부조리함과 내면세계와 외부세계의 불일치라는 시대적 조건에서 탄생한 유머는 신이 유한한 현실의 부조리함을 우월한 위치에서 바라보듯이 세계의 불완전함을 비웃지만, 거기에 괴로워하지 않는다.[17] 왜냐하면 유머는 현실의 모순을 진지하게 여기지 않고 무가치한 삶 위로 자신을 고양시키려 하기 때문이다. 유머리스트가 자신의 실존 자체를 위협하는 심각한 상황에서도 웃을

---

17) 정현경: 웃음에 관한 미학적 성찰, 한국외국어대학교 2009. 107-108쪽 참조.

수 있는 것은 이처럼 그의 목표가 현실세계에 있는 것이 아니라 신이 존재하는 초월적 세계로의 고양에 있기 때문이다. 그러나 장 파울의 유머개념에는 그에게 하늘로 올라가는 것을 허용하지 않은 채 그저 세계를 낯설게 만들고, 기존의 세계질서를 파괴하는 유머도 있다. 예를 들어 장 파울의 작품에는 숭고한 인물들이 현세의 덧없음을 슬퍼하고 하늘로 날아오르려고 하지만, 그 문이 열리지 않고, 과연 그 문이 실제로 존재하는지 의심하게 된다. 이처럼 신이 존재하지 않는 것에 대한 불안과 공포, 자신의 믿음이 꺼지면서 나락으로 떨어진 상태(Abgründigkeit)에 직면한 주인공이 느끼는 전율을 표현한 장 파울을 슐레겔은 그로테스크를 가장 잘 표현한 작가로 본다.[18]

4

19세기 말 서구철학사에서 니체가 일으킨 혁명은 세기 전환기 예술가들이 그로테스크라는 표현기법에 좀 더 친숙하게 다가서게 만들었다. 니체에 의해 야기된 '세계의 전도(die verkehrte Welt)'는 기존의 세계질서를 뒤흔드는 전율과 함께 젊은 세대에게 새로운 인식의 기쁨을 맛보게 했다. 예를 들어 그 당시 태동했던 비엔나 분리파(Secession)의 모토인 '그 시대에는 그 시대의 예술을, 예술에는 자유를(Der Zeit ihre Kunst, Der Kunst ihre Freiheit)'에서도 알 수 있는 것처럼, 당시 젊은 세대들은 전통 합리적 세계관(예술관)에 동의하지 않

---

18) Vgl. Wolfgang Kayser: a.a.O., S. 58.

으며, 새로운 시각으로 현실을 바라보기 시작한다. 이들에게 중요한 것은 경직된 규범이나 전통의 강요로부터 자유로운 '벌거벗은 진실(Nuda Veritas)' 이었다. 이들이 새로운 시각으로 본 현실은 겉으로는 분명하고 조화를 이루며 안정되어 보이지만, 실제로는 곳곳에 심한 균열이 있고 서로 대립된 것들이 뒤얽혀 있는 부조리한 공간이었다. 이런 의미에서 그로테스크는 모더니즘의 정신을 대표하는 표현형식으로 볼 수 있다. 그 이유는 그로테스크가 합리주의 체계에 기초한 세계질서에 대한 불신을 가장 분명하게 형상화해 낸 표현양식이기 때문이다.

장식성이 뛰어난 구스타프 클림트(Gustav Klimt)의 그림에서 우리는 스핑크스나 인어처럼 동물과 인간이 환상적으로 혼합되어 있거나 현실과 허구의 경계가 사라져 혼란스럽게 얽혀 있는 모티프를 쉽게 찾아볼 수 있다. 카이저는 이런 식의 혼란스러운 뒤엉킴을 그로테스크의 기본 기교라 설명한다. 왜냐하면 그로테스크는 형식이나 구조적 측면에서는 '여러 가지 모순들의 해결될 수 없는 충돌' 로 정의되고, 내용상으로는 '양면성을 지닌 비정상적인 것' 으로 정의되기 때문이다.[19] 이 점에서 그로테스크를 '낯설게 된 세계' 로 규정한 카이저의 정의는 타당해 보인다. 그것은 친숙한 현실을 파괴하고 재구성하는 것이 그로테스크의 기능이기 때문이다.

하지만 칼 피츠커(Carl Pietzcker) 같은 현대 그로테스크 이론가는 그로테스크를 '낯설게 된 세계' 로 보는 카이저의 이론에 반대한다. 그로테스크를 기대지평(Erwartungshorizont)의 좌절로 인해 낯설게 된

---

19) 필립 톰슨(김영무 역): 앞의 책, 37쪽 참조.

세계로 보는 피츠커에게 그로테스크는 존재론적 문제라기보다는 인식의 문제이자 의식의 행위와 연관된 것이기 때문이다. 그에 따르면 우리와 세계의 만남은 직접적이며 순수한 것이 아니라 늘 기대지평의 매개를 이용한 간접적인 것이다. 즉 기대지평과 세계가 일치할 경우 그 세계는 우리에게 친숙하게 다가오지만, 둘의 만남이 실패할 경우 세계는 갑자기 낯설게 돌변한다. 그로테스크는 이처럼 우리가 자명하다고 여겼던 기대지평이 세계 현실과 더 이상 일치하지 않기 때문에 느끼게 되는 낯섦에 기초하고 있다. 따라서 그로테스크의 구조는 '세계의 구조'라기보다는 '세계와 만남의 구조(Struktur einer Weltbegegnung)'라고 해야 옳을 것이다.[20]

그 자체로 그로테스크한 세계나 사물은 존재하지 않는다. 개별적으로 고립되어 존재하는 것, 즉 하나의 단어, 동물, 인간, 사물은 그 자체로 그로테스크하지 않다. 대신에 이것들의 배열이 그로테스크하게 작용한다. 그리고 이 배열은 우리 의식의 산물이다. 예를 들어 말 따로, 사람 따로 존재한다면 그것은 그로테스크하지 않다. 하지만 켄타우로스처럼 말과 사람을 환상적으로 조합해 두면 그로테스크하다. 그러므로 그로테스크는 단순히 이질적인 것을 나란히 놓아둔 것이 아니다. 그로테스크는 세계 또는 인간이 어떨 것이라는 '기대지평'과, 이런 기대가 무너지면서 세계와의 만남이 실패로 돌아가는 기본구조를 요구한다. 그로테스크가 형상화한 세계가 우리에게 섬뜩하게 느껴지는 이유도 여기에 있다. 그것은 지금껏 자기 손 안에 있다고 믿었던 세계가 갑자기 주체에게서 벗어나 이해되지 않는 현실로

---

20) Vgl. Carl Pietzcker: Das Groteske. In: DVjs 45(1971), S. 198.

돌변했기 때문이다.[21] 우리는 이런 그로테스크한 구조를 아르투어 슈니츨러(Arthur Schnitzler)의 단막극 《녹색앵무새 *Der grüne Kakadu - Groteske in einem Akt*》에서 확인할 수 있다.

세기 전환기 오스트리아의 수도 빈(Wien)의 연극세계를 지배했던 자연주의 드라마를 혁신해 보려했던 슈니츨러는 몇몇 작품을 통해 '반환영극적 극작술(anti-illusionistische Dramaturgie)'을 실험한다. 단막극인 《녹색앵무새》 역시 이런 실험의 일환으로 구상되었다. 이 작품이 특히 우리의 관심을 끄는 이유는 그가 이 드라마에 '그로테스크'라는 부제를 달았기 때문이다.

'녹색앵무새'는 전직 극장장인 프로스페르(Prospere)가 파리 외곽에 낸 술집 이름이다. 그는 이곳에 옛날 자기 배우들을 불러 모아 주로 범죄와 폭동을 주제로 한 즉흥극을 공연함으로써 유미주의적 취향의 귀족 관객들을 끌어 모은다. 역사적인 바스티유 감옥 습격 사건이 일어난 1789년 7월 14일 저녁에도 이 주점에서는 혁명을 다룬 연극이 공연된다.[22] 이 작품의 특징은 주점 밖에서 실제로 일어나는 혁명과 주점 안에서 공연되는 연극세계, 즉 현실과 연극의 경계가 해체되면서 둘이 교묘하게 하나로 얽히게 된다는 것이다. 작품의 끝에 가서 연극에서 우연히 일어난 사건이 실제 사건과 연결되면서, 지금까지

---

21) 그로테스크는 어떤 사태(Sachverhalt)가 이미 잘 알려진 방식으로 해석될 것이라는 기대가 그밖의 다른, 적당한 해석방식이 준비되지 않은 채 실망으로 바뀌는 구조를 취한다. 지금까지 의식이 파악한 것을 통해 기대하던 의미와, 주어진 의미지평에 들지 않지만 실제로 존재하고 있는 현실, 이 두 요소는 모두 주체에게 정당화되어야 한다. 이 두 요소 중 하나라도 정당화되지 않는다면, 세계는 낯설게, 섬뜩하게 체험될 수밖에 없다.

22) 이곳에서 연기하는 배우나 관객인 귀족들 모두 외부 현실을 잊고 오로지 연극의 유희세계만을 즐기려는 사람들이다.

주점에서 일어난 유희는 밖에서 일어난 혁명, 즉 현실이 된다.

이 작품에서 그로테스크는 현실이라는 실제공간과 연극이라는 허구적 공간이 서로 뒤섞이거나 교환됨으로써 형성된다.[23] 여기서 슈니츨러는 '공간의 다층화'를 위해 '극중극' 형식을 취하는데, 이를 통해 그가 노리고 있는 효과는 관객들이 현실이라고 믿고 있는 연극과 연극 속에서 벌어지는 연극 사이의 상호 연관성을 분명히 보여줌으로써 관객들에게 자신이 믿고 있는 현실이 불확실하며, 이곳에서 살고 있는 인간들도 실존적으로 모두 불안한 존재라는 괴로운 경험을 선사하는 것이다. 그는 "환영과 현실의 변증법(Dialektik von Illusion und Wirklichkeit)"[24]을 통해 가상과 현실, 존재와 허상, 유희와 진지함의 경계를 해체함으로써 현실은 더 이상 확실한 것이 아니며 관객들의 진리에 대한 믿음은 단지 환영일 따름이라는 사실을 보여준다.

유희(연극)와 현실의 경계 해체는 범죄자 그랭(Grain)이 프로스페르의 주점에 찾아와 일자리를 부탁하는 장면부터 시작된다. 감옥에서 막 출감한 그랭이 감방에서 알게 된 가스통(Gaston)의 소개로 왔다고 하자, 프로스페르는 가스통은 소매치기 연기를 하는 배우이지 실제로 소매치기가 되었을 리가 없다고 말한다. 하지만 가스통은 실제로 거리에서 지갑을 훔치다가 붙잡혀 3일 전에 감옥에 들어가 있었다. 그랭은 물건을 훔치는 연기를 하다가 실제로 소매치기가 된 가스통과

---

23) Vgl. Holger Sandig: Deutsche Dramaturgie des Grotesken um die Jahrhundertwende. München 1980, S. 143. 진리를 실현할 수 있다는 믿음은 슈니츨러에게 진리라는 가치는 더 이상 고정될 수 없는 사실을 아는 것으로 바뀌게 된다. 진리에 대한 믿음은 단지 환영일 뿐이라는 사실을 밝히고자 하는 의도가 슈니츨러 작품의 주요 테마이다(Vgl. Christa Melchinger: Illusion und Wirklichkeit im dramatischen Werk Arthur Schnitzlers, Heidelberg 1968, S. 17.).

24) Ernst Fischer: Hauptwerk der österreichischen Literatur. München 1997, S. 264.

는 반대로, 실제로 범죄자였다가 이제 범죄자 연기를 해보고 싶다고
말한다.

그랭: 나는 가스통처럼 반대의 길을 가고자 합니다. 그는 범죄자 연
기를 하다가 실제로 범죄자가 되었지만… 나는…. [25]

현실과 허구가 뒤얽히는 이런 혼란은 이 주점에 들어온 귀족 관객
들이 밖에서 듣고 온 실제 혁명 이야기와 연극 내용이 뚜렷이 구분
되지 않자 더 심해진다. 낡아빠진 연극의상을 입고 귀족처럼 등장한
모리스(Maurice)와 에티엔느(Etienne)는 귀족의 결혼식장에서 오는 길
이라고 말하면서 그곳에서 훔쳐온 시계를 내놓는다. 이를 의심한 귀
족들이 누구의 결혼식이었냐고 묻자 그들은 실제로 벌어진 귀족의 결
혼식 상황을 그대로 설명함으로써 관객으로 하여금 연극과 현실을 구
분하지 못하게 한다.

세베린: 저건 코미디가 아니야. 난 맹세할 수 있어요.
롤랭: 그렇고말고요. (그들의 말에는) 도처에 사실들이 번쩍거리고
있어요.
스카볼라: 도대체 누구의 결혼식이었지?
모리스: 라 트레무이에 양의 결혼식이요, 뱅빌 백작과 결혼했지요.
알뱅: 저 얘기 들었어요, 프랑수아? 저건 진짜 소매치기예요. 확실

---

25) Arthur Schnitzler: Der grüne Kakadu. In: Ders.: die dramatischen Werke, 2 Bde
(Frankfurt/M. 1962) S. 524.

해요.[26]

이 상황에서 알뱅이 롤랭에게 "모든 게 혼란스럽기만 해요. 대체 난 어떻게 말해야 할지 모르겠군요"라고 말하자, 롤랭 역시 "원래의 모습… 꾸며서 연기하는 것… 기사님, 당신은 그것을 잘 구분할 수 있겠습니까?"라고 되묻는다. 왜냐하면 그에게는 "모든 것이 언뜻 보면 구분되는 것 같지만, 그런 구분은 없어지고 말기" 때문이다. 그는 자신이 이처럼 '존재(Sein)'와 '허구(Schein)' 사이를 왔다 갔다 하는 것을 "현실이 연극으로 바뀌고, 연극이 현실이 되지요(Wirklichkeit geht in Spiel über-Spiel in Wirklichkeit)"[27]라고 말한다.

이 작품이 그로테스크 문학인 이유는 연극이 현실이 되고 반대로 역사적 세계가 연극이 되는 '혼란의 유희(Verwirrspiel)'를 통해 '현실(Wirklichkeit)'은 '실제세계(wirkliche Welt)'이며 절대적인 것이라는 관객의 믿음을 해체하기 때문이다. 이 작품을 통해 슈니츨러가 요구하는 것은 현실 그 자체의 파괴가 아니라 현실의 절대성을 습관적으로 믿는 우리 의식의 파괴이다.[28] 카이저의 규정에 따르면, 그로테스크는 '탈현실화되고 공포를 일으킬 정도로 낯설게 된 현실(eine entrealisierte, zum Fürchterlichen verfremdete Wirklichkeit)'이다. 하지만 슈니츨러의 작품에서 이 낯선 세계는 경험적인 것이라기보다는 오히려 윤리적이며 의식적인 것이다.[29] 슈니츨러는 여기서 다양한 극

---

26) Ebd., S. 543.
27) Ebd., S. 541.
28) Vgl. Thomas Cramer: Hoffmanns Poetik der Groteske. In: Das Groteske in der Dichtung. Hrsg. v. Otto Best. Darmstadt 1980, S. 234.

작술의 기법을 통해 우리들이 믿고 있는 기대지평의 신뢰성에 의문을 제기할 뿐만 아니라 우리들의 전통적인 세계접근 방법을 거부하고 있다.[30]

현실과 연극 사이의 혼란 모티프에서 가장 중요한 인물은 앙리 (Henri)다. 이 극단의 최고 배우인 앙리는 초반에 다른 극단의 여배우 레오카디(Leocadie)와 결혼해 도시를 떠나 시골로 가서 평화로운 전원생활을 즐길 것이라며 행복한 미래를 꿈꾼다. 하지만 타고난 창녀였던 레오카디는 결혼식 당일까지도 이 극장의 단골인 카디낭 공작 (Herzog von Cadignan)과 바람을 피우다가 그랭에게 이 장면을 들킨다. 한편 앙리는 주점에서 공연된 발타자르(Balthasar)와 죠르제트 (Georgette)의 연기를 보고 레오카디의 정조를 의심하기 시작하며, 이 의혹을 해소하기 위해 그는 '녹색 앵무새'에서 레오카디가 다른 남자와 바람이 났기 때문에 그녀의 정부를 살해하는 내용의 연극을 꾸미기로 결심한다. 무대에서 그는 레오카디를 바래다 주고 오는 길에 의심스러운 생각이 들어 그녀의 분장실로 갔다가 그녀와 밀회를 즐기고 있었던 카디낭 공작을 죽였다고 말한다. 그가 너무 실감나게 연기했기 때문에 주점에 있던 모든 사람들은 그의 이야기를 사실로 믿었으며, 이미 그랭으로부터 레오카디와 공작의 관계를 알고 있었던 프로스페르는 귀족을 죽인 앙리에게 빨리 도망갈 것을 재촉한다. 예상치 못한 반응에 앙리가 어리둥절해하자 프로스페르는 그랭으로부터 들

---

29) Vgl. Erhard Friedrichsmeyer: Schnitzlers 'Der grüne Kakadu.' In: Zfdph 88 (1969), S. 216.

30) Vgl. Walter Hinderer: Der Aufstand der Marionetten: Zu Arthur Schnitzlers Groteske Der grüne Kakadu. In: Zeitgenossenschaft: Studien zur deutschsprachigen Literatur im 20. Jahrhundert. Hrsg. v. Paul Michael Lützeler. Frankfurt/M. 1987, S. 21.

은 레오카디의 외도 사실을 솔직히 털어놓는다. 프로스페르의 이야기를 듣고 놀라고 절망한 앙리는 때마침 주점으로 들어온 카디낭 공작을 실제로 칼로 찔러 죽인다. 이로써 앙리의 연극을 통해 레오카디의 실제 간통은 연극이 되고, 연극적으로 꾸민 공작의 살해는 다시 끝에 가서 실제 살인사건이 된다.

사실 앙리의 의심은 사랑스러운 아내 레오카디가 몰래 다른 남자를 만나고 있을지도 모른다는 불확실한 예감 수준이었다. 예전에 창녀였던 그녀였기에 이것은 충분히 가능한 의심일지도 모른다. 그는 늘 그녀에게 '화려함'과 '천박함'이 공존하고 있다고 느꼈으며, 실제로 연기를 하는 동안에도 "그녀가 태양 아래 가장 아름답고 가장 천박한 여자(das schönste und niedrigste Geschöpf unter der Sonne)"라는 사실을 숨기지 않는다. 혼인 성사를 통해 순결한 아내로 변하기를 간절히 바랐던 앙리는 조르제트에 의해 암시된 창녀와 자기 아내의 동일성을 참을 수 없었다. 이 때문에 그는 이 두 가지 모순된 특성들의 연결을 어떻게든 끊어 버리고 싶었다. 그가 이런 연극을 하겠다고 결심한 것도 아내에게 내재된 창녀의 성격을 연극이라는 환상 세계로 추방하고, 자기 곁에는 정숙한 아내의 특성만을 남기고 싶었기 때문이다.

하지만 창녀와 순결한 아내 사이의 경계선을 분명히 긋겠다는 그의 의도는 결과적으로 실패한다. 그는 극의 결말부에서 알게 된 아내의 참모습이 말도 되지 않는다고 말할 정도로 끝까지 착각에 빠져 있기 때문이다. 이때 그는 자신이 미쳤는지, 아니면 이 사실을 전해 주는 프로스페르가 미쳤는지 분간하지 못하는 혼란상태에 빠진다. 연극이라는 환영 속으로 추방되어 있어야 할 창녀 레오카디가 갑자기 현실

공간에 버젓이 서 있는 이 기절초풍할 사건으로 인해, 즉 기대지평과 현실의 부조화로 인한 혼란 상태에서 앙리는 관객들 앞에서 실제로 공작을 죽인다.

더욱이 그는 살인을 하면서도 자신의 기대지평을 포기하지 않고 창녀와 순결한 아내의 경계를 다시 정립하려고 시도한다. 그는 레오카디가 아니라 공작을 찌름으로써 그녀에게 면죄부를 준다. 이로써 그는 끝까지 자기 아내를 오해한다. 창녀의 기질은 그녀에게서 결코 벗어날 수 없는 부분이며 그녀 스스로도 이것을 잘 알고 있기 때문이다.

> 레오카디: 나 때문이에요. 아니, 아니에요, 나 때문이라 말하지 마세요. 일생 동안 나는 그 정도로 가치 있어 본 적이 없었으니까요.[31]

이로써 기대지평, 즉 선과 악, 연극과 현실, 창녀와 순결한 아내를 구분해 주는 진리가 있다는 믿음은 환멸로 바뀌게 된다.

여기서 슈니츨러가 이 연극의 부제로 단 그로테스크라는 장르적 명칭이 이해된다. 왜냐하면 결말부에 "지금 도대체 진실이 어디에 있는 거죠?(Nun, wo ist jetzt die Wahrheit?)"라는 세베린의 질문처럼 이 작품은 사실성(Realität)과 허구(Fiktion)를 구분할 수 없는 근본적인 혼란 상황을 그리고 있기 때문이다. 슈니츨러의 그로테스크는 이처럼 연극과 현실, 진리와 거짓, 존재와 허구의 뒤얽힘을 통해 연극에 등장하는 인물들을 모두 혼란에 빠지게 만듦으로써 현대인이 과연 현실을 정당하게 평가할 능력을 가지고 있는지 의문을 제기한다.

---

31) Arthur Schnitzler, a.a.O., S. 551.

5

현대문학에서 그로테스크의 임무는 이성에 매몰된 현대인에게 합리적 세계의 불완전함을 일깨우고 현실의 심층부에는 좀 더 근원적인 삶의 '다른 상태'가 있다는 것을 인식시켜 주는 것이다. 고대인들은 신화나 동화가 전해주는 소박한 이야기를 통해 이 '다른 상태'를 쉽게 받아들일 수 있었다. 하지만 합리적 개념 체계에 갇혀 경직된 현대인들은 그로테스크가 야기한 이성적 질서의 붕괴와 이로 인한 혼란을 통해서만 이것을 인식할 수 있다.[32] 예를 들어 무질의 첫 소설의 주인공 퇴를레스(Törleß)가 혼란의 늪에 빠진 것은, 이성에 대한 굳은 신념을 가지고 있었던 그가 어느 날 갑자기 합리적 세계를 떠받치는 기둥인 수학이 '허수'나 '무한' 개념처럼 이성으로 파악되지 않는 비합리적 힘에 의존하고 있다는 것을 알고 이성의 질서가 무너짐을 깨달았기 때문이다. 퇴를레스는 허수[33]처럼 존재하지 않거나 불가능한 값으로 시작되는 계산이 유효한 답을 만들어 내는 "이 연산 뒤에 숨어 있는 힘(die Kraft, die in solch einer Rechnung steckt)"[34]을 떠올리

---

32) Vgl. Robert Petsch, a.a.O., S. 39.

33) 마이너스 1의 제곱근. 하지만 이런 수는 존재하지 않는다. 모든 수는 제곱하면 양수가 되지 음수가 되지 않기 때문이다. 퇴를레스는 허수처럼 존재하지 않는 수로 실제로 계산이 이루어지고 있고, 그 결과가 유효한 답으로 간주되고 있다는 사실에 경악하며, 이 계산을 가능하게 만드는 보이지 않는 힘을 명쾌하게 밝혀 보려고 노력하지만 실패하고 혼란에 빠진다. 결국 소설의 마지막에 가서 그는 이 세계에는 수학처럼 합리적 영역과 이 수학의 토대가 되는 비합리적인 힘이 나란히 공존하고 있다는 사실을 인정하면서 혼란을 벗어나게 된다.

34) Robert Musil: Die Verwirrungen des Zöglings Törleß. In: Ders.: Gesammelte Werke. Hrsg. v. Adolf Friese, Bd. 6. Reinbek b. Hamburg 1978, S. 74.

며 "섬뜩함(das eigentlich Unheimliche)"을 느낀다.

이 체험은 섬뜩하고 불쾌하기까지 해 '추'의 영역에 속하지만 미학
의 연구대상이 될 수 있는 것은 이것이 이성의 억압으로 인해 그동안
무의식 속에 묻혀 있었던 '인간 존재의 근원 상태'를 일깨워 주기 때
문이다. 그로테스크는 '환상'이라는 도구를 통해 이 근원적 상태를 발
굴함으로써 인간존재의 총체성을 미학적으로 해명한 표현양식이다.

참고 문헌

1차 문헌

Schnitzler, Arthur: Der grüne Kakadu. In: Ders.: die dramatischen Werke,
2 Bde(Frankfurt/M 1962).

2차 문헌

김은정: 추의 미적 현대성, 연세대학교, 2003.
로젠크란츠, 조경식 역: 추의 미학, 나남출판사, 2008.
정현경: 웃음에 관한 미학적 성찰, 한국외국어대학교, 2009.
필립 톰슨, 김영무 역: 그로테스크, 서울대학교 출판부, 1986.
Cramer, Thomas: Hoffmanns Poetik der Groteske. In: Das Groteske in
der Dichtung. Hrsg. v. Otto Best, Darmstadt 1980.
Fischer, Ernst: Hauptwerk der österreichischen Literatur. München 1997.
Friedrichsmeyer, Erhard: Schnitzlers 'Der grüne Kakadu.' In: Zfdph 88(1969).
Hegel, G. W.: Phänomenologie des Geistes. Frankfurt/M. 1973.
Heidsieck, Arnold: Das Groteske und das Absurde im modernen Drama.

Stuttgart, Berlin, Köln, Mainz 1969.

Hinderer, Walter: Der Aufstand der Marionetten: Zu Arthur Schnitzlers Groteske Der grüne Kakadu. In: Zeitgenossenschaft: Studien zur deutschsprachigen Literatur im 20. Jahrhundert. Hrsg. v. Paul Michael Lützeler, Frankfurt/M. 1987.

Jauß, H. R.: Die klassische und die christliche Rechtfertigung des Hässlichen in mittelaltericher Literatur. In: Die nicht mehr schönen Künste (Poetik und Hermeneutik, Bd. 3). Hrsg. v. H. R. Jauß, München 1968.

Kayser, Wolfgang: Das Groteske. Seine Gestaltungen in Malerei und Dichtung. Oldenburg 1957.

Melchinger, Christa: Illusion und Wirklichkeit im dramatischen Werk Arthur Schnitzlers, Heidelberg 1968.

Musil, Robert: Die Verwirrungen des Zöglings Törleß. In: Ders.: Gesammelte Werke. Hrsg. v. Adolf Friese, Bd. 6., Reinbek b. Hamburg 1978.

Nietzsche, Friedrich: Über Wahrheit und Lüge im aussermoralischen Sinn. In: Nietzsche Werke III−2. Kritische Gesamtausgabe. Hrsg. v. Giorgio Colli und Mazzino Montinari, Berlin 1968.

Petsch, Robert: Das Groteske. In: Das Groteske in der Dichtung. Hrsg. v. Otto F. Best, Darmstadt 1980.

Pietzcker, Carl: Das Groteske. In: DVjs 45(1971).

Roebling, Irmgard: Groteske. In: Historisches Wörterbuch der Philosophie. Bd. 3. Hrsg. v. Joachim Ritter, Karlfried Gründer, Basel−Stuttgart 1974.

Sandig, Holger: Deutsche Dramaturgie des Grotesken um die Jahrhundertwende. München 1980.

Schlegel, Friedrich: Gespräch über die Poesie, Nachwort v. Hans Eichner, Stuttgart 1968.

Vietta, Silvio: Die literarische Moderne, Stuttgart 1993.

Welsch, Wolfgang: Unsere postmoderne Moderne, Berlin 2002.

제3부

'추'와 영화

영화의 스펙터클과 추의 미학

김형래

1. 들어가는 말

인구 1천만 명의 메트로폴리스 서울, 붉은악마 원정대, 황우석 박사의 가짜 줄기세포 논란 , 한미 **FTA**, 광우병 쇠고기 수입 반대 촛불 시위, 대운하, 노무현 전 대통령의 서거와 조문행렬 등등, 가히 대한민국은 스펙터클의 사회라 할 만하다. 스펙터클, 즉 장대한 볼거리가 충만한 사회인 것이다. 프랑스의 마르크시스트이자 영화제작자이기도 한 기 드보르(Guy Debord)는 매개된 이미지가 넘쳐나는 사회를 '스펙터클의 사회'라고 해서 잘 알려져 있는데, 우리 사회가 그야말로 스펙터클 이미지가 끊이지 않는 곳인 것 같다. 예술 분야를 언급하자면, 한국영화사에서 한국형 블록버스터의 등장과 1천만 명 관객 시대가 도래했다는 사실은 이러한 스펙터클 이미지에 일조하는 또 하나의 사건이 될 것이다.

---

* 이 논문은 강원대학교 《인문과학연구》 22호(2009)에 발표된 것임.

그러나 본고는 이러한 거시적 차원의 스펙터클을 다루기보다는 다소 미시적 차원인 영화의 스펙터클, 구체적으로 말하자면 디지털 테크놀로지와 같은 신기술로 제작되는 영화 이미지 속의 스펙터클을 다룬다. 하지만 필자는 이 미시적 스펙터클이 거시적 스펙터클과 무관하지 않다고 본다. 무엇보다 본고는 영화의 스펙터클이 어떻게 추와 관계하는지 밝히고자 한다.

스펙터클에 대한 연구는 기존에 블록버스터 혹은 한국형 블록버스터 영화를 다루면서 간헐적으로 있어 왔다. 가령 김병철의 《한국형 블록버스터의 빛과 그늘: 한국형 블록버스터의 보편성과 특수성》은 블록버스터의 출현 배경을 전지구적 자본주의로 보고 '전지구적 자본주의 하의 문화산업'이라는 관점에서 한국형 블록버스터의 보편성을, 그리고 한국형 블록버스터에 스며 있는 민족적 알레고리에서 그 특수성을 찾고 있다. 여기서 그는 무엇보다 테크놀로지와 스펙터클의 관계를 밝히면서 스펙터클이 '비틀린 역사와 판타지'를 재현하고 있다고 주장한다. 그밖에 스펙터클과 내러티브의 관계, 또는 스펙터클과 관객성의 문제를 다룬 글들이 국내외에 소개되고 있다.[1] 이러

---

1) 예컨대 문재철의 《현대영화에서 내러티브와 스펙터클의 관계》는 내러티브와 스펙터클의 관계를 다루면서 기존의 연구들이 스펙터클을 내러티브를 억압하는 기제로만 간주하는 것에 이의를 제기한다. 그에 의하면 이같은 주장들은 시간성과 공간성을 분리한 데서 결과한 것이다. 즉 내러티브의 본질을 시간성에, 스펙터클의 본질을 공간성에 부여한 결과라는 것이다. 그러나 결론적으로 그는 스펙터클 또한 시공간적인 표현이기 때문에 오늘날 그것은 내러티브를 이탈하는 것이 아니라 오히려 내러티브에 통합되는 새로운 표현 양식이 되어 가고 있다고 주장한다. 그밖에 스펙터클에 대한 국외의 연구로는 Aylish Wood의 TimeSpace in Spectacular Cinema: Crossing the Great Divide of Spectacle verse Narrative, Patrica Mellancamp의 Spectacle and Spectator, Sean Cubitt의 Introduction, Le réel, c'est l'impossible: the Sublime Time of Special Effects 등이 있다.

한 글들은 주로 스펙터클이 내러티브를 이탈하는가 혹은 내러티브에 통합되는가를 묻거나, 또는 관객들은 과연 이러한 스펙터클의 환영에 단순히 속기만 하는 수동적 관객(구조주의 기호학)이냐, 아니면 이에 적극적으로 대처하는 능동적 관객(인지주의 영화 이론)이냐를 논의한다. 그러나 이들의 연구는 스펙터클이 관객에게 작용하는 방식과 그것이 은폐하고 있는 추의 영역까지 다루고 있지는 않다. 따라서 추의 미학과 스펙터클의 역학관계를 연구하는 것은 본고의 시도가 최초일 것이다.

이를 위해 본고는 우선 전통적으로 추가 어떻게 정의되어 왔는지를 다룰 것이다. 추의 미학 이론가들이 많이 있지만 여기서는 주로 칼 로젠크란츠(Karl Rosenkranz)와 움베르토 에코 그리고 까간(Moissej Kagan)의 추를 다룰 것이다. 그리고 이러한 추의 개념을 바탕으로 영화에서 추는 과연 무엇인지, 형식과 재현의 차원에서 그 해답을 찾아본다. 그중에서 특히 스펙터클이 숭고와 주이상스(jouissance), 그리고 최종적으로 어떻게 추와 관계하는지 그 과정을 추적할 것이다.

2. 추란 무엇인가

추는 미의 상대적 개념이다. 따라서 추에 대한 정의가 가능하려면 미의 개념이 정의되어야 한다. 추는 미의 반대개념으로서 비로소 그 의의를 갖기 때문이다. 우리는 미가 무엇인지 모른다면 반대로 추가 무엇인지도 모를 것이다. 그래서인지 고대로부터 미에 대한 개념규정은 많이 시도되었고 그것이 미학의 영역으로 독립되었지만 추의 개념은 늘 부차적인 의미만을 지니며 미학의 영역 바깥에 놓여 있었다. 물론 그동안 추에 대한 언급이 없었던 것은 아니다. 예컨대 플라톤과 플로티노스로부터 레싱·칸트·헤겔·플로베르·사르트르 등 많은 작가와 사상가들이 추를 표현하거나 그 개념을 규정하려는 시도들을 이어 왔다. 그러나 그것들은 대부분 단편적이었다. 그중에 움베르토 에코도 인정하듯이 가장 체계적으로 추의 개념을 정의한 사람은 헤겔주의자인 칼 로젠크란츠였다. 여기서는 우선 로젠크란츠 역시 추를 미의 부정(否定)으로 규정하였다는 것만을 언급하고 자세한 것은 나중에 다루기로 하자.

추를 정의하는 데 있어 난점은 추가 상대적 가치를 갖는다는 점이다. 다시 말해 추가 시대, 지역, 인종에 따라 달리 인식된다는 사실이다. 과거에 추하게 여겨졌던 것이 오늘날 아름답게 여겨지고 혹은 그 역이 성립하기도 한다. 아프리카에서 아름답다고 여겨지는 것이 다른 세계에서는 추하게 여겨지며, 흑인과 백인의 아름다움에 대한 기준이 다르다는 것도 분명하다. 우리는 고대의 여인상과 회화 속의 여인의 모습에서, 오늘날 우리가 슈퍼모델이나 미스코리아를 선발하는 미와 추의 기준이 과거와 다르다는 것을 충분히 추론할 수 있다. 파리의 명물 에펠탑이 19세기에 처음 지어질 때, 그 철골구조물은 도시의 흉물로 간주되어 당대의 저명한 사람들로부터 비판을 받았다는 것은 유명하다.[2] 피카소의 그림과 초현실주의 작품이 당대 사람들의 거부감을 불러일으켰다는 것도 잘 알려진 사실이며, 아프리카인들이 동물의 뼈를 귀나 코에 구멍을 뚫어 장식하는 것은 지난날 서구인들에게 아름답게 여겨지지 않았을 것이지만 오늘날 우리는 그것이 '피어싱'이라는 형태로 유행하고 있음을 보게 된다. 또 우리는 흑인의 검은 피부가 백인에게 백인의 하얀 피부가 흑인에게 아름답게 여겨지지 않았을 것이라는 사실을 충분히 추측할 수 있다. 그래서 움베르토 에코는 그의 《추의 역사》에서 《맥베스》를 인용하여 추의 상대성을 이렇게 간략히 표현한다. "고운 것은 더러운 것이요 더러운 것은 고웁다…."[3]

추가 상대적인 것이라면 우리는 결코 추를 규정할 수 없는 것인가? 우리는 비록 역사, 지리, 인종이라는 한계를 갖지만 그 안에서 추가 무엇인지 규명하려는 시도는 해볼 수 있지 않을까? 과거로부터 현재까지 미가 아닌 것, 추하다고 간주되었던 것을 나열해 보자. 추한 것에 속하는 다른 표현들로는 불쾌함, 끔찍함, 소름끼침, 역겨움, 추잡함, 더러움, 음란함, 겁남, 으스스함, 악몽 같음, 지긋지긋함, 욕지기남, 악취 남, 야비함, 볼품없음, 싫음, 피곤함, 화남, 일그러짐, 기형 등이 있으며, 그 외에 믿을 수 없는 것, 환상적인 것, 마법 같은 것, 숭고한 것 등도 추의 느낌을 불러일으킬 수 있다.[4]

이렇게 추한 모든 것을 나열하더라도 그 범위가 너무 넓어 오히려 추가 무엇인지 더욱 모호해지는 것 같다. 그렇다면 비록 헤겔의 체계라고 하는 비교적 폐쇄된 체계 내에서이긴 하지만 추를 보편적 개념

---

2) 1887년, 알렉상드르 뒤마, 기 드 모파상, 샤를 구노, 샤를 가르니에 등은 에펠탑 건립에 반대하는 편지를 《르 탕 *Le Temps*》지에 실었다. "우리 문인, 화가, 조각가, 건축가, 그리고 아직 훼손되지 않은 파리의 미를 사랑하는 사람들은 우리 수도의 심장부에 올라가는 쓸모없고 괴물 같은 에펠탑의 건립에 반대하여, 이를 프랑스 국민의 기호에 대한 저평가이자 프랑스의 미술과 역사에 대한 위협으로 여기고, 우리의 온 힘과 온 의분으로 이에 저항하기 위해 모였다. 종종 상식과 정의감을 충분히 타고나는 대중들은 이 탑에 적대감을 보이며 이미 '바벨탑'이라는 별명을 붙였다." Umberto Eco, On Ugliness(오은숙, 《추의 역사》, 파주: 열린책들, 2008), 346쪽.
3) 같은 책, 20쪽.
4) 참조: 같은 책, 16쪽.

으로 자리매김하는 로젠크란츠를 참조해 보자. 그는 추를 미와 코믹 사이에 위치시킨다.[5] 추는 미의 부정이지만 코믹을 매개로 다시 미에 도달한다. 쉬운 예로 못생긴 코미디언을 우리는 추하다고 말하지 않는다. 그의 코믹한 연기는 추를 부정하고 우리를 다시 미의 영역으로 이끈다. 추는 또한 예술 장르에서 미와 캐리커처 사이에 위치한다. 캐리커처는 형태의 부정확성이 특징이다. 그러나 그 부정확성이 캐리커처를 추로 전락시키지 않고 코믹과 마찬가지로 추가 미로 발전하는 것을 가능하게 한다. 이로써 추는 독립적인 개념이 아니라 미에 포섭되는 개념이 된다. 헤겔리안다운 논리다. 절대정신의 변증법적 발전 과정이 미의 영역에 그대로 적용되고 있다.[6]

  M. S. 까간은 러시아의 미학자로서 그의 저서 《미학강의》에서 좀 더 적극적인 의미로 추의 개념을 정의한다. 그는 먼저 "인간의 미는 상대적이며, 그것의 구체적 현상형태는 언제나 민족적, 인종규정적, 계급구속적 징표를 갖게 된다"[7]고 전제하고, 실재와 이상의 일치에

---

5) "왜냐하면 추는 미와 코믹 사이의 중간자로서만 파악될 수 있기 때문이다. 코믹은 추라는 요소가 없다면 불가능한 것이고, 추의 요소는 코믹에 의해서 해소되어 미의 자유로 되돌아간다." Johan Karl Friedrich Rosenkranz, Ästhetik des Hässlichen (조경식, 《추의 미학》, 파주: 나남, 2008), 12쪽.

6) 헤겔의 절대정신은 자기의 부정을 통해 자연과 인간의 모습으로 현현한다. 그러나 자연과 자연의 일부인 인간은 자연의 합법칙성에 구속되어 있지만 자연과 인간이 그 합법칙성의 필연성을 인식하지 못하는 한 그것은 모두 혼돈과 미몽의 상태로 간주된다. 여기서 동물과 인간의 차이가 발생한다. 동물이나 인간은 모두 자연에 속하지만 동물은 자연의 합법칙성을 인식하지 못하는 반면 인간의 정신은 그것을 인식한다. 이러한 인간의 인식 능력을 통해 절대정신은 자기의 여정을 완성하고 스스로에게 회귀한다. 즉 인간의 정신을 통해 비로소 절대정신, 신 혹은 무한자는 인식되는 것이다. 미가 자기의 부정을 통해 미로 회귀하는 과정과 절대정신의 여정이 동일함을 알 수 있다.

7) Moissej Kagan, Vorlesungen zur marxistisch-leninistischen Ästhetik(진중권, 《미학강의 1》, 서울; 새길, 1998), 148쪽.

서 미가, 실재와 이상의 불일치에서 추가 발생한다고 규정한다. 예컨대 오랜 옛날 신석기 시대의 빗살무늬 토기는 밑이 뾰족하게 되어 있다. 이것을 처음 보는 사람은 기이하고 불합리하게 여기고, 아름답다고 여기지 않겠지만 그 용도(그것은 당시 모래 위에 꽂아 놓고 사용했던 것)를 알면 그것을 다시 미적으로 평가할 수 있을 것이다.[8] 즉 "사물의 미는 그것의 합목적성과 매우 밀접하게 결합되어 있다."[9]

까간은 무엇보다 "예술적인 추의 재현은 미의 입장에서 추를 폭로하고 심판하는 것"[10]이라고 주장한다. 데까당스가 추를 긍정하고 유미화(Ästhetisierung)하는 것을 거부하는 것, 그것이 비판적 리얼리즘의 입장이고 까간의 입장이다. 까간은 대표적인 예로 마야코프스키(Majakowski)를 제시한다. 까간은 추한 것을 담고 있는 그의 다음과 같은 시를 인용한다:

그대들,
건강하고 활기찬,
젊은 민중을 위해
시인은
플라카트의 거친 혓바닥으로
폐결핵의 가래침을 남김없이 핥았다.[11]

---

8) 참조: 같은 책, 158쪽.
9) 같은 책, 157쪽.
10) 같은 책, 163쪽.
11) 재인용: Wladimir Majakowski: Gedichte. Nachgedichtet von Hugo Huppert. In: Ausgewählte Werke, herausgegeben von Leonhard Kossuth, Berlin 1966, S. 336.

그리고 이 시에 대해 그는 "오히려 그것은 인간을 불구화하는 사회에 대한 예술가의 억누를 수 없는 증오, 궁핍과 추로부터 자유로운, 인류의 미래에 대한 확고한 신념을 통해서 그 정당성을 획득하고 있다"[12]고 말한다. 이것이 추의 미학이 정당성을 획득하는 지점이다.

3. 영화 속의 미와 추

에코는 추의 상대성을 강조하면서 역사적으로 어떻게 추가 수용되고 승인되며 마침내 현대예술의 중심이 되었는가를 통시적 고찰을 통해 보여주고 있다. 반면 로젠크란츠는 헤겔식으로 추의 역사성을 배제하지 않으면서도 추의 미학을 명시적으로 개념화 하고 있다. 사회주의 미학이론가인 까간은 미는 실재와 이상 간의 일치에 의해 구현되는 것이라는 전제하에 이에 벗어난 것을 추라고 정의하며, 무엇보다 추의 비판적 기능을 강조한다. 그는 이를 통해 사회 변화와 발전의 가능성을 암시하고자 한다.

미가 상대적 개념이라고 하더라도 인종·지역·역사·계급에 따라 미의 기준이 존재했고 그 기준을 벗어나는 것은 추라고 여겨져 왔다. 그 기준을 로젠크란츠는 형태의 부정확성에서 찾았고 까간은 실재와 이상의 불일치에서 찾았다. 그렇다면 영화의 추도 이 기준에 근거하여 규정할 수 있을 것이다. 즉 어떤 형태가 인간의 이상에 불일치한다면 그것은 부정확한 것이면서 동시에 추하다 라는 전제하에서 영

---

12) 앞의 책, 165쪽.

화의 추를 규정할 수 있다. 그러나 영화의 추 역시 역사적 상대성로부터 자유로울 수 없으므로 당대의 관점을 취하는 것이 추를 규정하는 데 바람직 할 것이다.

여기서는 먼저 영화의 스펙터클과 추의 관계를 논하기 전에 일반적 의미의 영화와 추의 관계를 알아보고자 한다. 즉 영화의 재현과 형식의 측면에서 추를 어떻게 규정할 것인가의 문제를 다룬다.

3.1. 재현의 추와 형식의 추

먼저 '재현의 추'에 대한 예를 들어 보자. 표현주의 영화와 초현실주의 영화 속에서 추는 거의 본질적인 요소이다. 그것은 당대의 이상과 불일치하는 것이었으며 형태의 부정확성이 작품의 지배 원리였다는 점에서 추한 것으로 간주될 수 있다. 이런 의미에서 독일 표현주의 영화 〈칼리가리 박사의 밀실 Das Kabinet des Dr. Caligari〉(1920)은 추의 미학을 구현하고 있다고 볼 수 있다(〈사진 1〉). 영화 속의 공간은 실제 공간과는 달리 극단적으로 왜곡되어 표현된다. 그 공간은 외부 세계가 아닌 인간의 내면세계의 공간(몽환적 꿈의 세계 등)을 표현하고 있기 때문이다. 또한 살바도르 달리와 공동으로 시나리오를 쓴, 브뉘엘(Luis Buñuel)의 데뷔 작 〈안달루시아의 개 Un Chien Andalou〉(1929)는 피아노 위의 죽은 당나귀 장면이나 면도칼로 여자의 눈을 절단하는 장면을

〈사진 1〉

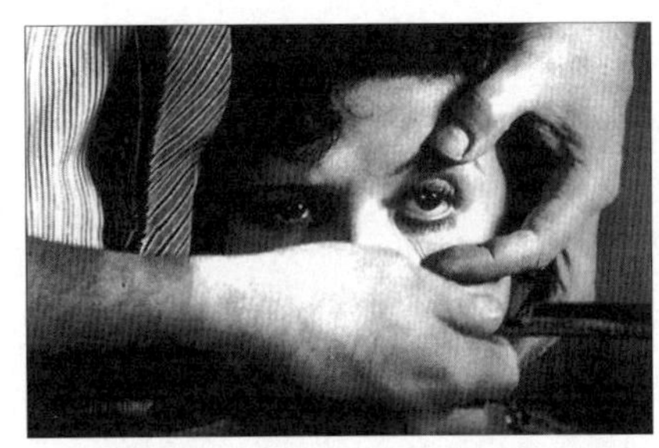

<사진 2>

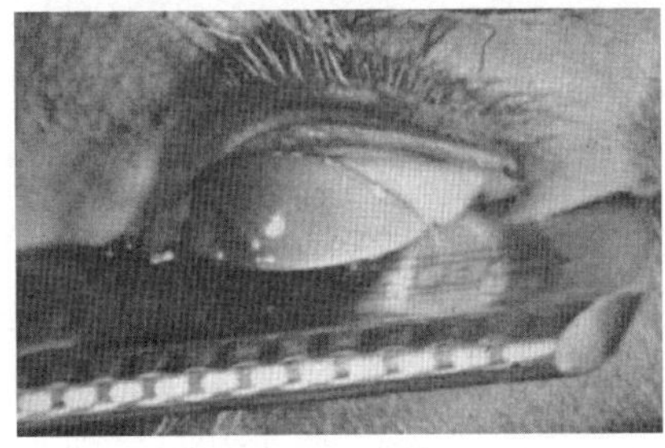

<사진 3>

연출하는데, 이는 추의 미학의 한 극단적 사례를 보여준다(<사진 2, 3>).

다른 예술 장르와 달리 영화는 전통적인 미학의 관점에서 보면 철저히 추가 영화미학의 본질인지도 모른다. 벤야민이 기술복제 시대에 사진과 영화를 염두에 두면서 예술이 아우라를 상실했다고 주장했을 때 이미 영화는 그 자체로 추로 간주될 수 있다. 왜냐하면 전통적으로 기술은 예술작품 속에서 은폐되어야 했기 때문이다.[13]

예술에서 기술의 개입이 적극적으로 인정된 것은 사회주의 미학과 벤야민의 선언 그리고 미래파의 기술낙관론 이후일 것이다. 당대의 관점에서 볼 때 영화는 기술 없이는 존재할 수 없는 것으로서 단지 오락거리 이상이 아니었다. 여기서 우리는 영화가 내포하고 있는 첫번째 형식적 추의 유형을 접하게 된다. 필자는 이것을 '재현의 추'에 이어 '형식의 추'라고 명명하고자 한다.

두번째 '형식의 추'는 영화를 예술로 승화시킨 핵심기술인 몽타주와 편집에서 찾을 수 있다. 벨라 발라즈(**Béla Balázs**)가 전하는, 시베

---

13) 이에 대한 논의는 Peter Weibel의 "Transformation der Techno-Ästhetik(테크노 미학의 변환)"(1991) 참조.

리아에서 온 한 소녀의 영화 체험 일화는 몽타주 기법이 처음에 추로 간주되었다는 사실을 말해 준다. 모스크바에서 처음으로 영화를 관람하고 돌아온 그녀는 영화를 본 소감이 어떠냐고 묻는 사람들의 질문에 '끔찍했다'고 답한다. 그녀는 모스크바에서 어떻게 이런 끔찍한 것을 보여주도록 허락하는지 이해할 수 없다고 하며, 사람들이 산산조각 나서 머리와 발과 손이 제각기 따로 논다면서 영화에서 본 것을 설명했다.[14] 그녀는 몽타주 기법을 이해하지 못했던 것이다.

세번째 '형식의 추'는 영화가 '1초에 24번의 죽음'을 내재하고 있다는 사실에 있다. 로라 멀비는 영화를 이렇게 정의하고 그것을 언캐니(uncanny 독일어로는 Das Unheimliche), 즉 섬뜩함이라고 표현했다. 움베르토 에코에 의하면 언캐니 역시 추로 간주된다. 1초에 24프레임으로 동영상을 구현하는 영화는 각 프레임의 연결부에 검은 간극을 내재하고 있는데, 이 검은 경계는 동과 부동, 삶과 죽음을 갈라 놓는 동시에 연결하는, 섬뜩한 레테의 강인 것이다. 따라서 영화는 죽은 것도 산 것도 아닌 좀비와 같은 존재로서 그것은 추를 내재하고 있지만 관객은 그것을 인식하지 못하고 오히려 그것을 환영한다. 영화는 이렇게 해서 추이면서 미가 되고 미이면서 추가 된다.

그러나 오늘날 무엇보다 강력한 위력을 발휘하는 추가 있는데 그것은 바로 스펙터클의 추다. 이것은 재현의 추이면서 동시에 형식의 추에도 속한다. 그리고 이 추는 좀 더 깊은 해석을 요구한다. 영화의 본질이 애초에 스펙터클이라는 주장도 있기 때문에 본질로서의 스펙터클과 오늘날의 스펙터클을 구분할 필요가 있다. 그 차이를 간단

---

14) Vgl. Béla Balázs, Der Geist des Films(Frankfurt/M. 2001), S. 27.

히 구분하자면 과거의 스펙터클이 국가적 혹은 국소적 스펙터클이었
다면 오늘날의 것은 다국적이며 전지구적 스펙터클이라는 데 차이
가 있을 것이다.

3.2. 스펙터클의 추

그런데 왜 스펙터클이 추란 말인가? 스펙터클은 어떤 점에서 우리
의 이상과 불일치하며 부정확성을 드러내고 있는가? 결론부터 말하
자면 스펙터클은 서사를 억압하며 외설적이기 때문에 추하다고 할
수 있다. 이후의 논의는 이러한 스펙터클의 추를 중심으로 전개될
것이다. 하지만 여기서는 서사의 억압과 외설성이 서로 상관관계 속
에 있다는 것만 언급하고, 먼저 영화의 본질과 스펙터클의 관계를
알아보자.

영화의 존재론을 고려해 볼 때 스펙터클은 더 이상 추가 아닐 수
있다. 앞서 말한 것처럼 그것은 오히려 영화 미학의 본질이다. 초기
부터 영화는 '매혹의 영화'로 불리어지며 볼거리를 제공하는 것이
목적이었다. 멜리에스(Georges Méliès)와 뤼미에르(Auguste and Louis
Lumière)의 대비는 영화사에서 정당화되고 있지만 실제로 두 사람의
공통된 의도는 볼거리를 제공하는 것에 다름 아니었다.[15] 물론 몽타주
의 도입으로 영화는 점차 예술적 지위를 획득하게 되었지만, 그럼에
도 불구하고 영화는 항상 상업성과 예술성의 경계에서 거론되었다.

---

15) Vgl. Tom Gunning, 1996. Die Kino der Attraktionen. Der frühe Film, seine
Zuschauer und die Avantgarde. In: Meteor, 4, S. 27.

어쨌든 스펙터클이 영화의 본질을 구성하고 있다면 그것이 무조건 추로 간주될 이유가 없다. 그러나 스펙터클이 자본과 신기술의 결합으로 생성되고 그것이 외설적 성격을 띠게 되었을 때 우리는 그것을 추라고 규정할 수 있다. 더군다나 영화가 이 외설성을 현상의 솔직한 표현이나 비판적 표현으로 제시한 것이 아니라 단지 현상을 미화하기 위해 이용한 것이라면, 오늘날 우리의 시대정신은 그것을 추라고 판단할 수 있다. 여기서 그 판단의 근거는 스펙터클이 바로 정치적 무의식을 드러내며 시대의 알레고리로 작용한다는 데 있다. 그러나 스펙터클의 외설성과 추의 관계를 규명하려면 아직 좀 더 먼 길을 돌아가야 한다.

스펙터클과 돈 혹은 자본의 관계는 무엇일까? 세련된 스펙터클, 최신의 스펙터클은 막대한 자본을 필요로 한다. 이러한 자본을 융통할 수 있는 곳은 할리우드밖에 없다. 따라서 할리우드의 블록버스터는 최고의 스펙터클을 만들어 낼 수 있다. 인도의 발리우드를 제외하고는 어느 나라도 이러한 할리우드의 공세를 당할 수 없다. 유럽의 영화시장도 미국의 영화가 지배하고 있다고 해도 과언이 아니다. 소위 블록버스터 영화는 라이드 영화(Cinema Ride)나 아이맥스 영화와 같이 많은 볼거리와 롤러코스터를 타는 듯한 환영을 제공한다. 영화의 서사나 메시지는 부차적인 것이 되고, 대신에 강렬한 특수효과의 스펙터클이 영화의 중심을 차지한다. 이때 스펙터클은 자본의 외화이며 자본이 전환된 것에 다름 아니다.[16]

최고의 스펙터클은 또한 최신의 기술 없이는 불가능하다. 특히 디지털 기술은 아날로그 영화에 혁명을 가져왔다. 자본과 더불어 기술은 오늘날의 영화를 다시 초기의 영화로 회귀시키고 있으며, 많은 영화인들이 영화를 예술매체로 격상시키려던 노력들을 거꾸로 돌려놓고 있다. 필자는 요즘의 영화가 예술적이지 않다고 말하는 것은 아니다. 많은 이들이 주장하듯이 디지로그 시대에 영화의 미래는 상업적으로나 예술적으로 많은 가능성을 내포하고 있다. 그러나 여기서는 디지털 영화의 긍정적 혹은 부정적 미래에 대한 논의는 다음의 논의를 위해 아껴두기로 한다.

4. 스펙터클, 숭고, 주이상스

4.1. 스펙터클과 숭고

자본과 기술의 공세는 우리에게 막강한 힘, 거역할 수 없는 힘으로 다가 온다. 영화의 스펙터클은 이런 의미에서 오늘날 우리에게 숭고의 감정을 불러일으키는 대상으로 등극하게 되었다. 숭고는 존엄하고 거룩하다는 의미를 갖는다. 숭고는 우리의 감정을 존엄하고 거룩하게 만드는 대상으로부터 촉발된다. 그로 인해 숭고는 우리의 감정을 승화시키고 고양시킨다. 우리를 승화와 고양으로 이끄는 그 대상

---

16) 최근의 대표적인 예로 〈트랜스포머 2〉를 들 수 있다. 또 필자는 이와 관련하여 영화 〈디-워〉를 분석한 바 있다. 〈트랜스포머 2〉가 혹자의 분석대로 폭스아메리카나의 전도사 역할을 한다면 〈디-워〉는 아메리칸드림의 현주소를 보여주는 것으로서 이들이 보여주는 스펙터클은 모두 '자본의 외화'의 한 전형으로 간주할 수 있다. 그밖에 〈터미네이터〉 시리즈, 〈쥐라기 공원〉의 후속편들, 〈매트릭스〉 시리즈와 〈반지의 제왕〉 〈300〉 〈폴라 익스프레스〉 〈베오울프〉 〈캐리비안의 해적〉 등의 블록버스터 영화들이 디지털 테크놀로지를 통해 보여주는 스펙터클은 영화의 주제나 소재를 떠나 전형적인 할리우드 자본의 외화로 간주할 수 있다.

은 무엇일까. 그것은 우리의 지각과 언어가 감히 닿을 수 없는 것, 어떤 초월적인 대상이다. 그러나 그것은 우리의 지각과 언어를 그곳으로 향하게 만드는 것, 그것의 존재를 느끼게 만드는 것이기도 하다. 과거 숭고의 대상은 때로는 자연이었고 때로는 신과 같은 존재였다. 또한 그것은 때로는 두려움과 불쾌감을 주는 것이었고, 그래서 칸트는 숭고를 미에 반대되는 것으로 간주했다. 그러나 소위 가짜 롱기누스(Pseudo-Longinus)로부터 버크(Edmund Burke)와 칸트에 이르기까지 숭고에 있어서 공통되는 것은 숭고한 대상의 규모와 힘의 크기였다. 그것이 인간으로부터 숭고의 감정을 불러일으켰던 것이다. 나아가 료타르(Lyotard)는 숭고를 포스트모던 사회의 지배적인 미학적 현상으로 간주하기도 한다. 에코는 칸트·실러·헤겔의 숭고를 다음과 같이 간략하고, 비교적 이해하기 쉽게 정리하고 있다.

칸트는 미를 숭고와 대비시키면서 수학적 숭고를 이야기했다(《판단력 비판 *Kritik der Urteilskraft*》, 1790). 수학적 숭고의 한 예가 반짝이는 하늘의 광경이다. 여기서 우리는 우리가 보는 것이 우리의 감관 능력의 범위를 넘어선다는 인상을 갖게 되며 우리의 이성은, 감각으로는 도저히 포착할 수 없고 상상력이 직관을 통해서도 포괄할 수 없는 무한을 가정하도록 이끈다. 이어서 칸트는 역학적 숭고를 말하면서 폭풍우 치는 광경을 예로 드는데, 이때 정신은 무한한 힘의 인상으로 인해 동요를 일으키고 우리의 감각 속성들은 보잘것없게 느껴진다. 따라서 우리는 불안감을 느끼지만 이는 우리의 도덕적 위대함이란 감정으로 상쇄되며, 이에 대해서는 자연의 힘도 무기력하다. 실러는 《숭고에 대하여 *Über das Erhabene*》에서, 숭고란 우리의 한계를 깨닫게 해주는 동시에 우리가 모든 한계에서 독립되어 있음을 느끼게 해주는 무엇이라고 보았다. 한편 헤겔은 숭고란 이러한 표상에 적당한 어떤 대상을 현상의 영역 안에서 찾으려고 하지 않으면서 무한을 표현하려는 시도라고 생각했다.[17]

이런 의미에서 특히 영화관의 스펙터클은 오늘날 과거의 자연과 신 혹은 무한을 대체하는 또 하나의 숭고한 대상인 것이다. 관객은 점점 거대해지는 스크린 앞에서, 과거 인간이 신과 자연의 무한 앞에서 느꼈던 인간의 유한성과 표현할 수 없는 무한에 대한 인식을 지시하는 숭고를 느낀다. 나아가 관객은 거대한 스크린 앞에서뿐만 아니라 스크린 속에서 우리의 자연 지각의 능력을 추월하며 빠르고 혼란스럽게 펼쳐지는 영상에서, 그리고 우리의 고막을 찢을 듯한 음향 효과 속에서 현대의 숭고를 체험하는 것이다. 그러나 문제는 이러한 숭고를 불러일으키는 스펙터클의 공세가, 영화 예술의 본질이 이와 같은 스펙터클 속에 놓여 있기라도 한 듯 강화되고 시장의 표준이 되어 가고 있다는 인상을 준다는 데 있다. 이제 스펙터클은 심지어 소비상품으로 취급되어 빠르게 순환되며 소비되고, 나아가 물신화되고 있다.

4.2. 스펙터클과 주이상스

따라서 스펙터클은 숭고의 대상이자 주이상스(향락)의 대상이기도 하다. 과도한 향락(주이상스)로서의 스펙터클은 우리를 허기지게 하

---

17) 에코, 앞의 책, 276쪽.

며 그것을 끊임없이 소비하게 하는 데 그 특징이 있다. 그러나 라캉적 의미에서 주이상스는 쉽게 언어로 규정할 수 없고, 상징계의 질서로 포섭할 수 없다. 주이상스는 상징계의 질서에 난 구멍이며, 라캉적 실재(The Real)에 속한다. 다시 말해 영화적 서사의 관점에서 보면 주이상스인 스펙터클은 서사에 난 구멍으로서 서사를 억압하거나 빗겨가는, 해석할 수 없는 그 무엇이다. 그런 의미에서 주이상스는 숭고와 맞닿아 있다. 앞에서 숭고는 자연이나 신과 같은 초월적인 존재 앞에서 느끼는 인간의 형언할 수 없는 감정이라고 규정했다. 간단히 말하자면 숭고는 표현불가능성(Unmöglichkeit der Darstellung)을 지시하는 미학적 개념으로 이해될 수 있다. 라캉의 주이상스는 바로 실재계에 속하는 것으로 상징화될 수도 해석될 수도 없는 대상이라는 점에서 숭고와 닮아 있다. 그런 점에서 영화의 스펙터클은 숭고의 대상이자 곧 주이상스의 대상이기도 한 것이다.

좀 더 구체적으로 주이상스가 무엇인지 알아보자. 프랑스어 주이상스(juissance)는 우리말로 '향락' 또는 '희열'로 번역되며 라캉의 후기 저작에서 중요한 개념이 된다. 주이상스는 그의 저작에서 다양한 변형을 거쳐 나타난다. 초기에 라캉은 헤겔의 주인과 노예의 예를 통해 주이상스를 사용한다. 헤겔은 주인의 주이상스를 위해 노예는 노동을 한다고 말한다. 이후 주이상스는 점점 성적인 의미를 갖게 되고 오르가즘이나 마스터베이션과 관계한다. 후기에는 특히 성구분(sexuation) 이론에서 이 개념이 사용되고 있다. 이처럼 주이상스는 다양한 맥락에서 사용되기 때문에 한마디로 정의하기 어려운 개념이다. 그러나 여기서는 성구분 이론에 사용된 주이상스 개념을 적극적으로 수용할 것이다.

라캉은 주이상스를 팔루스 주이상스(phallus jouissance)[18]와 타자적 주이상스(jouissance of the Other)로 나눈다. 팔루스 주이상스는 남성에게 속하는 것으로, 타자의 주이상스는 여성에게 속하는 것으로 간주된다. 여기서 타자의 주이상스는 여성의 주이상스(feminine jouissance)라고도 한다. 그러나 이때 주목할 것은 남성과 여성의 구분이 생물학적 성에 따른 것이 아니라는 점과 남성은 둘 중 하나만을 경험할 수 있지만 여성은 팔루스 주이상스와 여성의 주이상스 모두를 경험할 수 있다는 사실이다. 특히 여성의 주이상스는 경험할 수는 있지만 설명할 수 없다는 것이 특징이다. 팔루스 주이상스가 상징계에 속하는 반면 여성의 주이상스는 실재계에 속하기 때문이다.[19]

라캉은 또한 주이상스를 프로이트의 쾌락원칙(Lustprinzip)에 대비시키고 있다. 쾌락원칙은 주이상스의 금지로서 '가능한 적게 향락하라'는 하나의 법(Gesetz)으로 기능한다. 과도한 향락은 쾌락원칙을 넘어(jenseits des Lustprinzips) 죽음 충동에 이르게 하기 때문이다. 쾌락은 상징계의 질서 내에 위치하며 주이상스는 상징계 바깥에 위치한다. 따라서 주이상스는 언어로 표현할 수 없는 곳에 위치한다.[20]

---

18) "항상 어떤 것이 부족하다는 느낌을 가지게 하는 이러한 종류의 (불)만족감이 바로 라캉이 팔루스적 주이상스라고 부르는 것이며 이것에 의해 남성적 구조가 정의된다. (…) 그러나 여기서 중요한 것은 팔루스적 주이상스가 오직 남자만이 경험할 수 있다는 의미에서의 남성(male)으로 정의된 것이 아니라는 사실이다; 그것은 남녀 모두가 경험할 수 있는 것이며 그것이 실패에 의해 특징지어 지는 한 팔루스적인 것으로 정의된다." Sean Homer. Jacques Lacan(김서영, 《라캉 읽기》, 서울: 은행나무, 2006), 198쪽.

19) 같은 책, 198쪽 이하.

20) Vgl. Dylan Evans, Wörterbuch der Lacanschen Psychoanalyse(Wie. 2002), S. 114.

영화를 기호학적 관점에서 보면, 우리는 스펙터클이 주이상스로서 기능한다는 것을 충분히 상상할 수 있다. 스펙터클은 기호의 연쇄인 영화의 서사를 억압하며 과도한 향락, 즉 주이상스로 기능한다. 로라 멀비는 그녀의《시각적 쾌락과 내러티브 시네마 *Visual Pleasure and Narrative Cinema*》(1975)라는 글에서 영화에서 재현된 여성의 육체를 스펙터클로 간주하고, 이 스펙터클이 남성 시선(**The Male Gaze**)의 물신적 대상이 되어 서사를 억압하는 기능을 한다고 주장한다. 그러나 오늘날 여성의 육체뿐만 아니라 디지털기술에 의한 스펙터클 또한 물신으로서 서사를 억압하고 주이상스로 기능함을 알 수 있다. 그리고 이것이 다름 아닌 앞서 언급한 스펙터클의 추가 서사의 억압과 관계가 있다는 사실을 설명하는 열쇠가 될 것이다.[21]

주이상스가 서사를 억압하고 중지시킨다는 것은 무슨 의미인가? 지젝에 따르면 기표의 영역이 주이상스에 의해 관통되면 기표의 영역에 구멍이 생기고 비일관성이 발생한다. 주이상스의 위치는 바로 그 구멍과 비일관성에 있다. 스펙터클은 다름 아닌 상상적 기표(크리스티앙 메츠)로서의 영화에 난 구멍이며 비일관성이다. 그것은 곧 서사에 난 구멍, 즉 서사의 결여로서 기능한다.

여기서 우리는 주이상스의 역설과 만나게 된다. 그리고 여기에 바로 앞으로 다루게 될 주이상스의 외설성이 위치한다. 주이상스의 역설은 증상(**Symptom**)이 무엇인가에 대한 설명 속에서 드러난다. 증상

---

21) 물론 스펙터클이 모두 서사를 억압한다고 볼 수는 없다. 스펙터클이 서사의 일부이며 서사를 촉발한다는 견해도 있다(이에 대해서는 문재철, 2004. 현대영화에서 내러티브와 스펙터클의 관계-공상과학영화의 특수효과와 관객성을 중심으로. 《문학과 영상》. Vol.5 No.2, pp.167-190 참조).

은 분석자가 해석해야 하는 대상이다. 그러나 분석자가 증상을 해석했다고 하더라도 그것은 여전히 사라지지 않는다. 왜 그럴까? 라캉의 대답은 주이상스 때문이다. 주이상스는 해석될 수 없는 어떤 것, 즉 실재이다. 증상 속에 이 주이상스가 있기 때문에 증상은 해석을 거부한다. 한편으로는 해석될 수 있지만 다른 한편으로는 해석을 거부하는 증상을 라캉은 특별히 증환(Sinthom)이라 명명한다. 달리 말하면 증환으로서의 증상은 주이상스에 의해 관통된 기표이다. 그러나 지젝에 의하면 이러한 증환으로서의 증상은 역설적이게도 '세계 내 존재'로서의 주체의 현존을 유지시켜 주고 주체에게 일관성을 부여하는 하나의 방식이다. 따라서 이러한 증상이 해소되면 그것은 곧 세계의 종말, 즉 주체의 죽음을 의미한다.[22] 바로 여기에 증상의 역설이 숨어 있다. 증상은 주체를 해체시키면서 동시에 주체의 일관성을 유지시켜 준다. 이러한 이유로 주체는 증상을 던져 버릴 수가 없으며 오히려 자기의 일관성을 유지하기 위해 그것을 붙잡아야 한다.

영화에서 스펙터클은 주이상스를 내포하고 있는 증상과 같다. 스펙터클이 없는 영화는 없다. 영화에서 스펙터클의 결여는 곧 영화의 죽음을 의미한다. 그럼에도 불구하고 이 스펙터클이 외설적 성격을 띨 때가 있다. 다음은 주이상스의 외설성을 설명함으로써 스펙터클의 외설성과 추의 관계를 밝혀보고자 한다.

---

22) 참조: Slavoj Zizek, The sublime object of ideology(이수련, 《이데올로기라는 숭고한 대상》, 고양: 인간사랑, 2002), 75쪽.

5. 스펙터클의 외설성과 추

비로소 우리는 주이상스의 외설적 성격을 만나게 된다. 일반적으로 성적인 것, 성기 등에 대한 언급과 표현은 터부시되고 있는데, 이것을 드러내어 표현했을 때 우리는 그것을 외설적이라고 한다. 그런데 외설의 특징은 특히 예술에 있어서 그것이 매우 매혹적이라는 데 있다. 그것은 관객을 사로잡아 '즐기라'고 명령하고, 우리는 그것을 거역할 수 없다. 지젝에 의하면 라캉은 칸트의 도덕적 정언명령이 '즐겨라(enjoy)'라고 하는 초자아의 외설적 명령을 은폐하고 있음을 강조한다고 주장한다. 주이상스를 영어로 번역하면 enjoyment이고 여기서 파생된 'enjoy'라는 명령은 주이상스의 외설성을 내포하고 있다. 이것이 외설적인 것은, 이 정언명령이 법은 법이기 때문에 복종해야 한다는 무조건적인 명령의 형식을 띠고 있기 때문이다.[23]

지젝은 또 칸트의 정언명령을 사드(Sade)의 포르노그래피적 명령과 비교한다. 왜냐하면 둘 다 '즐겨라, 복종하라'라고 하는 무조건적인 명령을 담고 있기 때문이다. 물론 둘 사이에는 차이가 있다. 칸트는 그 명령을 계몽된 자율적 주체 뒤에 은폐하고 있는 반면 사드는 그 명령을 노골적으로 발설하고 있기 때문이다. '즐겨라'라는 사드의 명령처럼 칸트의 명령은 해석할 수 없는, 회의를 허락하지 않으며 무조건 복종해야 하는 하나의 법인 것이다.[24]

---

23) 같은 책, 81쪽.
24) 같은 책.

바로 여기에 주이상스의 외설성이 있다. 이러한 의미에서 영화에서 주이상스로서의 스펙터클은 외설적이다. 스펙터클은 말로 표현할 수 없는 시각적 효과로서 우리를 몰아의 지경에 빠져들게 하며 끊임없이 충족되지 않는 주이상스를 제공한다. 그리고 그것은 우리에게 포르노그래피가 그렇듯이 '묻지도 따지지도 말고' 무조건 즐기라는 명령을 내린다. 이보다 더 외설적인 것이 있을까? 그러나 앞서 말했듯이 영화의 스펙터클이 영화의 본질을 구성하는 것이라면 그것을 무조건 외설적이라고 규정하는 데에는 문제가 있다. 따라서 여기서 문제 삼는 것은 스펙터클이 거역할 수 없는 무조건적인 명령의 형식으로 우리에게 다가오는 어떤 순간이다.

대개 외설적인 것은 추한 것으로 여겨져 왔지만 오늘날 예술의 영역에서 외설은 더 이상 추로만 간주되지 않는 것이 현실이다. 우리나라 영화의 경우, 외설에도 등급이 있어서 시대와 나라에 따라 외설의 수위가 달리 정해지는데, 예전에는 단지 키스 장면만 있어도 외설적인 것으로 간주되던 때가 있었던가 하면 요즘은 성기만 노출되지 않으면 외설이 아닌 예술적 표현으로 인정된다. 물론 벗은 육체를 드러내는 것이 다 외설적인 것만은 아니다. 환경보호주의자들과 동물보호주의자들은 때때로 나체로 시위를 하지만 우리는 이것을 외설적이라고 말하지 않는다. 그만큼 육체의 외설성은 우리 사회에서 많이 관용되고 있다고 볼 수 있다.

그렇다면 육체적 외설보다 더 외설적이고 더 추한 것은 무엇일까? 다시 말해 육체적 외설보다 더 거역할 수 없는 무조건적인 명령으로 다가오는 외설성은 무엇일까? 필자는 그것을 '은폐된 자본의 명령'이라고 명명하고 싶다. 굳이 마르크스를 언급하지 않더라도 화폐의 전능함을 부인하는 사람은 없을 것이다.[25] 그래서 화폐, 즉 돈은 물신으로 기능하며 또 숭상되지 않던가. 우리는 돈이 우리에게 하는 명령을 거역할 수 없다. 따라서 그것이 우리에게 '소비하라,' 무조건 '즐겨라' 라고 명령할 때 그것만큼 외설적인 것은 없다. 그것은 우리를 궁핍하게 하며 나아가 우리에게 '나는 소비한다, 고로 존재한다' 라는 명제를 각인시킨다. 오늘날 영화의 스펙터클은 바로 이같은 명령과 명제를 재현한다. 다시 말하자면 스펙터클의 재현은 일차적으로 그와 같은 자본의 명령을 은폐하고 있는 시각적 주이상스이다. 따라서 필자는 '자본의 명령'을 외설적이라고 명명하고, 더 나아가 시각적 주이상스, 즉 영화의 스펙터클에 내재하고 있는 그 '은폐된 자본의 명령'을 '추'로 규정하고자 한다.[26]

6. 결론

오늘날 미추의 경계는 흐려져 의미가 없는 것처럼 보인다. 절대적 가치에 대한 평가는 유보되고 상업적 기준이 절대 가치를 대체하고 있는 듯하다. 그러나 이러한 푸념은 진부할 뿐이다. 거대 자본과 신

---

25) 참조: **Karl Marx**, Ökonomisch-Philosophische **Manuskript**(김태경, 《경제학−철학 수고》, 서울: 이론과실천, 1987), 114쪽.

26) 이즈음 혹자는 어째서 영화 예술에 필수적인 자본의 개입이 추하냐고 거듭 반문할지 모른다. 그러나 필자는 여기서 '규모의 자본' 과 '자본이 편중된 스펙터클' 을 문제시하고 있는 것이지, 모든 자본과 스펙터클을 추로 규정하는 것이 아님을 밝혀 둔다. 자본의 과잉 편중이 문화 예술의 다양성에 가져올 해악을 염두에 둘 필요가 있을 것이다.

기술을 투입한 대중예술이 승승장구하고 있기 때문이다. 특히 영화는 태생적으로 자본과 기술 없이는 불가능한 예술이었으므로 항상 그 예술의 지위는 논란거리가 되어 왔다. 그같은 영화의 위상은 스크린 쿼터 논란 때에도 여실히 문제의 소지를 드러낸 바 있다. 영화는 무역 협상의 대상이 될 만큼 산업적 혹은 상업적 위상이 높았던 것이다. 때문에 벤야민도 영화에 대한 양가적 태도를 보였던 것 같다. 그가 기술복제 예술인 영화에 대하여 호의적이었던 것은 영화가 지닌 정치적 함의 때문이었지만, 다른 한편 아우라의 상실을 이야기함으로써 그는 전통예술에 대한 강한 애정과 향수를 표명한 것이었다.

필자는 본문에서 인위적으로 영화 속의 미와 추를 추출해 보았다. 그러나 그것들은 본질적으로 양분될 수 있는 것이 아닌지 모른다. 미와 추에 대한 판단은 상대적이며 가변적이어서 언제든 전복될 수 있기 때문이다. 추를 판단한다는 것은 시대적 · 민족적 · 인종적 · 계급적 한계를 갖는다는 사실은 분명하다. 그러나 그 한계 때문에 판단을 유보하는 것은 미로 속에서 길을 잃는 것과 마찬가지이다. 비록 지금의 가치 판단이 곧 전복될 운명에 처하더라도 판단을 유보하고 기회를 본다면 영원히 길을 잃고 헤맬지 모른다. 본고에서 영화의 추를 돌출시키고 그중에서도 스펙터클이 내포하고 있는 추의 메커니즘을 상세히 다룬 것은 가치의 혼란 속에서 길을 잃지 않으려는 하나의 작은 시도이다.

추를 드러내고 폭로하는 것은 단순히 수동적으로 현상의 분석에 만족하기 위한 것이 아니라 현상을 변화시키기 위한 첫걸음이어야 한다. 까간은 실재와 이상의 일치에서 미가 발생하고 그것의 불일치는 곧 추를 야기한다고 했다. 그러나 실재와 이상이 불일치했을 때 그

것을 추라고 판단하고 그 추한 현실을 인정하기만 해서는 안 될 것이
다. 인간은 지배적인 가치에 종속되는 경향이 있지만 또한 그것을 전
복하려는 자율 의지도 가지고 있다. 비록 본고가 극히 제한적인 영
화의 스펙터클에 내재한 추를 다루기는 하지만 그것은 감히 거시적
차원에서의 질적 변화에 대한 열망을 담고 있다고 할 수 있다.

참고 문헌

김선아. 2005. 한국영화의 시간, 공간, 육체의 문화정치학. 박사학위논문.
중앙대학교.

김병철. 2003. 한국형 블록버스터의 지형도. 《영화연구》. 제21호, pp.7-30.

──── 2005. 한국형 블록버스터의 빛과 그늘: 한국형 블록버스터의 보편성
과 특수성. 파주: 한국학술정보(주).

문재철, 2004. 현대영화에서 내러티브와 스펙터클의 관계-공상과학영화
의 특수효과와 관객성을 중심으로.《문학과 영상》. Vol.5 No.2, pp.167-190.

민승기 · 이미선 · 권택영(편역). 1994. 욕망 이론. 서울: 문예출판사.

안성찬. 2004. 숭고의 미학. 서울: 유로서적.

전평국/김형두. 2009. 디지털 테크놀로지와 영화 표현기법의 변화.《한국
콘텐츠학회논문지》. Vol.9 No.1, pp.205-214.

채만수. 2002. 노동자 교양 경제학: 정치경제학 원론에서 신자유주의 비
판까지. 서울: 노사과연.

Darley, Andrew. Visual Digital Culture: Surface Play and Spectacle in New
Media Genres(김주환.《디지털 시대의 영상 문화》. 서울: 현실문화연구. 2003).

Eco, Umberto. On Ugliness(오은숙.《추의 역사》. 파주: 열린책들. 2008).

Fink, Bruce. Lacan to the Leter: Reading Ecrits Closely(김서영.《에크리
읽기》. 서울: 도서출판b. 2007).

Homer, Sean. Jacques Lacan(김서영. 《라캉 읽기》. 서울: 은행나무. 2006).

Marx, Karl. Ökonomisch-Philosophische Manuskript(김태경. 《경제학-철학 수고》. 서울: 이론과실천. 1987).

Mulvey, Laura. Death 24x a Second: Stillness and the Moving Image(이 기형·이찬욱. 《1초에 24번의 죽음》. 서울: 현실문화. 2007).

Kagan, Moissej. Vorlesungen zur marxistisch-leninistischen Ästhetik(진중 권. 《미학강의 1》. 서울: 새길. 1998).

Rosenkranz, Johan Karl Friedrich. Ästhetik des Hässlichen(조경식. 《추의 미학》. 파주: 나남. 2008).

Zizek, Slavoj. The sublime object of ideology(이수련. 《이데올로기라는 숭 고한 대상》. 고양: 인간사랑. 2002).

Balázs, Béla. 2001. Der Geist des Films. Frankfurt/M.

Benjamin, Walter. 1980[1935]. Das Kunstwerk im Zeitalter seiner technischen Reproduzierbarkeit. In: Ders. Gesammelte Schriften, Bd. 1.2. Hg. v. Tiedemann/H. Schweppenhäuser. Frankfurt/M., S. 431-508.

Evans, Dylan. 2002. Wörterbuch der Lacanschen Psychoanalyse. Wien. 2002.

Gunning, Tom. 1996. Das Kino der Attraktionen. Der frühe Film, seine Zuschauer und die Avantgarde. In: Meteor, 4, S. 25-34.

Kim, Hyung Rae. 2008. Film und Computer: Zur Ästhetik der Ober- flächlichkeit. Doctoral Dissertation. Ruhr-Uni. Bochum.

Metz, Christian. The Imaginary Signifier. In: Mast, Gerald/Cohen, Marshall (ed.). 1985. Film Theory and Criticism. New York: Oxford University Press, pp.782-796.

Mulvey, Laura. Visual Pleasure and Narrative Cinema. In: Anthony Easthope(ed.) 1993. Contemporary Film Theory. London and New York: Longman, pp.111-124.

Weibel, Peter. Transformation der Techno-Ästhetik. In: Florian Rötzer

(Hrsg.). 1991. Digitaler Schein. Ästhetik der elektronischen Medien. Frankfurt/M., S. 205-245.

표현주의 영화 〈노스페라투〉에 나타난 공포의 미학

이주봉

1. 들어가는 말

19세기말 탄생한 영화는 20세기 초반 내내 그 매체의 예술적 성격과 관련한 도전을 헤치고 이른바 일곱번째 예술로서 자리매김을 한다. 무성영화기는 초기 영화가 단순한 기술이 아니라 새로운 예술의 지위를 획득하는——더 자세히 말하자면 쟁취하는——과정이기도 하다. 많은 영화 선구자들이 새로 나온 기술 매체에서 새로운 예술의 가능성을 보았으며 이들의 노력으로 영화는 제7의 예술의 지위를 갖는다. 이 시기의 많은 논의들이 있었지만 그중 중요한 논의 중 하나가 영화매체가 다른 예술적 장르들, 특히 연극 등과 어떤 차별적인 매체적 특징을 보여주며 독립된 예술적 지위를 가질 수 있느냐는 점이었다. 여러 나라들에서 동시다발적으로 영화적 표현에 대한 많은

---

* 이 논문은《브레히트와 현대연극》제21집(2009)에 발표된 글을 일부 수정한 것임.

시도들이 있었는데, 독일 표현주의 영화는 많은 영화학자들이 동의하듯이 무성영화기 이러한 영화 예술적 가능성을 가장 잘 보여준 영화들로 꼽히고 있다.

세계영화사의 한 페이지를 차지하고 있는 독일 표현주의 영화이기에 우리에게도 이에 대한 소개는 꽤 많은 편이다. 그럼에도 불구하고 표현주의 영화만큼 오해가 많고, 또 그렇게 오해가 많으면서도 깊이 있는 논의가 이루어지지 않은 부분이 표현주의 영화이기도 하다.[1] 사전적 의미나 영미권에서 출간된 세계영화사의 일부로 다루어져 표현주의 영화의 정의 정도는 일반에 많이 알려져 있는 편이지만 영화 자체에 대해서나 표현주의 영화의 범주가 구체적으로 논의되지는 않고 있다. 물론 표현주의 영화에 대한 논의가 없었던 것은 아니지만, 이러한 연구에서도 표현주의 영화가 보여주는 개괄적인 특징들이 주로 다루어지는 편이다. 이러한 사실은 독일 표현주의 영화가 갖는 영화사적 의미를 생각할 때 아쉬운 일이 아닐 수 없다.

본고에서는 때로는 독일 무성영화와 동일시될 정도로 막강한 영향력을 과시했던 독일 표현주의 영화의 특징이 구체적인 영화작품에 어떻게 표현되고 그 의미는 어떠한 것들인지 살펴보고, 또 당대에도 표현주의적 영화들이 현재 세계영화사에 남긴 흔적에 걸맞게 관심

---

1) 보드웰·자네티·엘리스 등의 세계영화사를 통한 표현주의 영화에 대한 단편적인 소개가 우리나라에 큰 영향을 미쳤다. 루이제 자네티는 첫 장에서 영화를 표현주의 영화와 사실주의 영화로 나누고 있기까지 하다. 여기에서 표현주의에 대한 많은 오해들이 나올 수 있다. 이들과 달리 제프리 노웰 스미스가 편한 세계영화사에서 독일 표현주의 영화를 내셔널 시네마로 이해하는 새로운 관점을 보여준다. 데이비드 보드웰(2000): 세계영화사. 루이제 자네티(1999): 영화의 이해. 잭 C. 엘리스 (1998): 세계영화사. Thomas Elsaesser(1998): Das Weimarer Kino. In: Geschichte des internationalen Films. Hrsg. v. Geoffrey Nowell-Smith. Stuttgart 참고.

을 끌었는지 살펴보고자 한다. 이러한 맥락에서 바이마르 시기 영화의 대표적인 감독 중 한 사람인 프리드리히 빌헬름 무르나우(F. W. Murnau)의 〈노스페라투: 공포의 교향곡 Nosferat: Eine Symphonie des Grauens〉을 분석하고자 한다. 무르나우는 표현주의 영화 스타일을 받아들여 자신의 스타일화함으로써 표현주의 영화 스타일의 외연을 확장했을 뿐만 아니라 이후(할리우드 호러 장르의 발전에 영향을 미쳐) 영화 산업 발전에도 그 영향력을 행사하는 등 영화 매체가 갖는 중요성을 잘 보여준 감독이다.

본고에서는 〈노스페라투〉의 영화 스타일을 구체적으로 살펴봄으로써 표현주의적 스타일——이른바 '칼리가리 스타일' [2]——의 영향을 받거나 이전 영화적 전통에 있는 부분은 어떤 부분들인지, 그리고 이를 넘어서 무르나우가 자신의 스타일로 이룩한 성과는 어떤 영역인지를 밝혀보고자 한다. 무르나우의 스타일을 살펴보는 데 있어서 표현주의 양식이 주로 다룬 테마의 영역과 밀접한 관계를 맺고 있다는 사실을 염두에 두고자 한다. 왜냐하면 형식은 예술가가 다루고자 하는 내용에 복무하기 때문이다. 이러한 분석을 위해 판타지를 통해 세계를 바라보고 접근하는 양상이 무르나우의 작품에 어떻게 묘사되고 있는지를 작품이 다루는 테마를 중심으로 살펴보고자 한다. [3]

---

2) Julia Gerdes(2002): *Caligarismus*. S. 89ff. 참고.

3) 이미 크라카우어가 잘 밝힌 바 있듯이 표현주의 영화는 당대 시대 불안과 위기 등 디스토피아적 측면을 보여주기도 한다. 하지만 본고에서는 〈노스페라투〉에 나타난 형식스타일과 이를 통해 드러나는 그로테스크라는 측면을 집중적으로 고찰하기에 당시 사회문화적 맥락은 나중에 다른 지면을 통한 연구로 미루고자 한다.

2. 표현주의 영화와 무르나우

독일 표현주의 영화 스타일은 잘 알려졌다시피 30년대와 40년대 할리우드의 공포영화와 필름 누아르에 결정적인 영향을 미치는 등 세계영화사에 한 페이지를 장식한다. 표현주의 영화의 이러한 명성으로 인해서 표현주의 영화는 자주 독일 무성영화기 영화 전체와 동일시되기도 한다.[4] 물론 표현주의 영화가 바이마르 시대 무성영화를 각인한 것은 사실이지만 바이마르 시기 독일 영화계에는 표현주의 스타일을 뛰어넘는 대가들이 많았고, 또 20년대 중후반 구성주의나 신즉물주의 경향이 본격적으로 등장하면서 표현주의적 영화는 그 막을 내리기 때문에 표현주의 영화를 독일 무성영화 전체와 동일하게 보는 것은 곤란할 것이다.[5] 그럼에도 불구하고 영화라는 신생매체가 새로운 예술매체로 자리를 잡는 데 독일 표현주의 영화가 커다란 역할을 하였으며 이후 영화 산업 발전에도 영향을 미쳤다는 사실 등을 감안하면, 독일의 무성영화기에 표현주의 영화가 갖는 크기가 결코 작지 않다는 사실은 분명하다.

독일 표현주의 영화 양식은 미술과 문학, 특히 연극무대의 영향을 직접적으로 받았는데,[6] 1919년 로베르트 비네의 〈칼리가리 박사의 밀실〉로 그 위대한 시작을 알린다. 미술과 당대 연극의 영향이 드러

---

4) Leonardo Quaresima(1992): Der Expressionismus als Filmgattung. S. 174f. 참고.
5) Ian Roberts(2008): German Expressionist Cinema. S. 16. 또는 남완석(2003): 바이마르 공화국 시대의 영화. 54-79쪽 참고.
6) Ian Roberts: German Expressionist Cinema. S. 17. 참고.

나는 그로테스크하고 일그러진 무대장식, 대조적인 조명, 초현실주
의적이고 상징적인 미장센 등이 그 핵심을 이루며, 강한 암시와 상징
등이 영화 텍스트에 자리하고 있다. 또한 〈칼리가리 박사의 밀실〉에
서 잘 볼 수 있듯이 배우들의 연기에 있어서도 과장된 몸짓이나 제
스처 등이 강조되는데 이를 통해서 괴기스런 분위기를 조성하는 데
일조한다.[7] 이러한 영화적 표현을 성취해 낸 비네의 영화는 표현주의
의 대표작으로 당시 전체 영화시스템 변화에 영향을 주었을 정도였
고,[8] 이 "일상적이지 않은 미장센(unusual mise-en-scène)"[9]으로 "칼
리가리 스타일"이라는 말이 생길 정도로 그 스타일은 커다란 주목을
끌었다. 〈칼리가리 박사의 밀실〉의 성공을 통해 센세이셔널하게 등
장한 표현주의 영화는 이어지는 많은 영화에 영향을 미치는데, 특히
다양한 표현주의적 영화 스타일에 자극을 주며 수많은 영화 스타일
들을 창조하게 한다.[10] 표현주의 운동에서 중요한 것은 이미 용어 자
체가 지시하고 있듯이 어떻게 표현할 것인가가 문제시되는 '표현예
술(Ausdruckskunst)'의 문제가 핵심을 이룬다. 이런 맥락에서 비네의
〈칼리가리 박사의 밀실〉이 갖는 의미가 분명해지는데, 비네의 영화
가 영화에서 중요시되어야 할 것은 다름 아닌 스타일이라는 새로운
영화적 기준을 제시하였기 때문이다. 표현주의의 대표작 〈칼리가리

---

7) 수잔 헤이워드(1997): 영화 사전 《이론과 비평》. 70-72 참고.

8) Leonardo Quaresima: a.a.O. S. 177와 S. 184 참고.

9) Ian Roberts: a.a.O. S. 35.

10) 20년대 독일 영화는 표현주의 영화의 시대가 아니라 새로운 스타일의 시대라
고 일컬어지기도 한다. 이러한 사실은 영화 예술의 탄생과 확산이라는 맥락에서 이
해해야 한다. 왜냐하면 이 시기에는 새로운 매체가 보여줄 수 있는 표현방법, 즉
WAS의 문제가 아니라 WIE가 더욱 문제시되는 국면이었기 때문이다. Leonardo
Quaresima: a.a.O. S. 184 참고.

박사의 밀실〉 이후 영화에서는 스타일이 중요하다는 사실이 일반화되었고[11] 수많은 다양한 스타일들이 봇물처럼 터져 나왔다. 즉 영화매체의 특징은 그 드라마적 차원에 존재하는 것이 아니라 바로 비주얼한 특성들 속에 존재하며, 영화는 그 자체로 표현주의적이기도 하다는 생각이 일반화되었다.[12]

표현주의 영화에서는 "독특한 미장센(unique mise-en-scène)"[13]으로 대변되는 형식 스타일에 상응하여 다루어지는 주제도 초현실적이고 괴기적인 것들인데, 등장인물의 주관적이고 때로는 광적인 세계가 스크린 위에 투영된다. 따라서 표현주의 영화는 몽환적인 판타지의 세계, 악몽의 세계나 그와 유사한 세계 등을 자주 묘사한다. 표현주의 경향의 영화들이 이와 같은 주제를 다룬 이유는, 표현주의자들이 그로테스크한 테마를 다룸으로써 자신들의 영화 스타일을 발전시킬 수 있다고 믿었기 때문이다. 바꾸어 말하자면 이들은 자신들의 영화예술 스타일을 표현하고자 그로테스크한 판타지 세계를 스크린 위로 불러온 것이다.[14] 그래서 "영화의 기술과 내용적으로나 재료적인 면에서 영화의 가장 참된 성질로 여겨지는 것, 우선 무엇보다도 비현실적인 것과 초감각적인 것을 묘사하는 것 등이 표현주의의 성과들과 동일시되고 그와 완전히 동일한 것으로 간주된다."[15]

본고에서 다룰 무르나우의 〈노스페라투〉는 이러한 표현주의 영화의 특징을 가장 잘 드러내 주는 작품 중 하나이다. 무르나우는 바이

---

11) Ebenda. S. 184f. 참고.
12) Ebenda. S.177f. 참고.
13) Ian Roberts: a.a.O. S. 17.
14) Leonardo Quaresima: a.a.O. S. 180f. 참고.
15) Ebenda. S. 178.

마르 영화기를 수놓은 일군의 감독 중 한 명이다. 많은 감독들이 바이마르 영화기를 빛냈지만, 특히 세 명의 감독, 프리드리히 빌헬름 무르나우, 프리츠 랑, 에른스트 루비치는 세계 영화사에 커다란 흔적을 남기는데, 이들은 자신만의 고유 영역을 만들어 내며 독일 영화를 빛낸 바 있다.[16] 이들은 모두가 할리우드 스튜디오의 권유를 받아 미국 할리우드로 가 활동하여 30,40년대 할리우드 고전 시대에 한 자리를 차지하며 이후 영화 발전에 그 영향력을 미친다.[17] 무르나우의 영화는 특히 자신만의 독특한 카메라 운용과 조명 등의 탁월한 운용으로 개성적인 미장센을 강조하는 영상미로 유명하다. 이른바 "풀려진 카메라(entfesselte Kamera)"로 알려진 천재적인 카메라 운용은 잘 알려져 있다. 이런 이유로 무르나우는 세계 영화사에서 자신만의 스타일로 유명한 감독 중 한 사람으로 꼽힌다.

이러한 무르나우 스타일의 일단은 〈노스페라투〉에서도 읽을 수 있다. 이 영화에서도 무르나우 특유의 독창적인 미장센과 몽타주가 무르나우 스타일의 일단을 보여준다. 또한 이러한 무르나우의 스타일은 감독의 특기인 꿈에서나 생각할 수 있을법한 판타지 세계를 구현한다는 면이다. 아이스너가 구체적으로 조사한 바와 같이 무르나우는 어린 시절부터 판타지 세계를 자신의 세계로 이해하고 있었는데,[18]

---

16) Sabine Hake: Film in Deutschland. S. 71ff. 참고.

17) 랑과 루비치와는 달리 무르나우는 1931년 교통사고로 사망함으로써 할리우드에서 상업적 성공을 거두지는 못한다. 하지만 그의 할리우드기 작품은 여전히 무르나우 특유의 스타일을 뽐내는 고전으로 남아 있다. 할리우드에서 교통사고로 요절하기 전 만든 〈선라이즈〉는 이러한 무르나우의 영상미를 보여주는 대표작 중 하나이다. 이 영화는 금년 한국 시네마테크가 연 시네마테크영화제 개막작으로 한국 관객에게도 소개된 바 있다.

18) Lotte H. Eisner(1979): Murnau. S. 14ff. 참고.

이러한 면모가 〈노스페라투〉에 잘 드러나고 있다. 즉, 무르나우는 자신의 경험과 세계에 대한 태도를 그로테스크하거나 몽환적 세계로 스크린에 투영하는 것이다.

〈노스페라투〉가 다루는 주제도 초현실적이고 괴기한데, 이는 그로 테스크한 뱀파이어라는 소재를 다루고 있다는 사실에서 직접적으로 드러난다. 이 판타지 세계 속에서 등장인물의 몽환적인 세계와 뱀파 이어의 그로테스크한 세계가 스크린 위에 투영되는데, 이러한 당혹 스런 판타지는 이미 당대에 커다란 반향을 일으킨 바 있다. 1922년 Lichtbild-Bühne에 실린 〈노스페라투〉에 대한 리뷰에서 한스 볼렌베 르크는 다음과 같이 쓰고 있다.

노스페라투 영화는 일종의 센세이션이다; 왜냐하면 백번이나 새로 만든 사랑이야기들이나 뻔한 모험담의 닳고 닳은 궤도를 급진적으로 이탈하기 때문이다. 이 영화는 어떤 전제도 없는 판타지로부터 만들 어졌다. 그 판타지의 원천은 인간의 피를 마시는 뱀파이어를 믿는 소 름끼치는 미신이다.[19]

이러한 이유로 본고에서는 〈노스페라투〉에서 보여지는 악몽의 세 계 속의 공포와 그로테스크 등이 어떠한 양상으로 표현되는지 살펴 봄으로써 무르나우 스타일의 특징을 확인하고 그것이 어떠한 영화적 내용에 복무하고 있는지를 고찰함으로써 〈노스페라투〉의 표현주의 적 양상을 밝히고자 한다.

---

19) Hans Wollenberg(1922): Nosferatu. Lichtbild-Bühne, Nr. 11. 1922년 3월 11일.

3. 인물관계 속의 몽환적 그로테스크

〈노스페라투〉가 브램 슈토커의 소설 《드라큘라》를 영화화한 작품
이고 이후 저작권 문제로 많은 우여곡절을 겪었다는 사실은 잘 알려
져 있다. 영화의 제목이나 주인공 드라큘라 백작의 이름이 노스페라
투와 오르록 백작으로 바뀐 것도 저작권과 관련한 이유이기도 하다.
하지만 몇 가지 사실들이 달라지기는 했지만 무르나우의 영화는 전
체적으로 원작의 줄거리를 따르고 있다. 이러한 이유로 개봉 후 저작
권 문제로 제소되어 제작사가 법정에서 패소함으로써 당시의 프린트
들은 대부분 압수 폐기되었으나, 이미 수출된 프린트가 남아 영화는
세계영화사의 명작으로 남게 된다.[20]

영화는 비스보르크의 중개업 사무소 직원 후터의 평화롭고 목가적
인 일상과 그가 먼 여정을 위해 아내 엘렌과 작별하는 장면으로 시
작한다. 비더마이어적 정취에 푹 빠져 시민적 소박함을 드러내는 후
터는 비스보르크에 주택을 구입하려는 오르록 백작을 방문하여 계약
을 하기 위해 멀리 트란실바니아로 떠나게 된 사실에 기뻐한다. 하지
만 아내 엘렌은 왠지 불안한 기색을 드러낸다. 표면적으로는 멀리 남
편을 떠나 보내는 아내의 심정으로도 보이지만, 엘렌의 이러한 태도
는 이후 발생할 사건을 암시한다. 이어 후터가 오르록 백작 성에 이
르러 뱀파이어인 노스페라투의 위협에서 벗어나 탈출하고, 노스페
라투 또한 비스보르크를 향해 배를 타고 흙을 실은 관들과 그 속의

---

20) Thomas Koebner: Nosferatu—eine Symphonie des Grauens. S. 41f. 참고.

쥐들과 함께 여정에 나선다. 사진으로 본 후터의 아내 엘렌을 욕망하는 노스페라투는 페스트라는 죽음과 공포를 함께 비스보르크에 몰고 온다. 비스보르크는 페스트로 공포에 휩싸이고 이제 엘렌이 뱀파이어 노스페라투와 대결한다.

이러한 줄거리는 무르나우 특유의 영상 속에서 묘사되는데, 이미 비네의 〈칼리가리 박사의 밀실〉에서 선취된 표현주의적 스타일을 보여주는 미장센들이 눈에 띄기도 한다. 하지만 무르나우는 자신이 다루는 주제에 맞게 그 영화적 표현들을 선별하고 정교하게 사용하고 있다. 특히 〈노스페라투〉에서는 후터, 노스페라투, 엘렌 세 사람의 관계를 강조하는 영상과 그 관계 속에서 이야기가 전개되고, 이 관계들 속에서 그로테스크하고 섬뜩함이라는 표현주의적 양상이 몽환적으로 표현된다.

목가적이고 평화로운 생활을 누리는 엘렌과 후터의 모습으로 시작하는 영화는 오르록 백작의 성에서 본격화되어질 공포를 예상하는 관객에게는 묘한 긴장감을 불러일으킨다. 이러한 사실은 후터와 엘렌의 비더마이어적 생활을 묘사하는 부분에서도 드러나는데, 예를 들어 후터가 들판의 꽃을 꺾어 선물하는 장면에서, 꺾인 꽃을 슬프게 바라보는 엘렌의 반응을 통해서 평화로운 일상 속에 담긴 이후에 다가올 공포를 암시하는 '섬뜩함'을 역설적으로 드러낸다. 이어서 큰 돈을 벌 수 있는 일을 맡아 멀리 여행에 오를 후터가 집으로 돌아와 아내 엘렌에게 자신은 이제 도둑과 유령의 나라로 간다고 들떠서 말할 때 후터의 과장된 제스처 속에서도 다가올 공포를 예감하는 섬뜩함이 담겨진다.[21]

이러한 기묘한 분위기는 후터가 오르록 백작성에 도착하면서 그로

테스크한 공포로 바뀌어 전면적으로 나타난다. 후터가 오르록 백작
성에 도착하여 만난 노스페라투는 먼저 그 외모에서 기괴하고 그로
테스크한 섬뜩함을 보여준다. 무르나우는 이미 성 밖에서 후터를 마
중하는 마차 장면에서 그 섬뜩한 분위기가 지배적이도록 표현하고
있는데, 마차장면을 저속촬영으로 처리한다든지, 후터를 태운 마차
가 성으로 향하는 숲 속의 장면을 네거티브 필름으로 사용함으로써
그로테스트와 섬뜩함이 부각되도록 하고 있다. 이어서 후터가 성문
으로 들어설 때 마중나온 노스페라투의 모습은, 환한 전경과는 반대
로 암흑으로 처리된 배경에서 등장한 노스페라투가 빛과 어둠의 중
간에 서 있는 모습이 풀 쇼트로 묘사된다. 이 쇼트에서 노스페라투
는 그대로 어두운 공포의 현현이다. 노스페라투가 후터를 안내해 여
러 개의 겹쳐진 암흑의 성문 안으로 들어가는 모습은 마치 후터가 어
두운 죽음의 동굴 속으로 들어가는 것처럼 보인다. 노스페라투의 그
로테스크한 모습은 뱀파이어로서 등장할 때 그 절정을 이룬다. 자정
이 되어 후터가 잠자리에 들 무렵 관 속에서 유령처럼 일어난 노스
페라투의 모습은 롱 쇼트에서 미디엄 롱 쇼트로 변화할 때 오버랩으
로 처리되어 노스페라투의 그로테스크가 영상을 압도하도록 하고 있
다. 또한 노스페라투가 후터가 있는 방 안으로 들어설 때의 모습은 소
리없이 미끄러져 다가오는 공포가 압도하도록 영상을 꾸미고 있다.
문이 저절로 스르르 열리고 어둠 뒤 편에서 노스페라투가 등장한다.
방 문지방을 넘어서는 노스페라투의 모습을 노스페라투의 몸체가 문
을 꼭 채우도록 위치하게 한 풀 쇼트는 노스페라투의 거대함을 강조

---

21) Lars Penning(2005): Nosferatu-Eine Symphonie des Grauens S. 19 참고.

한다. 또 문을 가득 채운 노스페라투의 모습은 이렇게 다가오는 공포가 피할 수 없는 어떤 것이란 사실을 강조하는 미장센이기도 하다. 이러한 공포의 순간은 노스페라투가 후터에게 직접 위협을 가하는 장면에서 극대화된다. 무르나우는 노스페라투가 후터를 위협하는 모습을 직접적으로 묘사하는 것이 아니라 표현주의 특유의 스타일 중 하나인 조명을 통해 노스페라투의 그림자가 침대의 후터에게 다가가는 것으로 처리한다. 공포에 휩싸인 후터는 다가오는 그림자 손이 자신을 덮치자 눈을 감아 버리는데, 이러한 후터의 모습이 미디엄 쇼트로 표현된다.

여기에 무르나우 특유의 몽타주가 기능한다. 후터가 공격받는 시점에 엘렌이 이 둘의 관계에 개입하는 것이다. 노스페라투가 후터에게 접근할 때 멀리 비스보르크의 엘렌이 이 모든 것을 아는 양 잠자리에서 갑자기 일어난다. 몽유병 환자처럼 창 밖 테라스로 나가 난간을 거닐다 쓰러진다. 이후 노스페라투가 후터를 덮치려는 순간 엘렌의 외침——물론 무성영화이기에 들리지는 않고 자막으로 처리된다——은 후터에게 탐욕스런 눈길을 던지던 노스페라투를 멈칫하게 하고 그는 마치 엘렌을 돌아보듯이 고개를 돌린다. 막 후터의 목에서 피를 갈구하던 노스페라투는 마치 엘렌의 외침을 들을 것처럼 발길을 돌리는 것이다. 멀리 떨어진 비스보르크에 있는 엘렌이 외치는 외침은 노스페라투를 물러나게 하는 것이다.

여기에서 〈노스페라투〉가 뱀파이어 영화로서 보여주는 감정상의 효과들, 즉 공포나 불안, 또는 섬뜩함과 그로테스크 등이 캐릭터 전개와 인물간의 관계를 통해 만들어지고 있음을 알 수 있다. 이 영화는 이러한 감정들 속에서 표현주의 영화가 중시한 "섬뜩한 분위기

(unheimliche Stimmung)"[22]를 잘 드러낸다. 처음에는 후터와 노스페라투, 나중에는 엘렌과 노스페라투의 관계가 무르나우 특유의 미장센과 몽타주 속에서 그로테스크와 긴장감을 만들어 내고, 또 공포와 섬뜩한 악몽의 세계를 창조한다. 특히 몽타주 기법을 통해 생겨나는 노스페라투와 엘렌 간의 특별한 관계는 내러티브에 긴장감과 공포감을 부여한다.

무르나우는 잦은 교차편집에 따른 몽타주를 통해 엘렌과 노스페라투 간의 "독특한 텔레파시적 관계"[23]를 형성하여 기묘하고 섬뜩한 분위기를 만들어 낸다. 사실 엘렌과 노스페라투의 관계는 이미 노스페라투가 우연히 엘렌의 사진을 보았을 때 명확히 드러난 바 있다. 후터가 노스페라투와 구입할 집에 대해 이야기하다가 아내의 사진을 떨어뜨렸을 때, 노스페라투는 그녀의 사진을 보고선 그녀에 대해서 관심을 보인다. "당신의 부인의 목은 아름답군요"라고 말하면서 노스페라투는 엘렌의 목에 대한 욕망을 드러낸다. 이제 노스페라투는 엘렌의 사진을 통해 그녀를 욕망하고, 그녀에게 다가가고자 하는 것이다. 이러한 사실을 염두에 둔다면 노스페라투를 비스보르크로 끌어당기는 힘은 엘렌에 대한 욕망이고 또한 사랑인 것이다.[24]

노스페라투와 엘렌의 관계는 영화 진행에 따라 계속되는 교차편집 속에서 강화됨으로써, 내러티브를 이끄는 주요 모티프로 기능한다. 이제 엘렌과 노스페라투, 혹은 여기에 후터까지 더한 셋 사이의 관계는 무르나우 특유의 몽타주를 통해 서스펜스를 만들어 내며 이야기

---

22) Ian Roberts: a.a.O. S. 38.
23) Thomas Koebner: a.a.O. S. 43.
24) Ebenda. S. 43.

를 긴박감 있게 진행하고 영화 특유의 그로테스크한 분위기를 만들
어 낸다. 엘렌과 노스페라투나 후터와의 관계 속에서 누가 먼저 비
스보르크, 즉 엘렌에게 당도하느냐, 혹은 후터가 빨리 와서 구원할
것인가, 혹은 구원받을 것인가를 통한 긴장과 서스펜스가 생겨난다.
여기에서 엘렌의 감정이 묘한 이중적 태도를 보여주기 때문이다. 일
면 엘렌은 후터를 보호하고, 또 후터를 기다리는 존재 같지만, 다른
한편으로는 엘렌과 노스페라투는 영혼이 연결된 듯한 암시 속에 운
명적으로 연결된 관계임이 강조되어 영화의 결말을 준비한다. 이러
한 측면은 영화가 진행됨에 따라 더욱 강화되어 마치 엘렌의 모습은
노스페라투를 간절히 기다리는 것처럼 보인다.

이런 맥락에서 엘렌의 기다림을 유의할 필요가 있다. 먼저 엘렌은
바다에서 하염없이 누군가를 기다린다. 물론 자신의 남편 후터를 기
다리는 것으로 보인다. 하지만 왜 바다에서? 바다로 오고 있는 것은
남편 후터가 아니라 뱀파이어 노스페라투라는 사실을 염두에 둔다면
이러한 설정이 교차편집으로 이루어지는 엘렌과 노스페라투의 텔레
파시적 관계를 더욱 강화하고 있음을 알 수 있다. 후터를 보호해 준
첫 텔레파시적 몽타주에서 시작하여 몽유병자처럼 잠자다 헛것을 보
는 엘렌의 모습 등은 이제 그대로 노스페라투에 닿아 있는 것이다.
예를 들어 엘렌이 황량한 바닷가에서 후터를 기다리는 장면이 마치
다가올 노스페라투——공포이자 죽음과 동의어인 뱀파이어——를
기다리고 있는 듯한 느낌을 주는 것이다. 이러한 사실은 엘렌이 거의
몽유병 상태에서 "난 그에게 가야만 돼. 그가 온다"라고 말하는 장면
을 염두에 둔다면 그 의미가 보다 명확해진다. 여기서 '그'는 중층적
의미를 지니는데, 표면적으로는 자신의 남편 후터를 지칭하는 듯 보

이지만, 앞서 언급한 바와 같이 배를 타고 오는 이는 후터가 아니라 노스페라투라는 사실을 염두에 둔다면 '그'는 오히려 노스페라투를 가리키며, 더 나아가 노스페라투가 몰고 오는 페스트와 함께하는 남성형 명사인 죽음(der Tod)과 관련을 맺기도 한다. 여기서 엘렌과 노스페라투의 관계가 단순히 노스페라투가 그녀를 대상으로 욕망한다는 사실을 넘어선다는 사실을 알 수 있다. 영화 전개에 따라 노스페라투와 엘렌 간의 텔레파시적이고 몽환적인 관계가 강화되면서 궁극적으로 엘렌은 자신의 희생을 준비하는 것이다. 이 지점에서 우리는 후터가 오르록 백작 성에 가기 전 여관에서 보았던 뱀파이어에 관한 책을 떠올릴 필요가 있다. 순수한 여인의 피로 뱀파이어가 첫 닭이 울 때까지 머무르게 함으로써 그를 떠오르는 햇살로 파괴할 수 있다는 내용 말이다. 내러티브는 엘렌의 희생을 준비하고 결말을 유도하고 있는데, 엘렌이 뱀파이어에 대한 책을 보고 자신의 희생을 예감하는 것은 우연이 아니다.

  이러한 맥락에서 엘렌과 노스페라투가 서로 만나는 장면을 이해할 수 있다. 페스트와 함께 죽음의 공포를 몰고 온 노스페라투는 격자로 된 쇠창살에 갇힌 듯 폐가에서 전혀 움직이지 않고 부동으로 무언가를 기다린다. 노스페라투는 무엇을 기다리고 있는가. 바로 엘렌의 신호이다. 이제 자신을 희생해야 할 엘렌은 몽유병자처럼 일어나 창문을 연다. 여기서 엘렌은 일종의 "악의 신부로서 엑스터시에 빠진 상태와 두 팔을 올려들어 자신의 몸을 활짝 열어젖힌 상태를 '표현주의적'으로 표현하면서 창문을 여는데, 이것은 흡사 뱀파이어가 그녀에게로 들어와도 된다는 신호 같다."[25] 쾨프너가 "표현주의적 표현"이라고 지칭하듯이 엘렌은 과장된 제스처로 자신을 희생할 것을 감수

하면서 일종의 망아 상태에서 창문을 열어 노스페라투를 받아들이기
로 결심한다.

　엘렌이 희생하는 것은 단지 드라마투르가 흐름을 통해서만 준비되
는 것이 아니다. 노스페라투가 마지막 결심을 하고 움직이기 직전 장
면에서 무르나우는 이미 엘렌을 희생양으로 내모는 독특한 영상미를
보여준다. 이제 마을에 페스트가 퍼져 거의 모든 집들에 페스트 환자
가 생기는데, 이것을 한 노인이 각 집 문 앞에 분필로 표시하면서 강
조된다. 이어지는 장면에서 관들의 끝없는 행렬은 좁은 골목으로 이
어지는데 이 장면에서 보여지는 미장센의 그래픽은 표현주의적 양상
을 잘 보여준다. 좁은 사선을 이루는 행렬은 영상에 불안정성을 부여
하는데, 무르나우는 이 행렬이 바로 엘렌의 시선을 취하도록 하고 있
다. 즉 창틀의 버팀목이 화면 아래쪽에 선명하게 가로 놓임으로써 밖
을 내다보는 엘렌의 주관적 시점이 강조된다.[26] 관들의 행렬을 바라
보는 엘렌의 주관적 시점화를 보여주는 “이 시선이 모든 사람들을 악
령으로부터 해방시키기 위해서 엘렌 스스로를 그 악령에게 희생하
도록 몰아가는 것이다.”[27]

　창 밖을 내다보던 엘렌은 다시 뱀파이어에 대한 책을 보며 결심하
고, 엘렌이 자신을 희생하여 노스페라투를 받아들이고, 노스페라투
로 하여금 보다 오래 자신의 피를 빨게 하여 결국 노스페라투가 동트
는 해에 연기로 사멸해 버리도록 하고 있다. 엘렌은 공동체를 위해 희
생하는 일종의 순교자 역할을 행하고 있는 것이다. 또 뱀파이어를 유

---

25) Ebenda. S. 44.
26) Ebenda. S. 46. 참고.
27) Ebenda.

혹해 자신을 희생하여 사회를 구원하는 순교자라는 면모를 본다면 무르나우가 보여주는 빛과 어둠의 대조 또한 흡혈귀와 순수한 여인의 대조로 테마화된다고 볼 수 있다. 이러한 순교자로서 여인의 모습은 원작과는 달리 무르나우에게서만 보이는 특징이기도 하다.[28] 무르나우의 영화의 중심에 희생자 엘렌이 있는데, 그녀가 영화 내내 노스페라투를 비스보르크로 끌어당기는 힘을 부여하고 있고 또, 자신의 희생을 통해 결국 뱀파이어를 파괴하는 것이다. 이러한 여성에 대한 태도 때문에 크라카우어는 당시 다른 영화들과 마찬가지로 〈노스페라투〉도 '폭군'을 다룬다고 말하고 있다.[29]

4. 조명과 카메라 운용 속의 공포

엘렌을 욕망하는 노스페라투와 노스페라투를 유혹해 남편과 마을을 구해야 하는 엘렌, 이 둘의 만남은 영화의 절정을 이룬다. 드라마투르기 측면에서의 절정이기도 하지만 무르나우가 스크린 위에 펼쳐내는 섬뜩한 악몽의 세계에 방점을 찍는 미장센은 표현주의적 스타일의 전형을 보여준다는 면에서도 그러하다.

앞서 언급한 바와 같이 엘렌은 뱀파이어에 대한 책을 통해 자신이 희생해야 함을 알게 되고, 격정적인 몸짓으로 창문을 열어 노스페라투를 자신에게로 인도한다. 이 시퀀스의 미장센은 〈노스페라투〉가 보

---

28) Ebenda. S. 45.
29) Siegfried Kracauer(1984): Von Caligari zu Hitler. S. 84ff. 참고.

여주는 스타일의 일단을 잘 드러낸다. 표현주의적 형식 스타일을 보여준다는 면에서뿐만 아니라 그 스타일이 표현주의 영화가 담아내려는 몽환적이고도 그로테스크한 세계를 펼치고 있기 때문이다. 〈노스페라투〉의 백미를 이루는 이 장면은 마치 노스페라투가 자신의 신부를 찾아가는 듯하다. 우선 엘렌의 집 맞은편에서 하염없이 기다리던 노스페라투는 엘렌이 창문을 여는 모습을 신호로 움직인다. 폐가의 격자 쇠창틀 뒤에서 기다리던 노스페라투는 창틀 옆으로 비껴 화면 밖으로 사라진다. 무르나우는 이어서 엘렌의 방으로 향하며 계단을 오르는 노스페라투의 모습을 직접 묘사하기보다는 후터에게 다가갈 때처럼 벽에 비춰지는 그림자를 통해서 묘사한다. 몸을 구부정하게 하고 윗쪽으로 움직여가는 노스페라투 그림자의 움직임은 무게감이 전혀 느껴지지 않고, 마치 부양하는 듯 표현된다. 엘렌에게 다가가는 이 계단 위 그림자 장면은 이전에 오르록 백작 성에서 노스페라투가 관에서 나와 후터에게 다가설 때의 그 그림자처럼 일종의 경고의 표지로 작용하면서, 또 소리없이 다가오는 공포를 상징적으로 보여준다. 이어서 엘렌의 방으로 들어선 노스페라투의 위협도 진한 그림자로 묘사한다. 노스페라투의 긴 손톱을 가진 손 그림자가 엘렌의 가슴 주위에 비치고 이어서 손 그림자가 엘렌의 심장을 움켜쥐는 모습이 미디엄 쇼트 속에 묘사된다.

무르나우의 이와 같은 키라이트와 그림자를 통한 전형적인 표현주의적 스타일은 〈노스페라투〉가 만들어 내는 그로테스크, 섬뜩함, 불안, 공포 등을 그대로 스크린으로 불러낸다.[30] 여기에는 특히 노스페

---

30) Julia Gerdes: Expressionismus. S. 155 참고.

라투 역을 맡은 슈렉의 분장과 뱀파이어의 특징을 강조한 기다란 손톱이나 마른 체구를 돋보이게 하는 차림새가 커다란 역할을 하고 있다. 막스 슈렉은 크고, 비정상적으로 마르게 작용하도록 분장하고 있다. 또 분장이 섬뜩한 인물로 기능하게 하는데, 이를 위한 예로 눈 주위에 지나치게 과장된 메이크업, 대머리, 모든 것을 할퀼 것 같은 손가락과 긴 손톱, 박쥐의 귀를 닮은 뾰쪽한 귀 등을 언급할 수 있다.[31]

이처럼 쥐를 연상시키는 슈렉의 노스페라투로의 변신은 자주 미디엄 쇼트 속에서 카메라를 직접 바라보는 노스페라투의 얼굴에 키라이트가 환하게 비춤으로써 그 얼굴의 섬뜩함을 두드러지게 하고 있으며, 반대로 노스페라투 뒤편의 배경은 암흑으로 처리됨으로써 노스페라투가 몰고다니는 죽음을 암시하는 듯하다. 후터를 공격하는 노스페라투가 엘렌의 외침을 듣고 고개를 돌며 엘렌 쪽을 돌아볼 때, 즉 카메라를 응시할 때 노스페라투의 모습은 키라이트로 강조되는 전형적인 예이다

키라이트를 통한 이러한 미장센 이외에도 무르나우는 뱀파이어로서의 노스페라투의 섬뜩함과 그로테스크를 형상화하기 위해 수많은 트릭을 사용한다. 이러한 점은 특히 노스페라투가 처음 등장할 때 잘 볼 수 있다. 마차가 도착했을 때의 저속촬영 장면이나 점프 컷을 연상시키는 몽타주라든지, 오버랩을 사용한 편집이나 네거티브 필름을 이용한 분위기 창출,[32] 또 여기에 분장과 연기가 조화를 이룬다.

또 〈노스페라투〉에서 보여지는 스타일에서 주목할 만한 점은 카메

---

31) Lars Penning: a.a.O. S. 14ff. 참고.
32) 한창호(2005): 영화, 그림 속을 걷고 싶다. 285-286쪽, 또는 Thomas Koebner: a.a.O. S. 47 참고.

라 운용이다. 물론 무르나우의 이른바 "풀려진 카메라(entfesselte Kamera)"와 같은 유려한 카메라 움직임이 〈노스페라투〉에서 전형적으로 보여지지는 않는다. 그럼에도 불구하고 〈노스페라투〉에서도 무르나우의 카메라는 그 앵글이나 움직임과 쇼트의 양상 등을 통해 무르나우 특유의 공간을 창출하고 있으며, 또 색다른 분위기를 만들어 낸다. 예를 들어 표현주의 영화의 전형으로 언급되는 쇼트인 배 위의 노스페라투의 모습을 들 수 있다. 특유의 로우 앵글로 촬영된 이 노스페라투의 모습은 배를 장악하는 노스페라투의 위압적이고도 공포스런 특성을 스크린에 그대로 불러낸다:

무방비상태의 희생자에게 다가가기 위해 위쪽 갑판을 유령처럼 유유히 돌아다니고 있는 노스페라투를 선복에서 바라보는 극단적인 시점은 그의 모습을 찌그러뜨리며 전율스런 모습으로 포착한다.[33]

또한 후터 방문으로 들어설 때와 나갈 때 문을 가득 채우도록 노스페라투의 모습을 처리함으로써, 문틀이 관을 연상시키고, 또 마치 노스페라투가 관으로 들어가는 것처럼 느끼게 한다.

이러한 공포와 그로테스크, 그리고 섬뜩함을 전면으로 불러내는 방식 이외에도 무르나우는 원작과는 달리 뱀파이어 사냥꾼인 반 헬싱을 등장시키지 않는다는 점을 통해 노스페라투의 공포는 더욱 강조된다.[34] 노스페라투에 대항할 어떤 적대자도 존재하지 않기에 노스페라

---

33) Ebenda. S. 48.
34) Ebenda. S. 42 참고.

투는 초자연적 존재이자 어떻게 해볼 수 없는 존재로 자리매김하는 것이다. 이러한 사실은 엘렌에게 다가설 때 노스페라투가 계단에서 걷는 모습에서의 조명과 그림자로 강조되는 미장센 등에서도 상징적으로 읽을 수 있다. 노스페라투, 혹은 그의 그림자가 계단을 오르는 모습은 마치 부양하여 미끄러져 가는 듯한 움직임을 보이는데, 이러한 묘사는 노스페라투의 발걸음은 누구도 방해할 수 없을 것이라는 암시를 한다. 〈노스페라투〉의 세계에 있는 공포는 누구도 피할 수 없는 공포와 섬뜩함이며 보이지 않는 절대적인 공포가 되는 것이다. 따라서 엘렌의 창문을 닫고 봉한다고 해서 막아질 수 없으며, 단지 순결한 여인 엘렌의 희생으로만 물리칠 수 있는 것이다. 사실 이러한 순결한 여인의 희생은 이미 영화 초반 후터가 꺾어온 꽃을 통해 암시된 바 있다.

〈노스페라투〉가 작품 내내 드러내는 공포는 이처럼 표현주의적 양상을 예시적으로 잘 보여준다. 그럼 이러한 사실을 바탕으로 다음 장에서는 〈노스페라투〉의 공포의 성격과 그 양상에 대해 자세히 알아보도록 하겠다.

5. 표현주의 스타일, 호러 장르와의 결합

표현주의 영화 예술에서 영화 이외의 다른 표현주의적인 예술과의 관계를 잘 드러내는 것은 바로 '그로테스크' 이다.[35] 표현주의는 기괴

---

35) Leonardo Quaresima: a.a.O. S. 178 참고.

한 모습이나 부조화를 전면으로 부각시키는 등 그로테스크한 분위기나 '섬뜩함'을 연출하고자 노력하였는데,[36] 이러한 맥락에 주목한다면 독일 표현주의 영화는 그 자체로 호러 장르와 자연스레 관계를 맺고 있음을 알 수 있다.

호러영화에서 중시되는 바는 감정적인 효과를 관객에게 얼마나 전달할 수 있느냐 하는 점인데, 〈노스페라투〉에서는 이러한 점이 탁월하게 묘사된다. 무르나우의 표현주의적 형식 스타일이 호러영화에 잘 녹아들어 있다는 말이다. 다시 말하면 무르나우가 〈노스페라투〉에서 뛰어난 연출력을 통해 보여준 것은 표현주의 영화가 주로 다루는 테마인 그로테스크와 공포를 끊임없이 환기하며, 그 영상미는 그로테스크하고 섬뜩한 분위기에 복무하는 것이다.

표현주의 영화들은 이미 〈칼리가리 박사의 밀실〉 이후 "포악함과 카오스 사이에서 피할 수 없어 보이는 상황에 놓여 있는 영혼"[37]이라는 비슷한 테마들을 많이 다루었는데, 〈노스페라투〉도 바로 이러한 경향을 보여주고 있는 것이다. 〈노스페라투〉에서는 뱀파이어라는 소재에서뿐만 아니라 영화의 부제인 "공포의 교향곡(Eine Symphonie des Grauens)"이라는 말이 웅변하고 있듯이 표현주의 영화가 집중적으로 다루는 감정의 표현인 '섬뜩함,' '위협,' '공포' 등의 감정이 중요한 역할을 한다. 〈노스페라투〉는 그 스타일에서뿐만 아니라 그려내는 그 섬뜩한 분위기라는 면에서 표현주의 양식에 닿아 있는 것이다. 앞서 살펴보았듯이 키라이트를 통한 노스페라투 모습

---

36) Julia Gerdes: Expressionismus. S. 155 참고.
37) Siegfried Kracauer: a.a.O. S. 84.

의 섬뜩함이나, 뚜렷한 그림자로 표현되는 노스페라투의 모습은 형상 그대로 그로테스크를 구현하면서 공포와 섬뜩한 분위기를 내러티브의 전면으로 불러낸다.

〈노스페라투〉의 세계는 몽환적인 판타지의 세계이자 악몽의 세계이다. 이런 맥락에서 〈노스페라투〉에선 중요하게 다루어지는 엘렌과 노스페라투를 연결하는 교차편집을 이해할 필요가 있다. 몽타주로 이루어진 교차편집은 단순히 멀리 떨어진 엘렌과 노스페라투에게 일어나는 동시적 사건을 표현한다는 의미에서 긴장감을 유발하는 데 머무르는 것이 아니라 엘렌과 노스페라투의 관계를 암시하고, 엘렌의 몽유병적이고 몽환적인 상태를 누설함으로써 영화에 그로테스크와 섬뜩한 분위기를 부여하기 때문이다. 무르나우는 엘렌이 노스페라투와 텔레파시적으로 연결된 관계라는 사실을 암시하는 몽타주를 통해 초자연적인 힘에 대한 암시에서 오는 막연한 느낌을 스크린에 담아 공포와 그로테스크를 유발하고 있으며, 이러한 영상들이 시적인 악몽으로 기능하도록 한다. 교차편집을 이루는 몽타주 이외에도, 선상에 나타난 노스페라투의 모습이 로우 앵글로 포착된 것이라든지, 빠른 편집의 마차 장면이나 반대로 노스페라투가 관에서 나와 후터에게 다가설 때의 모습은 슬로모션을 보는 듯 느리게 묘사된다. 이러한 묘사들은 모두가 소리없이 그리고 서서히 다가오는 공포를 강조하며, 불안감을 조성한다. 후터에게 다가서는 노스페라투는 단순히 후터에게만 공포를 안기는 것이 아니라 멀리 비스보르크에서 이 공포를 함께 느끼는 엘렌에게, 그리고 더 나아가서는 관객에게까지 전달하는 것이다.

섬뜩한 분위기를 만들어 냄으로써 무르나우는 평화로운 세계를 공포의 세계로 변화시키는 데 성공하고 있다.[38] 노스페라투와 엘렌 간의 관계를 드러내는 촘촘한 몽타주를 통해서 엘렌을 향하는 공포와 영화의 섬뜩한 분위기는 영화 내내 존재하고 있으며, 관객의 뇌리에 각인된다. 또 영화는 그로테스크와 공포는 언제나 그리고 어디서나 튀어나올 것 같은 분위기를 만들어 내어, 공포를 일상 속에서 그것으로, 또 그래서 공포가 현재화되도록 한다. 여기에 바로 무르나우의 영화 세계가 그려내는 그로테스크와 섬뜩함이 갖는 위력이 놓여 있다.

무르나우의 이러한 영화 세계는 〈노스페라투〉가 당대의 여타 많은 유령 이야기들과는 다르게 로케이션을 했다는 사실과 밀접한 관련을 맺는다.[39] 표현주의 영화들은 괴기스러운 분위기를 만들어 내는 독특한 무대장식을——〈칼리가리 박사의 밀실〉에서 전형적으로 보여주었듯이——중시하면서 스튜디오에서 주로 촬영되었다. 하지만 무르나우는 카메라를 야외로 들고 나갔고, 그 일상적 공간 속으로 표현주의적 괴기스러움을 확산시키고, 새로운 (영화) 공간을 창조해 낸다. 사실 이미 발라쥐가 지적한 바와 같이 자연은 중립적인 현실이 아니다. 영화를 예술작품으로 만드는 것은 자연을 어떻게 스타일화할 것인가에 달려 있다는 말이다. 자연은 한 장면의 분위기를 만들고 강조하며 함께하는 환경과 배경을 이루는 것이다.[40] 즉 로케이션을 하느냐 스튜디오에서 무대장식을 이용하느냐가 중요한 것이 아니라 영화

---

38) Thomas Koebner: a.a.O. S. 47 참고.

39) Lars Penning: a.a.O. S. 15 참고.

40) Bela Bala zs(1924): Der sichtbare Mensch, oder Die kultur des Films. Wien-Leipzig. S. 99 참고.

의 분위기를 어떻게 만들어 내고 거기에 뉘앙스를 어떻게 부여할 것 인가가 중요하다는 말이다.

무르나우는 〈노스페라투〉에서 현장 로케이션을 통해 자연에 자신의 영화세계를 위한 독특한 분위기를 부여하는 데 성공한다. 〈노스페라투〉에서 무르나우가 묘사하는 자연은 특히 낭만주의 화가 카스파 다비드 프리드리히의 그림에 기대고 있다. 프리드리히의 “죽음을 암시하는 혹은 열망하는 병적인 세계”[41]가 후터의 여행에 차용되기도 하고 바닷가 엘렌의 모습은 “프리드리히의 〈바닷가의 월출〉을 인용한 것으로 관객까지 죽음의 명상에 빠지게”[42] 한다. 자연이라는 일상적 공간 속에서 초자연적인 분위기와 몽환적인 효과를 창출하는 데 성공하는 것이다. 이를 통해서 관객들이 익히 아는 공간이 공포의 공간으로 바뀔 수 있음을 제시함으로써 보다 강렬한 공포스러움을 관객에게 전이시키는 것이다. 자연, 도시의 거리, 숲, 바다 등 로케이션을 통해서 배경을 만들고 그 속에서 사건을 묘사함으로써, 흡혈귀의 공포를 일상에서의 공포로, 즉 우리 일상에서 일어날 수 있는 공포로 화하게 하는 것이다.

〈노스페라투〉에서는 자연으로 조성된 초자연적인 분위기가 오늘날 우리가 액션이라고 일컫는 것보다 훨씬 더 중요하다. 호러는 인공적인 것이 아니라 일상적인 것에서 생겨나는 것이다.[43]

---

41) 한창호: 앞의 책. 285쪽.
42) 위의 책. 287쪽.
43) Lars Penning: a.a.O. S. 15.

일상적 공간에서 끊임없이 현재화되는 방식으로 작용하는 무르나우의 불안과 공포는——최근 한 영화에서 톰 티크베어가 적절히 고백하고 있듯이[44]——평화로운 세계 속으로 스며드는 데 성공하고 있는 것이다.[45] 이 점이 무르나우 영화가 갖는 표현주의 영화적 뛰어남이다. 표현주의 영화라는 것이 단순히 수직선이나 사선을 강조하는 공간배치나 큐비즘적인 장식을 말하는 것이 아니기 때문이다.[46]

무르나우의 공포는 언제나 존재하며, 소리없이 우리에게 다가온다. 공포는 '지금 여기에' 있는 공포로서, 관객인 우리에게 소리없이 그러면서도 거리낌없이 다가오는 존재인 것이다. "이 영화는 영혼에 공포를 스며들게 만드는 영화"[47]인 것이다. 마치 노스페라투가 후터에게 접근하듯이, 또 엘렌에게 다가가듯이. 노스페라투로 형상화되어 나타나는 공포와 섬뜩함은 영화의 주인공인 후터나 엘렌을 엄습하듯이 후터와 동행한 관객인 우리를 엄습한다. 여기에서 노스페라투가 소리없이 페스트를 함께 가지고 온다는 사실을 염두에 둘 필요가 있다.

이러한 이유로 노스페라투가 사라져도 우리에게 전이된 공포의 여파는 여전하다고 할 수 있다. 노스페라투가 죽고 페스트가 사라져도, 즉 밤이 지나고 낮이 오더라도 무르나우가 펼쳐낸 악몽의 세계는 여전히 강한 불안의 흔적을 남기기 때문이다. 엘렌의 희생으로 노스페라투가 사멸하고 떠오르는 햇살과 함께 어둠이 사라지지만 영화는 그

---

44) 영화 〈눈에서 눈으로: 독일 영화의 모든 것〉. 2008년 제2회 서울 충무로 국제영화제에서 소개된 바 있다.

45) Thomas Koebner: a.a.O. S. 47 참고.

46) Leonardo Quaresima: a.a.O. S. 180. 참고.

47) 이준서(2008): 노스페라투. 2009년 충무로영화제 메인 카탈로그 2, 14쪽.

렇게 끝나는 것이 아니다. 죽음과 슬픔이 남겨지고, 사람들은 허망하고 무지한 채로 있는데——그래서 공포는 여전하다——, 비스보르크의 시민들에게 노스페라투는 전혀 보여지지 않았고, 소리없이 페스트가 창궐했다가 사라졌을 뿐이기 때문이다.[48] 사람들은 그저 보이지 않는 죽임이라는 공포만을 느꼈으며, 페스트가 또 그렇게 갑자기 사라지기 때문에 무르나우가 창조해 낸 공포는 마치 악몽의 세계처럼 머무르는 것이다. 비스보르크의 시민들에게 페스트의 여진이 남았다면 관객의 뇌리에는 〈노스페라투〉의 섬뜩함이 남는 것이다. 악몽 후 잠에서 깨어났을 때처럼 말이다.

이런 맥락에서 쾨프너의 〈노스페라투〉에 대한 다음과 같은 언급은 시사하는 바가 크다.

무르나우의 특별한 능력은, 막연한 섬뜩함이나 떠도는 꿈처럼 스쳐 지나가는 것을 윤곽이 뚜렷하고 그림처럼 분명한 형상으로 바꾸어 놓는다는 데 있다. 즉 그의 능력은 불명료한 판타지를 의미 있는 환상으로 변환시키는 데 있다. 이렇게 몽롱한 것을 눈으로 볼 수 있게 만드는 것은 '사이세계'에서 일어난 여러 사건들로부터, 그것들이 자신들의 상대적 불명료성을 통해 야기하는 전율을 빼앗아 버리는 대신, 그것들에게 깊은 인상들이 주는 정확성과 '동화적인' 조형성을 부여한다.[49]

이러한 이유로 영화카메라라는 시각 문화가 인간에게 새로운 예술

---

48) Thomas Koebner: a.a.O. S. 49 참고.
49) Ebenda. S. 48 참고.

적 면모를 가져다주었다는 의미에서 영화매체가 갖는 예술적 특성을 읽어낸 발라쥐적 의미에서 무르나우의 영화를 이해할 수 있기도 하다.

영화 매체가 발명된 후 초기 영화는 '섬뜩함(unheimlich)'라는 말로 규정할 수 있는 그 환상성이나 무의식성, 혹은 꿈 세계와 같은 것들 속에서 그 본연의 고향을 찾았다고 로버츠는 지적한 바 있는데,[50] 무르나우의 〈노스페라투〉가 보여주는 그로테스크한 양상들이나 섬뜩하고 공포스러운 세계에 대한 묘사는 바로 이러한 로버츠의 언급에 대한 적절한 예라고 할 수 있다. 왜냐하면 무르나우가 〈노스페라투〉에서 창조해 낸 세계는 어린 시절 꾸었을법한 악몽의 세계를 우리 눈앞에 재현하는 데 성공하고 있기 때문이다.[51]

6. 맺는 말

본문에서 살펴본 바와 같이 무르나우는 〈노스페라투〉를 통해서 표현주의 영화 스타일에 자신의 터치를 입히는 데 성공한다. 특히 스튜디오의 무대장식이 커다란 영향력을 행사하던 표현주의 영화 시기에 무르나우는 과감히 야외 로케이션을 감행함으로써 스크린 위에 새로운 공간을 창조하면서 자신만의 세계를 만들어 낸 감독이다. 또 〈노스페라투〉는 특유의 편집과 카메라 움직임이나 무대 장식 중심의 영

---

50) Ian Roberts: a.a.O. S. 39 참고.
51) Thomas Koebner: a.a.O. S. 49.

화 스타일을 넘어선 작품이다. 〈노스페라투〉의 뛰어난 점은 이러한 표현주의적 스타일의 전형이 영화에서 궁극적으로 공포와 그로테스크, 섬뜩함 등을 드러내는 방식으로 작용하도록 적절히 사용하고 있다는 점이다. 즉 〈노스페라투〉는 무르나우가 표현주의 스타일을 자신만의 것으로 소화하여 뱀파이어를 소재로 공포와 그로테스크를 불러일으키는 영화를 만들어 이후 호러영화의 기초를 마련하고 있음을 잘 보여주는 영화이다. 〈노스페라투〉는 로케이션에서 오는 공간감뿐만 아니라 텔레파시를 연상시키는 편집이나 배우와 카메라의 운용에서 나오는 공간 창출을 통해 관객에게 공포감을 상존하게 하는 영상미를 만들어 냄으로써 이후 할리우드에 호러 장르에 직접적인 영향을 주고 영화예술의 가능성을 확대시킨 작품이다.

〈노스페라투〉는 표현주의적 양상에 대한 묘사에서 영화적 표현의 가능성을 넓히면서 영화가 일곱번째 예술로서의 면모를 알리는 데 기여했을 뿐만 아니라 뱀파이어라는 소재를 통해 호러 장르의 시대를 연 걸출한 작품이기도 하다.[52] 〈노스페라투〉는 이후 수많은 뱀파이어 영화에 영향을 미치며 궁극적으로 장르 영화로서 호러를 창조하는 데 일조한다.[53] 어쩌면 새로운 매체로서 영화 예술을 구현한 무르나우의 영화를 장르 영화의 범주 속에서 다루는 것에 대해 저어하는 연구가들이 있을지 모르겠으나, 영화매체는 그 태생적으로——벨라 발라쥐가 정확히 지적한 바와 같이——산업자본주의에서 탄생한 최초의 예술매체임을 잊어서는 안 된다. 이러한 사실에 주목하고, 표현

---

52) Ian Roberts: a.a.O. S. 42 참고.

53) 〈노스페라투〉이후 수많은 뱀파이어 영화들이 나온다. Siegfried Kracauer: a.a.O. S. 84, 또는 Thomas Koebner: a.a.O. S. 41 참고.

주의 영화 〈노스페라투〉가 갖는 예술적 감수성이 이어지는 영화산업
의 위기에 이를 넘어설 수 있는 새로운 가능성을 제공했다는 사실을
염두에 둔다면,[54] 무르나우의 〈노스페라투〉가 갖는 영화사적 의의는
더욱더 크다 할 것이다. 〈노스페라투〉는 표현주의 영화가 보여준 예
술로서의 영화라는 일면을 보여주고 영화계에 활력을 부여한 바 있
다. 이러한 〈노스페라투〉의 성과는, 표현주의 영화가 등장했을 때 영
화 산업계에서 새로운 테크닉인 영화가 갖는 대중매체로서의 가능
성을 축소시킬 거라는 우려에 대한 대답으로도 이해할 수 있는 영화
이다.[55] 이러한 사실은 무르나우의 영화가 이후 할리우드 영화계에
적극적으로 수용되어 장르 영화 전통을 세웠다는 점을 염두에 둔다
면 더욱 분명해진다.

이러한 맥락에서 〈노스페라투〉는 표현주의 영화의 성과, 즉 예술
로서 영화매체를 각인시키는 데 중요한 역할을 했다는 사실뿐만 아
니라 당시 영화 시스템의 변화에 추동력을 부여하고 나아가 할리우
드에도 영향을 미쳤다는 사실을 잘 보여주는 영화라는 점이 분명해
진다.

참고 문헌

남완석(2003): 바이마르 공화국 시대의 영화. 피종호 편. 유럽영화 예술.
한울.

---

54) Leonardo Quaresima: a.a.O. S. 190 참고.
55) Ebenda. S. 177 참고.

데이비드 보드웰(2000): 세계영화사 주진숙 옮김. 시각과 언어.

루이제 자네티(1999): 영화의 이해. 김진해 옮김. 현암사.

수잔 헤이워드(1997): 영화 사전[이론과 비평]. 이영기 옮김. 한나래.

안드레아 그로네마이어(2005): 영화. 권세훈 옮김. 예경.

이준서(2008): 노스페라투. 제2회 서울 충무로 국제영화제 메인 카탈로그 2.

잭 C. 앨리스(1998): 세계영화사. 변재란 옮김. 이론과 실천.

한창호(2005): 영화, 그림 속을 걷고 싶다 — 영화의 상상력은 어떻게 미술을 훔쳤나. 돌베게.

Balaázs, Bela(1924). Der sichtbare Mensch, oder Die kultur des Films. Wien-Leipzig.

Eisner, Lotte H.(1979): Murnau. Frankfurt.a.M.

Elsaesser, Thomas(1998): Das Weimarer Kino. In: Geschichte des internationalen Films. Hrsg. v. Geoffrey Nowell-Smith. Stuttgart.

Hake, Sabine(2004): Film in Deutschland. Reinbek bei Hamburg.

Koebner, Thomas(2004): Nosferatu — eine Symphonie des Grauens. In: Filmgenre. Horrorfilm. Hrsg. v. Ursula Vossen. Stuttgart.

Kracauer, Siegfried(1984): Von Caligari zu Hitler. Eine psychologische Geschichte des deutschen Films. Frankfurt. a. M.

Gerdes, Julia(2002): Expressionismus. In: Reclams Sachlexikon des Films. Hrsg. v. Thomas Koebner. Stuttgart.

Gerdes, Julia(2002): Caligarismus. In: Reclams Sachlexikon des Films. Hrsg. v. Thomas Koebner. Stuttgart.

Kilb, Andreas(2003): Der Teufel und der taumelnde Tag. Frankfurter Allgemeine Zeitung. 2003. 2. 22.

Penning, Lars(2005): Nosferatu-Eine Symphonie des Grauens(1992). In: Der Filmkanon 35 Filme, die kennen müssen. Hrsg. von Alfred Holighaus. Bonn: bpb.

Quaresima, Leonardo(1992): Der Expressionismus als Filmgattung. In:

Filmkultur zur Zeit der Weimarer Republik. Hrsg. v. Uli Jung. Walter Schatzberg. München.

Roberts, Ian(2008): German Expressionist Cinema. London.

Wollenberg, Hans(1992): Nosferatu. Lichtbild-Bühne. Nr. 11. 1922년 3월 11일.

www.filmportal.de

필자 소개

김충남

한국외국어대 독일어과와 동대학원 졸업. 독일 본대학 수학. 한국외국어대 문학박사. 독일 뷔르츠부르크 대학 및 마부르크대학교 방문교수, 체코 카렐대학교 교환교수, 한국외대 외국문학연구소장, 사범대학장, 2005 프랑크푸르트 도서전 주빈국 행사 조직위원, 한국독어독문학회 회장 역임. 한국외국어대 독일어과 교수. 주요 저서로 《세계의 시문학》(공저), 《세계연극의 이해》(공저), 《민족문학과 민족국가》(공저), 역서로 《메두사의 뗏목》《짝짓기》《인형의 집》, 주요 논문으로 〈독일표현주의 극작연구〉, 〈프라하의 독일문학〉, 〈응용미학으로서의 드라마 — 쉴러의 《빌헬름 텔》 연구〉, 〈카프카와 표현주의〉, 〈브레히트와 게오르크 카이저〉 등이 있음.

김영옥

한국외국어대학교 문학박사. 한국외대 · 덕성여대 · 한국방송통신대학교 강사, 중앙대 독일연구소 연구원. 주요 저서로 《프랑스와 유럽》(공저), 《서유럽문화기행》(공저), 주요 논문으로 〈하이네 문학사 기술의 수사학적 구조〉, 〈나치 시대 한 화가의 괴테 텍스트와의 대화 — 막스 베크만의 파우스트 삽화〉 등이 있음.

김종대

핀란드 오울루(Oulu)대학교 문학박사, 한국외국어대 독일어과 강사. 주요 논문으로 〈헤르바르트의 미적교육론과 횔덜린의 번역 '안티고네'에 나타난 미적인 것〉, 〈공공 디자인에서 픽토그램의 활용 방안 연구〉 등이 있음.

김형래

독일 보쿰대학교 영화학 박사. 한국외국어대·한국예술종합학교 강사. 주요 논문으로 〈영화와 컴퓨터-표피성의 미학〉(박사학위 논문), 〈브레히트의 라디오 이론 논쟁〉, 〈표피성의 미학과 외설성 — 영화 'D-War'를 중심으로〉 등이 있음.

라영균

오스트리아 빈대학교 문학박사. 한국외국어대 독일어통번역학과 교수. 주요 저서로 《문학사 기술의 문제점》, 《문학장과 문학권력》(공저), 주요 역서로 E. T. A. 호프만의 《모래남자》, 알프레드 아들러의 《인간이해》 등이 있음.

서유정

독일 본대학 문학박사, 한국외국어대 독일어과 강사, 주요 논문으로 〈Aspekte der Kindheit-Autobiographik deutschsprachiger Autorinnen im 20. Jahrhundert〉, 〈독일인과 유태인의 새로운 대화가능성을 모색하는 여성적 시도 — 루트 클뤼거의 《삶은 계속된다》〉, 주요 역서로 《사로잡힌 영혼. 한 문학 저널리스트의 사랑과 삶》(공역), 《하늘의 문화사》 등이 있음.

이주봉

독일 오스나브뤽대학교 미디어문학부 석박사. 군산대학교 유럽미디어문화학과 교수. 저서로 《90년대 독일영화의 변화 양상: 한스 크리스티안 슈미트와 톰 티크베어의 스타일 분석을 중심으로》(독문), 주요 논문으로 〈꿈 공장으로서 영화〉, 〈정치·사회적 현상 이해를 통한 영화매체 이해〉, 〈리얼리즘 영화 스타일의 한 경향에 대하여〉, 〈플롯과 캐릭터 관계로 본 영화의 드라마투르기〉 등이 있음.

장은수

오스트리아 빈대학교 문학박사, 한국외국어대 독일어과 교수, 주요 저서로 《토마스 베른하르트》(공저), 《Die Ohnmachtspiele des Altersnarren》, 주요 논문으로 〈지하철 1호선―서울에서 베를린까지〉, 〈브레히트의 연극에 나타난 상호 텍스트성과 문화상호주의〉, 〈독일 탄츠테아터와 베를린 샤우뷔네〉, 〈통일 독일의 연극과 정치적 기능〉, 〈파우스트와 파우스티네〉 등이 있음.

정민영

한국외국어대학교 문학박사. 한국외국어대 독일어과 교수. 주요 저서로 《하이너 뮐러 극작론》, 《카바레. 자유와 웃음의 공연예술》, 주요 역서로 엘프리데 옐리네크의 《욕망》, 《하이너 뮐러 문학선집》, 욘 포세 희곡집 《이름/기타맨》, 주요 논문으로 〈하이너 뮐러와 하인리히 폰 클라이스트 그리고 한국무대의 《주워온 아이》〉, 〈하이너 뮐러의 산문〉 등이 있음.

제여매

독일 뷔르츠부르크대학교 문학석사 및 문학박사. 한국외국어대 독일어통번역학과 강사. 주요 논문으로 〈귀향으로서의 문학. 파울 첼란 문학에 나타난 여성적인 것의 형상화〉(박사학위 논문), 〈두어스 그륀바인과 인간학적 문학〉, 〈후고 폰 호프만스탈의 '언어회의'와 메타포 성찰〉, 〈독일 현대 자연시〉, 〈고트프리트 벤의 문학과 예술관〉 등이 있으며, 역서로 《부의 연금술. 괴테, 경제를 말하다》가 있음.

최성욱

한국외국어대학교 문학박사. 한국외국어대·덕성여대 강사, 저서로 《로베르트 무질》, 주요 논문으로 〈주체의 위기와 유토피아〉 등이 있음.

추(醜)와 문학

초판발행 : 2010년 3월 20일

東文選

제10-64호, 78. 12. 16 등록
110-300 서울 종로구 관훈동 74번지
전화 : 737-2795

편집설계 : 李姃旻

ISBN 978-89-8038-663-5 94800
ISBN 978-89-8038-000-8(문예신서)

【東文選 現代新書】

1 21세기를 위한 새로운 엘리트	FORESEEN 연구소 / 김경현	7,000원
2 의지, 의무, 자유 — 주제별 논술	L. 밀러 / 이대희	6,000원
3 사유의 패배	A. 핑켈크로트 / 주태환	7,000원
4 문학이론	J. 컬러 / 이은경·임옥희	7,000원
5 불교란 무엇인가	D. 키언 / 고길환	6,000원
6 유대교란 무엇인가	N. 솔로몬 / 최창모	6,000원
7 20세기 프랑스철학	E. 매슈스 / 김종갑	8,000원
8 강의에 대한 강의	P. 부르디외 / 현택수	6,000원
9 텔레비전에 대하여	P. 부르디외 / 현택수	10,000원
10 고고학이란 무엇인가	P. 반 / 박범수	8,000원
11 우리는 무엇을 아는가	T. 나겔 / 오영미	5,000원
12 에쁘롱—니체의 문체들	J. 데리다 / 김다은	7,000원
13 히스테리 사례분석	S. 프로이트 / 태혜숙	7,000원
14 사랑의 지혜	A. 핑켈크로트 / 권유현	6,000원
15 일반미학	R. 카이유와 / 이경자	6,000원
16 본다는 것의 의미	J. 버거 / 박범수	10,000원
17 일본영화사	M. 테시에 / 최은미	7,000원
18 청소년을 위한 철학교실	A. 자카르 / 장혜영	7,000원
19 미술사학 입문	M. 포인턴 / 박범수	8,000원
20 클래식	M. 비어드·J. 헨더슨 / 박범수	6,000원
21 정치란 무엇인가	K. 미노그 / 이정철	6,000원
22 이미지의 폭력	O. 몽젱 / 이은민	8,000원
23 청소년을 위한 경제학교실	J. C. 드루엥 / 조은미	6,000원
24 순진함의 유혹〔메디시스賞 수상작〕	P. 브뤼크네르 / 김웅권	9,000원
25 청소년을 위한 이야기 경제학	A. 푸르상 / 이은민	8,000원
26 부르디외 사회학 입문	P. 보네위츠 / 문경자	7,000원
27 돈은 하늘에서 떨어지지 않는다	K. 아른트 / 유영미	6,000원
28 상상력의 세계사	R. 보이아 / 김웅권	9,000원
29 지식을 교환하는 새로운 기술	A. 벵토릴라 外 / 김혜경	6,000원
30 니체 읽기	R. 비어즈워스 / 김웅권	6,000원
31 노동, 교환, 기술 — 주제별 논술	B. 데코사 / 신은영	6,000원
32 미국만들기	R. 로티 / 임옥희	10,000원
33 연극의 이해	A. 쿠프리 / 장혜영	8,000원
34 라틴문학의 이해	J. 가야르 / 김교신	8,000원
35 여성적 가치의 선택	FORESEEN연구소 / 문신원	7,000원
36 동양과 서양 사이	L. 이리가라이 / 이은민	7,000원
37 영화와 문학	R. 리처드슨 / 이형식	8,000원
38 분류하기의 유혹 — 생각하기와 조직하기	G. 비뇨 / 임기대	7,000원
39 사실주의 문학의 이해	G. 라루 / 조성애	8,000원
40 윤리학—악에 대한 의식에 관하여	A. 바디우 / 이종영	7,000원
41 흙과 재〔소설〕	A. 라히미 / 김주경	6,000원

29 朝鮮解語花史(조선기생사)	李能和 / 李在崑	25,000원
30 조선창극사	鄭魯湜	17,000원
31 동양회화미학	崔炳植	19,000원
32 性과 결혼의 민족학	和田正平 / 沈雨晟	9,000원
33 農漁俗談辭典	宋在璇	12,000원
34 朝鮮의 鬼神	村山智順 / 金禧慶	28,000원
35 道敎와 中國文化	葛兆光 / 沈揆昊	15,000원
36 禪宗과 中國文化	葛兆光 / 鄭相泓・任炳權	8,000원
37 오페라의 역사	L. 오레이 / 류연희	절판
38 인도종교미술	A. 무케르지 / 崔炳植	14,000원
39 힌두교의 그림언어	안넬리제 外 / 全在星	22,000원
40 중국고대사회	許進雄 / 洪 熹	30,000원
41 중국문화개론	李宗桂 / 李宰碩	23,000원
42 龍鳳文化源流	王大有 / 林東錫	25,000원
43 甲骨學通論	王宇信 / 李宰碩	40,000원
44 朝鮮巫俗考	李能和 / 李在崑	20,000원
45 미술과 페미니즘	N. 부루드 外 / 扈承喜	9,000원
46 아프리카미술	P. 윌레드 / 崔炳植	절판
47 美의 歷程	李澤厚 / 尹壽榮	28,000원
48 曼荼羅의 神들	立川武藏 / 金龜山	19,000원
49 朝鮮歲時記	洪錫謨 外 / 李錫浩	30,000원
50 하 상	蘇曉康 外 / 洪 熹	절판
51 武藝圖譜通志 實技解題	正 祖 / 沈雨晟・金光錫	15,000원
52 古文字學첫걸음	李學勤 / 河永三	14,000원
53 體育美學	胡小明 / 閔永淑	18,000원
54 아시아 美術의 再發見	崔炳植	9,000원
55 曆과 占의 科學	永田久 / 沈雨晟	14,000원
56 中國小學史	胡奇光 / 李宰碩	20,000원
57 中國甲骨學史	吳浩坤 外 / 梁東淑	35,000원
58 꿈의 철학	劉文英 / 河永三	22,000원
59 女神들의 인도	立川武藏 / 金龜山	19,000원
60 性의 역사	J. L. 플랑드렝 / 편집부	18,000원
61 쉬르섹슈얼리티	W. 챠드윅 / 편집부	10,000원
62 여성속담사전	宋在璇	18,000원
63 박재서희곡선	朴栽緒	10,000원
64 東北民族源流	孫進己 / 林東錫	13,000원
65 朝鮮巫俗의 硏究(상・하)	赤松智城・秋葉隆 / 沈雨晟	28,000원
66 中國文學 속의 孤獨感	斯波六郎 / 尹壽榮	8,000원
67 한국사회주의 연극운동사	李康列	8,000원
68 스포츠인류학	K. 블랑챠드 外 / 박기동 外	12,000원
69 리조복식도감	리팔찬	20,000원
70 娼 婦	A. 꼬르뱅 / 李宗旼	22,000원

71	조선민요연구	高晶玉	30,000원
72	楚文化史	張正明 / 南宗鎭	26,000원
73	시간, 욕망, 그리고 공포	A. 코르뱅 / 변기찬	18,000원
74	本國劍	金光錫	40,000원
75	노트와 반노트	E. 이오네스코 / 박형섭	20,000원
76	朝鮮美術史研究	尹喜淳	7,000원
77	拳法要訣	金光錫	30,000원
78	艸衣選集	艸衣意恂 / 林鍾旭	20,000원
79	漢語音韻學講義	董少文 / 林東錫	10,000원
80	이오네스코 연극미학	C. 위베르 / 박형섭	9,000원
81	중국문자훈고학사전	全廣鎭 편역	23,000원
82	상말속담사전	宋在璇	10,000원
83	書法論叢	沈尹默 / 郭魯鳳	16,000원
84	침실의 문화사	P. 디비 / 편집부	9,000원
85	禮의 精神	柳 肅 / 洪 熹	20,000원
86	조선공예개관	沈雨晟 편역	30,000원
87	性愛의 社會史	J. 솔레 / 李宗旼	18,000원
88	러시아 미술사	A. I. 조토프 / 이건수	26,000원
89	中國書藝論文選	郭魯鳳 選譯	25,000원
90	朝鮮美術史	關野貞 / 沈雨晟	30,000원
91	美術版 탄트라	P. 로슨 / 편집부	8,000원
92	군달리니	A. 무케르지 / 편집부	9,000원
93	카마수트라	바쨔야나 / 鄭泰爀	18,000원
94	중국언어학총론	J. 노먼 / 全廣鎭	28,000원
95	運氣學說	任應秋 / 李宰碩	15,000원
96	동물속담사전	宋在璇	20,000원
97	자본주의의 아비투스	P. 부르디외 / 최종철	10,000원
98	宗敎學入門	F. 막스 뮐러 / 金龜山	10,000원
99	변 화	P. 바츨라빅크 外 / 박인철	10,000원
100	우리나라 민속놀이	沈雨晟	15,000원
101	歌訣(중국역대명언경구집)	李宰碩 편역	20,000원
102	아니마와 아니무스	A. 융 / 박해순	8,000원
103	나, 너, 우리	L. 이리가라이 / 박정오	12,000원
104	베케트연극론	M. 푸크레 / 박형섭	8,000원
105	포르노그래피	A. 드워킨 / 유혜련	12,000원
106	셀 링	M. 하이데거 / 최상욱	12,000원
107	프랑수아 비용	宋 勉	18,000원
108	중국서예 80제	郭魯鳳 편역	16,000원
109	性과 미디어	W. B. 키 / 박해순	12,000원
110	中國正史朝鮮列國傳(전2권)	金聲九 편역	120,000원
111	질병의 기원	T. 매큐언 / 서 일 · 박종연	12,000원
112	과학과 젠더	E. F. 켈러 / 민경숙 · 이현주	10,000원

113 물질문명·경제·자본주의 　F. 브로델 / 이문숙 外 　절판
114 이탈리아인 태고의 지혜 　G. 비코 / 李源斗 　8,000원
115 中國武俠史 　陳 山 / 姜鳳求 　18,000원
116 공포의 권력 　J. 크리스테바 / 서민원 　23,000원
117 주색잡기속담사전 　宋在璇 　15,000원
118 죽음 앞에 선 인간(상·하) 　P. 아리에스 / 劉仙子 　각권 15,000원
119 철학에 대하여 　L. 알튀세르 / 서관모·백승욱 　12,000원
120 다른 곳 　J. 데리다 / 김다은·이혜지 　10,000원
121 문학비평방법론 　D. 베르제 外 / 민혜숙 　12,000원
122 자기의 테크놀로지 　M. 푸코 / 이희원 　16,000원
123 새로운 학문 　G. 비코 / 李源斗 　22,000원
124 천재와 광기 　P. 브르노 / 김웅권 　13,000원
125 중국은사문화 　馬 華·陳正宏 / 강경범·천현경 　12,000원
126 푸코와 페미니즘 　C. 라마자노글루 外 / 최 영 外 　16,000원
127 역사주의 　P. 해밀턴 / 임옥희 　12,000원
128 中國書藝美學 　宋 民 / 郭魯鳳 　16,000원
129 죽음의 역사 　P. 아리에스 / 이종민 　18,000원
130 돈속담사전 　宋在璇 편 　15,000원
131 동양극장과 연극인들 　김영무 　15,000원
132 生育神과 性巫術 　宋兆麟 / 洪 熹 　20,000원
133 미학의 핵심 　M. M. 이턴 / 유호전 　20,000원
134 전사와 농민 　J. 뒤비 / 최생열 　18,000원
135 여성의 상태 　N. 에니크 / 서민원 　22,000원
136 중세의 지식인들 　J. 르 고프 / 최애리 　18,000원
137 구조주의의 역사(전4권) 　F. 도스 / 김웅권 外 　Ⅰ·Ⅱ·Ⅳ 15,000원 / Ⅲ 18,000원
138 글쓰기의 문제해결전략 　L. 플라워 / 원진숙·황정현 　20,000원
139 음식속담사전 　宋在璇 편 　16,000원
140 고전수필개론 　權 瑚 　16,000원
141 예술의 규칙 　P. 부르디외 / 하태환 　23,000원
142 "사회를 보호해야 한다" 　M. 푸코 / 박정자 　20,000원
143 페미니즘사전 　L. 터틀 / 호승희·유혜련 　26,000원
144 여성심벌사전 　B. G. 워커 / 정소영 　근간
145 모데르니테 모데르니테 　H. 메쇼닉 / 김다은 　20,000원
146 눈물의 역사 　A. 뱅상뷔포 / 이자경 　18,000원
147 모더니티입문 　H. 르페브르 / 이종민 　24,000원
148 재생산 　P. 부르디외 / 이상호 　23,000원
149 종교철학의 핵심 　W. J. 웨인라이트 / 김희수 　18,000원
150 기호와 몽상 　A. 시몽 / 박형섭 　22,000원
151 응분석비평사전 　A. 새뮤얼 外 / 민혜숙 　16,000원
152 운보 김기창 예술론연구 　최병식 　14,000원
153 시적 언어의 혁명 　J. 크리스테바 / 김인환 　20,000원
154 예술의 위기 　Y. 미쇼 / 하태환 　15,000원

155 프랑스사회사　　　　　　　　　　G. 뒤프 / 박 단　　　　　　　　　　　　　16,000원
156 중국문예심리학사　　　　　　　　劉偉林 / 沈揆昊　　　　　　　　　　　　30,000원
157 무지카 프라티카　　　　　　　　　M. 캐넌 / 김혜중　　　　　　　　　　　25,000원
158 불교산책　　　　　　　　　　　　鄭泰爀　　　　　　　　　　　　　　　　20,000원
159 인간과 죽음　　　　　　　　　　　E. 모랭 / 김명숙　　　　　　　　　　　23,000원
160 地中海　　　　　　　　　　　　　F. 브로델 / 李宗旼　　　　　　　　　　　　근간
161 漢語文字學史　　　　　　　　　　黃德實・陳秉新 / 河永三　　　　　　　　24,000원
162 글쓰기와 차이　　　　　　　　　　J. 데리다 / 남수인　　　　　　　　　　28,000원
163 朝鮮神事誌　　　　　　　　　　　李能和 / 李在崑　　　　　　　　　　　　28,000원
164 영국제국주의　　　　　　　　　　S. C. 스미스 / 이태숙・김종원　　　　　16,000원
165 영화서술학　　　　　　　　　　　A. 고드로・F. 조스트 / 송지연　　　　　17,000원
166 美學辭典　　　　　　　　　　　　사사키 겡이치 / 민주식　　　　　　　　22,000원
167 하나이지 않은 성　　　　　　　　L. 이리가라이 / 이은민　　　　　　　　18,000원
168 中國歷代書論　　　　　　　　　　郭魯鳳 譯註　　　　　　　　　　　　　25,000원
169 요가수트라　　　　　　　　　　　鄭泰爀　　　　　　　　　　　　　　　　15,000원
170 비정상인들　　　　　　　　　　　M. 푸코 / 박정자　　　　　　　　　　　25,000원
171 미친 진실　　　　　　　　　　　　J. 크리스테바 外 / 서민원　　　　　　　25,000원
172 玉樞經 硏究　　　　　　　　　　　具重會　　　　　　　　　　　　　　　　19,000원
173 세계의 비참(전3권)　　　　　　　P. 부르디외 外 / 김주경　　　　　각권 26,000원
174 수묵의 사상과 역사　　　　　　　崔炳植　　　　　　　　　　　　　　　　24,000원
175 파스칼적 명상　　　　　　　　　　P. 부르디외 / 김웅권　　　　　　　　　22,000원
176 지방의 계몽주의　　　　　　　　　D. 로슈 / 주명철　　　　　　　　　　　30,000원
177 이혼의 역사　　　　　　　　　　　R. 필립스 / 박범수　　　　　　　　　　25,000원
178 사랑의 단상　　　　　　　　　　　R. 바르트 / 김희영　　　　　　　　　　20,000원
179 中國書藝理論體系　　　　　　　　熊秉明 / 郭魯鳳　　　　　　　　　　　　23,000원
180 미술시장과 경영　　　　　　　　　崔炳植　　　　　　　　　　　　　　　　16,000원
181 카프카—소수적인 문학을 위하여 G. 들뢰즈・F. 가타리 / 이진경　　　　　18,000원
182 이미지의 힘—영상과 섹슈얼리티 A. 쿤 / 이형식　　　　　　　　　　　　13,000원
183 공간의 시학　　　　　　　　　　　G. 바슐라르 / 곽광수　　　　　　　　　23,000원
184 랑데부—이미지와의 만남　　　　J. 버거 / 임옥희・이은경　　　　　　　18,000원
185 푸코와 문학—글쓰기의 계보학을 향하여　　S. 듀링 / 오경심・홍유미　26,000원
186 각색, 연극에서 영화로　　　　　A. 엘보 / 이선형　　　　　　　　　　　16,000원
187 폭력과 여성들　　　　　　　　　　C. 도펭 外 / 이은민　　　　　　　　　　18,000원
188 하드 바디—할리우드 영화에 나타난 남성성　　S. 제퍼드 / 이형식　　　18,000원
189 영화의 환상성　　　　　　　　　　J. -L. 뢰트라 / 김경온・오일환　　　　18,000원
190 번역과 제국　　　　　　　　　　　D. 로빈슨 / 정혜욱　　　　　　　　　　16,000원
191 그라마톨로지에 대하여　　　　　J. 데리다 / 김웅권　　　　　　　　　　35,000원
192 보건 유토피아　　　　　　　　　　R. 브로만 外 / 서민원　　　　　　　　20,000원
193 현대의 신화　　　　　　　　　　　R. 바르트 / 이화여대기호학연구소　　20,000원
194 회화백문백답　　　　　　　　　　湯兆基 / 郭魯鳳　　　　　　　　　　　　20,000원
195 고서화감정개론　　　　　　　　　徐邦達 / 郭魯鳳　　　　　　　　　　　　30,000원
196 상상의 박물관　　　　　　　　　　A. 말로 / 김웅권　　　　　　　　　　　26,000원

281	말로와 소설의 상징시학	김웅권	22,000원
282	키에르케고르	C. 블랑 / 이창실	14,000원
283	시나리오 쓰기의 이론과 실제	A. 로슈 外 / 이용주	25,000원
284	조선사회경제사	白南雲 / 沈雨晟	30,000원
285	이성과 감각	O. 브르니피에 外 / 이은민	16,000원
286	행복의 단상	C. 앙드레 / 김교신	20,000원
287	삶의 의미―행동하는 지성	J. 코팅햄 / 강혜원	16,000원
288	안티고네의 주장	J. 버틀러 / 조현순	14,000원
289	예술 영화 읽기	이선형	19,000원
290	달리는 꿈, 자동차의 역사	P. 치글러 / 조국현	17,000원
291	매스커뮤니케이션과 사회	현택수	17,000원
292	교육론	J. 피아제 / 이병애	22,000원
293	연극 입문	히라타 오리자 / 고정은	13,000원
294	역사는 계속된다	G. 뒤비 / 백인호 · 최생열	16,000원
295	에로티시즘을 즐기기 위한 100가지 기본 용어	J. -C. 마르탱 / 김웅권	19,000원
296	대화의 기술	A. 밀롱 / 공정아	17,000원
297	실천 이성	P. 부르디외 / 김웅권	19,000원
298	세미오티케	J. 크리스테바 / 서민원	28,000원
299	앙드레 말로의 문학 세계	김웅권	22,000원
300	20세기 독일철학	W. 슈나이더스 / 박중목	18,000원
301	횔덜린의 송가 〈이스터〉	M. 하이데거 / 최상욱	20,000원
302	아이러니와 모더니티 담론	E. 벨러 / 이강훈 · 신주철	16,000원
303	부알로의 시학	곽동준 편역 및 주석	20,000원
304	음악 녹음의 역사	M. 채넌 / 박기호	23,000원
305	시학 입문	G. 데송 / 조재룡	26,000원
306	정신에 대해서	J. 데리다 / 박찬국	20,000원
307	디알로그	G. 들뢰즈 · C. 파르네 / 허희정 · 전승화	20,000원
308	철학적 분과 학문	A. 피퍼 / 조국현	25,000원
309	영화와 시장	L. 크레통 / 홍지화	22,000원
310	진정성에 대하여	C. 귀논 / 강혜원	18,000원
311	언어학 이해를 위한 주제 100선	G. 시우피 · D. 반람돈크 / 이선경 · 황원미	18,000원
312	영화를 생각하다	S. 리앙드라 기그 · J. -L. 뢰트라 / 김영모	20,000원
313	길모퉁이에서의 모험	P. 브뤼크네르 · A. 팽키엘크로 / 이창실	12,000원
314	목소리의 結晶	R. 바르트 / 김웅권	24,000원
315	중세의 기사들	E. 부라생 / 임호경	20,000원
316	武德―武의 문화, 武의 정신	辛成大	13,000원
317	욕망의 땅	W. 리치 / 이은경 · 임옥희	23,000원
318	들뢰즈와 음악, 회화, 그리고 일반 예술	R. 보그 / 사공일	20,000원
319	S/Z	R. 바르트 / 김웅권	24,000원
320	시나리오 모델, 모델 시나리오	F. 바누아 / 유민희	24,000원
321	도미니크 이야기―아동 정신분석 치료의 실제	F. 돌토 / 김승철	18,000원
322	빠딴잘리의 요가쑤뜨라	S. S. 싸치다난다 / 김순금	18,000원

번호	제목	저자 / 역자	가격
365	사랑의 길	L. 이리가레 / 정소영	18,000원
366	이미지와 해석	M. 졸리 / 김웅권	24,000원
367	마르셀 모스, 총체적인 사회적 사실	B. 카르센티 / 김웅권	13,000원
368	TV 드라마 시리즈물 어떻게 쓸 것인가	P . 더글러스 / 김소은	25,000원
369	영상예술미학	P. 소르랭 / 이선형	25,000원
370	우파니샤드	박지명 주해	49,000원
371	보드리야르의 아이러니	배영달	29,000원
372	서호인물전	徐相旭·高淑姬 평역	25,000원
373	은유와 감정	Z. 쾨벡세스 / 김동환·최영호	23,000원
374	修 行	權明大	30,000원
375	한국의 전통연희와 동아시아	서연호	18,000원
377	추(醜)와 문학	김충남 편	18,000원
1001	베토벤: 전원교향곡	D. W. 존스 / 김지순	15,000원
1002	모차르트: 하이든 현악4중주곡	J. 어빙 / 김지순	14,000원
1003	베토벤: 에로이카 교향곡	T. 시프 / 김지순	18,000원
1004	모차르트: 주피터 교향곡	E. 시스먼 / 김지순	18,000원
1005	바흐: 브란덴부르크 협주곡	M. 보이드 / 김지순	18,000원
1006	바흐: B단조 미사	J. 버트 / 김지순	18,000원
1007	하이든: 현악4중주곡 Op.50	W. 딘 주트클리페 / 김지순	18,000원
1008	헨델: 메시아	D. 버로우 / 김지순	18,000원
1009	비발디: 〈사계〉와 Op.8	P. 에버렛 / 김지순	18,000원
2001	우리 아이들에게 어떤 지표를 주어야 할까?	J. L. 오베르 / 이창실	16,000원
2002	상처받은 아이들	N. 파브르 / 김주경	16,000원
2003	엄마 아빠, 꿈꿀 시간을 주세요!	E. 부젱 / 박주원	16,000원
2004	부모가 알아야 할 유치원의 모든 것들	N. 뒤 소수아 / 전재민	18,000원
2005	부모들이여, '안 돼'라고 말하라!	P. 들라로슈 / 김주경	19,000원
2006	엄마 아빠, 전 못하겠어요!	E. 리공 / 이창실	18,000원
2007	사랑, 아이, 일 사이에서	A. 가트셀·C. 르누치 / 김교신	19,000원
2008	요람에서 학교까지	J.-L. 오베르 / 전재민	19,000원
2009	머리는 좋은데, 노력을 안 해요	J.-L. 오베르 / 박선주	17,000원
2010	알아서 하라고요? 좋죠, 하지만 혼자는 싫어요!	E. 부젱 / 김교신	17,000원
2011	영재아이 키우기	S. 코트 / 김경하	17,000원
2012	부모가 헤어진대요	M. 베르제·I. 그라비용 / 공나리	17,000원
2013	아이들의 고민, 부모들의 근심	D. 마르셀리·G. 드 라 보리 / 김교신	19,000원
2014	헤어지기 싫어요!	N. 파브르 / 공나리	15,000원
3001	〈새〉	C. 파글리아 / 이형식	13,000원
3002	〈시민 케인〉	L. 멀비 / 이형식	13,000원
3101	〈제7의 봉인〉 비평 연구	E. 그랑조르주 / 이은민	17,000원
3102	〈쥘과 짐〉 비평 연구	C. 르 베르 / 이은민	18,000원
3103	〈시민 케인〉 비평 연구	J. 루아 / 이용주	15,000원
3104	〈센소〉 비평 연구	M. 라니 / 이수원	18,000원
3105	〈경멸〉 비평 연구	M. 마리 / 이용주	18,000원

【기 타】

모드의 체계	R. 바르트 / 이화여대기호학연구소	18,000원
라신에 관하여	R. 바르트 / 남수인	10,000원
說 苑 (上·下)	林東錫 譯註	각권 30,000원
晏子春秋	林東錫 譯註	30,000원
西京雜記	林東錫 譯註	20,000원
搜神記 (上·下)	林東錫 譯註	각권 30,000원
경제적 공포〔메디치賞 수상작〕	V. 포레스테 / 김주경	7,000원
古陶文字徵	高 明·葛英會	20,000원
그리하여 어느날 사랑이여	이외수 편	4,000원
너무한 당신, 노무현	현택수 칼럼집	9,000원
노력을 대신하는 것은 없다	R. 쉬이 / 유혜련	5,000원
노블레스 오블리주	현택수 사회비평집	7,500원
딸에게 들려 주는 작은 지혜	N. 레흐레이트너 / 양영란	6,500원
떠나고 싶은 나라—사회문화비평집	현택수	9,000원
미래를 원한다	J. D. 로스네 / 문 선·김덕희	8,500원
바람의 자식들—정치시사칼럼집	현택수	8,000원
사랑의 존재	한용운	3,000원
산이 높으면 마땅히 우러러볼 일이다	유 향 / 임동석	5,000원
서기 1000년과 서기 2000년 그 두려움의 흔적들	J. 뒤비 / 양영란	8,000원
서비스는 유행을 타지 않는다	B. 바게트 / 정소영	5,000원
선종이야기	홍 희 편저	8,000원
섬으로 흐르는 역사	김영회	10,000원
세계사상	창간호~3호:각권 10,000원 / 4호: 14,000원	
손가락 하나의 사랑 1, 2, 3	D. 글로슈 / 서민원	각권 7,500원
십이속상도안집	편집부	8,000원
얀 이야기 ① 얀과 카와카마스	마치다 준 / 김은진·한인숙	8,000원
얀 이야기 ② 카와카마스의 바이올린	마치다 준 / 김은진·한인숙	9,500원
얀 이야기 ③ 이스탄불의 점쟁이 토끼	마치다 준 / 김은진·한인숙	10,000원
어린이 수묵화의 첫걸음(전6권)	趙 陽 / 편집부	각권 5,000원
오늘 다 못다한 말은	이외수 편	7,000원
오블라디 오블라다, 인생은 브래지어 위를 흐른다	무라카미 하루키 / 김난주	7,000원
이젠 다시 유혹하지 않으련다	P. 쌍소 / 서민원	9,000원
인생은 앞유리를 통해서 보라	B. 바게트 / 박해순	5,000원
자기를 다스리는 지혜	한인숙 편저	10,000원
천연기념물이 된 바보	최병식	7,800원
原本 武藝圖譜通志	正祖 命撰	60,000원
테오의 여행 (전5권)	C. 클레망 / 양영란	각권 6,000원
한글 설원 (상·중·하)	임동석 옮김	각권 7,000원
한글 안자춘추	임동석 옮김	8,000원
한글 수신기 (상·하)	임동석 옮김	각권 8,000원